MAYA BANKS

SOLO UNA CARICIA

Editado por HarperCollins Ibérica, S.A.
Núñez de Balboa, 56
28001 Madrid

© 2017 Maya Banks
© 2017 Harlequin Ibérica, una división de HarperCollins Ibérica, S.A.
Solo una caricia, n.º 233 - 8.11.17
Título original: Just One Touch
Publicado originalmente por HarperCollins Publishers LLC, New York, U.S.A.
Traductora: Ana Peralta de Andrés

Todos los derechos están reservados, incluidos los de reproducción total o parcial en cualquier formato o soporte.
Esta edición ha sido publicada con autorización de HarperCollins Publishers LLC, New York, U.S.A.
Esta es una obra de ficción. Nombres, caracteres, lugares, y situaciones son producto de la imaginación del autor o son utilizados ficticiamente, y cualquier parecido con persona, vivas o muertas, establecimientos de negocios (comerciales), hechos o situaciones son pura coincidencia.

® Harlequin, TOP NOVEL y logotipo Harlequin son marcas registradas por Harlequin Enterprises Limited.
® y ™ son marcas registradas por Harlequin Enterprises Limited y sus filiales, utilizadas con licencia. Las marcas que lleven ® están registradas en la Oficina Española de Patentes y Marcas y en otros países.

Imagen de cubierta: Shutterstock

I.S.B.N.: 978-84-687-8782-4
Depósito legal: M-11375-2017

CAPÍTULO 1

Corría por el bosque enmarañado, de sus labios escapaba la respiración entrecortada por el miedo mientras luchaba para llevar el preciado oxígeno hasta sus pulmones. Una rama le golpeó dolorosamente el rostro y alzó la mano con un gesto reflejo de protección. La apartó después para protegerse de otros obstáculos que acechaban en la negra noche. El cielo cubierto ocultaba la media luna y la dejaba a ciegas mientras continuaba intentando abrirse camino entre los árboles.

Solo era cuestión de tiempo que detectaran su ausencia. No esperarían hasta el amanecer. En menos de una hora soltarían a los perros para que la localizaran. Contaban con aquella ventaja. Ella con ninguna.

Tropezó con las raíces de un árbol y cayó de bruces al suelo, golpeándose el rostro. Todo el aire abandonó sus pulmones. Permaneció tumbada con la respiración jadeante y las lágrimas ardiendo en sus ojos. Apretando los dientes con un gesto de determinación, se obligó a incorporarse para continuar huyendo, ignorando el dolor insoportable que laceraba su cuerpo.

La encontrarían. No descansarían hasta obligarla a volver. No podía parar. No podía renunciar. Moriría antes de volver.

Un escalofrío le recorrió la espalda al oír al aullido distante de un coyote. Se detuvo en seco al oír a un segundo coyote, y después a un tercero, mucho más cerca que el primero. Los aullidos de toda la jauría gimiendo, ladrando y aullando le pusieron el vello de punta en una piel ya erizada por el frío.

Estaban delante de ella. Eran el único obstáculo que se interponía entre Jenna y el campo abierto que representaba su libertad. Su posible libertad. Pero entonces cayó en la cuenta de que, si se acercaba a los coyotes, quizá los perros que habían soltado para seguir su rastro se mostraran reacios a seguirla para no aproximarse a ellos.

Sus oportunidades con los coyotes salvajes eran infinitamente mejores y preferibles a las que le deparaba el futuro si conseguían arrastrarla de nuevo al complejo. El cielo estaba empezando a clarear hacia el este, pero no lo bastante como para distinguir el camino. Consciente de que tenía que seguir avanzando costara lo que costara, se lanzó hacia delante, apartando el denso ramaje mientras intentaba abrirse paso a través de la tupida vegetación.

No sentía ya los pies descalzos. El frío y los numerosos cortes y golpes los habían dejado entumecidos. Y lo agradecía. Sabía que en el momento en el que recuperara la sensibilidad quedaría indefensa.

¿Tendría que seguir caminando mucho más? Había estudiado los planos en minutos robados y corriendo un riesgo enorme al adentrarse en zonas prohibidas del complejo. Sabía que el camino que había elegido, el que se dirigía hacia el norte, era el más corto para atravesar el impenetrable bosque que rodeaba el complejo. Había memorizado todos los indicadores y se había encaminado hacia el norte desde el extremo septentrional de la tapia.

Pero, ¿y si no había seguido una línea recta? ¿Y si había estado corriendo en círculos? Quiso escapar un sollozo de su boca ensangrentada, pero lo reprimió mordiéndose el labio inferior, infligiéndose dolor de forma intencionada.

Y oyó entonces algo que le hizo olvidar el frío. El pánico se deslizó por su espalda y ella se quedó paralizada por el terror. Los perros. Todavía estaban lejos, pero era un sonido inconfundible con el que estaba íntimamente familiarizada. Sabuesos: rastreadores de sangre. Y ella había sangrado por todo el bosque, dejando un rastro que convertiría su búsqueda en un juego de niños para los perros.

Con un sollozo, se obligó a seguir avanzando. Su huida era cada vez más desesperada. Saltaba tocones y ramas caídas y se cayó media docena de veces en aquella frenética fuga impulsada por la angustia y toda una vida de desesperación.

Un calambre le agarrotó el muslo y gimió, pero ignoró aquel dolor paralizante. La atacó otro en el costado. ¡Oh, Dios! Se palmeó el costado, presionó, masajeó el músculo tensionado y alzó hacia el cielo su rostro devastado por las lágrimas.

«Dios mío, por favor, ayúdame. Me niego a creer que soy la abominación que dicen ellos. Que seré castigada por algo que no elegí yo. No están cumpliendo con tu mandato. No puedo, no quiero creerlo. Por favor, ten piedad de mí».

Los perros parecían estar más cerca y había dejado de oír a los coyotes. A lo mejor habían huido asustados por los escandalosos aullidos de la nutrida jauría que la buscaba. Otro calambre estuvo a punto de doblegarla y comprendió que pronto no sería capaz de continuar corriendo.

—¿Por qué, Dios mío? —susurró—. ¿Cuál es mi pecado?

Y, de pronto, salió de entre la última maraña de ramas y arbustos y fue tal el impacto de no encontrar ningún obstáculo que tropezó y cayó hacia delante, aterrizando con el rostro sobre... ¿sobre una pista de grava?

Extendió las manos sobre el suelo y curvó los dedos sobre la tierra y la gravilla. Las gotas de sangre empaparon la tierra y se secó apresuradamente la boca y la nariz con el brazo de la sudadera hecha jirones.

Creció entonces la euforia. ¡Lo había conseguido!

Se levantó a toda velocidad, regañándose a sí misma. Todavía no había conseguido nada. Apenas había abandonado el bosque y en aquel momento era un blanco más fácil. Pero por lo menos podría saber hacia dónde ir.

O al menos eso esperaba.

Comenzó a correr por la carretera, pero se desvió hacia la

cuneta en cuanto las piedras comenzaron a clavarse en sus pies. La hierba no era mucho mejor, pero, al menos, el rastro de sangre no sería tan evidente.

Para su asombro, a solo unos cientos de metros le pareció reconocer una pequeña gasolinera y un puesto de frutas. Aumentó la velocidad de sus pasos, mirando en todas direcciones mientras avanzaba. Miraba incluso por encima del hombro, temiendo ver a los perros tras ella. O, peor aún, a los ancianos.

Al no ver nada, ni a nadie, continuó hasta la estación de servicio sin tener la menor idea de lo que allí la esperaba. Sabía muy poco del mundo moderno, más allá de lo que había aprendido en los libros, las revistas y los periódicos que había leído a escondidas. Le parecía un mundo extraño, aterrador y más grande de lo que era capaz de imaginar. Pero había intentado acumular todo el conocimiento posible preparándose para aquel día.

Para la libertad.

Al llegar a la gasolinera, se fijó en una vieja camioneta. Estaba aparcada delante de la gasolinera y una lona cubría por completo el remolque. Miró a derecha e izquierda y después hacia la gasolinera, sopesando rápidamente sus opciones. Oyó voces.

Se agachó detrás de la camioneta a toda velocidad. El corazón retumbaba con fuerza en su pecho y respiraba con dolorosos resuellos.

—Tenemos que llevar la carga al puesto de Houston. Espero estar de vuelta para las dos de la tarde. ¿Necesitas algo de la ciudad, Roy?

—No, hoy no. Pero ten cuidado. He oído decir que esta mañana está fatal el tráfico. Ha habido un choque en cadena en la 610.

—Lo tendré. Y cuídate tú también.

Sin pensárselo dos veces, Jenna alzó la lona de la camioneta y, para su deleite, vio que había espacio suficiente para acurrucarse entre las cajas de fruta y verdura. Con la mayor rapidez y el mayor sigilo que pudo, se deslizó en el remolque de la camioneta, con su cuerpo protestando de dolor. Colocó de nuevo la lona, esperando haberla dejado tal y como la había encontrado, y se inclinó hacia delante cuanto le fue posible para evitar caer.

Aquel hombre se dirigía a la ciudad. Pensar en ello le aterrorizaba. La mera idea de verse engullida por una ciudad tan grande como Houston le resultaba paralizante. Pero también jugaría a su favor. Seguro que los ancianos tenían más problemas para encontrarla en una ciudad repleta de actividad. Por no mencionar que no podrían secuestrarla a plena luz del día. Y podrían hacer las dos cosas si permanecía allí, en aquella zona rural y aislada del norte de Houston.

Contuvo la respiración cuando la camioneta tembló con el portazo del conductor. Después, arrancó el motor y el vehículo comenzó a desplazarse hacia atrás. Jenna se llevó el puño a la boca hinchada y se mordió los nudillos cuando la camioneta se detuvo, pero, un segundo después el vehículo se puso de nuevo en movimiento y ella comprendió que habían salido a la pista de grava.

«Gracias, Dios mío. Gracias por no haberme olvidado. Por hacerme saber que no soy lo que ellos decían y que tú no eres el Dios vengativo del que hablaban».

CAPÍTULO 2

Isaac Washington agarró el vaso de café y dos bagels y salió de un pequeño centro comercial situado a solo unas manzanas de las oficinas de DSS. Debido a la popularidad de la cafetería y a que era la hora punta de la mañana en Houston, había tenido que dejar el coche al otro lado de la carretera, en el aparcamiento del centro comercial.

Era una suerte que fuera invierno, o que el tiempo fuera todo lo invernal que podía llegar a ser en Houston, así no terminaría empapado en sudor después de aquella caminata. Se percibía un ligero frío en el aire, cortesía del último frente frío de la noche, lo que suponía un cambio agradable después del calor agobiante del verano y el otoño.

Estaba a punto de llegar a su todoterreno cuando se dio cuenta de que la puerta del conductor estaba abierta. ¡Hijo de...! Siempre se olvidaba de cerrar la maldita puerta y, bueno, eran muchas las veces que se dejaba las llaves en el encendido cuando tenía que hacer un recado rápido.

Dejó el café y los bagels, desenfundó la pistola y se colocó entre dos coches antes de comenzar a avanzar a paso lento hacia el todoterreno, intentando pasar desapercibido mientras acortaba la distancia entre su vehículo y él.

Continuó caminando entre los coches aparcados hasta que estuvo a un solo coche de distancia. Con mucho sigilo, se dirigió hacia la parte de atrás. Quería aparecer por detrás de quienquiera que estuviera intentando largarse con su todoterreno y dejarle atrapado entre la puerta abierta y la pistola cargada.

Se levantó poco a poco, lo suficiente como para poder ver bien al ladrón, y frunció el ceño al ver una delgada silueta con una sudadera con capucha llena de agujeros. Los vaqueros no estaban en mucho mejor estado. La capucha cubría la cabeza del tipo. A juzgar por su tamaño, tenía que tratarse de un adolescente con ganas de dar una vuelta en un coche robado.

Quienquiera que fuera era un pésimo ladrón de coches. Ni siquiera estaba vigilando su espalda para ver si el dueño del todoterreno, o cualquier otra persona, aparecía de repente tras él. Cuando vio que comenzaba a deslizarse tras el volante, supo que tenía que actuar, y esperar que el tipo no fuera armado.

—No te muevas —dijo Isaac, apareciendo de pronto y apoyando la pistola en la espalda del chico.

El adolescente se quedó muy rígido y volvió la cabeza. Y, cuando Isaac vio al supuesto adolescente que estaba intentando robarle el todoterreno, todo el aire abandonó sus pulmones en una enérgica exhalación.

Una joven se le quedó mirando con unos ojos enormes y asustados. Su rostro era de una palidez inusual, lo que hacía la sangre y la hinchazón de su nariz y su boca más evidentes. A pesar de su indumentaria y del estado en el que se encontraba, lo primero que pensó Isaac fue que estaba contemplando el rostro de un ángel.

Algunos mechones de pelo rubio sobresalían de la capucha de la sudadera, enmarcando un cutis que, al margen de las heridas, parecía de porcelana. La sangre y las heridas no casaban en absoluto con la imagen que aquella joven proyectaba. Isaac bajó la mirada hacia su mísero atuendo y advirtió que ni siquiera llevaba unos malditos zapatos. No podía decirse que hiciera un frío helador, por supuesto, pero sí demasiado como para andar saliendo con aquella indumentaria y los pies descalzos.

—Por favor, no me haga daño —susurró la joven con labios temblorosos.

Su cuerpo entero temblaba mientras alzaba las manos con un gesto de rendición. El enfado de Isaac al ver que le estaban robando el todoterreno se desvaneció para ser sustituido por un fuerte sentimiento protector y por la rabia de saber que alguien quería hacer daño a aquella mujer diminuta y de aspecto inocente.

—¿Cómo te llamas? —le preguntó con delicadeza antes de bajar la pistola y guardarla en la pistolera.

El terror asomó a aquellos ojos azules y claros como el cristal. Isaac nunca había visto a nadie con un color tan especial. Aquellos ojos junto al rubio sedoso de su pelo, su aspecto delicado y su piel clara conjuraron en su mente la imagen de un ángel.

—No... no... puedo decirlo.

Isaac suavizó su expresión.

—¿Tienes algún problema? Porque yo puedo ayudarte. Mi trabajo consiste en ayudar a gente que tiene problemas.

Ella sacudió la cabeza con énfasis.

—Por favor, déjeme marcharme. Siento mucho haber... —se interrumpió y señaló el vehículo moviendo débilmente la mano—. No sabía qué hacer.

—Cariño, creo que no te has visto —respondió él con delicadeza—. Estás herida, llena de moretones, tienes un aspecto horrible y no vas vestida para este tiempo. Ni siquiera tienes zapatos.

—Tengo que irme —susurró ella—. Tengo que irme.

Isaac dio un paso adelante al percibir su urgencia y su inminente huida. No sabía por qué era tan importante para él impedir que se fuera, pero, ¡diablos!, ¿cómo iba a dejar que se marchara aquella misteriosa mujer después de haber visto en qué condiciones estaba?

Ella se encogió, replegándose sobre sí misma con un gesto de protección instintivo y en absoluto consciente. Isaac sintió oscurecerse su propia expresión al pensar en los motivos que podía tener aquella joven para asumir que debía tener tanto miedo de un desconocido. Pero comprendía su reacción. No podía decirse que se hubieran conocido en las mejores circunstancias. Sobre todo, teniendo en cuenta que él había aparecido apuntándola con una pistola.

—Déjame comprarte algo de comer. Acabo de salir de la cafetería del centro comercial, pero, cuando he visto la puerta del todoterreno abierta he dejado caer el café y los bagels. Creo que a ti también te vendría bien algo caliente.

Reconoció el anhelo en sus ojos ante la mención de la comida y el café y desvió la mirada automáticamente hacia su silueta, advirtiendo su delgadez. Tenía unas profundas ojeras bajo los ojos que sugerían falta de sueño, además de la de comida.

Maldita fuera. Tenía todas las señales de una víctima de malos tratos. ¿Habría sido su marido? ¿Su novio? Podría haber sido hasta su padre. Parecía lo bastante joven como para ser una adolescente. Sus ojos eran lo único que la hacía parecer adulta. Unos ojos que habían visto demasiado. Unos ojos más viejos que ella, educados con dureza en la universidad de una vida miserable.

—Te juro que no voy a hacerte ningún daño —le aseguró en el mismo tono tranquilizador que habría empleado con un animal salvaje—. No pienso llamar a la policía ni denunciarte por intento de robo.

La joven palideció todavía más ante la mención de la policía e Isaac se maldijo por lo imprudente de sus palabras.

Ella estaba abriendo la boca para protestar cuando Isaac distinguió el familiar silbido de una bala. El coche que estaba a su lado se sacudió de forma violenta en el momento en el que el neumático recibió el impacto. El eco del disparo reverberó con fuerza en la distancia.

—¡Agáchate! —gritó Isaac, abalanzándose hacia la mujer.

Le rodeó la cintura con los brazos y se volvió para tirarla al suelo y protegerla con su cuerpo. Estaba buscando su propia pistola cuando nuevos disparos alcanzaron el todoterreno y el coche que estaba a su lado. Y, después, el dolor explotó en su pecho.

Abrió la boca sorprendido y, por un momento, fue incapaz de moverse. La fuerza abandonó sus piernas, se derrumbó como un globo desinflado y cayó con un golpe seco al lado de la mujer, que continuaba tumbada en el suelo a menos de un metro de distancia.

—¡No, no! —gritó Jenna—. ¡No!

Isaac vio su rostro. La angustia y la preocupación hacían más marcadas sus facciones. La perplejidad y la sensación de fracaso le asaltaron mientras sentía cómo iba apagándose su cuerpo. Después de todo lo que había soportado y contra lo que había luchado durante el año anterior, ¿así era como iba a morir?

—Escúchame —jadeó. Él mismo se sobresaltó al oír su voz convertida en un mero susurro—. Móntate en mi todoterreno. Las llaves están puestas. Sal de aquí a toda velocidad y ponte a salvo. No tienes manera de ayudarme. Me estoy muriendo.

—¡No! —se opuso ella— ¡No pienso dejarte!

Gateó para acercarse a Isaac y, de pronto, su rostro se cernió sobre él. Sus ojos azules centellearon hasta adquirir un tono plateado mientras caía la capucha de la sudadera, dejando deslizarse alrededor de su cuello una cascada de rizos rubios tan descontrolada como las manos que corrían sobre su pecho ensangrentado.

—Vete —graznó Isaac.

Tosió y se atragantó al sentir el gusto metálico de la sangre envolviendo su lengua.

Ella cerró los ojos y frunció la frente angustiada e Isaac gimió en el momento en el que sintió sus manos presionándose con fuerza contra su pecho.

Fue como si le hubiera caído un rayo. Una descarga eléctrica. El corazón le palpitó con fuerza, después, se detuvo y se le nubló la visión. Las delicadas facciones de aquella joven se hicieron cada vez más borrosas.

Dejó entonces de luchar contra lo inevitable: la muerte. Se

relajó, esperando la llegada del fin mientras el frío alcanzaba lo más profundo de su corazón. Hasta que la más asombrosa de las sensaciones le devolvió a la conciencia. Calor. El calor más delicioso que había sentido en su vida fue extendiéndose poco a poco por sus venas, llevando con él el susurro de la esperanza, el anuncio de un nuevo renacer.

Intentó hablar, protestar, preguntar si aquello era la muerte, pero solo fue capaz de boquear en el momento en el que se le aclaró la visión y pudo contemplar la insoportable tensión grabada en cada una de las líneas del rostro de aquella joven.

Jamás había experimentado nada tan maravilloso como aquella calidez que emanaba del interior de su cuerpo. Su corazón agotado y sus pulmones parecieron relajarse y, además, ya no había dolor… solo quedaba la sensación de estar resurgiendo. Era como si un cirujano hubiera hundido las manos en su pecho y hubiera reparado meticulosamente el daño hecho por la bala.

Alzó la mano, asombrado al saberse con fuerzas para hacerlo. Aspiró ansioso el dulce oxígeno que daba la vida y se maravilló al descubrir que no solo había desaparecido el dolor, sino que estaba sintiendo algo indescriptible. No había drogas, ni narcóticos, ni analgésicos capaces de producir una sensación tan maravillosa.

Alargó la mano hacia la muñeca de la joven y la rodeó con los dedos. No estaba seguro de lo que estaba haciendo aquella mujer, pero sabía que tenía que parar. Estaba en peligro. Los francotiradores seguían allí. Podían ir a por ella en cualquier momento.

Ella abrió los ojos en el instante en el que la tocó y los propios ojos de Isaac se abrieron como platos al descubrir el turbulento torbellino de colores resplandecientes que hacían indetectable el otrora azulado iris.

—No —respondió ella entre dientes—. Todavía no he terminado. Tienes que dejarme acabar. No voy a dejar que mueras.

Isaac apartó la mano, aturdido ante lo que estaba viendo

o, mejor dicho, experimentando. A aquellas alturas de la vida, pensaba que ya nada podía sorprenderle o pillarle desprevenido. Creía que en el mundo en el que vivía y trabajaba ya nada volvería a parecerle increíble. Pero jamás había imaginado tal poder, tal habilidad. ¿No era Dios el único que tenía poder sobre la vida y la muerte?

No, eso no era cierto. Hombres y mujeres se mataban a diario. Los humanos tenían más poder de decisión sobre la muerte que sobre la vida. Y, sin embargo, aquella mujer...

Todo su cuerpo se estremeció y su tronco se irguió como si acabaran de utilizar con él un desfibrilador. Sintió el frío del cemento a través de la chaqueta empapada en sangre y se dio cuenta de que él estaba caliente. Vivo. Entero. Y respirando.

Comenzó a mirarla maravillado y descubrió la desesperación que arrasaba aquellos ojos tan profundos. Ella apartó las manos, encogió las rodillas contra el pecho, las rodeó con los brazos y comenzó a moverse hacia delante y hacia atrás mientras las lágrimas rodaban por su rostro.

Isaac comprendió al instante lo que ocurría. Al salvarle, al sanarle, había renunciado a la oportunidad de escapar. La resignación que reflejaba su rostro le rompió el corazón cuando todavía estaba estupefacto ante la sorpresa de estar vivo. Se palpó el pecho con cuidado, apartó la mano y la vio empapada de sangre. Pero la sangre procedía de su ropa. No era él el que estaba sangrando. Ya no había ninguna herida en su pecho. Sentía una debilidad residual... pero quizá fuera solo por el impacto de lo ocurrido. No estaba en condiciones de levantarse, de tirar de ella, meterla en el todoterreno y salir corriendo. Lo único que conseguiría sería que les mataran a los dos, o, mejor dicho, que volvieran a matarle a él. Ella solo tendría oportunidad de escapar si le abandonaba allí.

Alargó la mano y la agarró del tobillo, sacudiéndola con delicadeza para llamar su atención. Ella alzó la mirada hacia él con expresión apagada e Isaac señaló el todoterreno.

—¡Vete, deprisa, antes de que vengan! Las llaves están puestas.

Ella negó con la cabeza mientras una nueva oleada de lágrimas empapaba su rostro.

—¡Maldita sea, sal de aquí! Yo puedo conseguir ayuda y todavía conservo la pistola. ¡Por el amor de Dios, muévete!

Por primera vez, la esperanza asomó al rostro de la joven, a pesar de que sus ojos continuaban mostrando su sorpresa. Isaac estaba comenzando a levantarse cuando se descubrió aplastado de nuevo contra el suelo por el cuerpo de ella mientras una docena de balas agujereaban el todoterreno.

Ella abrió los ojos como platos, mostrando dolor, tristeza y un terror inefable. Isaac sintió la intensidad de su mirada penetrándole hasta los huesos, su peso arrastrándole a las más turbulentas profundidades. No había una sola parte de su cuerpo que no estuviera suplicándole y, cuando habló, Isaac se encogió ante la angustia que traslucía cada palabra.

—Tienes que esconderte. No pueden saber lo que he hecho. No puede saberlo nadie. No le hables a nadie de mí —suplicó.

Envolvió las manos de Isaac con sus manos diminutas, se las levantó y se las llevó al pecho. Isaac sintió el errático latido de su corazón contra los nudillos y advirtió entonces que estaba temblando violentamente.

No se atrevió a llamar la atención sobre el hecho de que el charco de sangre sobre el que todavía estaba tumbado la delataría porque sabía que se derrumbaría, era como si estuviera sostenida por un hilo finísimo. Soltarle las manos, perder su contacto, le hizo sentirse repentinamente vacío, como si parte de él hubiera muerto. Pero, aun así, la empujó hacia su vehículo y adoptó un tono duro y autoritario mientras le dirigía la más enérgica e imperativa de sus miradas.

—Vete mientras todavía estás a tiempo, maldita sea. Ya te he dicho que pronto vendrá alguien a por mí. No permitas que esos animales te pongan las manos encima.

Dios, esperaba no estar mintiendo al decir que pronto acudirían en su ayuda. Había conseguido activar el botón de «¡Oh, mierda!», como llamaba Eliza, su compañera de equipo, al transpondedor que todos llevaban encima. No estaba lejos de las oficinas centrales. Diablos, pronto tendría que aparecer alguien por allí.

—¡Por el amor de Dios, escúchame! —bramó—. No sé quién demonios eres ni qué demonios has hecho, pero no voy a dejar que asesinen a alguien que acaba de salvarme la vida.

Ella se levantó trabajosamente, manteniendo la cabeza gacha, y se deslizó tras la puerta del todoterreno. Se volvió después para mirar a Isaac por última vez y él habría jurado que le estaba suplicando perdón con la mirada. La puerta se cerró tras ella y el motor se puso en marcha. Isaac esbozó una mueca al ver que el todoterreno avanzaba bruscamente hacia delante, se detenía y comenzaba a avanzar de nuevo con los frenos chirriando a modo de protesta.

¡Mierda! Quizá no hubiera sido una buena idea hacerla marcharse. Ni siquiera parecía saber conducir. Diablos, a lo mejor no tenía ni la edad para hacerlo. Apretó los dientes con un gesto de frustración ante su incapacidad para ofrecerle la protección que tan desesperadamente necesitaba y rezó para haber tomado la decisión correcta.

Comprobando las respuestas de su cuerpo, giró hasta quedar tumbado sobre su estómago y fue arrastrándose alrededor de la parte delantera del coche que había quedado ante él, con los nudillos blancos por la fuerza con la que agarraba la pistola. Se apoyó contra la rejilla del coche y esperó, frotándose todavía el pecho sin poder creer lo que acababa de pasar.

—Isaac —oyó una voz baja en la distancia—. Informa de la situación.

Isaac suspiró aliviado al oír a Zeke, una de las nuevas adquisiciones de DSS, anunciando su llegada.

—¿Tienes refuerzos? —preguntó Isaac, alzando la voz solo lo suficiente como para hacerse oír.

—Dex ha venido conmigo. ¿Qué pasa, tío?

—Hay francotiradores. No sé dónde están, pero no andaban lejos cuando han disparado por primera vez. No tengo la menor idea de si todavía están en escena o se han marchado ya. Cuidaos, y espero que vengáis bien pertrechados.

Oyó que Dex respondía con un sonido burlón que él interpretó como una afirmación.

—¿Te han dado? —quiso saber Zeke.

Isaac abrió la boca, pero la cerró al instante. ¿Cómo demonios contestar a aquella pregunta? Sí, le habían dado. Debería estar de camino a la morgue para que le pusieran una etiqueta en el dedo gordo del pie, pero se sentía como si jamás le hubieran herido. Como si su corazón y sus pulmones no hubieran recibido un golpe mortal. ¿Cómo iba a explicar algo así a sus compañeros?

—Este no es momento para preguntas. Después os lo explicaré. Pero que quede una cosa clara: no dejéis que os metan un tiro.

—No es algo que tengamos previsto —replicó Dex. Se interrumpió un segundo—. ¿Necesitas un médico?

—No, solo un coche.

—Sombra está ahora sobre el terreno, intentando localizar a los francotiradores. Si todavía están ahí, él se ocupará de ellos.

No podía ser más cierto. Sombra se había ganado su apodo porque era precisamente eso: una sombra que nadie podía detectar. Nadie era consciente de que le tenía encima hasta que ya era demasiado tarde.

—Buena idea —musitó Isaac—. Pero dile que vigile su espalda. Hay más de uno. Los disparos procedían de por lo menos tres fuentes diferentes.

—Él se hará cargo de todo —dijo Dex confiado—. Estoy más preocupado por tu estado.

—Estoy bien —insistió Isaac—. Pero no me gusta ser un blanco tan fácil.

—Te sacaremos pronto de allí. Tú relájate y mantente en guardia. Zeke y yo te cubriremos y Sombra se ocupará de cualquier posible amenaza.

Pero lo que le preocupaba a Isaac era que no había sido él el objetivo. El curso de sus pensamientos se detuvo de pronto.

¿O quizá sí? Los disparos no habían ido dirigidos a la mujer. No había impactado ni una sola bala en el coche que estaba más cerca de ella mientras que él podía considerarse afortunado al seguir de una pieza. Aquello no había tenido que ver nada con él, ni tampoco había sido un tiroteo al azar por parte de unos aficionados. Había sido un intento de secuestro y él había estado a punto de convertirse en un daño colateral. Le querían muerto, a ella la querían viva. Y solo habían alcanzado uno de sus objetivos.

En cualquier caso, aquel ángel misterioso tenía un serio problema e Isaac no pensaba permitir que huyera indefensa de aquellos miserables que habían dejado claro que no se andaban con miramientos. No tenía la menor idea de qué podían querer de ella, pero mientras intentaba analizar las posibles razones se pasó la mano por el pecho, por aquel pecho sanado que no mostraba el menor indicio de haber recibido un disparo. Aquel pecho indemne podía ofrecerle una idea bastante acertada de por qué un puñado de asesinos la tenían huyendo aterrada.

Si se conociera aquella habilidad, y apostaría hasta su último dólar a que alguien conocía aquel milagroso don, querrían hacerse con ella. Eran muchos los que no se detendrían ante nada para tenerla bajo control.

Mierda.

Le había salvado la vida. Y, aunque no hubiera sido así, después de ver a aquella mujer tan pequeña, tan frágil, ensangrentada y amoratada, nada iba a impedirle remover cielo y tierra hasta estar seguro de que estuviera protegida en todo momento. Aquello ya era una cuestión personal. No era una misión más de DSS que podían asignarle a un equipo o a otro de sus miembros. Iba a protegerla él. Y si Caleb, Beau o Dane tenían algún problema al respecto, que se fueran al infierno. Presentaría su dimisión y se encargaría personalmente de aquella misión.

—¡Qué demonios! —rugió Zeke cuando apareció junto a Dex delante de Isaac—. Has dicho que no te habían herido. Necesitas una ambulancia y que te lleven ahora mismo al hospital.

Isaac suspiró y se limitó a abrirse la camisa empapada en sangre para que pudieran ver su piel intacta.

—Sí, ya sé lo que parece, pero si os cuento lo que ha pasado, incluso con todas las locuras a las que estáis expuestos trabajando para DSS, me llevarías a rastras hasta el psiquiátrico.

—Ponnos a prueba —dijo Dex con calma.

Isaac resoplo y relató después todo lo ocurrido: desde el momento en el que había visto la puerta de su todoterreno abierta hasta aquel en el que había recibido un disparo mortal en el pecho que una misteriosa mujer había curado.

Y tuvo que reconocerles el mérito de que su única respuesta visible fuera un arqueamiento de cejas.

—¿Y has dejado que se vaya? ¿Sin protegerla? ¿Para que esos cretinos intenten dispararle otra vez? —preguntó Zeke con incredulidad.

—La he hecho marcharse en mi coche —le espetó Isaac, fulminándole con la mirada—. No estaba en condiciones de protegerme y, mucho menos, de protegerla a ella y no podía hacerle correr un riesgo tan grande cuando sabía que estarías aquí en cuestión de minutos.

Apareció Sombra de en medio de la nada. Su ceño fruncido indicaba que había oído toda la explicación. Algo de lo que lo que Isaac se alegró, porque no tenía ganas de repetirla.

—¿Y eso le va a servir de algo? —preguntó Zeke con insistencia.

Isaac sacudió la cabeza ante la lentitud de Zeke para entender. Volvió a fulminarle con la mirada mientras la irritación le inflaba las aletas de la nariz.

—Se ha llevado el todoterreno de la empresa.

Entonces asomó a los ojos de su compañero de equipo el brillo de la comprensión.

—¿Vas a ir a buscarla? —preguntó Sombra, desviando la ira de la que había sido objeto Zeke por parte de Isaac hacia él.

—¿Qué clase de pregunta es esa? —gruñó Isaac.

—De acuerdo. Entonces, ¿cuándo piensas ir a buscarla? —preguntó Dex.

—Ahora mismo —respondió con impaciencia—. Parecía que ni siquiera sabía conducir, así que no creo que sea muy difícil seguirle el rastro. Mientras estamos aquí perdiendo el tiempo discutiendo sobre estupideces que podrían esperar, podrían haberla encontrado.

Zeke le miró preocupado.

—¿No deberías ir a urgencias, o, por lo menos, a la clínica privada que utiliza DSS para que te echen un vistazo?

—¿Y qué les cuento? —tenía la paciencia al límite—. ¿Que he recibido un disparo en el pecho, en el corazón y en los pulmones? ¿Qué estaba sangrando como un cerdo y sintiendo que me moría hasta que de pronto una misteriosa dama me ha puesto las manos en el pecho y me ha curado? ¿Que he sentido cómo iba cerrándose la herida desde dentro hacia afuera? Confía en mí, si me examina algún médico, no encontrará ningún rastro de la herida.

Dex soltó un silbido.

—Esto es una locura.

Isaac resopló.

—Después de saber lo que Ramie, Ari y Gracie son capaces de hacer, ya no debería sorprenderte nada.

—Ya, tío, pero esto es diferente —respondió Sombra con voz queda—. Esa mujer salva a la gente. Te ha rescatado cuando estabas al borde de la muerte. Tú mismo lo has dicho. Has llegado a sentir que te estabas apagando, que te estabas muriendo, pero, aun así, ahora nadie podría saber siquiera que te han herido. Esto va mucho más allá de los poderes psíquicos de nuestras mujeres.

—Sí —respondió Isaac resoplando—, por fin lo entiendes. Por eso tengo que encontrarla antes de que otros le pongan las manos encima. Va a llevar esa diana en la espalda durante toda su vida. Es probable que ya esté teniendo problemas. Ahora que sé lo que ha pasado y los motivos por los que estaba intentando robarme el coche, cobra más sentido que tuviera la cara destrozada y que fuera vestida como iba. ¡Si ni siquiera llevaba zapatos, por el amor de Dios!

La expresión de Zeke se oscureció hasta el punto de resultar peligrosa.

—No nos habías dicho que le habían pegado.

Las reacciones de Dex y de Sombra no fueron menos coléricas.

—Ayudadme a levantarme y pongámonos en camino de una maldita vez. Tenemos que activar el sistema de rastreo de mi todoterreno para saber dónde está, hasta dónde ha llegado o si el coche sigue todavía en marcha.

Aunque no lo dijo, la expresión sombría de sus rostros indicaba que todos sabían que aquellas alturas podía estar en manos de sus perseguidores.

CAPÍTULO 3

—¡Joder! —gruñó Isaac desde el asiento de pasajeros.

Zeke conducía y Sombra y Dex iban sentados en el asiento trasero del vehículo. Estos dos últimos volcaron en él toda su atención y Zeke le miró de reojo.

—¿Qué pasa?

—No ha vuelto a haber ningún movimiento desde la primera vez que lo he localizado hace unos minutos.

Sombra se encogió de hombros.

—A lo mejor ha parado para esconderse.

Isaac miró a Sombra por encima del hombro.

—Eso lo dices porque no la has visto. No había visto unos ojos que fueran el espejo del alma hasta que he mirado a los ojos a esa mujer. Y no creo que haya dejado de huir desde que se montó en el coche.

Zeke parecía pensativo.

—Y, aun así, se ha detenido para salvar tu triste trasero.

Isaac suspiró y se frotó la cara.

—Sí, pero no entiendo por qué. No había visto a una mujer tan asustada en toda mi vida y eso me fastidia. Pero, aun así, cuando le he dicho que se fuera, que no había ninguna esperanza para mí porque me estaba muriendo, se ha negado a marcharse. Y después… Dios… Después de curarme estaba temblando porque sabía que por mi culpa había renunciado a la única posibilidad de escapar.

—Es increíble —musitó Dex.
—Sí, dímelo a mí —gruñó Isaac.
¿Por qué le habría salvado? Normalmente, la gente solo pensaba en sí misma, pero ella lo había arriesgado todo por él. Y parecía devastada por la tristeza al saber que se estaba muriendo.
Isaac quería conocer la respuesta a aquellas preguntas, pero para conseguirla tenía que encontrarla.
—¿Entonces dónde está tu coche? —preguntó Sombra—. Si no se ha movido, tiene que ser fácil localizarlo, ¿no?
Isaac le mostró el transmisor, pero ocultó el miedo que oprimía su pecho al pensar en lo que se iban a encontrar. O en lo que no iban a encontrar.
—A un kilómetro y medio —dijo Zeke—, en una zona aislada. Por lo menos ha tenido la sensatez de conducir hasta una zona bastante apartada.
—No creo que supiera siquiera a dónde iba —replicó Isaac—. Ni siquiera parecía saber conducir. Ni tener edad como para tener el carnet, por cierto.
—¿Qué aspecto tenía? —preguntó Sombra con curiosidad.
—El de un ángel —susurró Isaac—. Un ángel ensangrentado y herido, pero un ángel muy bello. Tiene los ojos más azules que he visto en mi vida y el pelo rubio y rizado. ¡Dios! A lo mejor todo ha sido una alucinación y estoy como una cabra.
—Te aseguro que no te has imaginado que te han disparado y que te hemos encontrado en el suelo, tumbado en un charco de tu propia sangre —gruñó Dex.
—Ahí delante —anunció entonces Zeke con voz sombría.
Al oírle, los hombres sacaron sus armas. Zeke se detuvo un segundo después y salieron del coche empuñando las pistolas.
—Dividámonos de dos en dos —propuso Isaac—. Por lo que aparecía en el localizador, tiene que estar ahí mismo, justo al salir de la carretera, lindando con el bosque. Zeke, ven conmigo. Sombra, tú y Dex os acercaréis dando un rodeo y apareceréis delante del coche.

Sombra y Dex se adentraron en el bosque mientras Isaac y Zeke emprendían la ruta más directa hacia donde habían localizado el todoterreno. Apenas estaban entrando en el bosque cuando Isaac se detuvo precipitadamente y le hizo un gesto a Zeke, señalando el lugar en el que el todoterreno había quedado aparcado de cualquier manera en una zona cubierta de arbustos, como si hubiera intentando atravesarlos para esconderse.

Isaac soltó un juramento sin olvidar ni por un instante que había sido la enorme generosidad de aquella mujer y su disposición a arriesgarlo todo la que había evitado que en aquel momento estuviera muerto sobre un charco de sangre. No pensaba permitir que se defendiera sola. En cuanto la tuviera a su lado, estaba dispuesto a hacer todo lo que estuviera en su mano para conseguir que se abriera a él. Y se aseguraría de no permitir que volviera a correr un riesgo como aquel nunca más.

Avanzó sigiloso hacia el vehículo. Zeke le protegía la espalda. Cuando se asomó al asiento delantero, el corazón se le hundió en el pecho y el pulso se le aceleró. Maldita fuera. ¿La habrían encontrado? Pero miró entonces en el asiento de atrás y su alivio fue tal que estuvieron a punto de flaquearle las rodillas. Hasta que consiguió verla del todo.

Estaba encogida, hecha un ovillo e, incluso dormida, y parecía estar completamente rendida, había arrugas en su frente y temblaba y gemía. ¿O estaría inconsciente?

¿Sería él el culpable de su estado? ¿Salvarle la vida la habría dejado tan agotada que no era capaz de defenderse?

Cuando vio las silenciosas lágrimas que se deslizaban por sus mejillas, sintió que se ablandaba por dentro. Que se ablandaban partes de él que ni siquiera sabía que pudieran llegar a suavizarse.

Zeke, no menos afectado, musitó malhumorado:

—¡Mierda! ¿Qué vamos a hacer, Isaac?

—Se viene conmigo —respondió Isaac en un tono que no admitía discusión—. No pienso dejársela a esos miserables.

Solo Dios sabe lo que le han hecho antes de que consiguiera escapar.

La expresión de Zeke se tornó turbulenta.

—Podríamos ponerle protección durante veinticuatro horas al día.

—Se viene conmigo —gruñó Isaac.

—Dane querrá un informe completo y supongo que tendrá algo que decir al respecto.

—Me importa un bledo lo que quiera Dane. Es mía. Esto no tiene nada que ver con él. Ni siquiera es una clienta. Además, seré yo el que decida lo que hay que hacer.

Zeke arqueó las cejas, pero tuvo la sensatez de no seguir presionando.

Isaac abrió con cuidado la puerta de atrás. No quería despertarla con un ruido repentino. Ya había soportado demasiado miedo y estrés. Quería acabar con aquel infierno cuanto antes. Pero también sabía que no era una mujer a la que fuera a resultarle fácil confiar. Tendría que ser paciente y extremadamente delicado con ella.

Vaciló un instante cuando estaba a punto de tocarla y fijó la mirada en su cuerpo acurrucado. Parecía tan frágil que daba miedo tocarla. Sus manos le parecían enormes comparadas con las manos y los brazos de ella, con sus huesos. ¿Y si le hacía daño de forma involuntaria? Pero no iba permitir que fuera otro el que la llevara en brazos a ninguna parte.

Conteniendo la respiración, posó la mano en su brazo, intentando comprobar su grado de conciencia. Pero no debería haberse preocupado. No se movió ni un milímetro. Era evidente que había traspasado sus propios límites, estaba agotada. La culpa volvió a correrle por las venas.

Aquella mujer era un maldito milagro. Todavía estaba entumecido y le parecía increíble estar allí, entero, sin ninguna señal de haber recibido un disparo, en vez de en la morgue, donde sus compañeros habrían tenido que enfrentarse a la desgraciada tarea de identificar su cadáver.

Consciente de que tenía que darse prisa, deslizó la otra

mano por debajo de su cuerpo y apartó después la que tenía apoyada en su brazo para colocarla bajo sus piernas. La levantó sin hacer el menor esfuerzo y comenzó a regresar a su vehículo, atento a su respiración, al menor movimiento y a cualquier cambio de expresión.

Ella continuaba sin dar ninguna muestra de estar despertándose. Aquello le alivió y preocupó al mismo tiempo. Sosteniéndola muy cerca de su pecho, tan cerca que casi podía sentir el latido de ambos corazones, caminó a grandes zancadas hacia el coche mientras daba órdenes a sus compañeros de equipo.

—Deshaceos del todoterreno y desactivad el localizador. Por mí lo destruiría, pero Beau pondría el grito en el cielo. De todas formas, hacedlo desaparecer durante algún tiempo. Cuando todo esto termine, alguien podrá venir a por él.

Cuando todo esto termine. Esa sí que era una declaración de intenciones. Sabiendo lo poco que sabía, apenas nada, sobre la situación en la que se encontraba, tener alguna idea de cuándo iba a terminar era la menor de sus preocupaciones. ¿Pero estar al tanto de lo que necesitaba saber para mantenerla a salvo y protegerla contra cualquier daño? Aquella era la prioridad. Ella le había salvado la vida sin saber nada de él, salvo que estaba agonizando a solo unos centímetros de ella. Por nada del mundo iba a permitir que sufriera o siguiera viviendo con miedo un solo día más.

—¿Qué quieres hacer Isaac? —preguntó Sombra mientras Isaac dejaba a la mujer en el asiento de atrás del todoterreno con extrema delicadeza.

En cuanto consideró que la había dejado todo lo cómoda posible, Isaac se volvió y descubrió a sus tres compañeros tras él, con expresión preocupada a interrogante.

Por mucho que odiara la idea de dejar a aquella mujer a la que consideraba suya —aun sabiendo que era absurdo pensar que le pertenecía, que era su responsabilidad y nadie salvo él debía protegerla—, sabía que no podía desaparecer sin darles a Dane y a Beau una explicación. Se pasó la mano por el pelo y musitó un juramento. Después taladró a los tres hombres con su intensa mirada.

—Tengo que ir a informar a Dane y a Beau de lo que ha pasado y de que voy a pedir un permiso durante algún tiempo. Necesito que la llevéis a mi casa y cerréis la puerta con llave. No quiero que la perdáis de vista ni un solo segundo. Confío en que os aseguréis de que no le ocurra nada. Regresaré lo antes posible, pero necesito que hagáis esto por mí.

—Sabes que haremos cualquier cosa que necesites —dijo Zeke con voz queda—. Y más incluso. No deberías ocuparte tú solo de este asunto. Nosotros no trabajamos así y lo sabes.

—Pero esta no es una misión oficial —comenzó a decir Isaac.

—Cierra el pico —le espetó Dex con rudeza—. Ya sabemos que no llevamos tanto tiempo como tú y los demás trabajando para DSS. Somos los últimos contratados. Pero llevamos ya tiempo suficiente como para saber que esto no funciona así. Somos un equipo, una familia, y eso significa que no vamos a dejarte solo aunque esta no sea una misión oficial. Así que te vas a tener que aguantar. No puedo hablar por los demás, pero puedes contar conmigo para lo que quieras. Te apoyaré y haré todo lo que necesites. Lo único que tienes que hacer es pedírmelo.

Zeke y Sombra no dijeron nada, pero sus expresiones lo decían todo. Ellos tampoco iban a ir a ninguna parte.

Isaac dejó escapar un suspiro de alivio.

—Gracias. Os lo agradezco de verdad. Y, ahora, vámonos. Necesito que la llevéis a mi casa. Quiero que uno de vosotros esté a su lado en todo momento. No quiero que se despierte sola y asustada. Los otros dos exploraréis la zona para aseguraros de que no hay nadie por allí. No estaré mucho tiempo en las oficinas. Nos veremos en mi casa lo antes posible.

—No te preocupes —dijo Zeke—. No dejaremos que se acerque nadie a ella, Isaac. Te lo juro por mi vida.

Isaac alzó la barbilla.

—No lo he dudado en ningún momento. Dane solo contrata a los mejores, así que, si no supiera ya que puedo confiar en vosotros, el mero hecho de que él os haya contratado y haya dado su aprobación sería suficiente para que os confiara mi vida, y la de ella.

Dex le tendió las llaves del otro todoterreno e Isaac dirigió una última mirada a la mujer que le había salvado haciendo un milagro. Odiaba dejarla aunque fuera por tan poco tiempo, pero no le quedaba otra opción.

Cerró el puño alrededor de las llaves y se obligó a dar media vuelta y a comenzar a caminar hacia el coche.

—Mantenedme informado —les pidió, volviéndose un momento—. Quiero saber si se despierta, y cómo está —después, tomó aire, miró a sus compañeros sin importarle lo que pudieran descubrir por su tono o su expresión—. Mantenedla a salvo por mí —susurró.

—Sabes que lo haremos —respondió Dex con voz queda—. Y ahora vete para que puedas volver pronto con ella.

CAPÍTULO 4

Isaac aparcó en el garaje en el que DSS tenía las oficinas centrales, en el centro de Houston, y salió rápidamente del coche. Necesitaba acabar cuanto antes con aquello y enfrentarse después a las consecuencias. Le importaba muy poco que Dane y Beau dieran o no su aprobación. Ni siquiera era negociable. Si no estaban de acuerdo, sencillamente, renunciaría a su trabajo.

Alzó la cabeza sorprendido ante aquel pensamiento mientras salía del ascensor al piso en el que se encontraban las oficinas. ¿Renunciar? ¿Marcharse? ¿Dejar un trabajo que era toda su vida? ¿Un trabajo que le había consumido hasta excluir de su vida todo lo demás? Jamás habría imaginado un escenario en el que eligiera otra cosa por delante de su trabajo, de sus compañeros de equipo, de su familia. Pero ni siquiera tuvo que pensárselo dos veces.

Ella le necesitaba y él le debía mucho más de lo que nunca podría pagarle. También era obvio que aquella joven tenía problemas serios y, si él no la protegía, ¿quién iba a hacerlo?

Al entrar en las oficinas estuvo a punto de tropezar con Eliza. La abrazó con fuerza y ella ni siquiera le amenazó con dejarle castrado. En cambio, le devolvió el abrazo con idéntica intensidad.

Cuando se separó de ella, Isaac la recorrió con la mirada, sin pasar nada por alto. Eliza parecía feliz, relajada. Había una luz en sus ojos que no había visto antes. Isaac suponía que era el efecto que el amor y la redención tenían en una persona.

Se dio cuenta también de algo más y frunció el ceño.

—¿Qué demonios estás haciendo aquí, Lizzie? Se suponía que no debías volver al trabajo hasta dentro de…

Eliza frunció el ceño.

—Tres semanas, sí, lo sé. No sé quién es más idiota, si mi marido por organizarme tres meses de baja o a Dane por estar de acuerdo con él. Todo ello sin que yo supiera nada y sin que nadie me preguntara cuánto tiempo quería estar fuera.

—Te dispararon y estuviste a punto de morir —gruñó Isaac—. Date un respiro. Y dánoslo a nosotros, ¿de acuerdo? Sobre todo a ese pobre canalla con el que te has casado. Estuviste a punto de morir en sus brazos. Diablos, llegaste a estar clínicamente muerta.

Eliza suavizó su mirada un instante, pero volvió a fruncir el ceño.

—Sí, lo entiendo, ¿pero tres meses? Ya tuve mucho tiempo libre antes de la boda.

—Eh, hazme un favor, Lizzie. No presiones todavía para volver, ¿de acuerdo? Espera por lo menos hasta que haya hablado contigo.

La mirada de Eliza se tornó penetrante, la preocupación se apoderó de sus facciones mientras retrocedía un paso.

—¿Qué pasa, Isaac?

Isaac se pasó la mano por el pelo. El hecho de que Lizzie no estuviera trabajando podría serle muy útil. Podría contar con su ayuda para afrontar su problema. Con la suya y con la de su marido, Wade Sterling. Este tenía contactos de los que Isaac carecía.

—Mira, ahora mismo no tengo tiempo, Lizzie, de verdad. Tengo treinta segundos para pillar a Beau y a Dane mientras estén aquí, pero hablaré más tarde contigo, ¿de acuerdo? Es posible que necesite tu ayuda. La tuya y la de Sterling.

Eliza profundizó su ceño todavía más. Su preocupación se acentuó al comprender lo que le estaba diciendo.

—¿Necesitas que me quede hasta que termines de hablar con ellos?

Isaac suspiró y sacudió la cabeza.

—Si te parece bien, me pondré en contacto con Sterling y contigo más tarde. Después de hablar con Beau y con Dane tengo que ocuparme de algo.

—¿Por qué no nos pasamos Wade y yo por tu casa? ¿A las siete te parece bien? Llevaré la cena —se ofreció.

Fue tal el alivio de Isaac que hasta se mareó un poco. Le habría costado mucho dejar a la mujer que tenía a su cargo para hablar con Lizzie y con su marido. Pero, si estos iban a su casa, no solo podrían ver por sí mismos a lo que se estaba enfrentando, sino que no tendría que dejarla.

—Me parece perfecto. Y muchas gracias.

—Puedes contar con nosotros cuando quieras, Isaac. Lo sabes —dijo con suavidad—. Ahora vete. Iré a casa y, después de contarle a mi marido lo que pasa, le informaré de que hemos cambiado los planes para esta noche.

Isaac sonrió de oreja a oreja.

—¿Estás segura de que solo quieres contarle lo que pasa? Seguro que quieres hacer algo más con él.

Eliza frunció el ceño y le enseñó el dedo corazón mientras salía de las oficinas. Isaac soltó una carcajada y continuó sonriendo hasta que ella se fue. Después, tomó aire y corrió hacia el despacho de Dane, donde sabía que estaría también Beau.

Llamó una vez y asomó la cabeza.

—¿Tenéis un momento?

Dane pareció sorprendido al verle, pero Beau frunció el ceño.

—¿Dónde demonios está mi todoterreno? —preguntó—. ¿Y por qué demonios no está localizable?

Isaac elevó los ojos al cielo mientras se sentaba enfrente de él.

—Está bien y de una pieza, más a menos. Solo ha sufrido algunos problemas técnicos.

Dane arqueó la ceja.

—¿Esos problemas tienen algo que ver con el hecho de que quieras hablar con nosotros?

—Sí —contestó Isaac tras una breve vacilación.

El ceño de Beau se transformó en una mirada interrogante y de preocupación.

—¿Va todo bien, Isaac?

Isaac se frotó la nuca sin estar muy seguro de cómo explicar lo que había pasado aquella mañana. No quería que pensaran que había terminado perdiendo la cabeza. Así que se limitaría a ir al grano. No sabía hacerlo de ninguna otra forma.

—Esta mañana, cuando he parado para ir a comprar un café y unos bagels, alguien ha intentado robarme el todoterreno. Después, me han disparado en el pecho y he estado a punto de desangrarme en ese maldito aparcamiento.

Ambos hombres arquearon las cejas.

—¿Qué demonios ha pasado? —preguntó Dane en voz baja y amedrentadora. Pero después parpadeó—. Espera. Has dicho que te han disparado. ¿Entonces cómo demonios estás aquí sentado, contándome tranquilamente que te han disparado, en vez de en un maldito hospital? Y además, ¿quién es el canalla que ha intentado matarte? ¿Y por qué demonios nos estás contando ahora todo esto?

Su furia reverberaba en todo el despacho. Dane siempre había sido muy protector con todos los hombres y mujeres que trabajaban para él.

—No ha intentado matarme —respondió Isaac con tranquilidad—. Me ha matado. Me estaba muriendo. Sabía que me estaba muriendo. Sentía que me estaba yendo, que aquel era el fin, que mis días en la tierra habían terminado. Jamás en mi vida había estado más asustado. Pero, de pronto, ha llegado la calma. La aceptación, supongo. La verdad es que nunca he pensado mucho ni en la muerte ni en la posibilidad de morir, lo cual es una estupidez, lo sé, teniendo en cuenta cuál es nuestro trabajo y lo cerca que la hemos tenido. Y después de lo de Lizzie... —se interrumpió al ver que Dane palidecía y parecía encogerse.

Dane todavía estaba intentando superar el hecho de haber estado a punto de perder a Lizzie, que había estado al borde de la muerte, al igual que Isaac, que estaba allí sentado, contándoles tan tranquilo que había estado a punto de irse al otro mundo.

Beau y Dane intercambiaron sendas miradas de perplejidad y alarma. Después, sacudieron la cabeza como si estuvieran intentando entender qué demonios les estaba contando.

—¿Pero qué estás diciendo? —preguntó Beau en voz baja—. Isaac, ¿estás seguro de que estás bien?

Isaac suspiró y se frotó los ojos.

—Mira, ya sé que parece una locura y que os estáis preguntando si deberíais meterme en un psiquiátrico. Cuando termine de explicaros todo, si todavía tenéis alguna duda, podéis llamar a Zeke, a Dex y a Sombra, que también han estado allí. Presioné el botón de alarma y en cuestión de minutos estaban conmigo.

—¿Y dónde demonios están ahora? —preguntó Dane con los ojos entrecerrados.

Isaac alzó la mirada.

—Ahora llegaremos a eso. Dejadme terminar.

—Uno de nosotros ha perdido la cabeza —musitó Beau—. Y creo que podría ser yo. Al final me ha tocado a mí. Necesito unas malditas vacaciones con mi esposa. Si pudiera estar seguro de que va a mantenerse al margen de problemas durante más de un día, me las tomaría ahora mismo.

—Volvamos al momento en el que alguien estaba intentando robarme el coche.

—¿No es la misma persona que te disparó? —preguntó Dane.

Isaac negó con la cabeza.

—Iba andando hacia el todoterreno cuando vi que la puerta del conductor estaba abierta y he soltado un juramento porque me había dejado las llaves puestas. He dejado todo lo que llevaba en la mano, he desenfundado la pistola y me he acercado a la mujer que me estaba robando. Era obvio que no era una profesional y también que no tenía la menor idea de lo que estaba haciendo.

—¿Era una mujer? —preguntaron Dane y Beau en cuanto le oyeron.

Isaac asintió antes de continuar.

—Ni siquiera ha mirado hacia atrás una sola vez. Cuanto estaba a punto de meterse en el todoterreno, me he colocado tras ella, he apuntado con la pistola y le he dicho que no se moviera. No he sabido que era una mujer, y no un adolescente, hasta que se ha dado la vuelta. Y entonces... Dios mío... parecía un ángel. Esa mujer tiene los ojos más azules que he visto en mi vida, una piel de porcelana y un pelo rizado y ondulado. Iba descalza. Ni siquiera iba adecuadamente vestida para este tiempo y estaba intentando robarme el coche porque alguien le había dado una paliza y la había dejado hecha un cromo.

Dane y Beau oscurecieron su expresión. De la garganta de Dane escapó un gemido mientras se aferraba al borde de la mesa.

—Tenía la cara, el cuello y todas las partes del cuerpo que tenía expuestas ensangrentadas y amoratadas. Quién sabe cómo tenía otras partes que no he podido ver. Me ha mirado aterrorizada y me ha suplicado que no le hiciera daño. Por el amor de Dios, si hasta me ha pedido perdón por estar robándome el coche. Me ha dicho que no sabía qué hacer, que tenía que escapar. Estaba intentando tranquilizarla cuando alguien ha abierto fuego sobre nosotros. Era un disparo de rifle y a bastante distancia. Yo estaba intentando tirarla al suelo y sacar la pistola cuando he recibido un disparo en el corazón y los pulmones. ¡Puf! No he sentido nada parecido en mi vida, y espero no volver a sentir nada tan espantoso otra vez.

Dane y Beau clavaron estupefactos la mirada en su pecho, cubierto por una sencilla camiseta, en el que no se veía herida alguna.

—Y aquí es donde viene lo más raro. Pero, en fin, vosotros estáis acostumbrados a los misterios y a las cosas inexplicables, así que no deberíais ni pestañear al oír esto.

Dane frunció la frente mientras Beau se limitaba a mirarle con atención. Su concentración en lo que Isaac estaba contando era absoluta.

—Me he dado cuenta de que estaba muriéndome y de que nada podía evitarlo. Ya había activado la llamada para pedir ayuda y sabía que venía alguien en camino. Le he dicho a la mujer que se llevara el todoterreno y saliera huyendo antes de que quienquiera que estuviera disparando se acercara lo suficiente como para matarla o llevársela. Ahora sé que no querían matarla, pero, desde luego, pretendían llevársela.

—¿Qué ha pasado entonces? —preguntó Dane con calma, sintiendo que se acercaba algo importante.

—Se ha puesto histérica, ha empezado a gritar que no una y otra vez, y después ha dicho que no me dejaría morir. Que no podía. Y entonces... Dios... Ni siquiera sé como contar esto, pero me ha puesto las manos encima. Se ha tensado todo su cuerpo, y también su expresión, hasta el punto de parecer angustiada. Parecía que era ella la que había recibido el disparo y estaba soportando un terrible dolor. Y me ha curado. He sentido un calor que salía desde dentro hacia fuera e iba extendiéndose por todo mi cuerpo. Ha sido como... un milagro. Esa mujer es milagrosa. Después, ha sido como si nada hubiera pasado. Ella estaba desolada, con los brazos alrededor de las rodillas, meciéndose hacia delante y hacia atrás y completamente desesperada. He comprendido entonces que ella había renunciado a la posibilidad de escapar para salvarme a mí. Yo todavía estaba débil, probablemente por la impresión más que por ninguna otra cosa, y sabía que pronto iban a llegar refuerzos, pero era posible que ella no tuviera mucho tiempo, así que he vuelto a decirle que se llevara el todoterreno y se fuera. Al final ha aceptado, y me he arrepentido de haberle dicho que lo hiciera al ver que ni siquiera sabía conducir.

Dane volvió a arrugar la frente.

—¿Cuántos años tiene esa mujer, Isaac?

Isaac se encogió de hombros.

—No tengo ni idea. Supongo que poco más de veinte,

¿pero cómo demonios voy a saberlo? Cualquiera podría confundirla con una niña o con una adolescente, pero sus ojos... Dios, al mirarla a los ojos tienes la sensación de estar viendo a alguien mucho mayor.

—¿La has perdido? ¿Ha desaparecido? —preguntó Beau con incredulidad.

Isaac frunció el ceño.

—¡Claro que no! He esperado a que llegaran Dex, Zeke y Sombra. Se lo he explicado todo porque, cuando han visto la sangre, querían llevarme directo al hospital. Con el rastreador de mi vehículo, la hemos seguido hasta el lugar en el que estaba parada, en un área boscosa situada a unos cuantos kilómetros de aquí. Estaba en el asiento de atrás, inconsciente y llorando en sueños.

—Dios mío —susurró Beau.

—A mí me lo vas a decir.

—¿Y de qué quieres hablar exactamente con nosotros? —preguntó Dane desconcertado.

Isaac tomó aire mientras fijaba la mirada en aquellos dos hombres a los que consideraba no solo amigos, sino también familia.

—Esa mujer no es cliente de DSS, pero no pienso darle la espalda bajo ningún concepto. La he dejado con los otros para poder venir a hablar con vosotros, pero pienso volver a mi casa, hacer lo que sea necesario para ganarme su confianza y después protegerla e intentar averiguar la manera de librarla de cualquier amenaza.

Se interrumpió de nuevo para dejar que asimilaran lo que acababa de decir.

—Y necesito pedir un permiso para hacerlo —añadió con voz queda.

Beau frunció el ceño y Dane alzó la cabeza y entrecerró los ojos con expresión de enfado.

—¿Qué demonios? —preguntó Dane—. ¿Quieres una excedencia? ¿A qué demonios viene eso, Isaac?

—No puedo dedicarle a DSS todo mi tiempo y concentración y, al mismo tiempo, hacer todo lo que necesito hacer por ella —dijo Isaac bajando la voz—. No sería justo ni para ella ni para vosotros. Si os supone algún problema, renunciaré y podréis buscar a alguien que me sustituya.

—Lo que tienes que hacer es cerrar el pico y dejar de hablar antes de que pierda la poca paciencia que me queda —le espetó Dane.

Beau no parecía más contento que él.

—¿De dónde has sacado la idea de que yo, o Beau, o cualquier miembro de DSS va a darle la espalda a alguien que no solo corre un serio peligro, sino que ha salvado la vida a una persona muy querida para todos nosotros porque no haya contratado nuestros servicios? —preguntó Dane con los dientes apretados—. Dios mío, Isaac. Hemos estado a punto de perderte, la mujer a la que te has jurado proteger es la única razón por la que todavía estás vivo y ahora mismo no estamos organizando tu entierro. Te encargarás de protegerla, sí, pero también lo haremos el resto de nosotros. A partir de ahora se convertirá en una prioridad para mí y para DSS.

—Eso significa mucho para mí —dijo Isaac con un nudo en la garganta.

—No lo comprendes, ¿verdad? —musitó Beau—. Arriesgaste la vida por la persona más importante de mi vida. Y de la vida de Zack. Y, por supuesto, de la de Wade Sterling. Y has arriesgado la vida por nosotros una y otra vez. Dane y yo hemos tenido que estar aquí sentados mientras nos explicabas que has estado a punto de morir y que si has vivido para contarlo es solo porque esa mujer te ha salvado. ¿No crees que eso significa algo para nosotros? ¿Que, sea quien sea esa mujer, haya hecho lo que haya hecho o sea cual sea la carga que arrastra, también es importante para nosotros? ¿No entiendes que todos queremos participar de forma activa a la hora de protegerla y liberarla de cualquier posible amenaza?

El nudo que Isaac tenía en la garganta se hizo más grande todavía.

—Es una mujer condenadamente especial —musitó

Dane—. Y soy consciente de lo que estoy diciendo. Cuando pienso en lo que Ramie, Ari, Tori y Gracie son capaces de hacer ya me resulta abrumador, pero esta mujer te ha rescatado de la muerte. Ha conseguido hacer un maldito milagro. Me sorprendería más que no estuviera en peligro o que no tuviera a unos miserables intentando atraparla para aprovechare de sus poderes. Porque, Isaac, esa mujer siempre estará en peligro. Aunque eliminemos a aquellos que la están amenazando ahora, con un poder como ese nunca estará a salvo.

—Lo sé —respondió Isaac con voz queda—. Pero siempre tendrá a alguien que la proteja.

La habitación se quedó en silencio mientras Dane y Beau digerían la respuesta de Isaac. Ninguno de ellos hizo ningún comentario.

—¿Dónde está ahora? —preguntó Dane.

—Por lo que yo sé, en mi casa con Dex, Sombra y Zeke cuidando de ella. Tengo que volver cuanto antes. No pienso dejarla allí, es demasiado arriesgado.

—¿Tienes algún plan? —preguntó Beau.

—Sí, o por lo menos una idea. Pero necesito trabajar en ella en cuanto vuelva a mi casa y, con un poco de suerte, consiga que ella me proporcione alguna información.

—Si necesitas cualquier cosa, cualquiera, Isaac, háznoslo saber —le pidió Dane—. Y, si no te importa, preferiría no tener que organizar el entierro de uno de mis hombres.

Isaac esbozó una leve sonrisa.

—Siempre has sido una mamá gallina.

—Creo que has hablado demasiado con Lizzie —musitó Dane.

—No, pero la he visto cuando se estaba yendo y no parecía muy contenta contigo —contestó Isaac con una sonrisa.

—Está enfadada porque ya no solo trabaja para un imbécil sobreprotector y controlador, sino que está casada con otro, así que no tiene manera de escapar.

Beau e Isaac soltaron una carcajada, pero los dos sabían que era cierto.

Isaac se levantó.

—Odio tener que interrumpir esto tan rápido, pero tengo que irme. Todavía estaba inconsciente cuando la he dejado, así que tengo que volver para poder averiguar qué demonios está pasando.

—¿Nos mantendrás informados? —preguntó Dane.

—Os llamaré, pero no sé qué información voy a poder ofreceros.

—Con eso basta. Y ten cuidado, Isaac. No quiero que vuelvan a dispararte.

—Ni yo —musitó Isaac mientras salía del despacho de Dane.

Se detuvo en el marco de la puerta y se volvió hacia aquellos dos hombres para los que trabajaba y que se habían convertido en su única familia.

—Necesito que tengáis paciencia. No quiero meter a DSS en este asunto todavía. Por lo menos hasta que no sepa a qué nos estamos enfrentando. Es demasiado peligroso. Si establecen alguna relación entre DSS, esa mujer y yo, estaréis todos en peligro. Y también vuestras esposas. Es evidente que es una mujer muy buscada y no se detendrán ante nada para ponerle las manos encima. Y sabiendo lo que es capaz de hacer entiendo el porqué. Esto es mucho más serio que cualquier otra cosa con la que nos hayamos encontrado y no quiero que ningún miembro de esta organización se convierta en un daño colateral, como ha estado a punto de ocurrirme a mí. Sé que esto va contra el monstruo del control que lleváis los dos dentro, pero necesito que mantengáis un perfil bajo y esperéis a que yo haga el siguiente movimiento. No pienso hacer ninguna estupidez. Os llamaré en cuanto os necesite, pero de momento tengo que mantener los riesgos al mínimo y a ella fuera de la circulación. Os tendré informados. No voy a dejaros al margen. Y, en cuanto tenga la sensación de que estamos en peligro, seréis los primeros en saberlo.

Dane asintió lentamente.

—No hagas lo que hizo Eliza, Isaac. Me enfadaría mucho.

No emprendas en solitario esta misión para proteger a todos los demás. Somos adultos capaces de decidir por nosotros mismos. Tú formas parte de la familia y puedes pedirnos lo que quieras. De momento, aceptaré tu estrategia, pero no voy a quedarme sentado y de brazos cruzados durante mucho tiempo. Así que averigua todo lo que tengas que saber, y rápido, para que podamos analizar la situación y trazar un plan para seguir avanzando. Si esa mujer es capaz de hacer lo que nos has contado, la gente que va tras ella no renunciará ni se retirará ante el primer obstáculo. Se limitarán a buscarla con más ahínco sin importarles los estragos que puedan ocasionar en el proceso. Así que, Isaac...

Isaac alzó los ojos hacia el jefe del equipo y los desvió después hacia Beau, que tenía su intensa mirada clavada en él.

—¿Sí?

—Necesito que comprendas en lo que te estás metiendo. Esta no es una misión temporal en la que nos deshacemos de una amenaza y nuestro cliente puede marcharse y retomar su vida. Una mujer con un don como ese siempre tendrá a alguien tras ella. Siempre habrá alguien que quiera utilizarla y controlarla, eso no acabará nunca. Antes de decidir si te quieres involucrar en esto, tienes que pensártelo bien. La primera vez que te has topado con ellos has estado a punto de morir. Si quieres retirarte y dejar que sea otro el que se ocupe de protegerla no será ninguna vergüenza. Bastará con que nos lo digas para que así sea.

La rabia bullía en las venas de Isaac. A duras penas fue capaz de controlar su genio. Solo el hecho de saber que aquellos hombres y aquella organización harían cualquier cosa por él, al igual que él la haría por ellos, evitó que le diera a Dane un puñetazo en pleno rostro.

—Me ocuparé yo, Dane, nadie más. Ya te he dicho que en cuanto necesite ayuda la pediré. Hasta entonces, es mejor que no os asocien con ella ni os vean cerca de ella. Esa mujer lo ha arriesgado todo para salvarme sin saber si yo era mejor que los tipos que andan tras ella. En ese momento ha sellado su destino, porque no pienso apartarme de su lado. Necesito tiempo para que me cuente su versión sobre lo ocurrido y tengo la sensación de que no me va a dar ninguna información sobre sí misma de forma voluntaria, así que voy a necesitar tiempo para ganarme su confianza y demostrarle que puede confiar en mí. Te agradezco el ofrecimiento mucho más de lo que puedes imaginar. Pero no estamos hablando de un cliente de DSS, esta no es una misión para la organización. Esa mujer es responsabilidad mía y la protegeré aunque me cueste la vida.

Dane suspiró, pero asintió y alzó después la mano para interrumpir a Isaac antes de que se fuera.

—Si no consigues que te dé ninguna información, llama a Quinn y ponle a trabajar en ello. El cielo sabe que se pasa veinticuatro horas al día con esos ordenadores. No estaría mal darle un verdadero trabajo y permitir que nos deje boquiabiertos con sus destrezas informáticas. Todavía no ha acabado de asimilar el hecho de que Lizzie sepa más que él sobre piratería, aunque finja ser más torpe para ahorrarle la vergüenza.

Dane soltó un bufido burlón al imaginar a Lizzie fingiéndose torpe, pero la verdad era que tenía debilidad por el hermano pequeño de los Devereaux y no le sorprendería que ocultara sus habilidades para hacerle quedar bien.

—Buena idea —dijo, y se volvió dispuesto a marcharse a toda velocidad—. Le llamaré si consigo cualquier cosa que pueda permitirle ponerse a trabajar en ello.

CAPÍTULO 5

Isaac aparcó en el garaje y corrió hacia la entrada. Allí se encontró con Dex, cuya expresión no le reveló nada.

—¿Cómo está? —preguntó Isaac.

Dex se encogió de hombros.

—Sigue dormida como un tronco. Ni siquiera se ha movido cuando la he metido en casa y la he llevado a tu cama.

A su cama. En el interior de Isaac algo pareció asentarse al oír aquellas palabras, fue como si todo se pusiera de pronto en su lugar. Después, la preocupación volvió a imponerse sobre aquella momentánea distracción.

—¿No se ha despertado en ningún momento?

Dex negó con la cabeza.

—Hemos estado observándola por turnos. No queríamos que se despertara y se asustara, así que nos hemos asegurado de que hubiera alguien con ella en todo momento para poder tranquilizarla si se despertaba. Pero ni siquiera se ha movido. Parece estar completamente agotada.

Isaac frunció el ceño y empujó a Dex para acceder a su dormitorio. Zeke estaba en el cuarto de estar, viendo la televisión.

Isaac se detuvo en la puerta del dormitorio y se volvió hacia los dos hombres.

—Eliza y Sterling vendrán a las siete y nos traerán la cena. Como Lizzie estará de permiso durante otros tres meses y Sterling es un hombre de muchos talentos, les he pedido ayuda. En la medida de lo posible, quiero mantener a DSS fuera de todo esto. No quiero que lo que estoy haciendo termine llevando el peligro a la puerta de todos los que trabajan en la organización. Nuestras mujeres ya han sufrido bastante y no quiero ser el culpable de que tengan que sufrir más dolor.

—¿Quieres que nos quedemos aquí para la cena? —preguntó Zeke con cuidado.

Isaac se le quedó mirando fijamente y miró después a Dex.

—Sí, pero solo si vosotros queréis. Esto no es nada oficial. No os pagarán por ello.

Dex frunció el ceño.

—Vete al infierno. ¿Crees que nuestro ofrecimiento tiene algo que ver con el dinero?

Isaac negó con la cabeza.

—No, pero quiero que sepáis en lo que os estáis metiendo y lo que todo esto significa.

Zeke negó con la cabeza.

—Cierra al pico antes de que me enfade más de lo que ya estoy. Vete a ver a tu chica para que Sombra pueda descansar un rato. Nosotros le informaremos del plan.

Isaac se dio por enterado con un gesto de barbilla, abrió la puerta y entró en el dormitorio.

Contuvo la respiración al posar la mirada en aquel ángel misterioso. Dormía acurrucada, hecha un ovillo en medio de la cama, con los rizos extendidos sobre la almohada. Los moretones todavía eran evidentes, pero había desaparecido la sangre y no llevaba la misma ropa con la que la habían llevado hasta allí.

Unos celos irracionales treparon por su nuca y se aferraron a su pecho mientras se volvía hacia el lugar en el que Sombra estaba sentado.

—¿La has desnudado?

Sus palabras salieron como un gruñido antes de que tuviera tiempo de controlar su estallido.

Sombra parpadeó sorprendido.

—No he sido yo, pero, Isaac, no podíamos acostarla con

esa ropa hecha jirones y el cuerpo cubierto de sangre. Y necesitábamos saber la extensión de las heridas. No teníamos otra forma de valorar su gravedad. He dado por supuesto que preferirías que pudiera descansar cómodamente y no despertarse creyendo que continuaba encerrada en una pesadilla.

Isaac cerró los ojos, deseando poder retirar sus palabras y lamentando haber desnudado su alma delante de su compañero de equipo.

—Lo siento —dijo malhumorado—. ¿Y ella... está bien?

Sombra se levantó y se acercó a Isaac, clavando en él su mirada.

—No parece nada grave. Pero da la sensación de estar agotada. Tiene algunos moretones en el abdomen y en la cadera además de los de la cara, pero ha dejado de sangrar hace tiempo. La mayor parte de la sangre... era tuya.

—Dios —musitó Isaac—. ¿Quién demonios es capaz de darle una paliza a un ángel?

—Buena pregunta, pero no vas a tener respuesta hasta que se despierte. Y voy a darte un consejo: si no quieres darle un susto de muerte, borra ese ceño. Ya es suficiente que tenga que despertarse en una cama extraña después de todo lo que ha pasado. Si quieres que llegue a confiar en ti, tendrás que tranquilizarte.

Isaac soltó un largo suspiro y se frotó la nuca con cansancio.

—Sí, lo comprendo. Y gracias, tío. Te agradezco la ayuda. Dex y Zeke te esperan fuera. Ellos te contarán lo que va a pasar a partir de ahora.

Sombra comprendió que le estaba echando y, tras asentir con la cabeza, salió del dormitorio dejando a Isaac a solas con la mujer que le había salvado la vida.

Isaac se acercó muy despacio a la cama y se sentó a su lado, bajando la mirada hacia sus delicadas y agotadas facciones. La rabia volvió a consumirle. ¿Aquel era el precio que tenía que pagar por su don milagroso? ¿Querían secuestrarla para así poder controlarlos a ella y a su don?

Conocía la respuesta. Claro que sí. Él mismo había sido

testigo de lo que habían soportado las otras mujeres de DSS. Todas ellas poseían algún poder psíquico o algún talento paranormal. Incluso en aquel momento, todas ellas eran vulnerables. Objetivos. Pero tenían la mejor protección posible, unos maridos que las adoraban y que darían la vida por ellas. Contaban con el apoyo de DSS, donde todo el mundo, además de sus maridos, estaría dispuesto a dar la vida por ellas.

Pero aquel ángel no tenía nada. A nadie. Hasta aquel momento.

Incapaz de resistirse, Isaac deslizó delicadamente el dedo por su pómulo amoratado y le colocó después un mechón de pelo tras la oreja. Se inclinó hacia delante y posó los labios en su frente.

—Nadie volverá a hacerte daño —le prometió en un susurro—. Jamás tendrás que enfrentarte sola al mundo. Te protegeré con mi propia vida. Una vida que has salvado sin saber nada de mí.

Ella comenzó a moverse e Isaac se quedó paralizado, temiendo haberla despertado cuando era evidente que necesitaba dormir. Disfrutar de un sueño reparador. Aparte de lo que había tenido que soportar antes del incidente del aparcamiento, sanarle le había robado la poca energía que le quedaba. Gracias a Dios, la había encontrado antes de que lo hicieran otros.

Pero ella se limitó a acurrucarse bajo el edredón y a hundir la cabeza en los almohadones que tenía Isaac en la cama. Sin poder reprimirse, Isaac se tumbó a su lado y envolvió con el brazo e inmenso cuidado aquel cuerpo tan ligero para atraerlo hacia su corpulenta envergadura.

Ella suspiró cuando la envolvió su calor y se movió para acercarse a él como si quisiera o, por lo menos, como si necesitara la seguridad y el calor que le había prometido.

Apartó la cabeza de la almohada y la apoyó contra su pecho. Su pelo le hizo cosquillas en la nariz y le envolvió su fragancia. Fue un gesto de confianza, aunque ni siquiera fue consciente de ello. O a lo mejor se había visto privada de toda clase de contacto humano, de ternura y delicadeza, durante tanto tiempo que se sentía impulsada a buscarlo.

La acurrucó contra él, y cerró los ojos pensando que estaba perdido. Completamente perdido. Debería haber puesto distancia entre ellos. Había demasiadas cosas que no sabía y no podía permitirse el lujo de entregarse a las especulaciones. Él no era así. Él era un hombre que se enfrentaba a los hechos puros y duros. A la verdad. Nada de suposiciones. En su trabajo, dar algo por hecho podía significar la muerte.

Le gustaba sentirla contra él. Saberla tan pequeña, tan frágil, despertaba su instinto protector como jamás lo había hecho nunca nada. No pudo resistir la tentación de acariciar aquella piel fina como la de un bebé, aunque se sintió como un cretino por aprovecharse de ella mientras estaba durmiendo.

Deslizó los dedos por su brazo y acarició después su pelo largo y rizado. Le producía alegría estar con ella, lo cual era ridículo teniendo en cuenta el peligro en el que estaban todos ellos y el hecho de que no supiera nada de ella. A lo mejor tenía pareja, o una familia.

Su humor se ensombreció al instante. En el caso de que así fuera, no se la merecían. No habían sido capaces de protegerla y cuidarla como deberían. Fuera cual fuera su pasado, en aquel momento era suya y, aunque fuera consciente de que aquella era una presunción arrogante y pretenciosa, también sabía que era cierta.

Una leve llamada a la puerta interrumpió el curso de sus pensamientos.

—Eliza y Wade están aquí —le informó Zeke en voz baja.

Isaac se desasió de ella con desgana, echando al instante de menos su calor y su dulzura. Sí, estaba perdido. Pero lo prioritario era mantenerla a salvo. Todo lo demás quedaba en un segundo plano. Incluso lo que sentía por ella.

Esperaba que continuara dormida hasta que pudiera trazar un plan con Eliza y Sterling. Entonces, y solo entonces, la despertaría para explicárselo. Y esperaba que no se resistiera a convertirle en una parte permanente de su vida.

Isaac era un hombre que sabía lo que quería y que nunca había vacilado a la hora de conseguirlo. Y no iba a cambiar a aquellas alturas. Aquella mujer era suya y sus futuros estaban unidos. No sería fácil. No esperaba que lo fuera. Pero las cosas buenas nunca lo eran y no estaba dispuesto a dejarla marchar sin dar la batalla, y él nunca perdía.

CAPÍTULO 6

Isaac regresó con sigilo al dormitorio y vio que la chica continuaba dormida. Pero no tan profundamente como cuando la había dejado. Estaba inquieta, dando vueltas en la cama, y cuando Isaac vio las lágrimas que se deslizaban por su rostro pálido y amoratado, el pecho se le tensó hasta dolerle.

Sin vacilar un instante y sin pensar siquiera si debería hacerlo, apartó las sábanas y se tumbó a su lado. La rodeó con los brazos y posó su cabeza bajo su barbilla. La sintió temblar en sueños y habría dado cualquier cosa en el mundo para evitar el miedo que sabía la perseguía a cualquier hora del día.

Fue algo instintivo. Ni siquiera pensó en lo que estaba haciendo cuando posó los labios sobre sus suaves rizos. Quería permanecer allí, disfrutando de tenerla entre sus brazos, pero no tenían tiempo. Ella no tenía tiempo.

Se apartó a regañadientes, poniendo distancia entre ellos, posó la mano en su hombro y la sacudió con delicadeza.

—Pequeña, necesito que te despiertes. ¿Puedes despertarte por mí?

Ella arrugó la frente y movió los párpados como si le pesaran demasiado para poder abrirlos. Apretó los labios y, de pronto, el miedo se apoderó de sus facciones y se tensó bajo su mano.

—Eh —le dijo con suavidad—. No voy a hacerte daño. No

volverán a hacerte daño. Necesito que me creas. ¿Puedes abrir los ojos para que podamos hablar?

La joven se puso rígida y se apartó. Fue abriendo los ojos lentamente, pero volvió a cerrarlos con fuerza cuando le vio. El pánico cubrió su rostro y comenzó a retroceder en la cama.

Isaac la agarró por la muñeca para evitar que se cayera y soltó una maldición al comprender que con aquel gesto solo había conseguido asustarla.

—Cariño, escúchame. Yo nunca te haré daño y, si continúas apartándote, terminarás en el suelo. Tenemos que hablar. No quiero nada más. ¿Puedes confiar en mí lo suficiente como para hacerlo?

Ella se mordió nerviosa el labio inferior e Isaac sintió la fuerte tentación de succionar aquel labio para aliviar el dolor que le estaban infligiendo. Y eso que todavía no sabía cómo se llamaba. Y ni siquiera conocía su historia.

La paciencia no era una de sus virtudes. De hecho, era una palabra que no formaba parte de su vocabulario. Pero sabía que tenía que ir despacio y hacer acopio de hasta la última reserva de contención que tuviera para no agobiarla y comenzar a exigir las respuestas que necesitaba.

Para su satisfacción, ella se acercó unos centímetros, de manera que ya no podía caerse, y se sentó apoyándose en los almohadones que tenía detrás. Le miró nerviosa y él le soltó la muñeca. No porque quisiera hacerlo, sino porque necesitaba que supiera que podía confiar en él y que no le haría nada que pudiera hacerla sentirse incómoda.

—¿Cómo he llegado hasta aquí? —preguntó con un hilo de voz—. ¿Dónde estoy?

—Estás a salvo —le respondió con firmeza—. En cuanto a la primera pregunta, te encontramos en mi todoterreno, cerca de un bosque, desmayada en el asiento de atrás. Llevabas horas huyendo y te habías convertido en un objetivo fácil, en medio del campo e inconsciente. Podría haberte encontrado cualquiera y haberte llevado con él. No sabes cuánto agradezco el haberte encontrado yo antes.

—¿Por qué? —susurró.
Aquella respuesta le encolerizó. Necesitó de toda su fuerza de voluntad para no explotar en ese mismo instante. ¡Dios! Era evidente que aquella mujer estaba tan acostumbrada a no importarle a nadie que estaba sinceramente perpleja porque alguien había intentado ayudarla. Porque le importaba a alguien.

—Me has salvado —gruñó—. Has corrido un gran riesgo para salvar a alguien a quien ni siquiera conoces y no pienso dejarte a merced de lo que esos miserables que van tras de ti tienen planeado.

A ella se le llenaron los ojos de lágrimas y desvió precipitadamente la mirada para que no pudiera ver su desolación. Asumiendo el riesgo, Isaac la agarró por la barbilla y la hizo volverse hacia él con delicadeza.

—¿Qué te pasa, cielo? ¿Por qué lloras?

—Porque nunca me dejarán en paz —respondió resignada—. No dejarán de buscarme, no renunciarán. Y a cualquiera que se interponga en su camino le harán lo que han intentado hacer contigo.

—En ese caso, ha sido una suerte poder contar con un ángel de la guarda que me salvara.

—Deberías alejarte de mí ahora que todavía estás a tiempo —respondió ella con absoluta seriedad—. Nadie que me ayude puede estar a salvo.

Isaac gruñó y ella se sobresaltó y le miró nerviosa. Él se acercó a ella y posó las manos en sus mejillas, enmarcando con ellas su pequeño rostro.

—No vas a deshacerte de mí. Y ahora hay otras muchas cosas de las que tenemos que hablar y no nos queda mucho tiempo. Necesito algunas respuestas por tu parte para poder mantenerte a salvo.

—Cuanto menos sepas de mí, más seguro estarás —dijo ella en voz baja.

—Y una mierda. Y ahora mismo vamos a dejar las cosas claras. Tú no tienes que protegerme, soy yo el que te está protegiendo a ti.

Isaac habría jurado que había visto el alivio asomar a sus ojos, justo antes de que fuera sustituido por el miedo. Y decidió que eliminaría para siempre aquel miedo aunque fuera lo último que hiciera en su vida.

—Cariño, ¿cómo te llamas?

Ella parpadeó sorprendida.

—No puedo estar llamándote siempre «nena» o «cariño».

Ella se sonrojó y a Isaac le pareció adorable.

—Nadie me había llamado nunca así.

—Y yo no he dicho que vaya a dejar de decirte «nena», o «cariño», o muchas otras palabras cariñosas, pero necesito saber cómo te llamas porque no quiero que nadie tenga que llamarte así, salvo yo —gruñó.

La sorpresa asomó a sus ojos y volvió a sonrojarse otra vez. Isaac tuvo que hacer un gran esfuerzo de contención para no besarla.

—Je... Jenna —farfulló.

—¿Y tu apellido?

Para sorpresa de Isaac, la vergüenza cubrió su rostro y volvió la cabeza con las lágrimas brillando en sus pestañas. ¿Qué demonios...?

—No lo sé —susurró—. Solo Jenna. No soy tan importante como para tener un apellido.

¿Pero qué demonios estaba pasando allí?, volvió a preguntarse Isaac.

—Jenna es un nombre muy bonito. Te queda muy bien. Es el nombre perfecto para una mujer tan guapa.

Jenna se volvió y le miró esperanzada. Dios, ¿tan acostumbrada estaba al rechazo que lo esperaba en cualquier momento? ¿No era consciente de que poseía una belleza de infarto? Qué pregunta tan estúpida. Por supuesto que no. Aquella mujer no se creía merecedora de nada. A Isaac le entraron ganas de dar un puñetazo en la pared.

—¿Cómo te llamas tú? —le preguntó Jenna con timidez.

—Isaac. Isaac Washington. A su servicio, señora.

Jenna sonrió, ¡y con qué sonrisa! Isaac se prometió en aquel preciso instante provocarla cuantas veces pudiera, porque algo le decía que no había sonreído muy a menudo y que tampoco tenía muchos motivos para hacerlo. Después, le dijo muy serio:

—Jenna, necesito hacerte algunas preguntas porque no tenemos mucho tiempo. Dentro de una hora voy a llevarte a una casa de seguridad. Y sé que tú también querrás hacer algunas preguntas antes de confiar en mí. Lo comprendo.

Ella se tensó y la aprensión volvió a asomar a sus ojos.

—Por favor, no tengas miedo, cariño. No me tengas miedo nunca.

—Tengo miedo por ti —replicó Jenna.

Isaac suspiró.

—De acuerdo, antes de que sigamos con esto y con lo que de verdad quiero decirte, creo que es mejor que te cuente quién soy y a qué me dedico para que puedas tranquilizarte.

Ella le miró estupefacta.

—Trabajo para una empresa de seguridad. Se dedica a la protección personal. Somos los mejores, y no lo digo por presumir. Nuestro trabajo consiste en proteger a personas y somos condenadamente buenos. Así que no necesitas preocuparte ni por mí ni por ninguno de los hombres que van a protegerte.

Jenna abrió los ojos como platos al oírle.

—Ellos te ofrecerán protección periférica, pero soy yo el que va a protegerte. El único —añadió malhumorado—. Y quiero que me escuches bien porque no hago promesas a la ligera: cualquiera que intente hacerte daño o separarte de mí tendrá que vérselas conmigo.

—Pero si ni siquiera me conoces —repuso ella con suavidad.

—Tienes razón. Pero lo haré.

Fue como una promesa. Como un hecho incuestionable. Inevitable. Jenna parecía demasiado sorprendida como para responder a su promesa.

—¿Pero por qué? —preguntó con voz atragantada.

Isaac acercó la mano a su mejilla para ofrecerle la más ligera de las caricias.

—Es posible que todavía no lo entiendas. Pero lo comprenderás —una promesa más—. Ahora háblame de esa gente que te persigue. Supongo que te buscan por lo que eres capaz de hacer.

La expresión de Jenna se tornó amarga, pero antes de que hubieran podido responder, llamaron con fuerza a la puerta. Jenna se sobresaltó y desvió la mirada hacia la puerta cerrada.

—¡Ahora no! —gritó Isaac—. Sea lo que sea tendrá que esperar. Dadme un maldito minuto —bramó frustrado.

Pero en vez de alejarse como Isaac había pedido, volvieron a llamar, y en aquella ocasión con más contundencia. Sin esperar a que Isaac les invitara a entrar, Sterling irrumpió bruscamente, llevando algunas prendas de Eliza en la mano y con expresión sombría.

—Tenemos que movernos ya. Tenemos compañía. Mis hombres acaban de detectar movimiento en el cuadrante norte, lo que significa que Eliza y yo tenemos que irnos ahora mismo. Esperad quince minutos y salid en dirección oeste. Uno de mis hombres os recogerá y os llevará a una casa de seguridad. Ahora no tenemos tiempo para discutir, a no ser que queramos tener un enfrentamiento, y por nada del mundo voy a poner en riesgo la seguridad de mi esposa cuando todavía no está completamente recuperada del último disparo.

Isaac maldijo lo inoportuno del momento, pero sabía que la seguridad de Eliza, y de todos los demás, era prioritaria. En cuanto estuvieran de nuevo instalados, tendría que volver a hacer hablar a Jenna. Se volvió hacia ella, todo profesionalidad en aquel momento, y le tendió la ropa que Sterling le había dado.

—Vístete rápido. Ahí tienes un cuarto de baño —señaló la otra puerta que había en la habitación—. Tienes que darte prisa, Jenna. No tenemos mucho tiempo.

Jenna saltó de la cama y voló al cuarto de baño. Ya estaba tirando de la camiseta que uno de los hombres de Isaac le había puesto cuando cerró la puerta tras ella.

—Tres minutos, cariño. Después tenemos que ponernos en

movimiento —le avisó Isaac en voz suficientemente alta como para que pudiera oírle al otro lado de la puerta.

Isaac se volvió hacia Sterling y le miró muy serio.

—Te agradezco esto mucho más de lo que podrás imaginarte nunca. Mantén a Lizzie a salvo. No quiero que terminen haciéndole daño por ayudarme

—Nadie le va a tocar un pelo a mi esposa —replicó Sterling con dureza.

Se volvió y salió a grandes zancadas de la habitación.

CAPÍTULO 7

Isaac permanecía junto a Jenna en la parte de atrás de la casa, donde todo estaba a oscuras y unas largas sombras se proyectaban sobre la entrada trasera. Un leve susurro les indicó que no estaban solos y apareció entonces Sombra, apenas discernible en aquella oscuridad, como su nombre indicaba.

—Dex, Zeke y Caballero han explorado todo el perímetro y parece ser que han mordido el cebo y están siguiendo a Sterling y a Eliza.

—¿Qué demonios está haciendo Caballero aquí? —exigió saber Isaac.

Sombra le miró entonces.

—Si crees que a él le importa más el dinero que a nosotros a la hora de hacer este trabajo, ya puedes irte al infierno.

—Yo no he dicho eso.

—¿Ah, no? ¿Entonces por qué esperas que no estemos trabajando cuando uno de los nuestros está en peligro y hay unos canallas persiguiendo a una mujer inocente a la que ya le han dado una paliza?

—Os agradezco todo lo que estáis haciendo.

—Métete tu gratitud por donde te quepa —gruñó Sombra.

Isaac rio entre dientes.

—¿Nunca te han dicho lo bien que sabes aceptar unas gracias?

—Aunque esta mujer no estuviera herida y su seguridad

no estuviera en juego, te ha salvado la vida. Con eso ya tengo suficiente. Y todos pensamos igual. Tanto si quieres como si no, vamos a protegerla.

Isaac estuvo a punto de volver a darle las gracias, pero sacudió la cabeza sonriendo.

—Es bueno saberse respaldado —dijo en cambio—. Jamás he dicho que rechazara vuestra ayuda.

Sombra miró el reloj.

—Ya es hora de irse. Sterling lo ha arreglado todo para que vengan a buscarnos, pero hay que recorrer unos metros a pie. Tenemos que mantenernos entre las sombras y hacer el menor ruido posible.

Isaac se volvió y entrelazó los dedos con los de Jenna.

—¿Estás preparada?

Jenna parecía aturdida, conmocionada, como si todavía estuviera intentando procesar todo lo que había ocurrido. Asintió después. Pero, cuando dio un paso hacia delante, a Isaac no le pasó desapercibido su gesto de dolor, por mucho que ella intentara disimularlo.

—A la mierda —musitó

La levantó en brazos, la estrechó contra su pecho y comenzó a caminar detrás de Sombra.

—Isaac, ¿qué haces? —preguntó Jenna perpleja.

—Estás herida y por nada del mundo pienso obligarte a caminar a oscuras por el bosque.

—No puedes llevarme durante todo el camino —la vergüenza teñía sus palabras.

—¿Que no puedo? —la desafió—. Cariño, no pesas nada. Apenas noto que llevo un peso extra encima. Además, así nos moveremos más rápido y cuanto antes lleguemos al punto de encuentro más segura estarás. En cuanto estemos a salvo, pienso asegurarme de que te vea un médico. Me preocupa que puedan haberte roto una costilla. Y, por cierto, tendrás que contarme cómo te han hecho todas y cada una de esas heridas.

Su tono resultó más fiero de lo que pretendía y Jenna se

tensó en sus brazos, aunque Isaac no supo si era por miedo o por vergüenza.

—Yo jamás te haría ningún daño, Jenna —le dijo con suavidad—. Y no hay nada de lo que tengas que avergonzarte. Jamás. ¿Lo comprendes?

Jenna enterró el rostro en su pecho, evitando contestar, pero a Isaac no le importó porque al estrecharse contra él había mostrado un gesto de confianza, tanto si ella era consciente de ello como si no.

Un vehículo negro asomó por delante de ellos e Isaac aceleró el ritmo de sus pasos, deseando alejar a Jenna del peligro lo antes posible. Pero, entonces, resonó el inconfundible silbido de una bala golpeando el metal y Sombra gimió de dolor a su lado.

—¡Mierda, mierda! —gimió Isaac.

Saltó hacia la puerta trasera de la furgoneta y dejó a Jenna en el asiento de atrás, donde Caballero amortiguó su caída y la empujó directamente al suelo, alejándola de la línea de fuego.

—Sombra, ¿estás herido? —preguntó Isaac mientras su compañero de equipo se lanzaba hacia el asiento delantero del todoterreno.

—No importa —gruñó Sombra—. Vámonos de aquí de una maldita vez.

El hombre que Sterling había enviado para que les llevara a la casa de seguridad no perdió ni un segundo. Salió disparado, haciendo rugir el motor a través de la zona boscosa mientras Zeke, que iba sentado en la tercera línea de asientos junto a Dex, alzó la cabeza y fijó la mirada en el asiento delantero.

—Sombra, tío, ¿te han dado?

—¡Ya he dicho que eso no importa! Ahora mismo tenemos cosas más importantes de las que ocuparnos —le espetó Sombra—. Esto no es nada.

A pesar de los intentos de Caballero de mantener a Jenna en el suelo, tumbada entre Isaac y él, ella alzó la cabeza y miró a Sombra con el rostro convertido en una máscara de tristeza. Las lágrimas acudieron a sus ojos y Sombra soltó una maldición, pero no se enfadó con ella, ni siquiera levantó la voz. En cambio, suavizó la voz para contestar con un tono que Isaac nunca le había oído a su compañero de trabajo:

—Estoy bien, bonita. Te aseguro que he estado mucho peor. Ahora no te levantes hasta que alguno de nosotros te diga que ya puedes hacerlo sin correr peligro.

Ignorando aquella delicada orden y apartando las manos de Caballero e Isaac, que intentaban hacerla volver a su lugar, Jenna se inclinó hacia el asiento delantero y alzó con delicadeza la camiseta de Sombra mostrando la sangre que fluía de un costado, ya fuera por el roce de una bala o por un impacto directo.

—Lo siento —le dijo desolada y con las lágrimas arrasando sus preciosos ojos.

Antes de que alguien pudiera aclararle que no tenía nada de lo que preocuparse, alargó la mano y la posó extendida sobre la herida. Cerró los ojos y su rostro adquirió una evidente tensión. Los demás la observaban fascinados, pero Isaac ya había sido testigo del milagro y no le gustaba que tuviera que pasar de nuevo por todo aquello. Aunque fuera necesario.

La expresión grave de Sombra se suavizó. Relajó el rostro y fijó la mirada en Jenna con fascinada incredulidad. Después, cerró los ojos e Isaac podría haber jurado que las profundas líneas de expresión que eran un rasgo permanente en su rostro desaparecían mientras le invadía la paz. Parecía atrapado en la más agradable de las experiencias. Para mayor asombro de Isaac, cuando por fin abrió los ojos, reconoció en ellos el brillo de las lágrimas, que desaparecieron antes de que nadie pudiera verlas.

Jenna dejó caer la mano y se reclinó de nuevo contra el asiento desde el que se había inclinado para atender a Sombra. Las fuerzas parecían haberla abandonado. Vacilante, Sombra posó la mano en su pelo y la acarició como si quisiera ofrecerle al menos una mínima parte del consuelo que ella le había proporcionado.

—Es la experiencia más increíble que he tenido en mi vida, Jenna —le dijo con la sinceridad acompañando cada una de sus palabras—. No sé cómo darte las gracias. No solo por esto, sino también por lo que has hecho por Isaac. No había estado tan relajado desde que era un niño y eso es algo que tengo que agradecerte. He sentido un calor que nacía desde el fondo de mi alma, desde lo más hondo, en lugares que llevaban helados desde antes de que tú nacieras. No voy a fingir que entiendo tu don, pero sé que necesitas saber que lo posees. Es un don especial. Mucho más de lo que nunca podrás imaginar y tengo la sensación de que también mucho más de lo que te han hecho pensar. No estoy mintiendo, Jenna. No soy de los que dicen cualquier cosa para que la gente se sienta mejor. Ni tampoco de los que se andan con rodeos. Soy un hombre sincero y digo las cosas tal y como son. Siempre. Y voy a decirte que eres una persona hermosa por fuera y por dentro y que, además, tienes el alma más bella con la que me he cruzado en mi vida. Esta es la segunda vez que salvas a alguien a quien no conoces sin importarte correr un gran riesgo. Sé que estás asustada, que es probable que no confíes en nadie y que tampoco puedas permitirte el lujo de hacerlo. Pero voy a hacerte una promesa. Por mi vida, Jenna. Isaac te protegerá, yo te protegeré. Todos estamos dispuestos a protegerte. Isaac es un buen hombre, uno de los mejores, y siempre contarás con mi gratitud por haberle salvado en vez de haberte salvado a ti misma. Puedes confiar en él. Nunca te abandonará. Y los demás le respaldaremos en todo momento. No estás sola en esto. Puedes confiar en todos nosotros porque vamos a asegurarnos de que esos miserables no vuelvan a ponerte las manos encima. ¿Entiendes lo que te estoy diciendo?

Jenna estaba temblando, tanto por la emoción como por su extrema debilidad. Tenía los ojos arrasados por lágrimas sin derramar mientras miraba alternativamente a Isaac y a Sombra.

—Quiero creerte —susurró con voz ronca.

Isaac no era capaz de seguir siendo un observador pasivo. Cerró las manos alrededor de sus hombros, la hizo volverse hacia él y la estrechó contra su pecho, escuchando su aliento cansado mientras guiaba su rostro empapado hacia su cuello.

—Entonces créelo, cariño —le susurró al oído—. Todo el mundo tiene que creer en algo. En tu caso, yo quiero ser ese algo.

—Todo el mundo termina yéndose —respondió con la voz atragantada—. Nadie se queda. Nadie cumple sus promesas. Siempre mienten. Nunca dicen la verdad. Me hacen daño...

Enmudeció, negándose a revelar nada más. Isaac hervía de rabia. Sabía condenadamente bien lo que había estado a punto de decir. Le habían hecho daño. Dios, la habían hecho sufrir durante toda su vida. La habían tratado como a un animal. La habían utilizado en beneficio de otros, de eso no cabía ninguna duda. Todo ello le encolerizaba y le rompía el corazón al mismo tiempo.

—Hablaremos de toda esa gente que te ha hecho daño —le aseguró con firmeza—. Pero ahora mismo estás agotada después de haber sanado a Sombra y todavía nos queda una hora de viaje, así que quiero que intentes relajarte y descansar. Intenta no pensar ni preocuparte por nada. Vamos a protegerte, pequeña. Aunque no creas en eso, aunque no creas en nada más, guarda esta verdad en tu corazón. Vamos a protegerte y a cuidarte y yo no hago promesas a la ligera. Es posible que otros no hayan sido sinceros, pero yo lo soy. Todos nosotros lo somos. No damos nuestra palabra a la ligera y a ti te la estamos dando.

Sin preocuparse de que los demás pudieran verle ni de que lo único que supiera sobre aquella mujer que estaba en sus brazos fuera que tenía problemas y era un ángel, posó los labios en su pelo para sellar aquella promesa.

Jenna se tensó en un primer momento, pero terminó relajándose en sus brazos. En cuestión de segundos, se quedó completamente rendida. Cálida, flácida e inconsciente entre sus brazos, apoyando su tan preciado peso contra él.

Durante largo rato, nadie dijo nada, aunque hubo muchas miradas dirigidas a Sombra y a Jenna. Al cabo de una media hora, el primero se volvió en su asiento, miró a Jenna, todavía dormida, y alzó después la mirada hacia Isaac con la emoción al descubierto en aquellos ojos siempre insondables.

—Dios mío, Isaac, no me contaste cómo... —sacudió la cabeza—. Diablos, ni siquiera tengo palabras para explicarlo, ¿cómo puedo esperar que las tuvieras tú?

—En ese momento estaba demasiado confundido y casi convencido de que había muerto y ella era la que estaba dándome la bienvenida al cielo —respondió Isaac sombrío.

—Ha sido lo más... —volvió a sacudir la cabeza—. Ni siquiera tengo palabras para describirlo. Es lo más hermoso y más sereno que he experimentado en mi vida. Ha sido como sentir un rayo de sol líquido invadiendo mi cuerpo y caldeándolo desde lo más profundo, borrando cualquier dolor, cualquier preocupación y cualquier sentimiento de culpa. Ha acabado con el dolor y el sufrimiento de toda una vida y los ha sustituido por lo más precioso que he tenido nunca. Esa mujer es un milagro, tío.

—Lo sé —respondió Isaac con voz queda.

Su milagro, pensó Isaac.

No pudo evitar aquella posesiva reclamación que burbujeaba desde lo más profundo de su corazón. Era una locura, la más increíble de las locuras, algo salido de una película de ciencia ficción, pero, aun así, una simple verdad prevalecía: era suya y había sido suya desde el momento en el que había posado las manos en él y había sentido su caricia abriéndose camino hasta su alma. Le había salvado y no iba a permitir que nadie volviera a hacerle daño.

Los ojos de Sombra mostraban preocupación cuando fijó en Isaac su intensa mirada.

—¿Puedes imaginar cómo será su vida? ¿Cómo será siempre? Siempre habrá canallas intentando secuestrarla y utilizarla. Y, aunque tenga la posibilidad de llevar una vida normal, en el momento en el que se sepa lo que es capaz de hacer, no tendrá un solo momento de paz. Nunca la dejarán tranquila. Siempre habrá alguien pidiéndole que salve a algún ser querido, a un enfermo, a alguien a punto de morir. Y cada vez que lo hace, pierde un pedazo de sí misma. Lo he sentido. Lo he notado mientras me estaba entregando lo más hermoso que me han dado en la vida. Y si esto continúa ocurriendo a menudo, al final no quedará nada de ella, terminará rota.

Isaac sintió una opresión en el pecho y un nudo en la garganta al asimilar las palabras de Sombra. Jenna ya estaba muy dañada. Sombra tenía razón. Le quedaba poco que dar y, aun así, no había vacilado a la hora de entregárselo a Sombra y a él, a pesar de que no les conocía ni les debía nada.

—Dijiste que la protegeríamos —dijo Zeke tras él—. ¿Pero podemos? ¿De verdad estamos en condiciones de hacerlo? Esto es mucho más serio que lo que Ari, Ramie, Gracie y Tori son capaces de hacer. Es algo que nos supera a todos. ¿Cómo demonios podemos garantizarle ninguna clase de seguridad? ¿Cómo vamos a hacerle promesas que no sabemos si podemos mantener?

—Yo la protegeré —gruñó Isaac—. Jamás la abandonaré a la clase de vida que has descrito. No permitiré que su vida siga siendo el infierno que ha soportado hasta ahora.

—¿Y puedes prometérselo? —le desafió Dex, hablando por primera vez—. Sin saber nada sobre ella, ni quién es, ni quién anda tras ella, sin saber siquiera lo que quiere. ¿Estás seguro de que es eso lo que quieres? ¿Comprendes de verdad a lo que te estás comprometiendo?

—Por esta vez lo dejaré pasar, pero solo por esta vez. Porque, si vuelves a preguntarme esa idiotez otra vez, tú y yo vamos a tener un serio problema. Nadie te está obligando a participar en esto. Esta ni siquiera es una misión oficial, así que, si quieres abandonar solo tienes que decirlo. Vuelve a las oficinas de DSS y pídele a Dane que te asigne otra misión.

—Mira, tío, yo solo estoy pensando en ti. Tiene una pesada mochila emocional y dos de los nuestros ya habéis estado a punto de convertiros en daños colaterales. Lo único que necesito es saber que continúas teniendo la cabeza sobre los hombros y que estás pensando bien lo que haces —contestó Dex con calma.

—A partir de ahora soy yo el que lleva esa mochila y todas su cargas —replicó Isaac, lanzando fuego por los ojos con cada una de sus palabras—. En ningún momento he dicho que vaya a ser fácil. Pero no pienso darle la espalda a Jenna y lanzarla a los lobos.

—En ese caso será mejor que diseñemos un plan en cuanto lleguemos al escondite de Sterling —dijo Dex—. Teniendo en cuenta la velocidad a la que nos han localizado, me preocupa mucho saber contra qué nos estamos enfrentando. Es evidente que no pierden el tiempo, y también que les importa muy poco quién se interponga en su camino o si tienen que quitar a alguien de en medio para conseguir su objetivo.

—Tendré más información cuando hable con Jenna —aseguró Isaac mientras la estrechaba todavía más contra él—. En cuanto oiga todo lo que tiene que contar podré hacerme una idea de a lo que nos estamos enfrentando para poder actuar en consecuencia.

CAPÍTULO 8

Sterling salió de entre las sombras cuando aparcaron en una casa situada en medio de la nada y que, probablemente, no salía en ningún mapa. Había sido construida de tal manera que se fundía con la ladera de la montaña en la que había sido cavada. Estaba en una zona boscosa y el camino hasta allí estaba lleno de baches, sin ninguna carretera ni pista que lo hiciera más llevadero, de modo que Isaac había tenido que sostener con fuerza a Jenna para evitar que terminara cayéndose de su regazo.

El espeso ramaje de árboles y arbustos, en vez de aclararse, iba haciéndose más denso a medida que iban acercándose a la casa. Era un lugar perfecto para ocultar a alguien porque no era fácil de localizar ni desde tierra ni desde el aire.

—¿Os han disparado cuando habéis salido? —preguntó Sterling.

Caballero salió para permitir que Dex y Zeke salieran del asiento de atrás mientras Isaac salía por la otra puerta y ayudaba a Jenna a bajar. No dejó de agarrarla por la cintura hasta que estuvo seguro de que era capaz de sostenerse en pie. Parecía agotada. Exhausta.

Caballero señaló a Sombra con el pulgar.

—¿Han abierto fuego cuando habéis salido?

—Le han dado a Sombra, pero ahora está bien.

Sterling soltó una maldición.

—Le diré a mi médico que te eche un vistazo.

—Estoy bien —insistió Sombra mientras se acercaba hacia la parte delantera del coche—. ¿Lo ves?

Se levantó la camisa ensangrentada para mostrar su piel sin mácula y sin ninguna evidencia de trauma.

—¿Qué demonios ha pasado? —preguntó Sterling.

—Jenna —se limitó a decir—. Ahora tenemos que entrar. Está agotada. Y tenemos muchas cosas que resolver.

Sterling fijó en Jenna su mirada con un asomo de preocupación en sus ojos habitualmente insondables.

—Pasad y poneos cómodos —les invitó con voz serena—. Eliza y yo tendremos la cena preparada en solo unos minutos. Hasta entonces, sentíos como en vuestra casa.

Al oírle, Jenna miró a Sterling sobresaltada y con expresión de perplejidad. Isaac reparó en su evidente desconcierto y se preguntó si habría sido la mención de la comida la que había provocado aquella reacción.

Apretó la mandíbula al darse cuenta de que no sabía cuándo había disfrutado de una comida decente por última vez.

Jenna suavizó de pronto su expresión.

—¡Ah, ahora lo entiendo! Ha sido un malentendido, lo siento.

Sterling inclinó la cabeza, pero habló con suavidad, casi como si estuviera intentando tranquilizar a un animal salvaje.

—¿Qué es lo que no habías entendido? —le preguntó.

—Que solo estabas siendo un buen anfitrión —contestó ella, haciendo que todo el mundo la mirara, preguntándose a qué demonios se debía aquella contestación o por qué lo había dicho—. Te referías a que Eliza estaba preparando la cena y querías que los hombres supieran que podrían cenar pronto.

Isaac se pasó la mano por el pelo ante la singularidad de aquella frase.

Sterling no parecía menos perplejo.

—No, no es eso lo que pretendía decir en absoluto —contestó, teniendo cuidado de que no pareciera que la estaba regañando—. Casi todo lo he preparado yo. Eliza me ha ayudado, pero sobre todo se ha dedicado a hacerme pasar un mal rato cuestionando mi virilidad —añadió con una risa.

Jenna abrió la boca con obvia estupefacción y el nerviosismo se apoderó de sus facciones.

—No estás enfadado con ella, ¿verdad? —preguntó con ansiedad.

¿Qué demonios?

Isaac se quedó boquiabierto y la reacción de sus compañeros fue bastante similar. También Sterling parecía asombrado, pero suavizó su expresión, alargó la mano hacia la de Jenna y se la apretó para tranquilizarla.

—Claro que no estoy enfadado. Yo quiero mucho a Eliza. Ella es todo mi mundo.

A Jenna pareció sorprenderle que expresara de forma tan explícita su amor por su esposa. Se sonrojó y bajó la mirada al darse cuenta de que todo el mundo estaba mirándola fijamente.

—Lo siento. No tendría que haber cuestionado tu afecto por ella.

Dios santo, aquello cada vez era más extraño e Isaac comenzó a tener una sensación muy desagradable en la boca del estómago.

—Vamos, pasemos dentro o Eliza comenzará a preguntarse dónde estamos —propuso Sterling, haciendo un gesto para que le precedieran al interior de la casa.

Isaac caminaba al lado de Jenna para asegurarse de que estaba lo bastante fuerte como para poder moverse sola.

Cuando entraron en la casa, Jenna se apartó de Isaac con expresión de asombro. Comenzó a examinar el interior de la casa, deteniéndose para acariciar casi con reverencia algunas fotografías y adornos y permitiéndose deslizar las manos por el caro mobiliario.

De vez en cuando, apretaba los labios y fruncía la frente con extrañeza, como si no tuviera la menor idea de qué eran aquellos objetos. Los demás observaban su extraña conducta e intercambiaban miradas de perplejidad.

—¿Vives aquí? —le preguntó a Sterling con voz queda.

—Esta es una de mis casas —le explicó él—, pero no es aquí donde hemos formado nuestro hogar.

—Es preciosa —dijo en tono melancólico—. ¿Todas las casas son así?

A Isaac estuvo a punto de rompérsele el corazón. ¿Qué clase de infierno había soportado durante toda su vida como para no saber siquiera cómo era una casa normal?

—El lugar en el que yo estaba encerrada no se parecía nada a esto —explicó con tristeza—. Nunca he visto una casa normal. Deben de ser muy bonitas.

Después, como si acabara de darse cuenta de que había revelado algo que todavía no estaba preparada para compartir, cerró la boca con fuerza y bajó la mirada hacia sus manos, poniendo fin a cualquier otra confesión. Se retiró hacia la zona más apartada del cuarto de estar y se abrazó con gesto protector, encerrándose de nuevo en sí misma.

No hubo un solo hombre en la habitación cuya expresión no reflejara su absoluta furia.

—Eh, ¿no ha empezado ya el partido? —preguntó Dex, dejándose caer en uno de los sofás y señalando con el mando a distancia la televisión.

Era evidente que estaba intentando distraer la atención de Jenna y aliviar la densa tensión que se palpaba en la habitación.

Cuando la televisión se encendió y su sonido se extendió por el cuarto de estar, Jenna se dio el susto de su vida y comenzó a gritar. Miró horrorizada la pantalla y se quedó clavada en el suelo.

—¿Qué es eso? —preguntó casi histérica—. ¿Qué es ese aparato?

La extrañeza que había despertado hasta entonces su conducta entre los compañeros de Isaac se tornó en verdadera preocupación. Era evidente que ninguno de ellos sabía cómo manejar la situación.

Isaac, vacilante, posó la mano en el hombro de Jenna, sintiendo la tensión que emanaba de su cuerpo.

—Es una televisión, cariño.
No creía posible que pudiera estar más asustada.
—¡Apágala! —exclamó nerviosa—. ¡Es un instrumento del diablo! ¡Es el diablo! ¡Está prohibida!
Estaba a punto de llorar, apretaba los puños a ambos lados de su cuerpo mientras Dex se precipitaba a apagar la televisión.
Eliza asomó la cabeza por el cuarto de estar.
—La sopa ya está lista, chicos. Pasad a comer ahora que todavía está caliente.
Isaac dejó a Jenna con la mirada clavada en la televisión y temblando con tal violencia que le castañeteaban los dientes. Le susurró algo a Eliza, de modo que Jenna no pudiera oírla.
—Creo que será mejor que Jenna y yo cenemos aquí y vosotros lo hagáis en la cocina. Necesito tiempo. Creo que aquí está pasando algo terrible y ella está muy asustada. La situación es tan complicada que todavía no he conseguido entenderla. Necesito hablar con ella para que me lo explique todo cuanto antes y no creo que esté dispuesta a hacerlo en una habitación llena de gente.
—Si puedo hacer algo para ayudarte, sabes que lo haré —dijo Eliza con voz compasiva.
—Lo sé, Lizzie, y te lo agradezco. Nunca he conocido a nadie como Jenna. Es como una niña en un cuerpo de adulta. No sabe nada de muchas cosas cotidianas que tú y yo damos por sobreentendidas. Tengo un mal presentimiento sobre la clase de vida que ha tenido hasta ahora.
—Basta con mirarla a los ojos para saber que es una mujer a la que han hecho daño, Isaac. Vas a tener que ir muy despacio y no presionar demasiado.
—Solo espero que pueda confiar en mí lo suficiente como para abrirse, porque, hasta entonces, estaremos dando palos de ciego. No tenemos la menor idea de quién anda tras ella, aunque los motivos que tienen para hacerlo son evidentes. Ya pasamos por esto con Ramie y con Ari, pero esto es más grave que todo a lo que nos hemos enfrentado para protegerlas. Creo que ha estado encerrada y que la han obligado a utilizar

su don durante mucho tiempo. Que consiguiera escapar me dice más de lo que soy capaz de asimilar sin perder los estribos. Quienquiera que sea el que anda buscándola va en serio y no va a renunciar. Me dispararon a mí y han disparado a Sombra. Si no hubiera sido por Jenna me habría desangrado en cuestión de minutos.

Un sentimiento fiero y oscuro asomó a los ojos de Eliza.

—Ni siquiera pienses en ello, Lizzie —le advirtió Isaac—. Sigues en excedencia y, tanto si te gusta como si no, todavía no te has recuperado del todo de tu encuentro con la muerte. Si pensara por un solo momento que estás tramando algo, no dudaría en delatarte no solo ante Sterling sino también ante Dane.

El enfado asomó al rostro de Eliza. Le miró con el ceño fruncido, retrocedió hacia la isla de la cocina y preparó dos platos, buscó los cubiertos para Jenna para él y se los tendió con brusquedad.

—Me aseguraré de que tengáis la privacidad que necesitas —le dijo, a pesar de su irritación—. De todas formas, Wade y yo nos iremos después de cenar, pero dejará a algunos de sus hombres en la propiedad para que vigilen la zona.

Isaac sonrió de oreja a oreja.

—Sabes que me quieres, Lizzie.

Eliza elevó los ojos al cielo y le hizo un gesto con la mano.

Isaac volvió al cuarto de estar, donde Jenna continuaba en tensión y en el mismo lugar en el que la había dejado. Isaac suspiró, se sentó en el sofá y dejó los platos sobre la mesita del café.

—Ven a comer conmigo, cariño. Ni siquiera me atrevo a pensar cuándo fue la última vez que hiciste una comida decente.

Jenna avanzó mirando los platos. Cuando se sentó, aspiró apreciativamente. Y abrió los ojos con asombro al ver un filete con una patata asada y unos espárragos a la plancha como guarnición.

Alzó la mirada hacia Isaac con expresión vacilante.

—¿Puedo comerme todo esto?
Isaac frunció el ceño.
—¿Por qué demonios no vas a poder? Como puedes ver, yo tengo mi propio plato.
Jenna se retorció las manos nerviosa.
—Es solo que nunca me han dejado tener...
Se interrumpió, encerrándose de nuevo en sí misma. Después, agarró el tenedor y el cuchillo y bajó la mirada como si no supiera por dónde empezar.

En un abrir y cerrar de ojos se tornó distante, levantó de nuevo sus defensas, e Isaac supo que aquella noche no iba a obtener respuesta para todas aquellas preguntas que le ardían en la punta de la lengua. ¡Maldita fuera! Todo aquello que Jenna había revelado de forma involuntaria le frustraba, le enfurecía y le hacía pensar que, de dondequiera que hubiera salido o de quienquiera que estuviera huyendo, no había sido tratada mejor que un animal.

Había una candidez especial en ella, una nube de inocencia e ignorancia de las cosas más básicas que le llevaban a pensar que la habían mantenido encerrada y oculta. Había sido una prisionera a la que nunca habían permitido salir del agujero infernal en el que la habían mantenido secuestrada. Y el hecho de que supiera tan poco de la vida le indicaba que no había sido poco el tiempo que había pasado retenida.

Suspiró al ver que estaba tensa y recelosa, quizá esperando que empezara a exigirle respuestas de un momento a otro. Al fin y al cabo, era lo que le había dicho durante el trayecto hasta allí. Que iba a tener que contárselo todo.

Deseando concederle una noche más, esperar a que no estuviera tan abrumada que parecía tambalearse bajo el peso de sus muchas preocupaciones, alargó la mano y le rozó la mejilla con las yemas de los dedos.

—Come tranquila, Jenna. Ya hablaremos cuando confíes en mí lo suficiente como para abrirte a mí y contarme de qué estás huyendo. Hasta entonces, solo voy a demostrarte que jamás te haré daño, que siempre te protegeré y que estoy dispuesto a esperar a que estés preparada para contarme tus secretos.

Estuvo a punto de gemir porque, cuando Jenna alzó la mirada hacia él, le miró como si fuera el único hombre del mundo. Como si fuera una especie de héroe. Su héroe. Tenía los ojos brillantes por las lágrimas y su sonrisa... ¡Dios, qué sonrisa! Tuvo el efecto de un puñetazo en las entrañas.

—Nadie había sido nunca tan bueno conmigo —dijo, casi en un susurro—. Ya casi había renunciado a la esperanza de que existiera la bondad en el mundo, pero tú, todos vosotros, me habéis demostrado que existe. Nunca sabrás lo que eso significa para mí.

A Isaac le entraron ganas de llorar ante la sinceridad de sus palabras. Ante la serenidad y la naturalidad con la que había dicho que nadie había sido bondadoso con ella. Y, aun así, era un ángel en un mundo sin piedad. Su ángel herido. Un ángel con las alas rotas que no podía volar. Se juró que volvería a volar a otra vez, haría cuanto hiciera falta para conseguirlo.

—Come —le ordenó con una voz malhumorada entretejida por la emoción.

Fue lo único que consiguió decir sin arriesgarse a derrumbarse delante de ella. Quería atravesar la pared de un puñetazo, pero, sobre todo, quería ponerle las manos encima al canalla que la había hecho sufrir, que había convertido su vida en un infierno durante tanto tiempo.

Jenna se lanzó emocionada sobre el filete e Isaac observó su expresión cuando el primer bocado rozó su lengua. Masticó con reverencia, con los ojos cerrado, y suspiró profundamente mientras saboreaba aquella carne en su punto perfecto.

—¿Está rica? —le preguntó Isaac en tono de broma.

—Increíble —contestó ella en un susurro.

Isaac advirtió que atacaba la carne y la patata asada con entusiasmo, disfrutando de cada bocado. De hecho, nunca había visto a nadie obteniendo tanto placer de una simple comida, pero se recordó que era poco probable que Jenna hubiera encontrado satisfacción alguna en la comida que le habían suministrado hasta entonces. Sin embargo, a pesar de su evidente deleite por la patata y la carne, apenas probó los espárragos.

—¿No te gusta la verdura? —le preguntó en tono de broma. Pero maldijo sus palabras y su intento de aligerar la tensión cuando vio que la ilusión de Jenna se apagaba y ella volvía a ponerse nerviosa.

—Solo me dejaban comer verdura —le explicó, bajando la cabeza avergonzada—. Y a veces pan, como recompensa cuando…

Una vez más, se interrumpió antes de seguir revelando más información.

Isaac ignoró el enfado que hervía a fuego lento en sus venas, decidido a conseguir que aquel ángel disfrutara de aquella cena tanto como fuera posible.

—En ese caso, me aseguraré de que no tengas que volver a comer nada que no te guste —se comprometió con solemnidad.

Jenna apenas esbozó una sonrisa, pero al menos alzó la cabeza mostrando que la sombra que había oscurecido sus ojos había desaparecido en gran parte. Para hacerla sonreír otra vez, Isaac se inclinó hacia delante, pinchó los espárragos y se los llevó a su plato.

—Ahora que su desagradable presencia ha desaparecido, no interferirán en tu disfrute de la patata y la carne —dijo con una exagerada sonrisa.

Jenna ensanchó su sonrisa e Isaac volvió a sentirse como si le hubieran dado un puñetazo en el estómago. Por un momento, se quedó sin aire. Incluso amoratada y con aquel aspecto tan frágil, Jenna era el ángel más hermoso que había visto en su vida.

—Así está mejor. Me gusta ver sonreír a mis chicas.

Jenna parpadeó sorprendida e Isaac se preguntó si habría ido demasiado lejos con su broma. Vio tristeza en sus ojos, pero también un atisbo de esperanza y anhelo, como si quisiera, más que ninguna otra cosa en el mundo, pertenecer a alguien.

Al diablo con eso. Quizá ella no lo supiera todavía, pero claro que pertenecía a alguien: le pertenecía a él.

CAPÍTULO 9

Los demás regresaron demasiado pronto al cuarto de estar y Jenna volvió a adoptar una actitud reservada y vigilante, se hundió en el sofá como si quisiera hacerse invisible mientras observaba interactuar a los otros.

Isaac había utilizado la necesidad de dejar sitio a los demás como excusa para acercarse a Jenna, de modo que estaban sentados el uno al lado de la otra, tocándose con las piernas. Eliza se adelantó a Sterling para recoger los platos de Isaac y de Jenna, pero antes de que pudiera volver a la cocina, Sterling se los quitó y se inclinó para darle un profundo beso.

—Tenemos que marcharnos —les anunció después a Isaac y a sus compañeros—. Pero mis hombres se quedarán vigilando la zona. Si necesitáis cualquier cosa no dejéis de llamarme.

Jenna había estado observando a Eliza y a Sterling con los ojos abiertos por la sorpresa, pero esperó a que se fueran de la habitación para susurrarle a Isaac:

—¿Por qué la ha besado?

Isaac comprendió que estaba profundamente confundida y, diablos, también lo estaba él.

—La quiere —se limitó a decir—. Es su esposa. En realidad, apenas puede quitarle las manos de encima —añadió riendo para sí.

La expresión de Jenna no cambió.

—Los hombres nunca besan a sus esposas —dijo en voz

baja—. A mí me decían que no era digna de ser besada, que no era digna de ser tenida en tan alta estima, pero no besaban a ninguna mujer. Solo eran posesiones, estuvieran casadas o no. No sé qué sentido puede tener besar a alguien.

Isaac maldijo para sí. ¿Cuántos años tenía Jenna? ¿Sería siquiera mayor de edad? Sabía que parecía muy joven y, desde luego, desprendía un aire de inocencia e ingenuidad que no había percibido nunca en chicas mucho más jóvenes que ella. Dios santo, si ni siquiera era mayor de edad, eso significaba que quizá tuviera veinte años más que Jenna y no tenía derecho alguno a pensar en ella en los términos en los que lo estaba haciendo.

—Hay muchas razones para besar a alguien —le explicó casi en un susurro para que los demás no pudieran oírlo. Sabía que se sentiría avergonzada si les oyeran—. Los besos pueden ser un gesto de cariño, de amistad. Y también una muestra de pasión. De amor. De deseo por alguien. También sirven para indicarle a una persona que es profundamente querida.

La expresión de tristeza y melancolía de Jenna demostraba que ella nunca había sido receptora de tales sentimientos.

Isaac se inclinó hacia delante, posó la mano en su nuca para atraerla hacia él y la besó en la frente.

—¿Lo ves? No es tan malo, ¿verdad?

Jenna le miró de manera extraña. El color tiñó sus mejillas, le brillaron los ojos y se aceleró el ritmo de su respiración, que también pareció hacerse más superficial. Después, alzó la mano temblorosa para tocar el lugar exacto en el que la había besado, como si estuviera intentando guardarlo en su memoria.

—Y, cariño, si alguien se merece que la besen, o que la abracen, o que la tengan en la mayor consideración, esa eres tú. No sé qué clase de tonterías te han dicho, pero sí que te las han repetido con la suficiente frecuencia como para que te las creas y, aunque sea lo último que haga en esta tierra, voy a demostrarte que estás equivocada.

Jenna volvió la cabeza, pero no antes de que Isaac pudiera reconocer el brillo traicionero de las lágrimas y la tristeza que pareció cubrir toda su expresión. ¡Maldita fuera! Odiaba tener que luchar contra un enemigo al que desconocía. Pero era todavía peor luchar contra aquel convencimiento tan arraigado sobre su falta de valor.

Sabía que debería presionarla para que contestara a sus preguntas y le proporcionara la información que necesitaba, no solo para mantenerla a salvo y protegerla, sino para proteger también a sus compañeros, que estaban en un peligro más inminente. Sus perseguidores querían a Jenna a toda costa. Y viva. Pero tanto él como sus compañeros eran prescindibles, meros obstáculos que se interponían a la hora de conseguir la recompensa final.

Dudaba de que supiera siquiera la clase de horrores a los que Jenna había estado sometida, pero lo poco que sabía le provocaba una furia como no la había sentido jamás en su vida. Ni siquiera el haber sido testigo directo de las torturas y tormentos que Ari, Gracie y Eliza habían soportado o el espantoso relato de lo que había sufrido Ramie antes de la creación de DSS y de que él hubiera comenzado a trabajar para los hermanos Devereaux le había hecho sentir aquella rabia asesina.

¿Cómo se sentiría cuando por fin lo supiera todo? Tenía que estar fuerte para cuando llegara el momento en el que Jenna confiara lo suficiente en él como para contarle lo ocurrido. Tenía que ser una roca en la que pudiera apoyarse. Su refugio, su escudo contra todo aquel y todo aquello que intentara hacerle daño.

Y sabía también que aquello sería lo más difícil que había tenido que hacer nunca. Permanecer sentado escuchando estoicamente y sin perder los estribos mientras Jenna resumía lo que había tenido que soportar. Le entraban ganas de emprenderla a golpes con todo lo que tenía a mano, necesitaba desahogar la rabia incontenible que bullía en su interior incluso antes de saberlo todo, pero no podía perder el control y asustarla, haciendo que volviera a encerrarse en sí misma o, peor aún, que se cerrara a él.

Zeke habló entonces, rompiendo el silencio.

—Ya sé que Sterling tiene a sus hombres vigilando, pero creo que deberíamos hacer turnos durante toda la noche. No nos vendría mal redoblar la vigilancia.

Dex y Caballero asintieron mostrando su acuerdo.

—Yo haré el primer turno —se ofreció Sombra, levantándose—. Me gustaría comprobar hasta dónde puedo acercarme a los hombres de Sterling sin que se den cuenta. Si no hacen bien su trabajo, no van a servirnos de nada.

Jenna le miró preocupada.

—Por favor, ten cuidado —le suplicó—. Ya os he causado mucho sufrimiento al acercarme a vosotros. No podría soportar que alguien más resultara herido, o que lo mataran por mi culpa.

Sombra se suavizó al instante y le dio un beso en la cabeza al pasar por delante de ella. No había un solo hombre en la habitación al que no le hubiera afectado aquella petición, ni la culpa tan intensa que reflejaba su voz. Todos ellos parecían tener ganas de pelea, y no eran los únicos. Isaac estaba deseando liderar aquella maldita guerra y castigar hasta al último canalla que había convertido la vida de Jenna en un infierno.

—Los demás podéis iros a dormir. Despertaré a Dex dentro de tres horas. Isaac, tú lo único que tienes que hacer es asegurarte de que Jenna esté a salvo.

Jenna frunció el ceño cuando Sombra desapareció y se volvió hacia Isaac con la confusión y la intriga asomando a sus hermosos ojos azules.

—¿Qué clase de beso ha sido ese? —susurró—. No sabía que había tantas razones para besar. O que hubiera diferentes motivos para dar besos —se corrigió.

—Ha sido un beso de cariño con el que quería tranquilizarte —le explicó Isaac.

Al menos, eso esperaba él. Porque había tenido que hacer un serio esfuerzo para no gruñir cuando había visto los labios de Sombra tocándola, aunque apenas hubieran rozado su pelo.

Isaac le mostró a Jenna una habitación situada al final del

pasillo flanqueada por otras dos habitaciones. Él ocuparía una y Dex la otra. Cuando al entrar encendió la luz, Jenna abrió los ojos como platos. Parecía fascinada.

—¿Es aquí donde voy a dormir? —preguntó en un susurro.

—¿Te gusta? —le preguntó Isaac, preparado para apagar la luz si la habitación no era de su gusto.

—Es la habitación más bonita que he visto en mi vida —respondió ella, con la voz escapando de sus labios como un suspiro.

Miró después a Isaac con ansiedad, haciéndole desear al instante hacer lo que fuera necesario para aliviar aquella angustia.

—¿Qué pasa, Jenna? —le preguntó con suavidad.

—¿Te... tengo que dormir en la cama?

Isaac esperó unos segundos antes de responder. La furia le nublaba la vista y tuvo que reprimir varias palabrotas. Por desgracia, Jenna interpretó aquel silencio como respuesta. Dejó caer los hombros y la desilusión apagó su rostro con una sombra de tristeza.

—Claro que dormirás en la cama. Jenna, cariño... ¿dónde crees que pretendía que durmieras?

Jenna se sonrojó.

—Nunca me han dejado dormir en una cama, ni siquiera en un catre. Solo en un colchón en el suelo y, a veces, me lo quitaban para castigarme.

Abrió los ojos horrorizada al tiempo que cerraba la boca y se volvía. Y fue mejor así, porque la expresión de Isaac la habría aterrorizado. Algún día, y no le importaba el tiempo que tuviera que esperar, Isaac iba a hacer que todos y cada uno de aquellos miserables que habían maltratado a su ángel lo pagaran. No sería rápido y no habría piedad. Pero sería justo.

Gracias a Dios, Jenna estaba tan pendiente de la cama que no reparó en la expresión sombría que oscureció el rostro de Isaac. Deslizó los dedos por la colcha con reverencia y acarició después los almohadones con una inmensa nostalgia en la mirada.

Isaac no aguantaba ni un minuto más sin perder la compostura. Quería destrozar algo. Quería sangre. La sangre de todos los responsables de la reclusión de Jenna.

—Será mejor que me vaya para que puedas cambiarte para pasar la noche. Estás agotada y necesitas descansar —dijo malhumorado.

En respuesta a la mirada interrogante de Jenna, señaló una camiseta y unos pantalones cortos de pijama que Eliza le había dejado a los pies de la cama.

—Si necesitas cualquier cosa estaré en la puerta de al lado, ¿de acuerdo?

—De acuerdo —susurró—. Buenas noches, Isaac.

—Buenas noches, cariño.

Parecía tan vulnerable, allí de pie, en medio de la habitación, que Isaac necesitó de todas sus fuerzas para marcharse.

Cuando llegó a la puerta, se volvió por última vez.

—No lo olvides, estoy en la puerta del al lado. Aquí nada puede hacerte daño. Si necesitas cualquier cosa, ve a buscarme.

Jenna le dirigió una leve sonrisa y asintió. Isaac se despidió entonces asintiendo con la cabeza y cerró la puerta tras él.

CAPÍTULO 10

Isaac permanecía en la oscuridad con la mirada clavada en el techo y los pensamientos invadidos por los ojos azules del ángel que estaba en la habitación de al lado. ¿Se habría podido dormir? Y si así era, ¿estarían las pesadillas persiguiéndola en sueños?

¿Qué tenía aquella mujer que había sabido llegar a una parte de su corazón y su alma que hasta entonces nada había alcanzado? Podría contestar a aquella pregunta con muchas explicaciones lógicas, como el hecho de que Jenna le hubiera salvado la vida. O diciéndose que él había dedicado su vida a proteger a personas inocentes. O que la sabía perdida en un mundo del que apenas sabía o comprendía nada. O que le necesitaba.

Pero la simple verdad era que la necesitaba tanto como ella a él y no se le ocurría ni una sola razón que pudiera ayudarle a encontrar sentido a aquel sentimiento.

Había conocido a muchas mujeres víctimas de la violencia que habían necesitado desesperadamente su ayuda, su protección, la protección de DSS, pero jamás había experimentado el mínimo sentimiento de posesión sobre ellas. Había cumplido con su trabajo y reconocía que aquellas situaciones siempre le habían encolerizado y sacado de quicio. Así era él, nunca había sido un hombre que se quedara sentado sin hacer nada mientras había una mujer en peligro o siendo maltratada.

Pero su ángel no era solo una víctima. No era solo una mujer con problemas y necesidad de protección. E Isaac no sabía qué hacer con aquel descubrimiento. Ni siquiera podía decir que fuera un descubrimiento, como si acabara de experimentar el impacto de una epifanía mientras permanecía allí en la cama sin poder dormir. Lo había sabido desde el momento que Jenna le había tocado, y lo había sentido en lo más profundo de su alma.

No era algo sexual o, al menos, no era solo sexual, porque mentiría si no reconociera que la deseaba con cada poro de su piel. También era algo espiritual y se sentía como un imbécil pensando en cuestiones como el destino, ¿Pero de qué otra manera podía llamarlo cuando, desde el momento en el que Jenna le había tocado, había sentido una conexión que trascendía cualquier necesidad o deseo?

Y le consumía la culpa por estar teniendo pensamientos de carácter sexual, lujuriosos, libidinosos, sobre una mujer con aspecto de niña de la que ni siquiera sabía si tenía edad como para inspirar tales pensamientos sobre ella. Jenna poseía la inocencia de una niña y el cuerpo de una mujer deseable. Y, diablos, era evidente que por muchos años que llevara en el mundo, había pasado la mayor parte de ellos recluida, aislada del mundo real. Se sentía fascinada, o aterrorizada, por cosas que los demás daban por sentadas.

La habían manipulado por completo.

Frunció el ceño. Daba la impresión de que la habían adoctrinado desde muy temprana edad. Le habían lavado el cerebro. Le habían enseñado una realidad alternativa y tergiversada para adaptarla a los propósitos de aquellas personas que la habían mantenido encerrada bajo llave y habían demostrado ser capaces de recurrir a medidas extremas para retenerla. Jenna era algo muy valioso para ellos. Algo irreemplazable. Isaac se preguntó cuándo se habrían manifestado sus poderes y, mientras sopesaba la pregunta, también se preguntó si no serían aquellos poderes los que la habían salvado de un destino peor. Hasta el más estúpido podía apreciar la enormidad del don de Jenna.

Dio media vuelta en la cama para agarrar el teléfono y marcó el número de Eliza, aun a sabiendas de que era tarde y de que a Sterling no le haría ninguna gracia. Pero Eliza era la persona que mejor podía comprender sus sospechas y necesitaba contrastar algunas ideas con ella.

—Espero que tengas una buena razón para llamarme —gruñó Eliza por teléfono—. Porque estaba a punto de llegar al orgasmo y Wade está tan enfadado que es capaz de tirarme el teléfono a la piscina y dejarme sin sexo durante toda una semana.

Isaac soltó una carcajada al oír a Sterling maldiciendo de fondo:

—¡Por Dios! ¿Es que no podemos separar nuestra vida sexual de tu maldito trabajo?

—Por lo visto, no —respondió Eliza en tono mordaz—, puesto que uno de mis estimados compañeros de trabajo acaba de llamarme cuando estabas en uno de tus mejores momentos.

—Todavía no has visto cuáles son mis mejores momentos, pequeña —respondió Sterling con voz sedosa—. Eso los guardo para cuando seas una chica buena. Así tendrás algo que desear.

—Lizzie, para. Por favor, te lo suplico —le pidió Isaac—. Voy a tener que lavarme con lejía los ojos y los oídos. No te habría llamado si no fuera algo importante. Dame unos minutos y después dejaré que vuelvas a... a tus actividades nocturnas. Y, por si te sirve de algo, voy a darte un consejo: esfuérzate en ser una buena chica.

Eliza resopló burlona, pero todo su humor desapareció de su voz al decir:

—Vamos, dispara.

—Estaba aquí tumbado, pensando en Jenna y en lo misterioso de su situación. Es casi como si la hubieran estado manipulando y adoctrinando durante años para que aceptara una realidad alternativa y rechazara todo lo que tiene que ver con el mundo moderno.

—Sí, ya me he dado cuenta.

—¿Y si viene de uno de esos grupos survivalistas que viven al margen de la sociedad? Para ellos, el gobierno y el mundo moderno son sus enemigos. Eso explicaría el hecho de que no esté familiarizada con los aspectos más básicos de lo que para ti y para mí es la vida normal.

Eliza permaneció en silencio durante varios segundos.

—Podría ser, pero no es eso lo que me dice mi intuición. Los grupos survivalistas son muy conscientes del mundo que los rodea. Tienen que pensar en él por fuerza. ¿Cómo si no podrían sobrevivir y resistir a una invasión o a cualquier otro desastre? Y, además, toda esa historia sobre cómo trataban a las mujeres en el lugar en el que ella vivía… La mayoría de esos grupos no funcionan así, y digo la mayoría porque siempre hay una excepción. En esos grupos hay familias, mujeres y niños, y se muestran protectores con ellos. No les tratan como si fueran ganado ni les privan de amor y de afecto. Yo diría que te enfrentas a una situación muy complicada en la que hay una persona, o un grupo de personas quizá, que viven de acuerdo a las normas que ellas mismas han establecido. Esas son las más peligrosas porque no piensan que estén haciendo nada malo. Es a ellas a quienes se les ha infligido un daño. En primer lugar, se lo ha hecho Jenna al abandonar el grupo y después la gente que la ha ayudado. Para ese tipo de gente, el control es fundamental y, si lo pierden, se convierten en gente peligrosa e impredecible. Más de lo que ya lo son.

—No quiero hacerte revivir malos recuerdos, Lizzie —se disculpó Isaac con voz queda.

Casi pudo oír la sonrisa de Eliza a través del teléfono.

—Está muerto, Isaac. Ya no tiene ningún poder sobre mí. Solo puede hacerme daño si yo lo permito y solo puede hacerlo a través de los recuerdos y los sueños, y te aseguro que a Wade se le da muy bien ayudarme a olvidarle.

Isaac soltó una carcajada.

—Puedo imaginármelo. Gracias, Lizzie. Solo quería tener otro punto de vista. Esto me está volviendo loco. Sé que necesitamos respuestas, pero no voy a presionarla. No quiero forzarla. Quiero que confíe en mí lo suficiente como para contármelo por voluntad propia.

—Lo comprendo —dijo Eliza con voz queda—. Y me parece muy inteligente por tu parte. Buena suerte. Sé que no hace falta que te lo diga, pero trátala con delicadeza. Tengo la sensación de que está a punto de derrumbarse.

—Tienes razón, no hacía falta que me lo dijeras, pero gracias de todas formas.

—Estoy a tu disposición, Isaac. Y ten cuidado, ¿de acuerdo? Preferiría no tener que enterarme de que alguien a quien aprecio ha estado a punto de morir otra vez.

—Ahora ya sabes lo que sentí cuando te pasó a ti, Lizzie.

—Buenas noches —susurró ella.

Isaac dejó el teléfono en la mesilla de noche y, al oír que la puerta se abría unos milímetros, se quedó muy quieto, con la mano sobre la pistola. Cuando la puerta se abrió varios centímetros más y vio a Jenna iluminada por la tenue luz del pasillo, con el pelo revuelto como si hubiera estado dando vueltas en la cama y hubiera sido incapaz de dormir, apartó la mano del arma.

—¿Isaac? —le llamó con suavidad.

—Sí, cariño, estoy aquí.

Jenna avanzó vacilante. Su nerviosismo era evidente en su postura y en su actitud.

—Lo siento, no quería despertarte.

—No me has despertado —la tranquilizó Isaac—. ¿Ocurre algo?

Jenna se mordió el labio y bajó la mirada. Si hubiera habido más luz, Isaac habría podido ver el rubor que seguramente adornaba sus mejillas.

—Eh, ven aquí —le dijo.

Jenna avanzó hasta detenerse a los pies de la cama. Continuaba evitando su mirada y fijando la suya en cualquier otra parte.

—Jenna, mírame —le pidió Isaac con delicadeza.

Al final, Jenna alzó la mirada e Isaac se quedó paralizado al ver la inquietud que reflejaban sus ojos.

—¿Qué te pasa, cariño?

—Quiero pedirte... Quiero decir... si no te importa... quiero... Bueno, es una tontería, pero no puedo dormir porque tengo miedo —susurró—. ¿Te importa que me quede contigo?

A Isaac estuvo a punto de dejar de latirle el corazón. Era lo último que esperaba que le pidiera, pero por nada del mundo iba a decirle que no. Imaginarla tumbada en su habitación y siendo incapaz de dormir por culpa del miedo le desgarró el corazón.

—Claro que no me importa. Cierra la puerta, ¿quieres? Y ven aquí.

Jenna se volvió, retrocedió unos cuantos pasos para cerrar la puerta y caminó después hasta la cama. Y, para la más absoluta estupefacción de Isaac, se tumbó en el suelo y se acurrucó, pegando las rodillas al pecho, con la evidente intención de dormir allí.

—Jenna, no —le dijo Isaac con más dureza de la que pretendía.

Su tono la sobresaltó y pareció desolada. Sus ojos se llenaron de lágrimas de mortificación.

—Lo siento —se disculpó con voz ahogada—. No debería haber venido. No te enfades por favor. No podría soportar que te enfadaras conmigo.

Por un instante, mientras Jenna se levantaba precipitadamente, Isaac se quedó sin habla, pero se levantó de la cama y se colocó frente a ella casi sin ser consciente de lo que hacía, posó las manos en sus hombros con delicadeza y la hizo mirarle.

—Cariño, no estoy enfadado contigo. Me ha molestado que pensaras que tenías que dormir en el suelo. Jamás volverás a dormir en ese maldito suelo, ¿está claro?

El estupor que reflejaba la mirada de Jenna se intensificó cuando Isaac la levantó en brazos y se inclinó después sobre la cama para dejarla en el lado opuesto, con la cabeza apoyada en los almohadones. Después, Isaac se tumbó a su lado y los arropó a los dos.

—Ven aquí —volvió a decir con voz más suave y en tono de disculpa.

Ella se acercó con timidez. Isaac alargó la mano, estrechó a Jenna contra su pecho y la envolvió con fuerza entre sus brazos de tal manera que la mejilla de Jenna quedó presionada contra su corazón mientras él apoyaba la barbilla en su cabeza.

Jena estaba rígida como una tabla y apenas se la oía respirar mientras procesaba lo que estaba pasando. Isaac sintió el pánico corriendo por sus venas, la velocidad de su pulso y la forma en la que se le aceleró la respiración.

—Relájate, Jenna —le pidió—. Aquí nadie puede hacerte ningún daño. ¿De qué tienes miedo? ¿Has visto algo? ¿Has oído algo?

Jenna fue tranquilizándose poco a poco, aunque pareció pasar una eternidad hasta que por fin capituló y sus suaves curvas se fundieron contra su más dura complexión.

—Es una tontería —musitó avergonzada, una vez superado el miedo inicial.

—El miedo no entiende de normas, cariño. Todo el mundo tiene miedo a algo. Es un sentimiento que ataca sin advertencia previa, incluso la cosa más simple puede desencadenarlo. ¿Qué es lo que te ha asustado?

—La ventana —confesó—. Como mi habitación está en el medio, la ventana da a la parte de atrás de la casa y no se ve nada, solo oscuridad. Es una ventana muy grande y está muy cerca de mi cama, así que en lo único que podía pensar era en lo fácil que resultaría sacarme por la ventana antes de que alguien pudiera darse cuenta de que he desaparecido. Yo siempre soñaba con tener una ventana. Odiaba la habitación en la que me tenían encerrada porque no podía ver la luz del sol. No veía nada, salvo las cuatro paredes de la habitación. Pero ahora odio las ventanas porque sé lo que me está esperando ahí fuera y lo fácil que es entrar por una de ellas.

—No es ninguna estupidez, cariño —la tranquilizó Isaac—. Es sensato y significa que eres consciente de lo que te rodea y de los posibles peligros asociados a ello. Pero te prometo que mientras estés conmigo en esta habitación no va a pasarte nada. Y no permitiré que nada te aleje de mí. ¿Confías en mí, Jenna?

Jenna se acurrucó todavía más contra su pecho, estiró las piernas, que quedaron entrelazadas entre las de Isaac y este la abrazó, ofreciéndole calor y consuelo.

—Confío en ti —susurró—. Sé que parece lo contrario porque no te he contado nada o, al menos, no gran cosa. Pero es porque me da vergüenza.

Se distinguía en su voz el espesor de las lágrimas. Isaac le apartó el pelo de la cara y posó los labios en la parte superior de su cabeza, inhalando la esencia de sus dulces rizos.

—No tienes por qué avergonzarte de nada, Jenna. Me gustaría que pudieras darte cuenta de ello. Dios mío, no se me ocurre una sola persona que valga más y tenga menos de lo que avergonzarse que tú. ¿Eres consciente de lo buena que eres? ¿De hasta qué punto resplandeces? Es algo que todo el mundo puede ver. Tu delicadeza, tu compasión, tu bondad. Y tu belleza —susurró—. Jamás había visto a una mujer más bella.

Jenna clavó las yemas de sus dedos en su pecho e Isaac la notó temblar ligeramente por efecto de sus palabras. Después, ella alzó la cabeza para poder mirarle a los ojos.

Era evidente que estaba nerviosa. Su rostro mostraba la más deliciosa timidez mientras recorría el rostro de Isaac con la mirada.

—¿Puedo pedirte algo? —preguntó con un susurro tan quedo que le obligó a aguzar el oído.

Isaac, que todavía tenía la mano enredada en su pelo, la deslizó por las sedosas hebras hasta alcanzar las puntas y enredarlas alrededor de sus nudillos.

—Siempre podrás pedirme lo que quieras —le prometió.

—¿Puedo... puedo besarte?

Isaac sintió un calor que viajaba hasta el centro de su ser. Le ardió la sangre, trazando un camino de fuego por sus venas hasta que tuvo la certeza de que su cuerpo entero se había transformado en lava incandescente. La miró con los ojos entrecerrados y anhelantes y a punto de gruñir por el dilema al que se enfrentaba. En el instante en el que había asimilado su petición, se había apuesto duro como una piedra y lo último que quería era asustarla con una erección monstruosa.

Cuando Jenna comenzó a decir algo, probablemente para retractarse o disculparse, Isaac posó un dedo en sus labios.

—Antes tengo que hacerte yo otra pregunta —le dijo con voz ronca.

Jenna le miró confundida, pero asintió, mostrando su acuerdo.

Rezando en silencio, Isaac tomó aire y dijo:

—¿Cuántos años tienes, cariño?

Jenna arrugó la frente e Isaac se maldijo a sí mismo porque, una vez más, asomó la vergüenza a su rostro y su expresión se tornó triste y distante.

—No lo sé —musitó.

—No lo entiendo —respondió él, sinceramente confundido.

—Tengo muy pocos recuerdos de mi vida antes... antes de estar con ellos.

Se estremeció con obvio disgusto al pronunciar la palabra «ellos» y los pelos se le pusieron de punta. Isaac la atrajo hacia él y le frotó la espalda, intentando ayudarla a entrar en calor.

—Suelen ser pequeños fragmentos que aparecen de pronto y desaparecen antes de que haya tenido tiempo de atraparlos, de retenerlos durante el tiempo suficiente como para poder encontrarles algún sentido. Sé que ya tenía algunos años cuando fui a vivir con ellos y que he estado con ellos más de veinte, pero todo es muy borroso, ¿sabes? Al principio, iba a marcando cada día, hasta que me di cuenta de que nadie iba a ir a buscarme y de que el tiempo no significaba nada. Dejé de contar porque dejó de tener ninguna importancia. Yo no le importaba a nadie —dijo con tristeza.

Isaac le enmarcó el rostro entre las manos, obligándola a alzar la mirada y deseando que reconociera su sinceridad en su expresión y en sus palabras.

—Importas, Jenna, y no pienses nunca lo contrario. Claro que importas.

Jenna reprimió un sollozo y enterró el rostro en su cuello al tiempo que se aferraba a sus hombros con las dos manos. Después, retrocedió y le miró con expresión suplicante.

—Quiero besarte, Isaac, pero no sé cómo hacerlo. Quiero fingir que soy capaz, aunque sea solo por un momento. ¿Me ayudarás?

Isaac le secó las lágrimas que corrían por sus mejillas con el pulgar.

—Será un placer, ángel mío.

CAPÍTULO 11

A Jenna le castañeteaban los dientes mientras se recriminaba a sí misma por enésima vez haber ido al dormitorio de Isaac. Sabía que no estaba bien. Que era algo prohibido. Que la tacharían de prostituta e incluso de cosas peores. Pero quería conocer aquello aunque ni siquiera estuviera segura de lo que era.

A lo largo de todos aquellos años, no le había dado ningún valor a los besos. Para ella no eran ejemplo de cariño ni aprecio, porque nadie besaba a nadie. Los hombres trataban a las mujeres del grupo con dureza, con frialdad. Como si fueran objetos que estuvieran allí para proporcionar placer a los hombres y nada más. Jamás se le había ocurrido pensar que un hombre pudiera besar a una mujer por afecto, cariño o incluso amor.

¿Por qué la había besado Isaac? La había besado dos veces. No en la boca, pero todavía podía sentir el calor de sus labios en los lugares en los que la había besado y no quería que se borrara nunca aquella sensación.

¿Tenía el valor necesario para ser tan directa y atrevida? ¿Podría llegar a tener la audacia de besarle? A Isaac no parecía haberle importado en absoluto, pero en todo momento se había mostrado muy amable con ella y quizá no hubiera nada más allá de eso.

Movió los labios tímidamente hacia los suyos, hasta que pudo sentir su suave y estable respiración contra su piel. Quería besarle en los labios, pero le faltó valor, de modo que se desvió un poco y le acarició la comisura de la boca.

Isaac dejó escapar un gemido y tensó los brazos a su alrededor, como si quisiera mantenerla quieta y atrapada con firmeza contra su cuerpo. Después, bajó la boca y tomó sus labios tal y como ella había querido tomar los de él. Y lo hizo con tal delicadeza que los ojos se le llenaron de lágrimas.

Isaac se tomó su tiempo. La cálida y delicada presión de sus labios contra los suyos despertó sensaciones en su cuerpo que Jenna no acertaba a comprender. Después, Isaac delineó con la lengua el perfil de su boca, haciéndola gemir en respuesta. Hundió apenas la lengua en su interior, saboreando la punta de la suya, la retiró para besarla otra vez y terminó sellando su boca, dejando el cuerpo entero de Jenna eufórico y anhelante.

Se apartó y clavó en ella su penetrante mirada para analizar su respuesta.

—¿Qué clase de beso era ese? —susurró ella, aturdida y temblorosa tras aquella experiencia.

—Un beso que dice que me preocupo mucho por ti y que eres una mujer muy especial.

—¿De verdad te preocupas por mí? ¿Y crees que soy especial?

Isaac suspiró.

—No sé qué te ha llevado pensar que no eres digna de nada, que no eres nada, porque todavía no confías lo suficiente en mí como para compartirlo conmigo, pero, Jenna, todo eso son tonterías. Es una completa idiotez. Eres un milagro, cariño, y no lo digo solo por tu don.

—Confío en ti, Isaac —repuso ella, mirándole muy seria a los ojos—. Siento haberte hecho pensar lo contrario, pero es que estoy preocupada. No quiero que ni tú ni ninguno de tus hombres salga herido o termine muriendo por mi culpa. Si te ocurriera algo, si os ocurriera algo a cualquiera de vosotros, no podría soportarlo.

Isaac posó la mano en su mejilla con ternura y la instó a acercarse más a él.

—Jenna, quiero que me escuches. Estás preparada para escucharme, ¿verdad? Ni a mis hombres ni a mí nos va a pasar nada. Nuestro trabajo consiste en protegerte. No eres tú la que nos tiene que proteger a nosotros, ¿lo comprendes?

—No sabes lo crueles que son —respondió llorosa—. Ni qué planes tienen.

—No, no lo sé —reconoció él con calma—. Porque no confías en mí. Si quieres protegerme y proteger a los demás, lo mejor que puedes hacer es confiar en mí y contármelo todo. No podemos prepararnos para lo peor si no sabemos lo que es.

Jenna hundió la cabeza, abrumada por el peso de la culpa. Isaac tenía razón. ¿Qué era su vergüenza comparada con sus vidas? Estaba siendo una egoísta al priorizar su orgullo por encima de su seguridad.

—Lo siento mucho —dijo con voz ahogada—. Sé que tienes razón. Necesitas saberlo todo. Has sido muy bueno conmigo y yo estoy dejando que me venza la vergüenza. Por culpa de mi orgullo podrían mataros a todos.

Isaac la apretó con cariño.

—Nada de culpas, pequeña. Pero no voy a mentirte. Me desespera no saber lo que te hicieron esos canallas. Quiero matar hasta al último de ellos para que puedas sentirte a salvo, para que puedas dejar de huir y de mirar constantemente por encima del hombro. Y, cariño, puedes confiar en que te cuidaré. Si confías en mí, me aseguraré de que nadie pueda volver a asustarte a o hacerte daño nunca más.

—Confío en ti —respondió ella con suavidad, alzando la mano hacia su mandíbula cubierta por una sombra de barba.

Jenna nunca había conocido a un hombre como Isaac. Era formidable, un guerrero, pero, aun así, tan delicado y paciente con ella que le entraban ganas de llorar.

—¿Entonces me lo contarás todo? —le preguntó, pasándole la mano por el pelo—. Y me refiero a todo. Quiero saberlo todo sobre ti, Jenna. Qué te hace feliz, qué es lo que te entristece, qué te hace sonreír y, sobre todo, que es lo que te hace sufrir y a lo que tanto temes.

Jenna no fue consciente de que estaba temblando y de lo evidente de su miedo hasta que Isaac se sentó, la colocó en su regazo y la acunó en sus brazos. Le acarició después la espalda y posó los labios en su cabeza.

—Estás temblando, cariño, y tu cara refleja que estás asustada. Pero conmigo estás a salvo. Nada te rozará siquiera mientras estés en mis brazos. Necesito que te relajes, respires hondo e intentes tranquilizarte. No tenemos por qué hablar de eso ahora. Esperaré cuanto sea necesario hasta que estés preparada para decírmelo, ¿de acuerdo? Nunca te presionaré.

Jenna permaneció en silencio durante largo rato, luchando contra aquellos recuerdos humillantes y dolorosos. Isaac no interrumpió su silencio. Continuó abrazándola, meciéndola con un suave movimiento, deslizando la mano por su espalda mientras esperaba pacientemente, como si estuviera sintiendo la intensa batalla que se estaba librando en su interior.

—Yo pertenezco a un culto —le explicó con valentía, desviando la mirada hacia él en busca de algún signo de crítica o condena.

Pero él no reaccionó, y tampoco dejó de acariciarla.

—He dicho que pertenezco, pero supongo que eso implica una elección consciente —razonó con amargura—. Yo era una prisionera y me trataban como a tal.

Al oír aquello, Isaac ensombreció su expresión, pero permaneció en silencio, esperando a que continuara.

—No siempre he estado con ellos —le explicó pensativa—. O, por lo menos, no lo creo. Tengo recuerdos de cuando era pequeña. Creo que son recuerdos de mis padres. Recuerdo a un hombre, mi padre, quizá, lanzándome al aire y besándome en la nariz.

Las lágrimas le ardían en los ojos mientras intentaba engarzar los recuerdos, desesperada por agarrarse a ellos y por que fueran ciertos. Por poder tener la certeza de que en algún momento de su vida alguien la había amado, la había querido.

—Siempre me sonreía. Y la mujer... no tengo tantos recuerdos de ella, pero la recuerdo haciéndome una tarta de cumpleaños y me recuerdo a mí soplando las velas.

—¿Cuántas velas? —preguntó Isaac, interrumpiéndola por primera vez—. Esfuérzate en recordarlo, cariño. ¿Cuántas velas tenía tu tarta?

Jenna frunció el ceño e intentó concentrarse en la imagen fugaz de la tarta, en el hombre que cantaba «feliz cumpleaños» desafinando, pero con la voz rebosante de amor. Cerró los ojos y se concentró en la tarta. Era de color rosa. Tenía una cobertura rosa y flores de diferentes colores. Las velas estaban en el centro, colocadas en línea recta. Recordaba también que las volutas de humo no habían tardado en disiparse después de que ella soplara.

—¡Cuatro! —exclamó emocionada. Se volvió para mirar a Isaac—. La tarta tenía cuatro velas. Yo tenía cuatro años —dijo en un susurro. Su expresión se tornó triste y ella desvió la mirada de la de Isaac—. Es el último recuerdo que tengo de mis padres.

—Debieron de secuestrarte poco después de que cumplieras cuatro años —apuntó Isaac con delicadeza—. ¿Cuántos años has pasado perteneciendo a ese culto?

La vergüenza volvió a apoderarse de ella.

—No lo sé —contestó con tristeza—. Lo recuerdo todo como algo borroso. En el culto nunca celebrábamos los cumpleaños. Por lo menos, los míos.

Isaac volvió a estrecharla contra él y ella pudo sentir el enfado que emanaba de su cuerpo.

—Intenté utilizar los cumpleaños de otras personas para medir el tiempo, pero la gente iba y venía —se estremeció—. Estaba prohibido abandonar el culto una vez te sumabas a él, pero la gente desaparecía sin que se volviera a saber nada de ella. Nadie cuestionaba su ausencia. Era como si nunca hubieran existido.

Isaac la abrazó con fuerza y le dio un beso en la sien.

—No pienses ahora en eso, pequeña. Quédate aquí conmigo, en el presente, donde nada puede volver a hacerte daño.

Jenna se recostó contra él buscando su consuelo y permaneció en silencio durante largo rato.

—Yo calculo que he estado con ellos unos diecinueve o veinte años. Así que ahora debo de tener entre veintitrés o veinticuatro años.

Isaac la estrechó contra él y pareció aliviado.

—Sí, pequeña. Tienes veintitrés o veinticuatro años. Pero cuesta creerlo. Pareces mucho más joven. Y eres muy inocente para tener esa edad.

La reacción de Isaac le sorprendió, pero no le preguntó nada al respecto. Continuó perdida en el pasado. Después de haber mantenido un estricto silencio durante tanto tiempo, era como si de pronto se hubiera reventado un dique y se hubieran desbordado los recuerdos.

—Creo que fueron a por mí por mi capacidad para sanar, ¿pero cómo es posible que lo supieran? Nunca he llegado a comprender cómo pudieron averiguarlo, siendo yo tan pequeña. Pero me separaron de los otros desde el primer momento y me llamaban de forma rutinaria para curar heridas. Me convencieron de que era un instrumento de Dios, de que tenía el deber de ayudar a aquellos que lo necesitaran, pero me mantenían en un aislamiento total. Nunca me permitían sanar a nadie que no fuera un anciano o alguien que tuviera un estatus más alto en el culto.

—¿Un anciano? —preguntó Isaac, frunciendo el ceño confundido.

—Los ancianos eran los líderes. Tenían una autoridad absoluta sobre todo el mundo. Había cinco. Todo el mundo les temía y estaba subordinado a ellos. Su palabra era la ley, decían que eran mensajeros directos de Dios y que debíamos considerar su palabra y sus juicios como si procedieran del mismo Dios.

—Una buena estrategia para asegurarse una obediencia absoluta y evitar que alguien pudiera cuestionar lo que hacían —musitó Isaac.

Jenna asintió con vigor.

—Cuestionar a un anciano era el peor pecado que podía cometerse y el castigo era muy duro. Aquellos que cuestionaban o se mostraban en desacuerdo con los ancianos desaparecían y nadie volvía a saber nada de ellos nunca más.

—Hijos de perra —gruñó Isaac.

Jenna bajó la mirada hacia sus propias manos, enfrentándose a sentimientos durante mucho tiempo reprimidos.

—¿Qué te pasa, cariño? —preguntó Isaac, abrazándola con más fuerza.

—Al principio, cuando era muy pequeña, me trataban como si fuera alguien especial. Como ya te he dicho, yo era un instrumento de Dios, elegida por él, algo valioso, en cierto sentido. Pero con el tiempo me di cuenta de que aquella era su manera de lavarme el cerebro y ganarse mi complicidad. A medida que fui creciendo, comencé a cuestionar cosas, como el porqué se permitía que las mujeres murieran en el parto cuando yo podía salvarlas. Me decían que era voluntad divina y que no debía entrometerme. Cometí la estupidez de contestar que cada vez que curaba a alguien estaba interfiriendo en la voluntad divina y que por qué motivo iba a darme Dios un don si se suponía que tenía que utilizarlo de forma selectiva y solo cuando me lo ordenaban los ancianos. Les pregunté por qué unos miembros del culto merecían la curación y otros no. Me dieron una paliza terrible y me tacharon de abominable. Me acusaron de ser una herramienta de Satán y dijeron que tenían la obligación de sacar al demonio de mí.

Isaac soltó una maldición y aflojó su abrazo al tiempo que cerraba los puños.

—Me dijeron que tenía que renunciar a Satán y admitir que mi don era un don del diablo y no algo acorde con la voluntad divina. Me negué y volvieron a pegarme. Después me encerraron en una habitación del sótano, sin luz, sin agua y sin comida, y me dejaron allí hasta que me quedé tan débil que, cuando al final me ofrecieron la posibilidad de hacerlo, no tenía fuerzas para alimentarme ni para beber por mí misma. Ni siquiera era capaz de mantenerme en pie, y mucho menos de andar, cuando vinieron a buscarme. Me sacaron a rastras de aquella habitación en la que había pasado tantos días que al final perdí la cuenta.

La furia de Isaac podía palparse en el aire. Su cuerpo entero estaba en tensión, los músculos le temblaban mientras luchaba para controlar su reacción al oír a Jenna recordando el trato que había recibido en aquella secta.

Con la única intención de tranquilizarle, Jenna posó indecisa la mano en su pecho y le miró con expresión suplicante. Parecía estar pidiéndole en silencio que se tranquilizara y advirtiéndole, quizá, que quedaban cosas peores por contar. Isaac colocó la mano sobre la de Jenna, que descansaba contra su corazón, y se la apretó con delicadeza, no solo reconociendo su silenciosa súplica, sino también ofreciéndole la seguridad, el consuelo y el ánimo que tanto necesitaba para poder continuar.

Antes de que lo hiciera, le rodeó la mano, se la llevó a la boca y presionó los labios contra la palma con suavidad. Después, reteniendo su mano entre la suya como si fuera algo precioso y de una fragilidad infinita, se la llevó desde los labios hasta la mandíbula, de manera que los dedos de Jenna quedaron extendidos sobre la incipiente barba que cubría su rostro. Permaneció así durante largo rato, cubriendo su mano mientras la miraba fijamente a los ojos. Había algo más que compasión, consuelo y ánimo reflejados en su oscura mirada, pero Jenna no sabía cómo interpretarla. La hacía sentir algo desconocido para ella. Algo que nunca había experimentado. Y le gustaba. Demasiado, quizá.

Su mirada y su caricia le infundían un íntimo calor en lo más profundo de su ser. Se sentía como si el sol estuviera bañando por primera vez rincones de su alma que habían permanecido helados durante mucho tiempo. Y, quizá, lo que más le costaba entender era el haber sido capaz de confiar en él de manera tan automática, con tanta facilidad. Ella, que nunca se había sentido a salvo, que jamás había podido sentirse segura con nadie, tenía la seguridad de que nada ni nadie podría hacerle daño mientras Isaac estuviera a su lado.

Pero por incomprensible que le resultara la fe que había depositado en aquel guerrero, su reacción física la desconcertaba todavía más. Cada vez que la tocaba, e incluso cada vez que la miraba con aquella intensidad con la que tan a menudo lo hacía, la confundía y avergonzaba el hecho de que sus senos se hinchieran y se tornaran más sensibles. Al mismo tiempo, los pezones se endurecían y se erguían hacia delante como si estuvieran reclamando la caricia de Isaac. Pero lo más embarazoso de todo era que las partes más íntimas de su cuerpo parecían estar humedeciéndose y sensibilizándose de tal manera que tuvo que resistir la repentina necesidad de... tocarse.

Tomó aire con firmeza, avergonzada por el rumbo que estaban tomando sus pensamientos, alejó aquellos pensamientos de su mente y se preparó para continuar con todo lo que tenía que contar a Isaac.

En el momento en el que abrió la boca para continuar con su historia, Isaac volvió a llevarse su mano a los labios y la besó con ternura antes de bajarle la mano hasta su regazo. Una vez allí, no la soltó, sino que entrelazó sus dedos con los suyos y dejó que sus manos unidas descansaran entre ellos.

—Se convocó una reunión a la que tenían que asistir todos los miembros del culto. Me arrastraron hasta allí y me tiraron al suelo delante de toda la asamblea. Volvieron a ordenarme que admitiera que el diablo vivía dentro de mí y que solo Dios podía decidir entre la vida y la muerte. Me ordenaron renunciar a Satán, renunciar a mi don y pedir perdón y misericordia a los ancianos.

Lágrimas de rabia empapaban sus mejillas mientras revivía aquel incidente como si hubiera ocurrido el día anterior. Alzó la barbilla para poder mirar a Isaac a los ojos.

—Me exigían que pidiera perdón y misericordia a los ancianos, no a Dios —continuó con amargura—. Solo a ellos. Se creían dioses y me estaban acusando de ser el diablo. Me decían que Satán vivía dentro de mí cuando eran ellos los únicos culpables de lo que me acusaban. Les había desafiado, había dicho lo que pensaba, pero no podía hacer lo que me pedían.

No sé de dónde saqué la fuerza para hacerlo, pero me enfrenté a ellos, les miré a los ojos y les dije que estaban equivocados. Que el diablo eran ellos, no yo. Que Dios no tenía defectos, que él me había creado y me había otorgado ese don para ayudar a los demás. Les dije que Satán era el diablo y que él ni tenía ni tendría nunca el poder para conceder el don de curar, de hacer el bien. Me ataron a un poste de castigo y dijeron que sacarían al demonio de mi cuerpo aunque fuera lo último que hicieran en su vida.

—Dios mío —musitó Isaac, alargando la mano hacia ella y sujetándola con fuerza—. Para, pequeña. No tienes por qué revivir todo eso.

—Tengo que contártelo —contó llorosa—. Tienes que saberlo todo. Tienes que comprender a lo que os estáis enfrentando y por qué tuve que escapar del infierno en el que he vivido durante tanto tiempo.

Isaac la hizo colocar la cabeza bajo su barbilla y la abrazó con fuerza, creando un refugio, un lugar seguro en el que Jenna tenía la sensación de que nada podría hacerle daño otra vez.

—Aguanté todo lo que pude, te lo juro —dijo derrumbándose.

—Para, pequeña —le suplicó Isaac—. ¿Crees que tienes que justificarte ante mí? Tú no hiciste nada malo, maldita sea, y no permitiré que pienses lo contrario. No tienes por qué avergonzarte de haber renunciado cuando te golpearon hasta casi la muerte.

—Pero es que fui una estúpida. Ellos no pretendían matarme. Jamás me habrían matado. Solo querían castigarme. Aquello solo fue una puesta en escena, un espectáculo. Una farsa. Me necesitaban por sus propias motivaciones egoístas, jamás pensaron en cualquier otra persona del culto que pudiera haber necesitado mi poder de curación. Me convirtieron en una paria. Fue toda una estrategia para alejarme del resto de los miembros del grupo. De esa manera se aseguraron de que nadie pudiera ayudarme. Sabían que me quedaría aislada y sola y ellos podrían hacer conmigo lo que quisieran.

De la garganta de Isaac salió un gruñido fiero y grave que sobresaltó a Jenna y la distrajo del dolor que le estaba produciendo el revivir aquellos recuerdos terribles.

—No solo intentaron aislarte, Jenna. Intentaron quebrarte.

—Y lo consiguieron —contestó ella con voz débil, desviando la mirada.

No quería que Isaac fuera testigo de su vergüenza y su debilidad.

—¡Y una mierda! —exclamó él, sobresaltándola de tal manera que estuvo a punto de escapar de su regazo y de su abrazo.

Isaac se calmó al instante, aunque la rabia continuaba encendiendo su mirada. Volvió a abrazarla y a asentarla en su regazo. Cambió de postura para poder enmarcarle el rostro con las manos con una ternura exquisita y deslizó los pulgares por sus pómulos con una caricia tan delicada como el roce de las alas de una mariposa.

—Mírame, Jenna.

Jenna alzó renuente la mirada para encontrarse con la suya y al descubrir la emoción que reflejaban sus ojos volvieron a brotar las lágrimas. Había ternura y comprensión en los ojos de Isaac. Y también compasión, pero no una pena nacida de un sentimiento de superioridad. Para sorpresa de Jenna, también vio en ellos orgullo, y algo más. Algo que no era capaz de nombrar porque nunca lo había visto. Pero la reconfortó desde lo más profundo y le dio paz en un momento en el que sus sentimientos eran cualquier cosa menos serenos.

—La mujer que tengo entre mis brazos no es una mujer rota —le aseguró Isaac con fiereza—. Es posible que te hayan hundido y te hayan hecho daño, por supuesto que te han hecho daño, pero, cariño, no han conseguido quebrarte.

Aquellas palabras solo consiguieron aumentar su llanto.

—¿Entonces por qué me siento tan rota, como si estuviera hecha añicos por dentro? —le preguntó con un hilo de voz interrumpido por los sollozos que se acumulaban en su garganta—. ¿Por qué tengo la sensación de que no tengo ni idea de quién soy? ¿De que no soy nada, de que ni siquiera existo?

¿De que, incluso en el caso de que sea alguien, jamás seré capaz de recomponer las piezas de la persona que era, de que siempre seré lo que ellos han hecho de mí?

Isaac le dirigió entonces una mirada tan rebosante de cariño y respeto que a Jenna le entraron ganas de apartarse de él y hacerse un ovillo tan pequeño que nadie pudiera verla nunca más. Esa era ella y no la persona que Isaac creía estar viendo. Era una mujer débil, patética, que ni siquiera había tenido la voluntad o la fuerza para desafiar a aquello que, en el fondo de su corazón, sabía que no estaba bien.

Él la miró como si de verdad le importara. Con una admiración que no merecía, pero Dios sabía que deseaba ser una mujer merecedora de un hombre bueno, un hombre como Isaac, que luchaba contra el mal todos y cada uno de los días. Que la mirara como lo estaba haciendo él en aquel momento. Como si fuera una mujer que mereciera la pena. Pero no lo era. Acababa de llevar a su vida, y a la vida de otras muchas personas que, era obvio, le importaban, dolor, peligro y engaño. ¿Cómo podía mirarla siquiera? ¿Cómo podía mirarla con tanto cariño y tanta bondad?

—No eres la mujer que quisieron moldear y en la que intentaron convertirte, Jenna —insistió él—. Todo el mundo tiene que doblegarse, pero no todo el mundo se rompe. Si te hubieran roto, si hubieran conseguido convertirte en lo que ellos querían, ¿estarías aquí ahora conmigo? ¿Habrías encontrado el coraje para enfrentarte a ellos después de la primera paliza? ¿Habrías buscado la manera de escapar, de huir, a pesar del miedo que tenías a aquel mundo desconocido al que estabas huyendo? Puedes pensar y decir cuantas veces quieras que eres una fracasada, una mujer débil que no se merece nada bueno, ¿pero sabes una cosa, cariño? Cada vez que salga una tontería de esas de tu preciosa boca pienso decírtelo. Aunque me cueste una eternidad, voy a conseguir que te veas como la mujer que yo veo cada vez que te miro.

Jenna se sonrojó. El calor cubrió sus mejillas hasta hacerla sentir que la cara le ardía.

—Y te diré algo más —continuó. Su expresión fue haciéndose más sombría e imprimió una dureza a su voz que indicaba que estaba hablando con una seriedad letal—. Jamás permitiré que te lleven de nuevo con ellos.

Le acarició la mejilla, rozándola con los nudillos y dejando tras ellos un peculiar cosquilleo.

—No permitiré que vuelvan a tocarte ni a ponerte las manos encima. Y, es más, si alguna vez tenemos la suerte de que alguno de ellos resulte herido o, mejor aún, termine muerto, no moverás un solo dedo para salvar su patético trasero. Pienso agarrar a todos y cada uno de esos miserables y hacerles pagar cada marca, cada golpe, cada moretón y hasta la última palabra que te dijeron para hacerte sentir que no eras nada.

El terror explotó con una intensidad casi paralizante en el corazón de Jenna.

—¡No! —exclamó.

Isaac la miró sorprendido, pero, antes de que hubiera podido decir nada más, ella le apartó las manos de sus mejillas y enterró el rostro entre sus propias manos. Gimió desesperada, consciente de que tendría que confesar su último y vergonzante secreto. Aquello que la había obligado a adelantar su plan de fuga.

—Cariño, ¿qué tienes? —preguntó Isaac preocupado.

Ella alzó la cabeza y le vio retroceder ante la crudeza de su expresión.

—No puedes ir a por ellos, Isaac —respondió histérica—. Los ancianos no son los únicos que me buscan ahora.

CAPÍTULO 12

Isaac miró a Jenna estupefacto a pesar de que su mente ardía de furia. Una furia como jamás la había conocido había estado a punto de llevarle hasta límite, ¿y todavía le quedaba por oír algo más? ¿Se cernía sobre su ángel una amenaza más peligrosa de lo que él pensaba? Ni siquiera se detuvo unos segundos para cuestionarse el hecho de estar considerándola su ángel, de estar considerándola algo suyo. Lo había sido desde el primer momento. Desde el instante en el que había compartido con él la hermosa luz de su alma. Desde entonces estaba dentro de él, formaba parte de sí mismo, estaba arraigada de una forma tan profunda que no había ninguna esperanza o posibilidad de desenterrarla. En aquel momento Isaac solo sabía dos cosas: que Jenna le pertenecía y que la protegería de cualquier amenaza a la que tuviera que enfrentarse.

Alargó la mano para acariciarla, pero ella retrocedió con el miedo y la culpa apagando sus hermosos ojos. ¡Maldita fuera! La abrazó, sosteniéndola con fuerza contra él, hasta que al final dejó de resistirse y permaneció inmóvil mientras los sollozos sacudían su cuerpo diminuto. Isaac se juró entonces que haría pagar sus lágrimas a aquellos canallas. Haría pagar cada una de las lágrimas que había derramado por culpa de todos aquellos que habían convertido su vida en un infierno.

—Jenna, cariño, tranquilízate y deja de llorar —la animó, meciéndola hacia delante y hacia atrás mientras ella iba dando rienda suelta a meses, años quizá, de dolor y tristeza reprimidos.

—Necesito que me lo cuentes todo, pequeña —le explicó con suavidad—. Tengo que encontrar la manera de mantenerte a salvo y eso significa que tendrás que explicármelo todo. No hay nada que no puedas contarme, ¿lo comprendes? Jamás habrá nada que pueda hacerme sentir algo malo por ti, nada que me lleve a abandonarte.

Jenna enmudeció entonces. Cesaron los sollozos. De hecho, se quedó tan callada que a Isaac le preocupó. Después, se volvió hacia él y le miró con el alma en los ojos. Parecía inocente y perdida, ¿pero qué otro aspecto podía tener cuando había vivido secuestrada y fuera del mundo? ¿Cuando lo único que había aprendido procedía de unas mentes sádicas y retorcidas?

—¿Lo dices en serio? —preguntó con una nota de ansiedad en la voz.

A Isaac se le ablandó por completo el corazón. El duro acero que lo envolvía se hizo pedazos.

—Jamás hablo por hablar ni hago promesas que no esté dispuesto a cumplir —respondió.

La miró con intensidad, eliminando todas las barreras para que pudiera ver dentro de él con la misma facilidad con la que él veía dentro de ella.

Jenna inclinó de nuevo la cabeza y colocó las manos entre ambos, retorciéndose los dedos con ansiedad.

—Pequeña, no te pongas así —le pidió él—. Cuéntame de qué tienes tanto miedo para que pueda ocuparme de ello.

—No quiero que os pase nada ni a ti ni a tus hombres por mi culpa —susurró.

—Jenna, mírame —le pidió Isaac, empezando a parecer un disco rayado—. ¿Has olvidado que si no hubiera sido por ti ahora estaría muerto y Sombra estaría en el hospital, dejando que le cosieran y maldiciendo por verse obligado a recibir atención médica?

Jenna pareció entristecerse todavía más.

—Para empezar, si no hubiera sido porque intenté robarte

el todoterreno, a ninguno de los dos os habrían hecho ningún daño.

—Pero entonces no habría podido tenerte así, entre mis brazos. Y yo diría que por eso casi merece la pena morir —dijo con suavidad.

Jenna se le quedó mirando sorprendida y tragó saliva varias veces mientras intentaba poner sus sentimientos bajo control.

—A nadie le ha importado nunca lo que pudiera pasarme —dijo con voz queda—. O, por lo menos, lo único que les importaba era asegurarse de que fuera capaz de hacer lo que los ancianos quisieran.

Isaac reprimió la rabia ciega que crecía en su interior y se concentró en la mujer a la que sostenía entre sus brazos, deseando que le confiara su último secreto. La levantó de su regazo, la dejó a su lado, se tumbó y se volvió de manera que sus rostros quedaran a solo unos centímetros el uno del otro.

Ella parpadeó y se sonrojó. La incomodidad era evidente en su rostro.

—Esto no está bien —susurró—. Para mí es un pecado el estar en tu cama. Lo siento. Cuando he entrado en tu cuarto, ni siquiera he pensado en ello.

—Jenna, quiero que me escuches, y quiero que lo hagas con mucha atención. En primer lugar, me alegro de que hayas venido porque estabas asustada. Quiero que acudas a mí siempre que algo, cualquier cosa, te asuste. En segundo lugar, quiero que olvides hasta la última maldita cosa que te hayan enseñado en esa maldita secta. Están equivocados y lo sabes. Por eso estabas tan desesperada por escapar. No fue solo por lo mal que te trataban, ni por el hecho de que se estuvieran aprovechando de ti y utilizándote con propósitos egoístas. Aparte de todo eso, sus enseñanzas eran falsas. Y, no solo eso, sino también tan retorcidas que ni siquiera soy capaz de entenderlo. Soy consciente de que no vas a poder borrar todo lo que te han inculcado a lo largo de tu vida en cuestión de minutos, o de días, ni siquiera durante unas semanas. Pero es ahí donde necesito que confíes en mí, pequeña. Estar en mi cama no es ningún pecado, y no solo porque lo único que estemos haciendo sea hablar. Porque tampoco será algo malo cuando hagamos el amor.

Jenna le miró horrorizada.

—¡No! Yo no quiero eso. ¡No pienso hacerlo nunca! —se estremeció—. Es algo horrible.

Un rugido sordo comenzó a resonar en los oídos de Isaac, que tuvo que apretar la mandíbula para reprimir el enfado.

—¿Te violaron, Jenna? ¿Te pusieron encima sus malditas manos? ¿Te forzaron? ¿Te obligaron alguna vez a tener sexo con alguien?

Jenna volvió a estremecerse.

—No, pero vi... —sacudió la cabeza—. No quiero hablar de eso. Por favor, no me hagas hablar de eso ahora.

—Solo quiero saber una cosa y, no, cariño, no tienes por qué hablar de eso ahora mismo.

Dijo intencionadamente «ahora mismo» porque pensaba hacerla hablar sobre ello más adelante. Era evidente que se trataba de un tema traumático para Jenna y tenía que saber por qué. Aunque el mero hecho de pensar en tener que escuchar a su ángel diciéndole que alguien la había violado era suficiente como para hacerle perder el control.

—¿Alguno de esos canallas te tocó alguna vez o te agredió sexualmente?

Jenna se sonrojó, pero negó con la cabeza. Gracias a Dios. Él tomó aire varias veces, intentando controlar la ira que amenazaba con consumirle.

—Yo era una paria. Estaba prohibido tocarme. Pero no por los motivos que podrías imaginar. No era porque quisieran protegerme o porque les importara que sufriera. Los ancianos tenían la estúpida superstición de que si perdía la virginidad perdería mi poder de curación. Fue una suerte —susurró—. Lo único que he agradecido siempre de ellos es su estupidez y su ignorancia.

Isaac por fin pudo respirar otra vez. Al menos hasta que Jenna pronunció sus siguientes palabras.

—Pero eso estaba a punto de acabarse —le contó.

El miedo asomó de nuevo a sus facciones. Fue un miedo más agudo, más crudo del que había mostrado hasta entonces. Antes de que Isaac pudiera preguntar a qué se refería, continuó con una voz tan temblorosa como su propio cuerpo.

—Yo siempre estaba pensando en escapar —admitió—. Era lo único que me mantenía cuerda. La posibilidad de poder escapar algún día. Pero tenían mucho cuidado y me mantenían encerrada bajo llave. Solo podía escapar de mi habitación después de una curación. Me quedaba tan débil y agotada que eran más laxos a la hora de mantener la vigilancia. Me dejaban en mi habitación, pero nadie se tomaba la molestia de vigilarme. Yo me hacía la débil, les hacía creer que después de curar a alguien me quedaba completamente indefensa. Después me metía a escondidas en los despachos de los ancianos, que era donde guardaban información prohibida. Así fue como aprendí lo que sé del mundo exterior, lo poco que tuve tiempo de aprender. Me resultaba muy complicado, era algo que contradecía las enseñanzas del culto. Sabía que me llevaría mucho tiempo, años, aprender lo suficiente y planear mi escapada, pero no me importaba. Se convirtió en una obsesión y en la manera de enfrentarme a los castigos que recibía. Me imaginaba siendo libre, estando lejos de allí, en un lugar en el que podría llegar a ser una más, en el que nadie sabría quién era o lo que era capaz de hacer. Solo quería ser normal y tener una vida normal —le explicó con los ojos llenos de lágrimas.

Aquella tristeza desencadenó un dolor en el pecho de Isaac que deseó, más incluso que el que Jenna fuera feliz, el ser capaz de proporcionarle aquella felicidad.

—Ahora puedes conseguirlo, pequeña —le dijo con delicadeza, acariciándole la mejilla y secando los restos de las lágrimas.

—Pero no puedo —respondió ella con tristeza—. Jamás dejarán de buscarme.

—Háblame de ellos, dime quiénes son. Y, si vivían tan aislados, ¿cómo es posible que alguien que no perteneciera a la secta supiera algo de ti o de tu mera existencia?

—Porque los ancianos me vendieron —dijo con amargura.

—¿Qué demonios? ¿A quién te vendieron, Jenna? ¿Fue esa la razón de que huyeras?

Jenna asintió con tristeza y se mordió el labio para no ponerse a llorar otra vez.

—Sabía que tenía que aprovechar esa oportunidad para escapar, que no tendría otra.

—¿Y a quién te vendieron? —repitió él con infinita paciencia—. ¿Es esa la gente que va detrás de ti? ¿La que nos disparó a Sombra y a mí?

Jenna se encogió y se sonrojó, sintiéndose culpable.

—No sé quiénes son exactamente, pero son peligrosos —susurró—. Tienen armas. Siempre van armados. Les ofrecieron a los ancianos mucho dinero por mí, pero ellos pusieron algunas condiciones. Una fue que debía estar disponible siempre que necesitaran mis servicios y la otra que tenía que permanecer intacta.

Se sonrojó violentamente.

—Su líder pidió hablar conmigo a solas y me advirtió que ya era de su propiedad. Se echó a reír y me dijo que, aunque esos locos creyeran que si perdía la virginidad perdería mis poderes, tanto él como yo sabíamos que eso no era cierto.

Se estremeció, se encogió y se apretó contra Isaac, aunque este dudaba de que fuera consciente de ello.

—Me dijo que iba a disfrutar acostándose con una virgen, que él sería el primero y que después sus hombres podrían acostarse conmigo siempre que quisieran. Siguió riéndose y diciéndome que los ancianos no volverían a servirse de mis poderes nunca más, con independencia de lo que hubieran acordado. Pensaban matarlos a todos cuando fueran a buscarme.

Isaac soltó una fuerte maldición y apretó los puños mientras regresaba la urgencia de matar. Y lo haría. Mataría hasta el último de aquellos canallas antes de permitir que la tocaran.

—Acordaron al intercambio para varios días después. Yo sabía que tenía que escapar. Tenía que arriesgarme porque, incluso en el caso de que muriera, era preferible a ser vendida a esos hombres.

Isaac cerró los ojos, sufriendo por el hecho de que una mujer tan inocente se hubiera visto expuesta a tanto sufrimiento en su corta vida. Saber que había abrazado la muerte con tanta serenidad, como alternativa a ser utilizada y humillada por las personas que la habían comprado como si fuera un objeto, estuvo a punto de quebrarle.

—Dios estaba conmigo —susurró Jenna con suavidad, sorprendiendo a Isaac ante aquella mención.

Él imaginaba que con la retorcida aberración de la divinidad que presentaban en aquella secta habría perdido la fe.

—Uno de los ancianos sufrió un infarto. Se estaba muriendo y me llamaron para que le sanara. Todo el mundo sabía lo grave que estaba y hasta que no le curé a él… y después a ti… nunca había curado a nadie que estuviera tan cerca de la muerte. Así que hice todo lo que pude para evitar que muriera y fingí quedarme completamente incapacitada, agotada y exhausta. Les dije que tenía que descansar y que necesitaría una segunda sesión para completar la curación, pero que el anciano no moriría. Que después de la segunda sesión sería como si el infarto nunca hubiera tenido lugar, como si aquel hombre no hubiera estado al borde de la muerte.

Bajó la mirada avergonzada e Isaac frunció el ceño mientras la miraba con expresión interrogante, esperando a que continuara.

—Yo quería matarle, dejarle morir —susurró—. Solo lo ayudé porque sabía que era mi única oportunidad de escapar.

—Merecía morir —escupió Isaac—. No pierdas ni un minuto más avergonzándote por haber deseado su muerte, pequeña. Después de todo lo que te hicieron pasar, es humano que hicieras lo que hiciste. Ni siquiera Dios te culparía por haberle dejado morir.

Aquella afirmación pareció servir para apaciguarla. Respiró hondo.

—Me arrastraron a mi habitación, me encerraron y se fueron a rezar por el anciano. A rezar —repitió con sarcasmo—. ¿Cómo le puede pedir alguien a Dios que salve el alma del mismo diablo? No pensaron siquiera en la posibilidad de que pudiera escaparme porque habían sido testigos en muchas ocasiones de lo débil que me quedaba después de curar a alguien. Y aunque exageré el estado en el que me encontraba, es cierto que estaba muy débil y me llevó un buen rato recuperar las fuerzas para poder arrastrarme hasta la puerta e intentar escapar. En el despacho de uno de los ancianos había encontrado mapas en una ocasión, así que conocía la disposición del complejo y cuál era la ruta más corta para atravesar los bosques tan espesos que lo rodean. Conseguí salir a escondidas y comencé a correr. Todo estaba muy oscuro y yo estaba aterrorizada. No podía ver adónde iba y rezaba para estar corriendo en línea recta, para no estar moviéndome en círculos.

A Isaac se le revolvió el estómago al imaginarla corriendo indefensa a merced de solo Dios sabía lo que podía haber encontrado en el bosque, todavía débil tras una sesión de curación. Jamás había deseado la sangre de alguien como ansiaba en aquel momento la de aquellos miserables por todo lo que le habían hecho a su ángel. Nunca había disfrutado matando a sangre fría, pero, si atrapaba alguna vez a alguno de ellos, acabaría con él con sus propias manos.

—Poco después de haberme adentrado en el bosque supe que habían descubierto mi fuga porque oí que soltaban a los perros.

Se estremeció, su cuerpo diminuto temblaba mientras se estrechaba contra Isaac como si estuviera intentando meterse dentro de él para sentirse segura y a salvo.

—Sabía que tenía poco tiempo antes de que me atraparan, así que comencé a correr a toda velocidad y a rezar pidiendo misericordia. Y ayuda. Y justo cuando pensaba que ya no tenía ninguna esperanza, salí del bosque y caí de bruces sobre una pista de grava. Apenas estaba empezando a clarear lo suficiente como para ver en la distancia y descubrí una vieja gasolinera al final de la pista. Corrí hacia ella, rezando durante todo el camino para encontrar la manera de llegar a la ciudad. Sabía que sería el último lugar al que esperarían que fuera porque jamás había salido del complejo de modo que, ¿qué probabilidades tendría de sobrevivir en una ciudad tan grande como Houston? Me metí en la parte de atrás de una camioneta que llevaba fruta a la ciudad y, cuando el conductor se detuvo después de lo que a mí me pareció una eternidad, salí y continué corriendo.

Posaba la boca contra su pecho y sus siguientes palabras sonaron amortiguadas contra la piel de Isaac.

—Supongo que fue cosa del destino el que estuviera tan cerca del aparcamiento en el que habías dejado tu todoterreno abierto.

—Sí —respondió él con voz queda—. Gracias a Dios, casi siempre me dejo las llaves puestas.

Jenna se apartó ligeramente e Isaac vio que fruncía el ceño y que su expresión había vuelto a tornarse temerosa.

—¿Qué pasa, Jenna? —le preguntó al instante.

—Isaac, los ancianos no tienen armas y, desde luego, menos una con la que pudieran haberte alcanzado a tanta distancia.

Le agarró la mano y se la llevó a su pecho. Isaac sintió su corazón latiendo de forma salvaje bajo su palma.

—¿Cómo es posible que lo supieran? —susurró—. ¿Cómo pudieron encontrarme tan rápidamente? Se suponía que no tenían que ir a buscarme hasta dos días después.

Isaac frunció el ceño mientras consideraba sus palabras.

—Debieron de estar vigilando el complejo durante todo el tiempo por si se te ocurría hacer precisamente lo que hiciste. Después te siguieron, estuvieron pendientes de cada uno de tus movimientos. Si yo no te hubiera encontrado y te hubiera sorprendido cuando me estabas robando el todoterreno, podrían haberte seguido y agarrado en el aparcamiento, o haberte hecho salirte de la carretera, o haber esperado a que te detuvieras para capturarte.

—¿Entonces cómo es posible que tus hombres y tú me encontrarais antes que ellos cuando abandoné la carretera?

Isaac suspiró.

—Cuando llegaron mis refuerzos y empezaron a responder a sus disparos, se vieron obligados a defenderse y eso les distrajo. No creo que esperaran ninguna resistencia. Es probable que pensaran que podrían capturarte sin hacer el menor esfuerzo. Tengo un dispositivo de localización en mi todoterreno que nos condujo directamente hasta ti. Por desgracia, también ha servido para orientarles a ellos. Por eso encontraron mi casa y dispararon a Sombra cuando estábamos saliendo.

Jenna se irguió en la cama. La camiseta se tensó contra la exuberante madurez de sus senos.

—Entonces aquí tampoco estamos a salvo —reflexionó, presa del pánico.

—Shh, pequeña, necesito que te tranquilices —intentó serenarla—. Si estuvieran cerca de esta casa lo sabríamos, pero tienes razón. No podemos quedarnos aquí. Tendré que hacer algunas llamadas mientras decidimos cuál va a ser nuestro próximo movimiento.

Jenna se humedeció los labios nerviosa e Isaac estuvo a punto de gemir ante la sensualidad de aquel gesto tan inocente.

—¿Y tú estarás a salvo? —preguntó vacilante—. ¿Tus hombres y tú estaréis a salvo?

La expresión de Isaac se tornó más fiera. El enfado estaba librando una férrea batalla en su interior. Jenna solo estaba preocupada por él y por su equipo. Ni una sola palabra sobre su propia seguridad o sobre si podrían mantenerla a salvo. ¿Pensaba que valía tan poco?

Por supuesto que lo pensaba. ¿Cuándo le habían demostrado lo contrario? Sintió un profundo disgusto. Jenna había pasado toda una vida siendo machacada, humillada, le habían repetido una y otra vez que ella no era nada, que no era importante cuando, en el espacio de un solo día, se había convertido para Isaac en todo su mundo.

Incapaz de resistirse e ignorando por un instante su temor a asustarla, la envolvió en sus brazos y la estrechó contra él al tiempo que hundía una mano en sus sedosos y pálidos rizos y acercaba la boca a sus labios.

Presionó los labios contra los suyos, vacilante al principio, sopesando su reacción, pero, para su sorpresa, ella pareció derretirse contra él, moldearse contra su cuerpo como si estuvieran destinados a estar juntos. Isaac profundizó entonces su beso, acariciándole los labios con la lengua e invitándola con delicadeza a abrirlos bajo su persistente demanda. Con un trémulo suspiro, Jenna abrió los labios lo suficiente como para que Isaac pudiera deslizar la lengua en el interior de su boca y acariciar la suya, absorbiendo toda su dulzura.

Jamás en su vida se había sentido tan bien. Nunca había sentido nada tan perfecto. Estaban hechos el uno para el otro y no permitiría, bajo ningún concepto, que nada pudiera separarlos. Arriesgaría su vida una y otra vez, interpondría su cuerpo entre ella y cualquier peligro. Y tenía una certeza por encima de todo lo demás: le pertenecía. Era imposible que algo tan perfecto como lo que estaba sintiendo no significara nada.

—No permitiré que vuelvan a hacerte daño, Jenna —susurró contra sus labios—. En cuanto dé la señal de alarma y organicemos una reunión para decidir cuál va a ser nuestro próximo movimiento, nos tendrás a toda mi organización y a mí entregados a tu seguridad

La tristeza de la mirada de Jenna bastó para romperle el corazón en un millón de añicos.

—Yo no soy nadie, Isaac —le dijo en un tono que le indicó a Isaac que creía a pies juntillas lo que estaba diciendo—. No puedes arriesgarlo todo por mí. ¿Crees que podría soportar que tú, o cualquiera de vosotros, resultara herido o terminara muerto por mi culpa?

—En eso es en lo que te equivocas, cariño —respondió él con su voz más cariñosa, una voz que jamás se habría imaginado utilizando con otra mujer. Con ninguna—. Lo eres todo para mí. Todo mi mundo. Y si crees que voy a dejarte escapar ahora que por fin te he encontrado, después de todos los años que he pasado echando de menos una parte de mí mismo, no vas a tardar en darte cuenta de que lo equivocada que estás.

Eres mía, Jenna. ¿Lo comprendes? Eres mía. Y me siento responsable de tu bienestar, de tu protección y tu felicidad, de hacerte sonreír, reír, de convertir tus sueños en realidad. Si confías en mí, te juro que haré que todas esas cosas sucedan.

Jenna parecía aturdida. Las lágrimas anegaban sus hermosos ojos mientras miraba a Isaac con atónita confusión.

—¿Lo dices en serio? —consiguió preguntar con voz ahogada, expresando en voz alta la misma duda de la vez anterior.

—No he dicho nada más en serio en toda mi vida. Pero esto no puede ser solo cosa mía, Jenna. Tengo que saber que tú también sientes algo por mí. Necesito que me des la esperanza de no estar solo en esto, de que sientes aunque solo sea una mínima parte de lo que siento cuando te miro a los ojos, cuando te acaricio o cuando te beso.

El rubor de Jenna se intensificó y ella bajó la mirada, pero no antes de que Isaac pudiera distinguir tal anhelo en sus ojos que le entraron ganas de llorar por todo aquello que Jenna nunca había tenido y por todo aquello que había anhelado.

—Confía en mí, Jenna —le pidió con voz ronca, casi suplicante cuando no había suplicado nada en su vida—. Dame la oportunidad de demostrar lo que digo. Eso es lo único que te pido. Una oportunidad. Y que deposites tu confianza y tu corazón en mis manos. Te aseguro que los trataré como el presente más precioso que haya recibido nunca.

—Soy una mujer rota, Isaac. ¿Cómo puedes querer algo así? ¿Cómo puedes quererme? —preguntó con voz llorosa—. ¿Qué valor puedo tener para un hombre como tú?

Isaac frunció el ceño, a pesar de los esfuerzos que estaba haciendo para no hacerlo.

—Esa es la tontería más grande que he oído en mi vida y no estoy dispuesto a que vuelva a salir de esa preciosa boca nunca más, ¿de acuerdo?

Jenna estaba temblando, pero asintió en silencio, con el color tiñendo sus mejillas mientras fijaba la mirada en los labios que acababan de besarla.

—No lo sabía... —dijo asombrada.

Isaac inclinó la cabeza hacia un lado, tomándole la mejilla con la mano.

—¿Qué es lo que no sabías?

—Que besar fuera tan bonito —admitió vacilante—. Algo tan íntimo. No se parece a nada de lo que he sentido hasta ahora y no entiendo el efecto que tiene en mí.

Isaac sonrió con ternura y volvió a besarla con delicadeza.

—Muy pronto comprenderás eso y otras muchas cosas, te lo prometo.

Suspiró después y se apartó de ella.

—Y ahora quiero que te tumbes e intentes dormir un poco. Estás agotada y necesito que descanses por lo que pueda pasar a continuación. Tengo que hacer algunas llamadas para planificar nuestro próximo movimiento. Te despertaré dentro de unas horas y te prometo que no te ocultaré nada, ¿trato hecho?

Jenna asintió lentamente. Como no quería que tuviera que moverse siquiera, Isaac la ayudó a colocarse en la cama, le hizo apoyar la cabeza en los almohadones, la tapó hasta la barbilla y le dio un último beso.

—Buenas noches, Jenna. Duerme bien, hazlo por mí, ¿de acuerdo? Necesito que estés fuerte para todo lo que nos espera. Prométeme que descansarás y dejarás que sea yo el que se ocupe de todos los detalles.

—Te lo prometo —contestó ella con voz triste.

—Esa es mi chica —dijo Isaac con afecto—. ¿La luz encendida o apagada?

—Encendida —contestó con ansiedad—. No me gusta la oscuridad.

Incapaz de resistirse, Isaac se inclinó para darle un último y más profundo y largo beso.

—Buenas noches, mi amor —susurró—. Sueña conmigo.

CAPÍTULO 13

Isaac marcó una serie de códigos encriptados con los que indicó a todos los miembros de DSS que estaban a punto de enfrentarse a algo serio y que todo el mundo debía acudir a una de las pocas casas de seguridad que no habían sido detectadas a lo largo de aquellos años. Por mucho que Isaac no quisiera involucrar a DSS, después de todo lo que Jenna le había contado sabía que no le quedaba otro remedio.

Aquello era demasiado peligroso como para que se enfrentara a ello un solo hombre, o incluso un pequeño equipo. Isaac necesitaba a todos los miembros de DSS para aquella misión. Su participación podría suponer la diferencia entre la vida y la muerte, o entre que Jenna pudiera salvarse o fuera secuestrada y sometida a una vida infernal durante el tiempo que los hombres que la perseguían quisieran utilizarla.

Isaac ya había supuesto que Tori, que era la hermana pequeña de Beau y de Caleb, las esposas de ambos y la esposa de Zack, les acompañarían por dos razones: en primer lugar, ellos nunca las perdían de vista cuando surgía algún peligro que pudiera afectarlas. Y, en segundo lugar, e Isaac estuvo a punto de sonreír, todas ellas habrían insistido en acompañarles por muy vehementes que se hubieran puesto sus maridos. Sobre todo Ari, porque aquella mujer podía darle a uno su merecido sin necesidad de disponer de otra arma que su retorcida y vengativa mente cuando alguno de sus seres queridos sufría algún daño o amenaza.

En cuanto llegaron, se hizo evidente que ni a Dane, ni a Beau ni a Caleb les había hecho ninguna gracia que Isaac y los cuatro últimos miembros reclutados por la empresa se hubieran refugiado en un una casa de seguridad de Sterling, el marido de Eliza.

—Os agradezco que hayáis venido —dijo Isaac muy serio.

—¿Qué está pasando, Isaac? Suéltalo de una vez. ¿Tiene algo que ver con Jenna? —exigió saber Dane.

Isaac alzó las manos mientras Dex, Zeke, Caballero y Sombra se levantaban del sofá con los brazos cruzados y expresión inescrutable.

—Estamos aquí porque queremos —dijo Sombra con voz queda, aunque se oyeron todas y cada una de sus palabras—. Esto no tiene nada que ver ni con DSS ni con nuestro trabajo en la empresa y, desde luego, no tiene ni una maldita cosa con ver con el dinero, así que puedes agarrar tus cheques y metértelos por donde te quepan.

Dane rio para sí, pero el rostro de Beau parecía una nube de tormenta.

—Harías bien en recordar quién firma esos cheques.

—Por lo que yo sé, fue Dane el que nos contrató y nos entrenó y es él el que firma ahora nuestros cheques —intervino Dex, arrastrando las palabras—. Por lo que a mí concierne, y si para él no representa ningún problema, y de momento no se ha pronunciado, mi única obligación consiste en informarle a él y acatar sus órdenes y las de Isaac, que es el que está al mando de todo esto.

Tres de las cuatro mujeres a las que Jenna había estado observando con curiosidad elevaron los ojos al cielo y esbozaron sendas muecas ante la actitud de aquellos hombres antes de volverse y acercarse a ella. La cuarta permaneció donde estaba y Jenna advirtió que parecía triste y asustada. ¿Estaría resentida con ella por los problemas que les estaba causando?

—Estamos encantadas de conocerte, Jenna —dijo Ari con cariño después de presentarse, presentar a las otras dos, Ramie y Gracie, y explicarle quiénes eran sus maridos—. Creo que en cuanto tengas información sobre nosotras tres te darás cuenta de que no estás tan sola como piensas y de que, desde luego, no eres ningún monstruo.

Jenna arqueó las cejas con expresión interrogante y Ari se lanzó entonces a informarle del poder paranormal que cada una de ellas poseía, de lo diferentes que eran todas ellas y de cómo aun así eran capaces de ayudarse cuando tenían que unirse para salvar el pellejo a sus maridos.

Jenna se quedó boquiabierta y Ramie y Gracie se echaron a reír a carcajadas.

—Pero no se te ocurra decírselo a ellos, aunque sea la más absoluta verdad. Les gusta pensar que nos mantienen protegidas en una burbuja en nuestras casas, donde nada puede hacernos daño —volvió a elevar los ojos al cielo—. No importa que les hayamos ahorrado más de un arañazo combinando nuestros talentos y utilizándolos para derrotar a los malos.

Jenna miró por encima del grupo de mujeres hacia aquella mujer solitaria que permanecía en el otro extremo de la habitación, con los brazos cruzados en un gesto protector y la cabeza gacha para que nadie pudiera mirarla a los ojos.

—¿Quién es? —preguntó Jenna con voz queda—. Parece tan… vulnerable.

Tanto como la propia Jenna, pero había algo en aquella mujer que la atraía, haciéndola olvidarse del peligro que corría. Le preocupaba más el exponer a aquella desconocida a los fanáticos que iban tras ella.

Ramie suspiró y su mirada se oscureció.

—Es Tori, la hermana pequeña de Caleb y Beau. Ha sufrido mucho. También tiene un don, pero la frustra y le provoca más sufrimiento que ayuda.

Jenna arrugó la frente confundida.

—Hace unos cuantos años la secuestró un asesino en serie. Era un sádico y le hizo todo tipo de cosas terribles antes de que la rescataran. La salvaron solo unas horas antes de que fuera a matarla —le contó Ari, bajando la voz—. Tori es capaz de soñar el futuro, cosas que van a suceder, aunque muchas veces no puede encontrar sentido a su sueños, o no conoce a las personas que aparecen en ellos, lo que le impide advertirles del peligro. O si sueña con gente que conoce, los sueños no son lo bastante claros. Ve imágenes y situaciones, pero no los acontecimientos que conducen a lo que puede pasar. Eso la hace sentirse indefensa. Entre sus sueños de futuro y las pesadillas del pasado, nunca está tranquila, nunca se siente a salvo. Y es lógico. No soy capaz de imaginarme enfrentándome a algo así. Solo una de esas cosas podría destrozar a alguien, ¿pero las dos a la vez? Se considera débil y cree que no saldrá nunca adelante, pero de lo que no se da cuenta es de la fuerza que tiene que tener una persona para soportar lo que ella soportó y continuar aguantando bajo tanta presión. Es mucho más fuerte de lo que cree.

Jenna miró de nuevo a Tori con el corazón lleno de tristeza. Estaba de acuerdo con lo que acababa de decir Ari. No había debilidad ni ningún daño irreparable en aquella mujer herida. Si lo hubiera, no sería capaz de permanecer en pie y seguir aguantando día a día.

Y al pensar en ello volvieron a su mente las vehementes palabras de Isaac, tan parecidas a lo que estaba pensando ella de Tori. Le recordó diciéndole que no era una mujer rota, que no era una mujer débil. Que una persona más débil jamás habría soportado lo que había soportado ella y no habría sido capaz de escapar.

Fue una revelación pasmosa y le mostró una imagen de sí misma que jamás habría imaginado. ¿Sería cierto? Si era verdad sobre Tori, quizá también lo fuera sobre ella. No le gustaba considerarse una mujer débil, rota e indefensa. Quería ser fuerte. Quería ser merecedora de la imagen que Isaac y el resto del equipo tenían de ella. Quizá necesitara reconsiderar la idea que tenía de sí misma, dejar de regodearse en la autocompasión y de comportarse como una pobre mujer indefensa. Si no era capaz de ayudarse a sí misma, ¿cómo podía esperar que otros lo hicieran?

—Pareces a punto de desmayarte —señaló Gracie con su

voz dulce y serena—. ¿Por qué no te sientas? Es probable que esto les lleve un buen rato y te doy mi palabra de que, si Isaac intenta ocultarte algo, las chicas y yo te informaremos de todo.

Jenna sonrió y reprimió un bostezo.

—Ahora que lo dices, la verdad es que estoy bastante cansada.

Pero en el momento en el que las mujeres se volvieron para regresar junto a sus maridos, Jenna se retiró hasta el rincón más alejado de la habitación y se sentó en el suelo, apoyada contra la pared, con las piernas dobladas y acercando las rodillas a la barbilla.

Las observó con envidia y experimentó también otro sentimiento profundo al que no fue capaz de poner nombre al ver lo mucho que sus maridos las querían. No pasaba un solo minuto sin que las tocaran, sin que les dieran un beso en la cabeza, o en el cuello, o incluso que les tomaran la mano de vez en cuando y se la llevaran a los labios. No había incomodidad alguna. Los hombres que no tenían pareja lo aceptaban todo con naturalidad y, a juzgar por el rosado resplandor de las mejillas de las mujeres, ellas disfrutaban de las caricias de sus maridos. Y de sus besos. Aquello no se parecía a nada de lo que había visto Jenna. Ninguno de los hombres del culto besaba a su esposa, ni se comportaba de forma cariñosa con ella, ni la agarraba la mano por el mero placer de tocarla, ni bromeaba con ella entre risas. Dios santo, el amor hacia sus esposas que reflejaban los ojos de aquellos hombres era suficiente como para hacerla salir huyendo avergonzada de la habitación.

¿La miraría alguien a ella alguna vez de esa manera? Ella era un producto creado por su religión. La habían hecho creer que lo que le habían enseñado era igual en todas partes. Y sin embargo... Isaac la había mirado de una forma muy parecida a la de aquellos hombres. Y, cuando la había besado, la concepción que hasta entonces tenía de los besos, que consideraba algo repugnante, se había desvanecido. Se había visto inmersa, perdida, en un mundo cuya existencia ni siquiera conocía. ¿Qué significaba todo aquello? Era imposible que Isaac hubiera llegado a sentir algo tan profundo por ella en tan poco tiempo. Apenas se conocían. Pero parecía muy convencido. O a lo mejor ella estaba viendo y sintiendo lo que quería y la realidad estaba a kilómetros de distancia de la fantasía que se había creado.

¿Cómo podía saber lo que tenía que pensar? ¿Lo que tenía que creer? ¿Cómo podía saber lo que era verdad y lo que no lo era cuando ignoraba cuanto había más allá del recinto que se había convertido en su prisión? Su mente era un caos absoluto y no era capaz de procesar aquel bombardeo de conductas tan ajenas a ella que le resultaba imposible creer que nada de aquello fuera normal. ¿Y si eran ellos los raros y ella la única persona normal?

Estuvo a punto de atragantarse con una carcajada nacida en su garganta que reprimió al instante. Si alguien era raro, esa era ella. Contemplaba el evidente amor de aquellas parejas con escepticismo porque en el fondo le dolía saber que aquellas mujeres disfrutaban de algo por lo que ella daría cualquier cosa.

Y tenía que ser sincera consigo misma porque eso era lo único que le quedaba cuando toda su vida había resultado ser una mentira. Y la verdad era que tenía una envidia amarga de Ramie, Ari y Gracie. Una envidia que se hundía en ella más profundamente que cualquier vergüenza o cualquier herida infligida por sus captores. No era un corte superficial. Era una herida abierta y sangrante que se abría camino hasta su alma.

¿Era un pecado desear lo que cualquier joven deseaba? Siempre había deseado que el mundo exterior no tuviera nada que ver con el tipo de relaciones que se establecían entre las personas pertenecientes al culto. Soñaba con una vida normal junto a un hombre, un marido que la amara y pudiera darle hijos al que no le importaran sus poderes ni se sintiera amenazado por ellos. Pero entonces no sabía si el resto del mundo era o no diferente. Una vez averiguada la verdad, solo le servía para que aquel anhelo se hiciera más acusado. ¿Y si ya era demasiado tarde para ella? Estaba demasiado marcada, las cicatrices eran demasiado profundas por culpa del tiempo que había pasado recluida como para que nadie pudiera mirarla con nada que no fuera compasión o rechazo. O una desconfianza total.

Después de lo que le pareció una eternidad, las mujeres, Isaac y algunos de sus hombres dejaron de mirarla preocupados y comenzaron a hacer planes y a hablar de las precauciones que debían tomar.

Jenna enterró la cara entre las rodillas y comenzó a mecerse hacia delante y hacia atrás, convirtiéndose en un ovillo, intentando pasar desapercibida, no llamar la atención. No soportaba la pena ni el enfado que adivinaba en sus expresiones. Sabía que les había arrastrado hacia un problema que no les correspondía a ellos resolver y en el que no deberían haberse visto implicados.

Tenía que alejarse de allí cuanto antes. Necesitaba escapar para que aquellas personas que representaban todo lo bueno del mundo no se vieran perjudicadas por ella y no tuvieran que sufrir por haber interferido a su favor.

Por mucho que deseara creer que Isaac la quería, por mucho que deseara ser para él lo mismo que aquellas mujeres eran para sus maridos, sabía que no era realista. Lo único que conseguiría sería que le mataran. Quizá incluso que mataran a los maridos de aquellas mujeres. ¿Cómo iba a enfrentarse después a ellas? ¿Cómo iba a mirarse al espejo sabiendo que era la razón de tanto dolor y tanta muerte? Tenía que abandonar aquellos sueños ridículos y asumir la realidad. Y la realidad era que ni ella ni cualquiera que se acercara a ella estaría nunca a salvo. No podía esperar que ningún hombre estuviera dispuesto a vivir mirando constantemente por encima del hombro y esquivando la muerte a cada paso. Y la mataría ver a Isaac alejándose de ella después de haber experimentado, aunque hubiera sido durante unas horas, lo que podía llegar a ser la vida junto a un hombre como él. Le dolía en lo más profundo dejarle en aquel momento, pero la destrozaría por completo que fuera él que la abandonara después de haber estado con ella incluso durante tan poco tiempo.

Tenía que ser así. No solo por su seguridad, sino también

por la de Isaac y por la de todas las personas que había en aquella habitación. Cerró los ojos y se tomó un momento para fortalecer su decisión, comprendiendo, en el fondo de su corazón, que era un única opción. No le quedaba más remedio.

En el instante en el que alzó la cabeza lo suficiente como para ver a los otros por entre sus párpados entrecerrados, se quedó helada. Era una completa idiota porque, si era cierto que Gracie era capaz de leer la mente, su plan ya había saltado por los aires.

Cuanto más seguía con la mirada a las mujeres del grupo, más se clavaba aquella envidia amarga en sus entrañas. No las odiaba ni les guardaba ningún rencor, pero sentía celos de todo aquello que tenían y de lo que ella carecía.

Jenna volvió a bajar la cabeza por miedo a que alguien la descubriera mirando, especialmente Gracie, que tenía la capacidad de abrirse camino hacia sus pensamientos. Se encogió cuanto le fue posible, intentando hacerse invisible, mientras escrutaba la habitación ocultando su mirada a aquellos que permanecían a solo unos metros de distancia. Se fijó en cada detalle, buscando desesperada la manera de escapar. Estuvo a punto de escapar de sus labios una risa histérica que cortó con brusquedad. Tomó aire y se obligó a respirar hondo por la nariz, intentando serenarse.

¿Cómo iba a escapar de aquellos hombres? Un furibundo enfado contra sí misma atravesó su cuerpo. Ya había conseguido escapar de algo que parecía imposible y, si lo había hecho una vez, podría volver a hacerlo. Lo único que tenía que hacer era creer en sí misma. Primero tenía que encontrar la manera de hacerlo y después ponerla en práctica cuando nadie estuviera pendiente de ella y estuvieran todos concentrados en diseñar el curso de la acción.

Resopló con suavidad sobre sus rodillas con un gesto de frustración. ¿A quién pretendía engañar? Solo unos segundos antes había decidido ser completamente sincera consigo misma y, sin embargo, allí estaba, sopesando las posibilidades que tenía de escapar sin que se dieran cuenta, como si de verdad tuviera alguna. Pero no podía decidir que era peor. Si engañarse a sí misma o dejarse arrastrar por el pesimismo. Ninguna de las dos cosas iba a ayudarla en su situación.

Negándose a darse por vencida, sin importarle lo imposible que pareciera, decidió dejar de lamentarse, de ahogarse en la autocompasión y de actuar como una estúpida patética e inútil. Siempre había alguna forma de escapar. Lo único que tenía que hacer era encontrarla.

Teniendo mucho cuidado de que no fuera evidente, reanudó la observación que con tanta rapidez había abandonado solo unos segundos después de haberla empezado. Había aprendido a tener una paciencia infinita mientras estaba prisionera, consciente de que, si se dejaba llevar por la impaciencia e intentaba escapar antes de tener un plan perfecto, jamás tendría otra oportunidad. Por supuesto, la suerte nunca hacía daño, y aprovecharía toda la que tuviera.

Permaneciendo en completo silencio, sin permitir que se oyera siquiera el intercambio de aire en sus pulmones, alzó la cabeza poco a poco para que nadie pudiera descubrirla y miró por debajo de los brazos, estudiando la habitación y buscando alguna salida que no estuviera bloqueada por alguno de los hombres de DSS. ¡Uf! Con el tamaño que tenían aquellos hombres bastaba uno solo para convertirse en un obstáculo insalvable para ella.

Contuvo la respiración cuando su mirada se posó en lo que parecía una trampilla para acceder al sótano. Era pequeña, apenas suficientemente grande como para que cupiera por ella uno de aquellos hombres tan musculosos. Desde luego, le costaría entrar a cualquiera de ellos. Pero Jenna podría deslizarse sin ningún problema a través de ella. Daba la sensación de no haber sido utilizada desde hacía años. Como Jenna sabía que aquella era una de las fortificaciones de DSS y la más segura de las casas de seguridad, dedujo que la puerta del sótano debía de ser una ruta de escape por si se daba el caso de que la casa fuera sitiada.

No estaba lejos de la pared contra la que estaba apoyada y

si era capaz de recorrer despacio, y sobre todo sin hacer ruido, los escasos metros que la separaban de la trampilla del sótano, podría deslizarse en su interior sin que se dieran cuenta.

Una vez en el piso inferior de la casa de seguridad, seguro que encontraba una salida. Aquellos hombres estaban preparados para cualquier incidencia y, con toda probabilidad, debía de haber múltiples rutas de escape por si la casa sufría un asalto y cualquiera de las otras salidas se había visto comprometida o estaba bloqueada por el enemigo.

Intentó motivarse mentalmente a pesar de que el pánico amenazaba con superarla hasta el punto de hacerla rendirse a la histeria. «¡Tranquilízate, Jenna!», se ordenó. Lo único que tenía que hacer era abrir la trampilla, cerrarla después sin hacer el más mínimo ruido, encontrar la salida que conducía al exterior del edificio y correr como si en ello le fuera la vida.

Pero no su vida, sino la vida de Isaac y las de los hombres y mujeres de DSS. Se negaba a mancharse las manos con la sangre de aquellas personas cuando ella era la única razón de que estuvieran todos ellos en peligro.

Había encontrado la manera de llegar a la ciudad la primera vez, aunque no hubiera podido llegar muy lejos antes de encontrarse con Isaac, y con serios problemas. Pero aquella no era la cuestión. Lo había hecho una vez y podía volver a hacerlo. No podía permitir que el terror la paralizara y necesitaba ser consciente de que no estaba jugando al escondite. Cualquier fallo supondría su captura y la muerte de cada una de las personas que había en aquella habitación. El éxito significaría que podría seguir respirando y desaparecer para así no volver a ser un peligro para nadie.

Aquella idea la serenó y se prometió tener un cuidado extremo en aquella ocasión y no confiar en nadie. Había tenido suerte de que Isaac fuera una persona en la que podía confiar, ¿pero qué habría pasado si le hubiera intentado robar el coche a otro? Si no hubiera sido por Isaac, en aquel momento estaría en manos de unos monstruos brutales. No todo el mundo era tan bueno como Isaac y sus hombres y, a partir de aquel momento, no correría ningún riesgo, no se arriesgaría a confiar en nadie que después pudiera traicionarla.

El miedo la había fortalecido durante su fuga. Le había proporcionado la adrenalina necesaria para llevar adelante su plan. Pero en aquella segunda ocasión no podía contar con que pudiera salvarla otra vez. Tenía que ser inteligente y utilizar la cabeza si quería tener la esperanza de abandonar aquel lugar y seguir viva.

Poco importaba el lugar al que fuera en la ciudad. Lo único que tendría que hacer sería mantenerse alejada de callejones oscuros y de calles mal iluminadas. De barrios sospechosos, de cualquier cosa que alertara al sexto sentido que siempre había tenido. Más le valdría escucharlo en vez de dedicarse a recorrer las calles imprudentemente, buscando algo o a alguien en su frenético intento de escapar, como había hecho la primera vez.

Necesitaba tener presente que debía mantenerse en las zonas más concurridas de la ciudad, allí donde pudiera pasar desapercibida. En los barrios con más movimiento. En la zona más comercial. Lugares en los que hubiera muchas tiendas. Quizá hasta en un centro comercial. Allí sería fácil fundirse con los miles de personas que pululaban como hormigas saliendo y entrando de un hormiguero.

Pero antes de dejarse llevar por la emoción de estar fuera tendría que hacer algunos cambios importantes. En caso contrario, nada de lo que había planeado hasta aquel momento serviría de nada. Su aspecto era demasiado llamativo, demasiado fácil de recordar. De modo que tendría que cambiarlo, y no solo un poco.

Sus facciones y su pelo eran inolvidables. Isaac le había dicho que era un ángel, su ángel, en un tono de asombro que le había hecho comprender que realmente la veía como a un ángel con aquel pelo largo y casi blanco, los ojos azules y una piel casi traslúcida.

Tendría que teñirse el pelo. Sabía que aquello la hacía parecer no solo vanidosa, sino también increíblemente estúpida, pero no era capaz de cortarse el pelo. Su pelo era uno de sus gestos de rebelión. Los ancianos la amenazaban de vez en cuando con cortarle hasta el último mechón de pelo para humillarla y hacerla doblegarse a su voluntad, pero, cada vez que la habían amenazado, ella había jurado que, si llevaban a cabo su promesa, se suicidaría antes de curar a ninguna otra persona del culto.

El miedo que había visto reflejado en sus ojos le había indicado que sabían que no era un farol. Y no lo era. Ya había perdido demasiadas cosas. Ni siquiera sabía por qué seguía aguantando. Era una pregunta que se había hecho docenas de veces durante años antes de llorar hasta quedarse dormida porque no tenía respuesta.

A lo mejor había sido la pura desesperación de sus facciones la que les había convencido, o el hecho de que les hubiera mirado como si la muerte fuera la única vía de liberación para ella, una liberación que deseaba con fervor. Aunque no habían llevado a cabo su amenaza, habían redoblado la seguridad sobre ella y la habían obligado a comer tanto si quería como si no.

A menudo la habían forzado a alimentarse mediante una sonda nasogástrica al tiempo que le colocaban un vial para poder suministrarle fluidos intravenosos además de los nutrientes que le introducían por la sonda. Era como si temieran que pudiera hacer realidad su amenaza de poner fin a todo el dolor, la humillación y la tristeza.

Debería avergonzarla el haber permitido que pensaran eso de ella. Que la consideraran tan débil como para estar dispuesta a poner fin a su vida en vez de luchar hasta con su último aliento para conseguir su libertad, por mucho tiempo que le llevara. Pero así había conseguido comprar un tiempo precioso, un tiempo que necesitaba si quería cumplir la promesa que se había hecho a sí misma cuando solo era una niña encerrada en un entorno en el que distinguía la pestilencia del demonio hasta tal punto que la hacía vomitar. Muchas noches, vomitaba hasta el último pedazo de comida o la última gota de líquido que la habían obligado a ingerir durante el día.

Pero, aunque se negaba a cortarse un solo centímetro de pelo, y aquel podía terminar siendo el peor error de su vida, cambiaría su aspecto de otra manera. Podía teñirse el pelo de un color diferente para que nadie la reconociera. El rojo estaba descartado. Sencillamente, no se imaginaba a sí misma de pelirroja. Pero podía teñírselo de castaño oscuro, o incluso de negro.

Tras considerarlo, decidió que teñirse del negro de una noche sin luna y sin estrellas era la mejor opción para moverse entre las sombras sin que la localizaran. Si tenía suerte y Dios estaba de su lado, el cielo permanecería cubierto y la luna y las estrellas no podrían proyectar su luz y descubrir hasta el mejor disfraz. Y las probabilidades de que no la detectaran se incrementarían. Y lo mejor era que la visibilidad quedaría limitada a varios metros en vez de a distancias mucho mayores.

Necesitaría comprar ropa nueva, nada que ver con aquella ropa tan desharrapada con la que había huido, pero, al mismo tiempo, tenían que ser prendas que no llamaran demasiado la atención. Ella quería ser… normal. Unos vaqueros. Unos vaqueros bonitos, sin agujeros ni rasguños en la tela. Unos vaqueros que le quedaran bien, que no fueran demasiado grandes para ella, como si los hubiera sacado de un contenedor de la basura y hubiera tenido que conformarse con lo que había tenido la suerte de encontrar.

Las prendas para la parte superior tendrían que ser grandes, por lo menos dos tallas más que la suya, para así no mostrar ninguna de sus curvas. Había maldecido muchas veces aquellos senos grandes, sus caderas redondeadas y el trasero abultado que muchos hombres se quedaban mirando con aquella expresión que le asustaba casi tanto como los propios ancianos.

Las sudaderas serían perfectas y tenía la suerte de que era invierno, aunque la temperatura nunca bajaba demasiado en la zona que iba desde el sudeste de Texas hasta el otro extremo de Houston. Además, las sudaderas eran lo suficientemente voluminosas como para que no tuviera que preocuparse de llevar sujetador.

Esbozó una mueca al acordarse de que se había olvidado de los zapatos, y los zapatos eran caros. A lo mejor podía encontrar algo a buen precio en la tienda de alguna organización benéfica o del Ejército de Salvación cuando fuera a buscar las otras prendas que necesitaba para ocultarse.

Y pensó después en otra cosa que la hizo encogerse por dentro. Como Isaac le había explicado tan pacientemente, era absurdo pensar que iba a poder descartar de un día para otro las ideas que habían formado parte de su vida desde que ella podía recordar. Necesitaba tiempo para llegar a entender cómo funcionaba el mundo real y guiarse por las normas que regían en la sociedad y no por las repulsivas y retorcidas enseñanzas que los ancianos imponían a los más pequeños e impresionables. Necesitaba tiempo y, para entonces, Isaac ya no estaría cerca de ella. Le había dicho que le llevaría semanas, meses o incluso más tiempo reparar el daño y ser capaz de admitir no solo ante sí misma sino ante los demás que las personas que la habían hecho prisionera la habían forzado a tragar una mentira tras otra.

Intentó ignorar la preocupación y el sentimiento de culpa al pensar en la siguiente fase de su plan. Sabía que tendría que comprar maquillaje y hacer pruebas con él o acudir a algún profesional para que la ayudara a alterar sus facciones.

Siempre había llevado el pelo suelto, no por elección propia, sino porque así lo habían ordenado los ancianos, y se moría de ganas de probar peinados que había visto en otras mujeres. Pensó que eran peinados bonitos. Despreocupados, incluso. Como si no le importara lo que pudieran pensar los demás y se peinaran de la forma que les resultaba más cómoda. Qué no daría Jenna por tener tanta confianza y asertividad.

Mientras iba repasando aquella lista una y otra vez para asegurarse de que no había olvidado nada, sintió una opresión en el pecho y unas estúpidas lágrimas ardiendo en las comisuras de sus ojos por permitirse siquiera el sueño de ser una persona normal, de no tener tras ella a unos locos peligrosos que no se detenían ante nada, capaces incluso de matar a quienquiera que pretendiera ayudarla. Era un sueño imposible. Se secó las lágrimas con el dorso de la mano, furiosa consigo misma por dejarse llevar por la autocompasión cuando debería estar dedicándose a buscar la manera de salir de allí cuanto antes.

No tenía dinero y cuando la asaltó aquel recordatorio se le revolvió el estómago y sacudió la cabeza contra las rodillas. Era evidente que el marido de Eliza tenía mucho dinero. La verdad era que ninguno de los compañeros de Isaac, ni el propio Isaac, parecía andar corto de dinero. ¿Echarían de menos unos cuantos cientos de dólares? Solo se llevaría lo suficiente para cambiar su aspecto. Después podría empezar a buscar trabajo. Pero aquel pensamiento se le clavó como un cuchillo y afiló su desesperación.

No tenía partida de nacimiento. Ni ningún documento de identidad. Ni siquiera sabía del todo quién era. No tenía la menor idea de cuál era su verdadero nombre y carecía de experiencia laboral, salvo la de haber sido una auténtica esclava para unos megalómanos, y no creía que una solicitud de trabajo con esa clase de experiencia pudiera llevarla muy lejos.

Además, no quería trabajar en nada que le recordara la vergüenza y la humillación de su pasado. Los mendigos no tenían derecho a elegir, bien lo sabía. A cierto nivel reconocía que debería agradecer cualquier trabajo que le dieran, pero todo su ser se rebelaba ante la idea de ser tratada como si fuera menos que otros. Como si no valiera nada.

Cerró los ojos y comenzó a mecerse con más fuerza mientras las lágrimas empapaban la tela de los pantalones. Después frunció el ceño ante un recuerdo distante. Era algo que había ocurrido años atrás, una de las pocas veces que había sido capaz de escabullirse en uno de los despachos de los ancianos sin que se dieran cuenta. Había estado estudiando los planos y la disposición de aquel complejo buscando la mejor ruta de fuga, pero había visto también un periódico reciente y había sido incapaz de contener su curiosidad, así que se había puesto a hojearlo en silencio y con mucho cuidado y se había detenido en un artículo que hablaba de que cada vez más empresas optaban por pagar a sus trabajadores bajo cuerda y no pedían referencias, ni documentos, ni experiencia laboral, ni tan siquiera preguntaban por la edad. ¿Pero quién en su sano juicio iba a arriesgarse a contratarla sin saber nada de ella, aunque le pagaran en negro?

Aun así, la idea era demasiado tentadora. Sería un sueño hecho realidad. Podría trabajar hasta que tuviera suficiente dinero ahorrado, abandonar después la ciudad, huir a donde quisiera y empezar desde cero en un lugar en el que nadie la conociera ni supiera lo que era capaz de hacer. Sería, simplemente, un rostro más entre la multitud. La emoción que la inundó fue tal que no era capaz de controlarla ni de mitigarla por mucho que lo intentara. Sabía que era una estupidez alimentar esperanzas que se iban a ver frustradas, pero tenía que intentarlo. Ella no era una derrotista. Si lo hubiera sido, habría hecho lo que los ancianos habían querido que hiciera años atrás.

CAPÍTULO 14

Isaac había estado tan concentrado urdiendo una estrategia y planificando su siguiente movimiento que no había ido a comprobar cómo estaba Jenna durante la última media hora. En cuanto se dio cuenta, giró frenético, buscándola con la mirada. Cuando la vio en la zona más alejada de la habitación, con las piernas encogidas contra el pecho como si quisiera protegerse, se le aceleró el pulso. Y, cuando vio el traicionero temblor de sus hombros, soltó una larga maldición.

Al tener la cara contra las rodillas, el pelo le proporcionaba una efectiva barrera, de modo que su expresión quedaba completamente oculta, pero Isaac no necesitaba verle la cara para saber que estaba llorando en silencio y haciendo todo lo posible para ocultar a los demás su tristeza. Parecía tan sola y tan frágil que se le encogió el corazón y se prometió aliviar aquel dolor de cualquier forma posible. Estaba herida, pero también él, porque no podía soportar que aquella mujer tan generosa y bella soportara tanto dolor. Le hacía sentirse impotente, inútil, dos sentimientos que no estaba acostumbrado a experimentar en su trabajo.

Pero Jenna no era una misión, ni tampoco un maldito trabajo. Jenna lo era todo.

—Ya hemos terminado —dijo bruscamente, sin dejar de mirar la postura defensiva de Jenna.

Odiaba con cada fibra de sus ser que estuviera llorando en

silencio y, al mismo tiempo, intentando no ser una carga, ¡una maldita carga!, cuando en tan poco tiempo se había convertido en todo su mundo.

Cuando sus compañeros siguieron la dirección de su mirada se produjo una curiosa mezcla de suavidad y dureza en sus expresiones. A ninguno de ellos le hizo gracia darse cuenta de que, mientras ellos habían estado decidiendo los siguientes pasos a dar, Jenna había sido ignorada, la habían dejado sola, y posiblemente se había sentido asustada y vulnerable.

Se acercó a grandes zancadas hacia ella, se inclinó, deslizó los brazos a su alrededor y la levantó, ignorando su exclamación de sorpresa. Presionó su rostro lloroso contra su cuello para ahorrarle la incomodidad del preocupado escrutinio de los otros.

—Shh, pequeña —susurró mientras la llevaba hacia el dormitorio—. Deja que me ocupe yo de ti. No quiero que te preocupes por nada. Mientras estés en mis brazos no tienes por qué sentir miedo ni sentirte insegura —le prometió en un susurro.

Jenna se relajó contra él, moldeando su cuerpo contra el suyo mientras Isaac entraba en el dormitorio y cerraba la puerta tras ellos. No la soltó hasta que la dejó en la cama y entonces permaneció junto a ella durante varios segundos, odiando el tener que separarse aunque solo fuera durante los pocos segundos que tardó en sacar una de sus enormes camisetas para que se la pusiera para dormir.

Regresó junto a la cama y comenzó a desnudarla lentamente. Ella tragó saliva. Un pequeño gemido escapó de su dulces y mullidos labios y el color tiñó su mejillas mientras cruzaba los brazos para cubrirse el pecho.

—No tienes por qué pasar ninguna vergüenza conmigo, Jenna. Eres condenadamente perfecta. Eres tan hermosa que me duele mirarte. Solo quiero que te pongas algo más cómodo para dormir. Las chicas te han traído ropa y zapatos, pero esta noche dormirás con mi camiseta para que sepas que eres mía.

Jenna volvió a ruborizarse otra vez, pero en aquella ocasión el placer hizo brillar sus ojos y la tristeza se evaporó mientras miraba a Isaac como si fuera un héroe. Como si fuera el único hombre del mundo. Y, siempre y cuando él fuera el único hombre de su mundo, Isaac podía respirar sin miedo a perderla, o a que desapareciera de su vida llevándose con ella hasta la última brizna de luz y de bondad.

Sabía que Jenna lo era todo, que para él no había nadie más, pero tenía que asegurarse a sí mismo un lugar idéntico en el mundo y el futuro de Jenna. Estaba dispuesto a hacer cualquier cosa para estar junto a ella, para que estuvieran tan unidos que no tuvieran ninguna posibilidad de escapar el uno del otro.

Con manos temblorosas, le metió la camiseta por la cabeza y la bajó a lo largo de su cuerpo, rozando al hacerlo sus senos henchidos. Ambos exhalaron con fuerza y las pupilas de Jenna de pronto ocuparon prácticamente todo el azul claro de sus ojos, dejando solo un anillo alrededor de las oscuras órbitas.

La joven elevó el pecho como si le estuviera costando respirar, y la verdad era que él no había tomado aire ni una sola vez desde que había desnudado sus deliciosas curvas para que se preparara para acostarse. El pecho le ardía por la falta de oxígeno y solo cuando Jenna estuvo cubierta del todo fue capaz de insuflar aire a sus necesitados pulmones.

—Necesitas descansar, cariño —le dijo mientras la arropaba—. Mañana va a ser un día muy largo y esta podría ser tu última oportunidad de disfrutar de una buena noche de sueño durante algún tiempo.

La expresión de Jenna se tornó ansiosa de pronto, le miró preocupada, como si quisiera preguntarle algo, pero vacilara.

—¿Qué te pasa, cariño?

—¿Tú dónde vas a estar? —le preguntó en voz baja, desviando la mirada hacia las ventanas de la pared opuesta.

—Estaré donde tú quieras que esté —se limitó a decirle—. ¿Quieres que me quede? ¿Quieres que duerma contigo?

Jenna se humedeció los labios nerviosa. La tristeza asomó a sus ojos durante breves segundos.

—Quiero que me abraces —confesó.

Le temblaban los labios. ¿Qué le estaría pasando por la cabeza? ¿En qué estaría pensando? Le volvía loco no ser capaz de hacerla sentirse bien, no poder borrar todas sus preocupaciones, su miedo y su tristeza con el mero hecho de desear que desaparecieran.

—Nada me gustaría más que tenerte dormida entre mis brazos —le dijo, deslizando el dedo bajo su barbilla y alzándole la cara para poder reclamar su boca tal y como de verdad quería.

Deseaba que aquel sabor ardiera para siempre en su lengua, que su esencia llenara su olfato de tal modo que no oliera otra cosa durante cada uno de los segundos del día.

Necesitó de hasta la última fuerza de voluntad que poseía para romper el sello de sus labios fundidos. Eran tantas las ganas que tenía de hacer el amor con ella que casi le dolía. Pero Jenna merecía ser adorada y atendida con delicadeza y reverencia. Lo harían cuando dispusieran de todo el tiempo del mundo y no en un momento como aquel, cuando podrían interrumpirlos en cualquier instante porque alguien hubiera conseguido violar las medidas de seguridad.

Pronto, pensó. Al día siguiente, cuando la llevaran a un lugar más seguro, a un refugio tan aislado y fortificado que nadie podría acercarse a dos kilómetros sin que se desatara un infierno de balas en todas direcciones. Una vez más, tenía que agradecérselo a Sterling, que no era en absoluto lo que parecía. Era un espíritu libre e impredecible que se guiaba por sus propias reglas, se tomaba muy en serio la protección de su esposa y en aquel momento había extendido aquella protección a Jenna. Isaac no era tan orgulloso como para no aceptar toda la ayuda que pudiera recibir siempre y cuando así garantizara que ni la violencia ni el peligro iban a rozar a su ángel. Y una vez estuvieran escondidos en la propiedad inexpugnable de Sterling, reclamaría lo que era suyo y se uniría con tanta fuerza a Jenna que jamás podría deshacerse de él.

Se quedó en calzoncillos, sonriendo casi ante la timidez de la mirada de Jenna, llena de curiosidad y femenina apreciación.

Su inocencia le encantaba. Nunca le había dado demasiada importancia a la virginidad. No tenía un doble rasero a la hora de juzgar a las mujeres que tenían la misma experiencia sexual que los hombres. Pero saber que sería el primer, y último, amante de Jenna, el único hombre que haría el amor con ella y que recibiría tan precioso regalo, le infundió un fiero sentimiento de posesión.

El hombre de las cavernas que llevaba dentro rugió pidiendo salir a la superficie, y le entraron ganas de golpearse el pecho y marcar su territorio. Repetidas veces. No quería que ningún hombre pusiera sus ojos en ella, y mucho menos ninguna otra parte de su cuerpo. Jamás se había considerado un hombre posesivo, pero, en lo que a Jenna se refería, la idea de que alguien pudiera tocarla casi le hacía perder la cordura. Y le importaba muy poco lo que pudiera parecerles a los demás o lo que pudieran pensar. La única persona que le preocupaba que aceptara su completa entrega al bienestar, protección, cuidado y felicidad de Jenna era la mujer que tenía acurrucada entre sus brazos, cuyo cuerpo diminuto envolvía por completo con el suyo, mucho más grande.

—Duérmete pequeña —le susurró al oído, observando cómo se estremecía—. Quiero que tengas dulces sueños y sueñes conmigo.

—Si sueño contigo serán dulces sueños —susurró ella en respuesta, dejando que su aliento se deslizara por el cuello de Isaac como una caricia de seda.

Isaac la apretó con fuerza, con demasiada fuerza, sobrecogido por la dulzura de aquellas palabras. Palabras que le dieron la esperanza de que algún día Jenna pudiera sentir por él el mismo deseo que se había apoderado de su cuerpo, de su corazón y de su alma. Pero hasta entonces, hasta que ella aceptara todo lo que era y sería siempre para él, Isaac tenía amor, determinación y deseo suficiente para los dos y por nada en el mundo renunciaría nunca al precioso regalo que había estado esperando durante toda una vida.

—Bésame por última vez —le pidió Jenna con una voz anhelante que le preocupó y le puso en alerta.

Había percibido algo en su forma de decirlo que le había inquietado y le había encogido las entrañas, señal inequívoca de que algo no andaba bien. ¿Pero qué podía ser?

Incapaz de resistirse a su petición, a pesar de la voz que le alertaba de que algo ocurría, la abrazó de tal manera que no hubiera un solo rincón de su piel que no tocara y reclamó sus labios con más contundencia de la que había empleado hasta entonces. Absorbió y saboreó su satinada dulzura como si fuera un hombre hambriento y ella su primera comida desde hacía semanas. Jenna gimió en el interior de su boca, moviéndose inquieta contra él. Sus movimientos eran casi desesperados mientras se enterraba más profundamente en aquel abrazo. En ese momento cargado de sensualidad se convirtieron en una sola persona, dejaron de ser dos entidades separadas. Nada les dividía, no había ni un centímetro de espacio separando su piel. Isaac no había vivido nunca nada tan condenadamente perfecto. Tan hermoso y tan bueno.

—Eres mía, Jenna —susurró aquellas palabras con voz tan tenue que quedaron ahogadas en la inspiración de Jenna y solo él las oyó—. Jamás te dejaré marchar. Si te alejaras de mí, estaría dispuesto a hacer cualquier cosa para conseguir que volvieras.

Jenna hizo acopio de aquella paciencia que había sido la clave de su supervivencia durante los años de pertenencia al culto mientras permanecía tumbada en brazos de Isaac, esperando a que se sumiera en un sueño profundo. Y, cuando se durmió, esperó hasta estar segura de que había sucumbido a su propia necesidad de descanso antes de iniciar el angustioso proceso de ir separándose centímetro a centímetro de su abrazo, conteniendo la respiración y quedándose completamente quieta cada vez que sentía el más ligero cambio en la respiración de Isaac. Cuando por fin consiguió liberarse y abandonar la cama sin hacer ningún ruido, corrió a supervisar la ropa que había colgada en el vestidor, buscando la que mejor convenía a sus propósitos.

Después de hacerse con unos calcetines abrigados y un par de fuertes botas de montaña, salió del vestidor y, aunque sabía que debería marchar cuanto antes, permaneció a los pies de la cama, embebiéndose con avidez de la imagen de Isaac tumbado en la cama que habían compartido durante aquellas preciosas horas robadas. La envolvieron la culpa y el arrepentimiento al saber que estaba a punto de traicionar a un hombre que había estado dispuesto a arriesgarlo todo para mantenerla a salvo. No había nada que deseara más que cerrar la puerta a la realidad y escapar a un mundo de fantasía en el que solo existieran ellos dos y pudiera dormir y ser mimada y protegida cada noche entre sus brazos, pero tenía que protegerle y proteger a todos aquellos que habían arriesgado sus vidas para mantenerla a salvo de un enemigo desconocido y peligroso que ya había demostrado hasta dónde estaba dispuesto a llegar para capturarla. Reprimió la tristeza y se armó de valor para enfrentarse a lo que estaba a punto de hacer y al dolor que no solo ella sentiría. Sabía que Isaac sufriría el dolor de su traición intensamente.

—Adiós, Isaac —susurró en voz muy baja—. Eres lo mejor, lo único bueno, que he tenido en toda mi vida. Jamás te olvidaré, jamás dejaré de amarte, pero no puedo permitir que sacrifiques tu vida por mí.

Conteniendo las lágrimas, se volvió y salió en silencio del dormitorio para dirigirse a la habitación en la que estaba localizada la trampilla por la que se bajaba al sótano. Contuvo la respiración mientras deslizaba la trampilla hasta descubrir lo que había debajo. Se inclinó hacia delante y palpó hasta dar con el listón de una escalera de madera que descendía bajo aquella estructura. Se volvió precipitadamente, buscó el primer travesaño con el pie y fue bajando, palpando con el pie cada listón hasta que estuvo lo suficientemente lejos como para alzar la mano de nuevo y volver a encajar la trampilla en su lugar.

La oscuridad era espeluznante y solo podía confiar en sus manos y sus pies para que la guiaran. Llegó por fin a suelo firme y sintió el olor a tierra. Estiró las manos hacia delante y hacia los lados hasta que entraron en contacto con un firme muro de tierra compacta. Estaba en un túnel. Lo único que tenía que hacer era seguirlo hasta donde quiera que llegara y sería libre. Su escapada sería un éxito. Pero con cada paso que la alejaba de Isaac, iba creciendo la tristeza que la consumía.

Al cabo de lo que le pareció una eternidad, salió del túnel y se encontró en medio de un grupo de árboles. Aceleró el ritmo de su marcha, intentando aumentar todo lo posible la distancia que la separaba de los otros. No tenía la menor idea de dónde estaba o a dónde iba. Lo único que sabía era que no podía detenerse un solo segundo. Corrió hacia un tupido bosque que rodeaba la casa y que la hizo recordar su fuga del complejo. Después de lo que le pareció una eternidad, el bosque se abrió a un claro. Se detuvo al instante, quedándose paralizada. Aunque la densa vegetación le resultaba siniestra, la perspectiva de salir a campo abierto era más aterradora todavía. Tenía que salir corriendo y ponerse a cubierto.

Apenas había dado media docena de pasos cuando apareció un hombre ante ella y la obligó a detenerse. Jenna soltó un grito de terror y se volvió rápidamente con intención de echar a correr, pero descubrió que estaba rodeada.

—Vaya, vaya —dijo el hombre que estaba ante ella con una sonrisa de superioridad—, esto ha sido tan fácil como quitarle un caramelo a un niño. Has caído directamente en nuestras manos, Jenna. Me pregunto qué haces aquí sola y sin protección, pero me has facilitado mucho el trabajo, así que no voy a quejarme.

Antes de que tuviera tiempo de procesar lo que estaba

oyendo, Jenna sintió el fuego explotando en su interior y se quedó completamente paralizada. Al cabo de unos segundos, se dobló como una marioneta y se derrumbó con los músculos sacudidos por los espasmos. Por sus mejillas se deslizaban lágrimas de dolor y sorpresa mientras permanecía tumbada en el suelo, completamente indefensa y, horrorizada, fijaba la mirada en el rostro del mismísimo diablo.

CAPÍTULO 15

Isaac se despertó sintiendo que algo andaba mal. Inmediatamente alargó la mano hacia Jenna con la necesidad de sentir su cuerpo dulce y delicado. Cuando se encontró con la frialdad de las sábanas, se sentó bruscamente en la cama y taladró la habitación con la mirada intentando localizarla. El hecho de que la casa estuviera tan condenadamente silenciosa y que Jenna no estuviera donde debía estar activó la alarma. Se levantó a la carrera de la cama gritando su nombre mientras comenzaban a iluminar la casa las primeras luces del amanecer.

Entró en la sala común y soltó una maldición al encontrarla vacía. Corrió a la cocina con un nudo tan fuerte en el estómago que estuvo a punto de vomitar. Al encontrarla a oscuras, volvió a llamar a Jenna. No tardó en oír el movimiento que se producía en toda la casa mientras los otros miembros de DSS y sus esposas corrían hacia él.

—¿Ha visto alguien a Jenna? —ladró Isaac mientras el resto iba ocupando la habitación.

El miedo que reflejaron sus miradas le proporcionó a Isaac toda la información que necesitaba: Jenna no estaba con ninguno de ellos y nadie había entrado a hurtadillas en el dormitorio y la había arrancado de sus brazos. Eso solo podía significar una cosa y estaba grabada en el rostro de todos sus compañeros.

—¡Mierda! —exclamó Sombra.

Isaac permanecía frente a ellos en estado de shock, sin comprender lo que sabía tenía que ser cierto. Estaba paralizado de los pies a la cabeza y no habría sido capaz de articular una sola palabra aunque en ello le hubiera ido la vida. Santo Dios, ¿por qué se había escapado? ¿Se habría dejado engañar completa y casi voluntariamente? ¿Tanto se había equivocado con ella?

De ningún modo. No podía creer, y no lo haría, que toda ella hubiera sido una enorme mentira, que le hubiera utilizado hasta que había dejado de necesitar su protección. Se negaba a aceptarlo. Tenía que haber otra explicación.

Observó a los demás mientras la conciencia de lo que había ocurrido comenzaba a reflejarse en su expresión y deseó dar un puñetazo y gritar que estaban todos equivocados, hasta que Caballero pronunció su nombre con voz queda.

Se volvió entonces con el cerebro entumecido y vio a Caballero delante de la trampilla de la sala con expresión sombría.

—Tienes que ver esto, colega. La trampilla no está cerrada del todo, lo que significa que alguien la utilizó ayer por la noche, después de que cerráramos la casa.

Isaac perdió entonces el control. Dio un puñetazo en la pared, el yeso se hizo añicos y apareció un agujero de un tamaño considerable allí donde había golpeado.

—Isaac, para.

Oyó la voz tranquilizadora de Eliza cerca de él, pero no quería que le tranquilizaran. Lo único que quería era arrancarse el maldito corazón. No había nada que pudiera aliviar el dolor ni aquella desgarradora sensación de traición que sentía como un cuchillo hundiéndose en su pecho.

Pero las palabras de Ramie le hicieron reaccionar y volverse hacia ella en cuanto las pronunció.

—Yo puedo encontrarla, Isaac —dijo con su habitual suavidad y aquellos ojos demasiado ancianos para su rostro.

Unos ojos perseguidos por los terribles asesinatos de los malignos depredadores de los que había sido víctima y que habían sido una pieza fundamental a la hora de hacer justicia.

—¡Ramie, no! —fue la dolida protesta de Caleb—. Cariño,

no te hagas eso, por el amor de Dios. No tienes idea de con lo que puedes encontrarte.

A pesar de la breve esperanza que había aleteado en su pecho al oír las palabras de Ramie, Isaac no quería que se arriesgara por una mujer que les había traicionado.

—Caleb, si se ha ido sola, ¿con qué voy a encontrarme que pueda ser tan terrible? —preguntó Ramie con la exasperación contenida que muchas veces acompañaba sus respuestas a las preocupaciones de su marido—. Por lo menos así sabré dónde está, si está a salvo y por qué se ha ido —añadió, dirigiendo las últimas palabras a Isaac, como si fuera muy consciente de que necesitaba respuestas.

Y, sí, claro que necesitaba saber por qué se había ido, maldita fuera.

—Yo quiero saberlo, aunque él no quiera —dijo Sombra con una irritación evidente—. No solo se lo debo, sino que soy incapaz de creer ni por un solo instante que haya estado jugando con nosotros. Si se ha marchado ha sido porque tiene una buena razón para hacerlo. Y me gustaría saber cuál es antes de juzgar y sentenciar a una mujer a la que no tenemos derecho a cuestionar si tenemos en cuenta todo lo que ha hecho hasta ahora.

Caballero se apartó del marco de la puerta.

—Estoy de acuerdo. No he creído ni por un segundo que estuviera jugando con nosotros. Necesitamos averiguar qué es lo que la ha asustado tanto como para hacerla salir corriendo, y tenemos que averiguarlo ya. ¿Adónde conduce esa trampilla? Es muy posible que esté allí ahora mismo mientras estamos aquí perdiendo el tiempo.

Isaac parpadeó, pateándose mentalmente el trasero. Mientras él estaba regodeándose en el miedo, la tristeza y la incredulidad, sus compañeros de equipo estaban demostrando tener mucha más fe en Jenna que él. ¿Qué clase de estúpido era? Para empezar, era el único culpable de que hubiera conseguido escabullirse de su cama. No debería haber perdido a Jenna de vista en ningún momento.

Dane contestó cuando Isaac estaba comenzando a acercarse a la trampilla.

—El túnel conduce a una zona de vegetación muy densa y después a un claro que está a unos ochocientos metros de la casa. Sombra, ven conmigo. Examinaremos el túnel y veremos si hay alguna señal de que se haya ido por ahí. Los demás diseminaos y cubrid todas las zonas posibles de fuga.

Suavizó ligeramente su expresión cuando miró hacia Ramie.

—Hay que tomar rápidamente una decisión. Es Ramie la que tiene que tomarla, y creo que deberíamos reconocer que, si hubiéramos envuelto a las mujeres entre algodones como estamos intentando hacer ahora, Lizzie no estaría hoy con nosotros.

En cuanto todos los allí reunidos asimilaron las palabras de Dane, a sus rostros asomó una renuente aceptación. Caleb se volvió con la resignación claramente grabada en sus facciones y el dolor y el miedo acechando en sus ojos. Beau y Zack se miraron incómodos, pero sabiendo que Dane tenía razón. Si no hubiera sido por aquellas mujeres, Lizzie habría muerto en el almacén en el que había sido torturada por aquellos hombres que habían convertido las vidas de Ari y Gracie en un infierno. Isaac era consciente del sacrificio que estaba haciendo Ramie y lo odiaba, ¿pero qué otra opción tenían? ¿Le habría prohibido él a Jenna que utilizara su don para salvar la vida de alguno de sus compañeros o de su familia sabiendo incluso el efecto que tendría en ella? No, no lo habría hecho. Pero comprendía mucho mejor que antes el terror y el fiero sentimiento de protección de Caleb.

—Zack y yo saldremos por la salida este —dijo Beau, mirando a sus esposa.

Con aquella mirada estaba ordenándole en silencio que se quedara donde estaba sin protestar. Ari elevó los ojos al cielo y Gracie la imitó al recibir la misma significativa mirada por parte de Zack.

—Quédate tú también, Tori —le pidió Caleb con delicadeza a su hermana.

Ari y Gracie flanquearon a Tori al instante, deslizando cada una de ellas el brazo por su cintura, diciéndoles sin palabras a Caleb y a Beau que se ocuparían de ella. Caleb les miró agradecido antes de volverse hacia su esposa, abrazarla y retenerla con fuerza entre sus brazos, como si supiera ya que haría cuanto fuera posible para encontrar a Jenna.

Todo el mundo emprendió rápidamente la búsqueda, dejando a Isaac a solas con Ramie, Caleb, Ari, Gracie y Tori.

Isaac esperó con el corazón martilleándole en el pecho mientras observaba la silenciosa interacción entre la pareja. Después fijó la mirada en Ramie, sabiendo la generosidad con la que ofrecía su talento, pero también que aquello era motivo de tensión entre su marido y ella. Ramie estaba mirando a su marido con la determinación grabada en cada línea de su cuerpo, pero la comprensión y el amor por él brillaban en sus ojos.

—Caleb, puedo hacerlo. No me pasará nada. No podría vivir sabiendo que no he ayudado a Jenna. Tengo que hacer esto y necesito que lo comprendas —susurró Ramie.

Caleb tomó aire, pero miró a su esposa con tanto amor y preocupación que Isaac sintió que se le oprimía el pecho. Caleb miraba a Ramie con una emoción idéntica a la que él sentía por Jenna.

—Lo sé, pequeña, lo sé.

Aunque intentaba disimularlo por el bien de Ramie, había una nota de impotente frustración en su voz incluso cuando estaba admitiendo que su esposa no tenía otra opción.

—Pero, si algo sale mal, cualquier cosa, esto se acabará inmediatamente —dijo con férrea determinación—. No estoy dispuesto a que te arriesgues. No me pidas que me arriesgue a perderte. Porque te aseguro que no vacilaré un instante.

Le dirigió a Isaac una mirada de disculpa, aunque sus palabras iban dirigidas a Ramie y él lo había entendido. Claro que lo entendía. No tenía derecho a pedir a otro hombre que arriesgara la vida de su esposa por la mujer a la que amaba, por mucho que temiera que, por culpa de la intromisión de Caleb, Ramie no pudiera localizar a Jenna.

—¿Quieres que te dejemos sola? —preguntó Ari, señalando hacia Gracie y hacia Tori.

—No —respondieron Caleb y Ramie al unísono.

—Solo tenéis que seguir las instrucciones de siempre —les recordó Ramie débilmente—. No me interrumpáis y no os mováis. Escuchad todo lo que diga y estad pendientes de cualquier información que pueda ser útil.

Obvió decir que, si las cosas iban mal, no solo no podría ofrecer muchos detalles, sino que quedaría completamente incapacitada. Podría morir incluso y aquella era la razón por la que Caleb tenía un miedo cerval cada vez que ponía su don a funcionar.

Las mujeres se volvieron hacia Isaac y este comprendió cuál era su intención. Gracie le agarró del brazo mientras Ari le abrazaba por la cintura.

—Conseguiremos hacerla volver, Isaac —susurró Ari—. No puedes renunciar a la esperanza. Ramie la encontrará.

¿Pero a qué precio? Y, la pregunta del millón, ¿qué vería? ¿Sería demasiado tarde para salvarle la vida a Jenna si había sucedido lo peor? Sacudió la cabeza porque sabía que no servía de nada entregarse a aquellos pensamientos inútiles. Pero la esperanza clavaba sus garras en su pecho, batallando contra los peores escenarios que perseguían a cada uno de sus pensamientos.

Era posible que aquello no funcionara. Que Ramie no fuera capaz de conectar con Jenna porque ya era demasiado tarde. O que conectara con ella y descubriera que Jenna le había traicionado. Isaac cerró la mente a aquella posibilidad e intentó recuperar el control. En cuanto fue capaz de dominarse mínimamente y estuvo más o menos seguro de que podía hablar sin que se le quebrara la voz, le preguntó a Ramie:

—¿Qué necesitas?

—¿Sabes cuál fue el último objeto que tocó? —le preguntó Ramie esperanzada.

Isaac corrió al dormitorio en el que había dormido Jenna y pensó frenético. ¿Qué podía utilizar Ramie? Lo único que había llevado Jenna al dormitorio había sido la ropa que llevaba puesta. Y era ropa de Lizzie, maldita fuera. Giró lentamente, intentando encontrar algo que pudiera funcionar. Posó la mirada en la camiseta que se había puesto la noche anterior. Su camiseta. La había llevado puesta durante la noche que había pasado en sus brazos antes de desaparecer. La agarró. Tendría que funcionar. Y si no... Interrumpió el curso de sus pensamientos. Tenía que funcionar porque, en caso contrario, su única opción sería localizar a una secta que se escondía en un lugar desconocido, entrar a la fuerza, encontrar algún objeto de Jenna y robarlo. Dios, aquello era una auténtica locura.

Entro a grandes zancadas en el salón y se agachó delante de la butaca en la que Ramie estaba sentada.

—Te agradezco lo que estás haciendo —susurró con voz ronca—. Sé que no debería pedirte que lo hicieras, que es demasiado para ti, pero...

—Basta —le pidió Ramie con suavidad—. Tú no me lo has pedido, me he ofrecido voluntariamente. Y si de esa forma podemos asegurarnos de que está a salvo, no es mucho pedir. Yo he pasado por lo que está pasando ella. Sé lo que es estar aterrada y pensando que no tienes a nadie a quien recurrir. Después descubrí que estaba equivocada —le dirigió una mirada rebosante de amor a su malhumorado marido—. Demostrémosle a Jenna que ella también se equivoca.

Isaac tragó el nudo que tenía en la garganta, deseando con todas sus fuerzas que Ramie comprendiera la profundidad de su gratitud. Asintió, se levantó y se apartó para dejarle espacio.

Ramie tocó vacilante la camiseta. A pesar de que intentaba ocultar su expresión, el miedo se reflejaba en sus ojos. Después, tomó aire, agarró la camiseta con las dos manos y cerró los ojos con fuerza. Pasaron varios segundos. El miedo y la angustia de Isaac iban creciendo con cada segundo que pasaba. Después, vio que Ramie comenzaba a mover los ojos tras los párpados y clavaba los dedos con fuerza en la tela.

El color desapareció de su rostro e Isaac necesitó de toda su fuerza de voluntad para no lanzarse hacia ella y exigir una respuesta. Lo único que lo impidió fueron sus experiencias anteriores con los procesos de Ramie. Sabía que tardaría en poder proporcionar alguna información útil.

La adrenalina recorría su cuerpo, las manos le temblaban y los músculos se le tensaban en apretados nudos mientras se obligaba a permanecer quieto y en silencio. No podía interrumpirla. Si lo hacía, podía acabar con su conexión con Jenna. Con su única conexión con Jenna.

Ramie abrió los ojos de repente e Isaac vio en ellos reflejado un miedo como no lo había visto nunca. Caleb se acercó a Ramie mientras esta soltaba una exclamación ahogada. Después habló. Su voz resultaba familiar, pero no era la suya habitual.

—Por favor, no me hagan daño. Haré todo lo que me pidan. Por favor.

Se oyó un último gemido e Isaac tuvo que controlarse para no caer de rodillas al darse cuenta de que estaba oyendo las palabras de Jenna.

—¿Dónde estás, pequeña? —suplicó, incapaz de seguir conteniéndose—. Dime solo dónde estás.

Pero el rostro Ramie permaneció extrañamente inexpresivo e Isaac comprendió que sus palabras eran inútiles. Jenna no estaba allí. Estaba en un lugar en el que tenía que suplicar que no le hicieran daño y él no podía hacer nada para impedirlo. La único que podía hacer era esperar impotente en la casa en la que ella debería haber permanecido a salvo y rezar para que no fuera demasiado tarde.

Después, Ramie cayó hacia atrás y se golpeó con el respaldo del sofá con una fuerza extraordinaria. Un grito de dolor desgarró el aire y, para idéntico horror de Isaac y Caleb, apareció la roja huella de una mano sobre la alarmante palidez de Ramie. Esta se tambaleó hacia un lado, inclinándose de forma peligrosa, hasta que Caleb se abalanzó hacia ella para sujetarla, tirar de ella hacia sus brazos y acunarla contra su pecho. Comenzó entonces a acariciarle el pelo, a decirle que estaba a su lado y a suplicarle que volviera.

Isaac permanecía paralizado por la rabia y el miedo. ¿Qué demonios había pasado? Fijó la mirada con estupor en la mejilla de Ramie. ¿Era aquello lo que Jenna, su ángel, estaba soportando mientras él continuaba allí, incapaz de hacer otra cosa que mirar a través de los ojos de otro? Las lágrimas ardieron como el ácido en sus ojos y, por un momento, tuvo que desviar la mirada de Ramie mientras esta se acurrucaba con aspecto muy frágil en brazos de su marido porque temió perder el escaso control que tenía sobre su propia cordura.

Se obligó a mirarla. Estaba tan emocionado que ni siquiera se atrevía a hablar. Intentó abrir la boca para preguntar dónde demonios estaba Jenna, pero Caleb le fulminó con la mirada.

—Ahora no —susurró enfurecido por el abuso que había sufrido su esposa, aunque fuera de forma indirecta.

La palpó como si estuviera buscando alguna posible herida interna o alguna evidencia de dolor y después enterró el rostro en su pelo, con las lágrimas brillando en sus ojos mientras la mecía hacia delante hacia atrás.

—¡Dale otro maldito minuto!

—No, tenemos que darnos prisa —respondió Ramie al instante. El miedo que traslucía su voz provocó escalofríos de pánico en la espalda de Isaac—. Está muy asustada y tiene motivos para ello. Sé dónde está exactamente —alzó los ojos anegados por las lágrimas hacia Isaac con expresión suplicante—. No está lejos, pero están pensando en llevársela. ¡Tenemos que salir ya!

CAPÍTULO 16

Jenna permanecía inerte en el frío y duro suelo de la habitación a la que la habían arrojado sin ninguna clase de cuidado una hora atrás. Le habían atado los pies y las manos con tanta fuerza que temía llegar a perderlos. Alzó las rodillas con movimientos rígidos y torpes mientras intentaba infundir el máximo calor posible a su cuerpo entumecido.

Le dolía la cabeza por el golpe que había recibido, pero, gracias a Dios, sus captores habían estado preocupados por asegurar su cautividad para así poder planificar la manera de llevarla a un lugar más alejado. Un lugar no muy alejado de donde había estado con Isaac y los otros miembros de DSS.

Se le llenaron los ojos de lágrimas, pero se negó a ceder a las ganas de llorar. No iba a darles la satisfacción de saber que tenían la capacidad de hacerla derrumbarse. Lo único que agradecía era que, al menos de momento, la habían dejado en paz mientras preparaban el próximo movimiento. Esperaban represalias por parte de Isaac y los otros miembros de DSS y ella no iba a contarles que Isaac no sabía dónde estaba. Si se concentraban en una amenaza inexistente, la dejarían en paz. Por lo menos de momento.

Aunque la consumía la tristeza por lo que había hecho, por haber dejado que Isaac y los demás pensaran de ella lo peor, había tenido la certeza de haber hecho lo que debía en el instante en el que había visto su temporal prisión. Había decenas de hombres armados patrullando la zona y el interior del edificio. Aquello no se parecía nada al culto. Aquella propiedad tenía alambre de espino alrededor de toda la tapia, había múltiples televisores mostrando las diferentes zonas en todas las habitaciones por las que habían pasado y todos los hombres hablaban por unos aparatos diminutos que parecían micrófonos. ¡Y aquella solo era una prisión temporal! Según el loco que le había informado de que había pasado a formar parte de su propiedad y que cuanto antes lo aceptara mejor sería para ella, el lugar al que la llevaban estaba mejor fortificado.

A pesar de la tristeza que la afligía por culpa de todo aquello que tan brevemente había disfrutado y que había perdido para siempre, sabía que había hecho lo que debía. Isaac y sus hombres no estaban a la altura de los guardias armados que patrullaban su prisión. Les sobrepasaban en número y si intentaban rescatarla serían masacrados. Jenna jamás superaría el saber que la respuesta a unas personas que habían sido tan buenas y protectoras con ella había sido la muerte.

Había tardado años en escapar de los ancianos y sus segundos carceleros estaban mucho mejor pertrechados que los primeros para hacerla prisionera. Sabía que jamás volvería a ser libre, pero al menos tenía el recuerdo de aquellos escasos días para perderse en ellos, cuando antes no sabía nada del mundo, salvo lo que su secta había decidido que supiera.

Cerró los ojos y buscó consuelo en los hermosos recuerdos que había forjado. En el nuevo y sorprendente mundo que había descubierto. En la amabilidad con la que la habían tratado las esposas de los miembros de DSS y en cómo, al observarlas, se había dado cuenta de que lo que había compartido con Isaac, aunque hubiera sido tan breve, había sido muy especial.

Besar. Diferentes clases de besos. Los labios de alguien a quien realmente importaba lo que pudiera ocurrirle presionados contra su cabeza. Y los besos de alguien que la deseaba. Que la deseaba a ella.

Pero recordar los besos de Isaac, los diferentes tipos de besos que le había enseñado en tan poco tiempo, fue insoportable y al final perdió el control sobre la batalla que estaba librando para mantener las lágrimas a raya. Comenzaron a rodar por sus mejillas mientras pensaba que no todos los hombres eran como los ancianos o como aquellos otros que traficaban con las drogas y la muerte y que la habían comprado como si no fuera nada más que un objeto.

Isaac y los hombres con los que trabajaba le habían revelado un nuevo conocimiento sobre los hombres y las relaciones sentimentales, le habían demostrado lo erróneo de todos aquellos ejemplos de los que había sido testigo en el pasado. El corazón le dolía ante la pérdida de algo tan bello como lo que le habían entregado durante aquellos días. Durante un breve instante, se dejó arrastrar por el arrepentimiento, pero lo rechazó con fuerza, sabiendo que no había lugar para él ni en su cabeza ni en su corazón. Los hombres que la habían secuestrado habían llegado muy cerca de la casa de seguridad. Si no se hubiera marchado cuando lo había hecho, habrían entrado a por ella y el resultado habría sido una masacre.

No, no volvería a ser libre y jamás volvería a experimentar el amor que Isaac tan generosamente le había entregado, pero sobreviviría a aquella pérdida porque, mientras ella no fuera libre, Isaac y todas aquellos que se relacionaban con él estarían vivos y a salvo. Y, aunque solo fuera por eso, estaba dispuesta a soportar cuanto sus captores hubieran planeado.

Isaac esperaba con impaciencia, envuelto en la oscuridad, fuera de aquella antigua fábrica fuertemente fortificada que parecía haber sido renovada por dentro aunque conservaba por fuera un aspecto decrépito, como si estuviera abandonada. Isaac y los demás estaban esperando a que Sombra terminara con aquello que tan bien se le daba y completara un reconocimiento de la zona para poder saber exactamente a qué se enfrentaban y, con un poco de suerte, localizar el lugar exacto en el que se encontraba Jenna.

Desde el momento en el que Ramie se había repuesto lo suficiente como para darles información más específica, Isaac había sido presa del miedo. Aquel canalla que había perseguido a Jenna desde que había escapado de la secta tenía todo un historial en la compraventa de determinada sustancias. Más en concreto, drogas. Había eludido la cárcel durante años porque cualquiera que se mostrara dispuesto a testificar contra él terminaba desapareciendo de forma misteriosa o aparecía asesinado de alguna forma espantosa, un claro mensaje para cualquiera que pretendiera atacar a aquel despiadado narcotraficante.

Se hacía llamar a sí mismo Jesús y presumía de ser el hijo de Dios. Un perfil muy apropiado para un hombre que había ido a buscar la inmortalidad a una maldita secta y había tenido la suerte de encontrarla. Había encontrado a alguien que podría mantenerle con vida indefinidamente. Hasta el día que muriera Jenna. Saberlo había servido para animar un poco a Isaac. Jesús, o Jaysus, como le llamaban las fuerzas del orden y todas aquellas dedicadas a tareas especiales que habían pasado años intentando ponerle tras las rejas, protegería a Jenna con tanta fiereza que mataría a cualquiera que intentara arrebatársela. Porque si Jenna moría, o conseguía escapar, Jaysus estaría perdido. Y en aquel momento Isaac estaba dispuesto a destrozar a cualquiera que hubiera tenido algo que ver con el secuestro de su ángel.

Por desgracia DSS no tenía ni el tiempo ni la cantidad de hombres necesarios para asaltar la fábrica y hacer justicia. Una misión como aquella les llevaría días, por no mencionar que necesitarían reunir a muchos más hombres y coordinarse con las fuerzas locales. Y tampoco estaría de más llamar a los militares, puesto que aquel narcotraficante tenía un ejército de hombres leales hasta la locura, todos ellos dispuestos a morir por su líder.

Así que aquella tenía que ser una misión secreta y nadie

podría saber que habían estado allí hasta mucho tiempo después de que hubieran rescatado a Jenna. Pero estar esperando a recibir la señal le estaba haciendo un agujero en el estómago tan grande como el Gran Cañón.

Hasta el último hombre de DSS se había ofrecido voluntario para aquella misión, incluso aquellos que no habían conocido a Jenna y no sabían nada sobre sus circunstancias. Isaac estaba profundamente agradecido por la lealtad y el arraigado sentido del honor de los hombres del equipo porque, incluso con todos los agentes movilizados, todavía les superaban cuatro a uno. Y mientras Isaac permanecía allí perdiendo el tiempo, solo Dios sabía lo que estaba soportando Jenna. No, Jaysus no la mataría, pero convertiría su vida en un infierno para asegurarse su absoluta obediencia. Sería igual que en aquella maldita secta, con un nombre diferente y diferente tarea, pero la misma locura insoportable.

Durante un instante, Isaac se permitió dejar de obsesionarse por lo que se había convertido en lo más importante de su vida, alzó la cabeza y cerró los ojos para rezar.

«Sé que tú y yo no tenemos mucha relación», le dijo a Dios. «No he vuelto a hablar contigo desde que era un niño y me enfadé, me enfadé amargamente, porque no habías respondido a mis ruegos cuando que te pedí que salvaras a mi familia. Me dejaste solo, muy solo. Pero Jenna no ha perdido la fe a pesar de la imagen retorcida y degenerada que le han ofrecido de ti. A su lado me siento humillado. Si ella todavía es capaz de creer y confiar en ti, ¿cómo voy a ser menos? Jenna me está enseñando. Viéndote a través de sus ojos estoy empezando a comprender que todo sucede por alguna razón, aunque esas razones no las comprendamos en el primer momento, aunque no sean atendidos nuestros ruegos tal y como queremos, pero eso no significa que no vayan a ser contestados algún día. Por favor, mantenla a salvo por mí. No puede haber nadie más bueno en este mundo. Ella es uno de los tuyos y yo te prometo que la protegeré con mi vida y que nunca haré nada que pueda arrojar ninguna duda en su fe en ti, en tu misericordia y en tu gracia. Yo no merezco nada, pero ella sí y por ella te pido que la salves, no por mí, aunque soy un egoísta y la quiero con todo mi aliento, con todo mi corazón y toda mi alma. No sé si puedes oírme, o si dejaste de escucharme cuando te di la espalda muchos años atrás, pero te suplico que salves a uno de tus ángeles. Quiero pedirte también una cosa más: que me la confíes, que me salves salvándola a ella, porque sin Jenna estoy perdido. Y por fin me he dado cuenta de que si no atendiste mi súplica no fue para dejarme solo y sin nadie que me amara, porque ahora me has dado a Jenna. Estoy aprendiendo a ser paciente, Dios mío, y me resulta difícil, pero, si Jenna es la recompensa a esa paciencia, no volveré a pedirte nunca nada más. Ella es lo único que quiero».

Isaac bajó la cabeza, impactado por las lágrimas que empapaban su rostro y el intenso dolor que sentía en el pecho. Pero sintió de pronto un rayo de esperanza descendiendo hacia él, reconfortándole como si fueran los rayos del sol iluminándole en medio de la tarde.

—Gracias —susurró.

No fue capaz de decir nada más a través de sus temblorosos labios. De pronto, tenía el corazón lleno de tanto alivio y amor que sintió vértigo. Iban a conseguirlo. Lo supo con la misma certeza con la que sabía que Jenna era la única mujer a la que amaría. Volvería a tenerla en sus brazos, el lugar al que pertenecía, antes de que acabara la noche. Y, si tenía que cumplir su promesa de terminar atándola a la cama, no se sentiría culpable, porque no iba a permitir que se alejara de él nunca más.

La vida, la sensación de tener un objetivo, crepitaba a través de él, reemplazando el miedo anterior y la terrible sensación de condena que le había calado hasta los huesos mientras observaba la prisión de Jenna. Comenzó a esperar con expectación que Sombra diera la señal de que el terreno estaba despejado para que sus hombres pudieran unirse, entrar y sacar a Jenna sin ser descubiertos. La llevarían después hasta un lugar seguro, un lugar reservado en el que pudiera aclararle unas cuantas cosas y donde insistiría en que jamás volviera a urdir ningún plan descabellado diseñado a protegerle a él y a los otros.

Estuvo a puno de soltar un bufido burlón ante la mera idea. Sabía que también a sus hombres les gustaría cruzar unas cuantas palabras con su ángel, pero tendrían que esperar a que saliera de su cama y, bueno, iban a tener que esperar un largo rato.

Aunque no habían tenido tiempo para planificar un asalto a gran escala, habían contado con las mentes más brillantes y estrategas, por no mencionar a Quinn Devereaux, el más pequeño de los hermanos Devereaux y un monstruo de la informática que había sido capaz de acceder a los planos de la fábrica e incluso les había proporcionado imágenes infrarrojas obtenidas por vía satélite. Gracias a ellas podían ver el interior de aquella estructura renovada por dentro para saber así de cuántas habitaciones y rutas de escapada disponía. Y, lo más importante, cuál era la zona en la que era probable que Jenna estuviera retenida.

Lo tenían todo planificado al milímetro. Había una furgoneta lo bastante grande como para que cupieran todos ellos aparcada en una zona de espera, a un kilómetro y medio de distancia, que les posibilitaría una fuga rápida. Brent, un antiguo piloto de carreras que trabajaba para DSS desde el inicio de la empresa, permanecía dentro de ella a la espera de que le dijeran si debía acercarse o permanecer alerta y preparado para la huida.

Isaac se permitió cierta arrogancia pese a que minutos antes ni siquiera se había atrevido a esperar que pudieran tener éxito porque la posibilidad de fracasar le había parecido tan aplastante que apenas era capaz de mantenerse en pie.

Al guerrero protector que había en él le irritaba la idea de no poder destrozar inmediatamente a aquel hijo de perra que había hecho daño a Jenna, pero tendría que esperar porque la seguridad de Jenna era lo más importante. Ya tendría otra oportunidad de hacerlo. Y, sí, lo estaba deseando. Sabía que aquel loco no iba a limitarse a renunciar a su obsesión por Jenna por el mero hecho de haber fracasado en su primer intento de ponerla bajo su control. Entonces podría vengar lo que era suyo, se aseguraría de que aquel narcotraficante se arrepintiera hasta de haber pensado el nombre de Jenna, y mucho más del maltrato que le había infligido.

Sonó un clic en el auricular, la señal que habían acordado para anunciar que Sombra había entrado. Sonaron más clics en una rápida sucesión mientras, uno a uno, los hombres iban ocupando sus posiciones, confiando en que Sombra no les estuviera conduciendo hacia un serio problema. Isaac sacudió la cabeza mientras se deslizaba a través del hueco que Sombra había cortado en la cerca. Los nuevos miembros del equipo se habían reído al oír el nombre que Sombra había elegido como alias, pero este les había silenciado con su inquietante capacidad para moverse a voluntad y hacerse invisible para cualquiera que no quisiera que le viera.

Dane y Capshaw se reunieron con Isaac en una de las entradas traseras que, sabían, conducían a una zona que había sido antes la de la cocina. La antigua lavandería estaba a su lado, pero no tenía salida al exterior y necesitaban entrar en aquella habitación. Dex había sonreído cuando Quinn les había enviado los planos originales, además de los actualizados, y, cuando había señalado los múltiples conductos que bajaban a la lavandería, todos ellos procedentes de habitaciones de los pisos superiores, los demás habían comprendido por qué.

El resto de los miembros del equipo fue llegando desde diferentes direcciones, pero el objetivo común era llegar a la habitación en la que estaban los conductos de la lavandería. Quinn había deducido que las únicas habitaciones posibles en las que podía estar Jenna eran dos habitaciones sin ventanas situadas justo en el centro de aquel edificio de forma rectangular. Se podía acceder a ellas a través de los conductos.

Isaac, Dane y Capshaw fueron los últimos en llegar al punto de encuentro. Caballero les miró aliviado.

—Necesitamos movernos rápido —susurró Zeke—. Tenemos a tres vigilantes moviéndose hacia aquí a paso rápido.

Dane se volvió hacia Eric.

—Habla con Brent y dile que desplace la furgoneta hacia el cuadrante sur, donde está cortada la cerca. No lo verán si permanece entre los árboles y hay una pista transitable que conduce desde allí hasta la autopista, de modo que podremos ahorrar mucho tiempo en cuanto tengamos a Jenna.

Los demás asintieron mostrando su acuerdo. Se colocaron las armas de manera que no hicieran ruido mientras subían por los dos conductos, pero fuera fácil alcanzarlas en el caso de que hubieran elegido mal y les sorprendiera un encuentro inesperado.

Una vez en la antigua lavandería, Isaac utilizó las palmas de las manos para ascender y darse impulso apoyándose contra las paredes del estrecho conducto. Repitió la operación varias veces hasta llegar a la trampilla por la que accederían a la habitación. Alzó la mano para que los hombres que iban tras él se detuvieran y les hizo la señal convenida para prepararse para el acceso. Contó con los dedos y cuando llegó a tres, reventó los tablones que cerraban el acceso a la trampilla y se lanzó rodando al tiempo que sacaba la pistola y escrutaba la habitación con la mirada, buscando un posible objetivo.

Cuando posó por fin los ojos en una persona tumbada en posición fetal a varios metros de distancia el corazón estuvo a punto de salírsele del pecho.

¡Jenna!

—Cubridme —les susurró a los otros mientras se levantaba y corría hacia ella.

Sacó el cuchillo a toda velocidad para cortar las cuerdas con las que le habían atado las manos y los pies.

Le hervía la sangre en las venas mientras quitaba la tensa cuerda y descubría unos círculos en carne viva alrededor de sus muñecas y tobillos. Tiró de Jenna hacia sus brazos y la estrechó con fuerza contra su pecho. Después, la apartó para buscar otras posibles heridas, ignorando que Jenna le estaba mirando boquiabierta y con los ojos abiertos como platos por la sorpresa.

Tenía el pelo enmarañado y al fijarse en el moratón oscuro de la mejilla y la sangre seca en el lugar de la herida, la furia de Isaac fue tal que se le inflaron las aletas de la nariz. Pero, Dios, al menos estaba viva. Sí, estaba allí, estaba viva y la tenía entre sus brazos. Por primera vez desde que se había despertado solo en la cama y había descubierto su ausencia, se sintió relajarse y pudo, por fin, respirar sin que eso le supusiera un esfuerzo hercúleo.

Jenna curvó los labios en un sorprendido «¡oh!» y su mirada pasó del impacto a la perplejidad.

—¿Qué estás haciendo aquí? —susurró.

Pero parte del asombro desapareció y su tono de su voz se hizo más imperioso al ver a los otros miembros de DSS entrando en la habitación.

—¡No podéis estar aquí! —exclamó nerviosa—. ¡Dios mío, os matarán! ¡Tenéis que marcharos! ¡Deprisa! Te lo suplico, Isaac, ¡vete!

Se retorció las manos, llamando así la atención sobre su piel desgarrada. Todos y cada uno de los hombres que había en la habitación fijaron la mirada en su rostro y en las marcas que le habían dejado en brazos y piernas. Sus expresiones se tornaron asesinas y el hecho de que Jenna les suplicara que se marcharan pareció enfurecerlos todavía más.

—Si crees que vamos a irnos sin ti es que estás loca —le espetó Isaac mientras la empujaba, pese a su resistencia, hacia el conducto de la lavandería.

Jenna le dirigió a Dane una mirada suplicante.

—Os buscarán y os encontrarán —le advirtió con la voz entrecortada.

—Mejor —respondió Dane violentamente—. Estoy deseándolo.

—Desde luego —gruñó Zeke.

Jenna se les quedó mirando con incredulidad y dejó caer los hombros con un gesto de derrota.

—No vamos a dejar a nadie atrás —le explicó Sombra, agarrándola por la cintura para darle un abrazo—. Así es como funcionamos nosotros. Y ahora ven antes de que nos descubran.

Rígida por el miedo, miró frenética y temerosa hacia la puerta de la habitación. Se alzó una oleada de maldiciones, los hombres estaban cada vez de peor humor. Casi gruñían, furiosos no solo por el hecho de que Jenna estuviera tan asustada y no tuvieran manera de saber lo que había tenido que aguantar después de que Ramie hubiera interrumpido la conexión con ella. Saber lo que le habían hecho durante el escaso período de tiempo en el que Ramie había sido capaz de ponerse en contacto con ella les resultaba insoportable. Pero también les irritaba que, incluso en aquel momento, les estuviera suplicando que se marcharan y se salvaran, como si fueran un puñado de cobardes que pudieran abandonar a una mujer incapaz de defenderse, entregándola a una vida de dolor y degradación.

La rodearon, formando un círculo impenetrable para protegerla. Cuando Jenna desvió la mirada de la puerta y vio lo que habían hecho, le brillaron los ojos, se le enrojecieron los párpados y sorbió en silencio.

—Ya es hora de irse —dijo Dane secamente—. Brent está en su posición. Tenemos cinco minutos para llegar al punto de encuentro. Así que cargamos y nos vamos.

Incapaz de permanecer sin hacer nada mientras Jenna les decía que se marcharan para que así pudieran salvarse y que la dejaran en aquel agujero abandonado de la mano de Dios, Isaac la levantó en brazos y corrió hacia el conducto.

Sombra se le adelantó.

—Yo iré primero para poder agarrarla cuando lleguemos abajo y para asegurarme de que no hay nadie esperándonos.

—Yo te seguiré —se ofreció Dane sombrío—. Si oyes cualquier cosa que no sea mi aviso de que podéis salir con Jenna, buscad otra salida inmediatamente.

Sin esperar ni un segundo más, Sombra metió los pies por la trampilla y deslizó su cuerpo enorme a través de aquella estrecha puerta sin vacilar. Isaac llevó a Jenna hasta allí y la hizo volverse para que metiera primero las piernas.

Jenna le agarró con fuerza, cerró los dedos alrededor de su camisa y buscó desesperada su mirada.

—¿Adónde lleva esto?

—Es uno de los conductos de la lavandería y no tienes que preocuparte. Sombra y Dane te agarrarán abajo. No permitirán que te ocurra nada. Y yo iré justo detrás de ti, te lo juro.

Ella le soltó reluctante, pero las manos le temblaban mientras descendía unos centímetros más.

—Utiliza las manos para controlar el descenso —le aconsejó Isaac en tono tranquilizador—. Presiónalas contra los laterales y ve bajando lentamente.

Jenna miró con tristeza a los hombres que estaban detrás de Isaac, todos ellos en alerta, con las pistolas en posición de en guardia, apuntando hacia la puerta y pendientes de cualquier sonido procedente del pasillo.

—Lo siento —les dijo con voz atragantada—. No deberíais haber venido.

Mientras los demás expresaban con gruñidos su desacuerdo e Isaac sentía que la tensión le subía de tal manera que estaba a punto de explotar, Jenna se dejó caer y desapareció de su vista. Isaac avanzó hasta el borde de la trampilla con los oídos alerta, pendiente de cualquier sonido.

—Ya la tengo —le dijo Sombra con voz queda—. Vamos contrarreloj.

Uno a uno, los hombres fueron descendiendo precipitadamente por el conducto y entrando en la lavandería, una estancia mohosa y abandonada cuya antigüedad se hacía evidente en los desconchones del yeso de las paredes y las grietas del suelo y el techo.

—¿Cada cuanto pasan a vigilarte? —le preguntó Dane a Jenna con delicadeza mientras se dirigían todos hacia la cocina por la que habían conseguido acceder al interior del edificio.

—Me han dejado sola después de la primera vez que... —se interrumpió y se sonrojó avergonzada.

Los demás se miraron sombríos. Sabían a qué se refería y, a pesar de lo furioso que estaba Isaac con el hijo de perra que le había puesto a Jenna las manos encima, fue un alivio saber que desde entonces nadie había vuelto a molestarla.

—Me han atado y me han dejado en el suelo —dijo, alzando la barbilla y con un brillo desafiante en la mirada.

Era casi como si se estuviera reprendiendo por haberse avergonzado de algo sobre lo que no tenía ninguna clase de control. Ojalá pudiera hacerla entrar en razón también en otras cosas, pensó Isaac.

—No creo que les preocupara que pudiera escaparme. Estaban ocupados planificando el traslado hacia una zona más segura.

Bajó de nuevo la cabeza, pero Isaac vio la furia que ardía en aquellos ojos del color del hielo. Resultaba asombrosa aquella contradicción: fuego y hielo.

—No puede decirse que les haya supuesto un desafío. Jesus se ha reído de mí y me ha dicho que había sido tan fácil capturarme que les había resultado casi decepcionante. Después me ha dicho que era posible que hubiera sido capaz de escapar una vez de quienes me tenían bajo custodia, pero que iba a llevarme a un lugar en el que no volvería a ver nunca nada que no fueran las paredes de mi prisión. Y parecía resultarle muy divertido. Me ha dicho que podría incluso considerar la posibilidad de torturar a cualquiera que le desafiara y enviármelo para que pudiera contar con su compañía durante una temporada.

Bajó la voz hasta convertirla en un lloroso susurro.

—Pero también me ha dicho que no me permitiría curarles. Planeaba vejarles en mi presencia, dándoles a conocer mi don para que supieran que tenían la curación y la vida a solo unos centímetros de distancia. Quería que les viera morir porque sabía lo que eso significaría para una persona como yo.

Se estremeció e Isaac le pasó el brazo por los hombros para reconfortarla.

Caballero inclinó la cabeza hacia delante y miró hacia el

pasillo en ambas direcciones con intención de dirigirse a la cocina, su objetivo. Le hizo un gesto a Isaac con la cabeza y urgió a Jenna a avanzar, deseando salir cuanto antes de aquel lugar.

Y justo en el momento en el que Jenna y él estaban a punto de salir al pasillo, donde serían visibles para todo el mundo, Isaac sintió un escalofrío de aprensión descendiendo por su espalda. Sin confirmar siquiera lo que le decía su intuición, empujó a Jenna hacia atrás y se colocó delante de ella. Jenna se tambaleó, pero Sombra la sostuvo contra él y le tapó rápidamente la boca con la mano para silenciarla.

El resto de los hombres del grupo se apartaron de la puerta y se apoyaron contra la pared para que no pudieran verlos. Solo les descubrirían si la persona que estaba cruzando a paso veloz el pasillo decidía entrar en la lavandería.

Mierda. Isaac esperaba que los demás hubieran salido ya de la cocina y estuvieran esperando fuera porque, en caso contrario, la habrían fastidiado. Isaac observó la silueta de un hombre alto pasando por la lavandería y deteniéndose en la puerta de la cocina. El hombre miró hacia el interior de la cocina y soltó un gruñido. Después, miro el reloj y maldijo de nuevo antes de acercarse un radiotransmisor a un lado de la cabeza.

—¿Cuándo demonios piensa ponerse Chopper a cocinar algo?

—No va a cocinar, idiota —se oyó la réplica acompañada del sonido de la estática por el radiotransmisor.

—¿Y por qué no? Me muero de hambre y estoy seguro de que los demás también.

—A lo mejor deberías preocuparte de hacer lo que te han dicho y cumplir órdenes en vez de estar pensando en la próxima vez que vas a tener oportunidad de seguir engordando tu grasiento trasero —respondió una voz sedosa y burlona.

Jenna se quedó rígida y se llevó la mano a la boca como si fuera a vomitar. Tenía la mirada triste y se mordió el puño justo antes de que una náusea sacudiera su cuerpo.

Sombra la rodeó con el brazo para ofrecerle apoyo y después, con mucha delicadeza, le sacó el puño de la boca y frotó las marcas que habían dejado los dientes.

—Creo que esas manos ya han sufrido suficiente —le susurró al oído—. Ese hombre no puede hacerte daño, Jenna. Jamás lo permitiríamos.

Jenna le miró a los ojos. Su tristeza era tan intensa que a Isaac se le encogieron las entrañas.

—¿Qué te ocurre? —preguntó Sombra, frunciendo el ceño ante lo extremo de su reacción.

—Le matará —dijo ella, sin poder apenas articular palabra.

Volvió a revolvérsele el estómago, pero en aquella ocasión se dominó y apretó los puños a ambos lados de su cuerpo.

—Tenemos que darnos prisas. Esa es una de las personas de las que os he hablado. Uno de los hombres a los que piensa torturar por haberle desafiado. Después le llevará a mi lado como me ha prometido y para que muera ante mis ojos.

Las lágrimas comenzaron a rodar por sus mejillas y todos se miraron estupefactos. Había demasiada convicción en sus palabras para estar hablando de algo que ni siquiera había sucedido.

Un ruido en el pasillo desvió la atención de Isaac, que se concentró en el hombre que había pasado por allí unos segundos antes. Otros dos hombres le flanqueaban y el que antes se estaba quejando de hambre estaba suplicando y blanco como una sábana. ¡Dios! ¿Qué demonios estaba pasando? Le dirigió a Jenna una mirada penetrante, consciente de que habían pasado muchas más cosas de las que Ramie había visto y de las que habían asumido cuando Jenna les había dicho que nadie había vuelto a por ella.

—¡Tenemos que salir ya! —susurró Jenna con urgencia—. Solo disponemos de unos minutos antes de que se den cuenta de que no estoy.

La bilis le subía a Isaac a la garganta y Sombra no parecía encontrarse mejor tras haber comprendido lo que estaba pasando. En cuanto el pasillo quedó despejado, Isaac tiró de Jenna hacia él y le agarró la mano. Sombra se colocó al otro lado mientras los demás se situaban delante y detrás de Isaac, Jenna y Sombra.

Corrieron hasta la cocina y salieron por la puerta de atrás, sabiendo que si aquella salida se hubiera visto comprometida Dane les habría alertado. Este último alzó la mirada aliviado al verles adentrarse en la noche desde su posición de vigía. Los demás estaban en idéntica posición de guardia, pero al verles se volvieron todos hacia la zona de la cerca por la que habían entrado.

—¡Tenemos que largarnos cuanto antes! —le gritó Isaac a Dane.

Optando por la velocidad frente al sigilo, comenzaron todos a correr mientras Isaac levantaba a Jenna, se la colocaba al hombro como si fuera un bombero y comenzaba a correr manteniendo el ritmo de los otros mientras soportaba el ligero peso de la joven.

—¿Qué demonios le ha hecho ese loco? —le susurró Sombra, que corría a su lado.

Isaac cerró los ojos y contestó con voz también queda para asegurarse de que Jenna no le oyera.

—Creo que es bastante evidente y no quiero hacérselo revivir ahora. Cuando me he dado cuenta de lo que ha pasado, a mí mismo me han entrado ganas de vomitar. Dios mío, Sombra, ¿has visto sus ojos?

Las facciones y los ojos de Sombra se tornaron glaciales.

—Voy a encontrar a ese canalla aunque sea lo último que haga en mi vida.

Al oír la queda expresión de Sombra, a Isaac le saltaron las alarmas.

—Necesito que te quedes conmigo, Sombra. No vas a ir a buscar a Jaysus. Él vendrá a por nosotros y voy a necesitar toda la ayuda que pueda reunir para proteger a Jenna.

Sombra le dirigió a Jenna una mirada fugaz. Esta iba apoyada sobre el pecho de Isaac, que la sostenía con extremo cuidado para que rebotara lo menos posible mientras recorrían la distancia que separaba el lugar en el que la habían hecho prisionera del lugar en el que Brent estaba esperando para llevarles a un lugar seguro.

—La mía ya la tienes —contestó Sombra en una queda promesa.

CAPÍTULO 17

Isaac miró a Jenna, que iba acurrucada en medio del grupo de agentes de DSS, todos con el rostro sombrío, en la parte trasera de la furgoneta. Estaba pálida y tenía los ojos anegados por una miríada de sentimientos: miedo, culpa, tristeza. Aquello le enfureció. Quería estrecharla en sus brazos y no soltarla jamás, pero no podría hacerlo hasta que no supiera por qué había decidido marcharse y qué demonios le había pasado por la cabeza antes de su fuga. Y, en aquel momento, tenía que mantener el control. Algo bastante complicado cuando estaba a punto de perder la cabeza.

Había un pesado silencio en el interior de la furgoneta. Todo el mudo parecía haber optado por el distanciamiento. Excepto Sombra, que parecía haberse convertido en el salvador de Jenna. Algo que despertaba en él sentimientos encontrados. Por una parte, se alegraba de poder contar con la protección de Sombra, pero, por otra, le fastidiaba hasta el infinito. Cualquier cosa, cualquiera, que tuviera que ver con Jenna era responsabilidad suya y solo suya, y su compañero de equipo haría mejor en no cruzar determinada línea si no quería que terminaran teniendo problemas.

Sombra se volvió para mirar a Jenna. Esta tenía la mirada fija en un punto distante al que miraba a través de las ventanillas traseras de la furgoneta. Era evidente que su mente estaba a miles de kilómetros de allí. La mayor parte de los hombres iban agachados y apoyados contra las paredes de la furgoneta, adoptando las más variadas posturas. Pero Jenna se había pegado a la parte de atrás, como si quisiera mantenerse alejada del resto. Isaac era el único que no le permitía mantener las distancias. Cada vez que ella se apartaba, giraba en su dirección.

—¿Estás bien, pequeña? —le preguntó Sombra con delicadeza.

Jenna alzó la mirada sobresaltada, como si le resultara extraño que alguien pudiera interesarse por su estado de ánimo. ¿Creería que estaban enfadados con ella? ¿Pensaría que los sentimientos de él habían cambiado? Mierda. En cuanto llegaran a otro de aquellos escondrijos de la DSS, iban a tener una conversación seria.

A Jenna se le humedecieron los ojos, tornándose brillantes y luminosos por las lágrimas, e Isaac apretó con tanta fuerza la mandíbula que fue un milagro que no se le rompieran las muelas.

—Lo siento —susurró Jenna con la voz rota, sin contestar la pregunta—. No pretendía que pasara esto. Siento haberos causado tantos problemas. No pretendía que hicierais esto por mí, que os arriesgarais tanto. No sabía qué hacer. Vosotros habéis hecho mucho por mí y yo sigo estropeándolo todo.

Cerró los ojos y volvió la cara por completo para que nadie pudiera verla. La expresión de Sombra era tan oscura que parecía a punto de reventar.

—¿Sientes no estar con esos asesinos que pensaban hacer solo Dios sabe qué contigo? —le recriminó Sombra—. Dios mío, Jenna, ¿eres consciente de lo que podría haberte pasado? ¿Sabes de cuántas maneras podrían haberte torturado y haberte hecho sufrir? ¿De verdad esperabas que nos marcháramos dejándote con esos miserables? ¿De verdad piensas que te mereces tan poco?

Miró a Isaac disgustado, como si le reprochara el no haber sido capaz de convencerla no solo de lo que significaba para él, sino también de lo que significaba para Sombra. Isaac no sabía qué había pasado exactamente en el momento en el que Jenna había tocado a Sombra y le había curado, pero sabía que se había establecido un vínculo entre ellos, un vínculo tan inquebrantable como el que se había forjado en el instante en el que Jenna le había tocado a él. Jenna había cambiado algo esencial en ellos dos. Les había dado algo que jamás habían tenido y que ni siquiera habían sabido que necesitaban.

—No quiero que ninguno de vosotros termine muerto o herido por mi culpa —confesó Jenna mientras las lágrimas se deslizaban por sus mejillas dejando un rastro de humedad—. No podría soportarlo.

—¿Y no te das cuenta de que nosotros sentimos lo mismo por ti? —rugió Isaac, sobresaltando a Jenna, que desvió la mirada hacia él. Por un momento, asomó a sus ojos el miedo—. Maldita sea, Jenna. No tengas miedo de mí. Jamás te haré ningún daño y, que el cielo me ayude, destrozaré a cualquiera que te lo haga a ti.

Sombra pareció satisfecho con la respuesta de Isaac, pero le dirigió a Jenna una firme mirada. Una mirada que habría asustado a cualquiera, pero que contenía también una ternura completamente impropia de aquel hombre tan reservado.

—Prométeme que no volverás a hacer una tontería como esta —le exigió Sombra, sosteniéndole la mirada, aunque sus facciones se habían suavizado al ver sus lágrimas—. Si tú no nos lo permites, no podremos protegerte.

Alzó la mano cuando Jenna comenzó a abrir la boca.

—No quiero oír una sola palabra más sobre la necesidad de protegernos o sobre tu preocupación por nosotros —le advirtió, mirándola con más dureza—. Lo único que quiero oír salir de tu boca es la promesa de que harás lo que yo... lo que nosotros te digamos. Quiero que nos prometas que nos permitirás hacer nuestro trabajo.

Jenna se mordió el labio inferior y volvió de nuevo el rostro hacia la ventanilla, pero no antes de que Isaac, y los demás, vieran el torrente de lágrimas que descendía por sus mejillas pálidas.

Sombra le dirigió a Isaac una significativa mirada. ¡Diablos!

Hasta el último hombre de la furgoneta, incluso Brent, que iba conduciendo, le dirigió una mirada con la que le estaba dando a entender que más le valía ser capaz de manejar la situación con Jenna y decirle lo que demonios hiciera falta para convencerla de que se olvidara de aquella estupidez de salvarlos a todos a expensas de su propia vida. Dane parecía a punto de lanzarse a soltar una regañina, a juzgar por su expresión de disgusto, pero Isaac le advirtió con la mirada que no se le ocurriera presionarla más. Jenna ya había entendido el mensaje, o quizá no, pero lo haría, y no era a ellos a los que les correspondía meterle en la cabeza que ella era lo que llenaba la existencia de Isaac. Aquella tarea era suya, maldita fuera, y si Jenna no lo había entendido todavía, lo comprendería antes de que la noche hubiera terminado.

Isaac tragó saliva y presionó los labios en una dura línea, a pesar de que le estaba matando la espera. Pero no iba a airear sus sentimientos delante de alguien que no fuera Jenna por nada del mundo. Bajo ningún concepto iba a criticar su conducta delante de todos los demás, entristeciéndola y abochornándola más de lo que ya estaba. Se limitó a devolver la mirada a sus compañeros dejando bien claro que aquel era su terreno y que más les valía mantenerse al margen.

Aparentemente satisfechos con el silencioso enfrentamiento que acababa de tener lugar, los demás desviaron la atención de Jenna y de Isaac y el resto del trayecto se hizo en silencio.

Pero Isaac no soportaba seguir lejos de Jenna ni un segundo más. Y aunque quisiera esperar a que estuvieran solos para tener una larga conversación con ella, no iba a permitir que pensara que estaba enfadado con ella. Porque estaba enfadado por miles de cosas, pero no con ella.

Se acercó hacia el lugar en el que Jenna estaba acurrucada, lo más cerca posible de las puertas traseras de la furgoneta y lo más lejos posible de él, deslizó un brazo por su espalda y el otro bajo sus piernas y la sentó en su regazo.

Jenna buscó sus ojos con sus enormes ojos azules y se le quedó mirando con una expresión que estuvo a punto de romperle el corazón. Su mirada desbordaba aprensión, como si temiera que fuera a golpearla. Isaac la rodeó con los brazos y la estrechó contra su pecho, sosteniéndola con tanta fuerza que dudaba de que pudiera respirar. Y le parecía justo, porque él tenía la sensación de no haber vuelto a respirar desde que al despertarse había descubierto que no estaba en su cama.

Enterró los labios en su pelo, presionándolos con fuerza contra la parte superior de su cabeza e inhalando su dulce esencia. Saboreó el poder tenerla entre sus brazos, sintiendo cómo aquel peso enderezaba de nuevo su mundo después de haber estado viviendo un infierno durante horas.

—No vuelvas a hacerme esto, Jenna —susurró—. Dios mío, pequeña, cuando no estás conmigo ni siquiera soy capaz de respirar. Júrame que no me dejarás nunca más.

Jenna no respondió, pero fue relajándose poco a poco. La tensión abandonó sus músculos y su cuerpo se fundió con el suyo como la media parte perdida de un todo. Isaac cerró los ojos y aspiró profundamente hasta que Jenna fue lo único que olía, lo único que sentía. Jamás, jamás en su vida volvería a sufrir la agonía de no saber dónde estaba, de no saber si estaba herida o pasando miedo. Dios santo, no lo soportaría.

¿Cómo demonios soportaban Caleb y Beau lo que tenían que sufrir sus esposas por el don que habían recibido? ¿Cómo había sobrevivido Zack sin saber dónde estaba Gracie durante una década, torturándose cada hora del día y preguntándose qué le habría pasado, si estaría herida, si le necesitaría o si, sencillamente, estaba viva?

Y, buen Dios, ¿cómo era posible que Sterling no hubiera enloquecido por completo al ver que Eliza se arrojaba delante de él y recibía un disparo destinado a matarle a él? ¿O cuando había pasado después días en coma, tan cerca de la muerte que los médicos solo le habían dado un cinco por ciento de posibilidades de sobrevivir?

Ver a la mujer amada sufriendo lo inimaginable era algo que marcaba a un hombre de una forma imposible de olvidar. Se podía intentar ignorar, pero era algo que regresaba en los momentos más inesperados, o en pesadillas jamás compartidas por el sufrimiento descarnado de tener que revivirlas.

Isaac se estremeció al pensar en lo cerca que había estado de perder a Jenna. Formaba ya una parte tan íntima de su ser que no era capaz de imaginar su mundo sin ella. El sudor le cubrió la frente e intentó alejar de su mente aquel persistente terror que continuaba aferrándose tenaz a su garganta.

Jenna estaba allí. En sus brazos. Él la estaba abrazando y ella estaba ilesa. Gracias a Dios.

Entraron en el garaje subterráneo de un edificio de treinta pisos idéntico a cualquier edificio del centro de la ciudad, con un directorio de los diferentes negocios que había en cada piso. Pero, en realidad, solo alojaba un negocio y estaba en el centro del edificio, quince pisos más arriba. La planta entera había sido convertida en un refugio fortificado, completado por una cocina, una zona de comedor, tres enormes salones, media docena de dormitorios y una armería en la que guardaban todo un arsenal que incluía armas a las que ni tan siquiera los militares tenían acceso.

Aquel edificio podía soportar cualquier cosa, salvo un ataque directo por misil. Isaac ni siquiera podía imaginar la cantidad de dinero que había costado fortificar todo el edificio hasta convertirlo en un fortín impenetrable. En el pasado había bromeado con algunos de sus amigos sobre lo paranoico que había que estar para montar una zona de seguridad tan grande como aquella, pero en aquel momento no le hacía ninguna gracia y estaba condenadamente agradecido a la meticulosidad de Dane y a aquella personalidad que le llevaba a estar siempre preparado para lo peor.

El hombre que estaba al frente de DSS era un tipo muy reservado y era probable que solo hubiera una persona en aquella empresa de seguridad que conociera su historia: Eliza. Pero Isaac dudaba de que ni siquiera ella lo supiera todo. Era evidente que Dane era un hombre muy rico, pero no alardeaba de ello. Adoptaba, en cambio, un aspecto discreto y silencioso y era un gran observador. Tenía contactos que provocarían orgasmos en cualquier agente secreto, pero jamás revelaba sus fuentes de información, estuvieran clasificadas o no, ni tampoco contaba cómo llegaban a sus manos aquellas armas de tecnología punta o aquellos aparatos de espionaje que proporcionaba a sus hombres en los momentos más oportunos.

Su lema no era estar preparado para lo peor, sino esperar siempre lo peor y estar preparado para darle una buena patada en su maldito trasero. Isaac jamás volvería a bromear a expensas de Dane.

Técnicamente, aquel edificio no era propiedad de DSS. Tanto el edificio como todo lo que contenía lo había aportado Dane. Alguien tan rico y tan bien relacionado como Dane podría haber sido un hombre arrogante y haber puesto condiciones a cualquiera que trabajara para él a cambio de lo que ofrecía a DSS, pero él no era sí. Consideraba a todos los agentes como miembros de su familia y les protegía con la fiereza de una leona. Aquella era la razón por la que en aquel momento iba agachado junto al resto de sus hombres en la furgoneta. Se implicaba de forma personal en la mayor parte de las misiones y lo que más admiraba Isaac de su jefe era que no insistía en ser él el que las liderara siempre.

Isaac había visto a otros miembros del grupo beneficiarse de los vastos capitales de Dane, pero no había valorado la importancia de la protección que ofrecía a aquellos a los que consideraba parte de su familia hasta que no la había recibido Jenna. Dane ya contaba con su absoluta dedicación y lealtad, pero, después de aquello, podía contar también con su más profunda gratitud, porque estaba protegiendo lo más importante de su vida y jamás podría pagar una deuda como aquella.

En vez de ayudar a Jenna a bajar del vehículo cuando llegaron, Isaac la bajó en brazos. Los demás salieron y les rodearon, formando un círculo protector a su alrededor. Caminaron a grandes zancadas hasta el ascensor que les llevaría al decimoquinto piso mientras Dane llamaba a Caleb para informarle de su éxito a la hora de rescatar a Jenna y asegurarse de que todo andaba bien en el refugio en el que Caleb, Beau Zack y

Sterling se habían quedado con sus esposas y con Tori, la más pequeña de los Devereaux.

Tanto Dane como Isaac se habían puesto histéricos cuando, no solo Beau y Zack, sino también Lizzie, habían insistido en acompañarles a la misión de rescate. Por lo que a Isaac concernía, habiendo tantas variables desconocidas y teniendo en cuenta el hecho de que todos ellos se habían convertido en objetivos, había que proteger a sus esposas a toda costa.

Aquellas mujeres ya habían soportado demasiado dolor y sufrimiento y lo último que quería era que se vieran envueltas en un enfrentamiento. Dane, el resto de sus compañeros de equipo y él le proporcionarían a Jenna protección más que suficiente sin necesidad de poner en peligro a aquellas mujeres tan resistentes, todas ellas con unas habilidades extraordinarias. Como Jenna.

Isaac conservó el tipo, manteniendo un control férreo sobre su compostura mientras llevaba a Jenna a uno de los dormitorios. Le dolían los dientes por la fuerza con la que apretaba la mandíbula, pero no iba a decir una sola palabra hasta que Jenna y él estuvieran a solas y tuvieran asegurada la intimidad.

Dane querría convocar una reunión informativa para planificar y coordinar esfuerzos, pero eso podía esperar hasta que Isaac tuviera lo más importante bajo control. Tenía que asegurarse de que Jenna no volviera a intentar escapar de su lado jamás en la vida, aunque ella pensara que lo estaba haciendo por buenas razones.

Por mucho que lo intentara, no era capaz de controlar el torbellino que giraba en su vientre como en un serio caso de intoxicación alimenticia. Con cada segundo que pasaba, la sensación se intensificaba y amenazaba con hacerle estallar tanto si tenían alguna privacidad como si no.

Cuando por fin llegó a su destino, cerró la puerta del dormitorio de una patada y se volvió para echar el pestillo, utilizando la mano que tenía bajo los muslos de Jenna. Se negaba a soltarla, pero sabía que estaba a punto de explotar y no quería hacerlo estando ella tan cerca.

La dejó en la cama y retrocedió varios pasos. La miró inflando las aletas de la nariz mientras inhalaba varias veces en una rápida sucesión.

—¿Por qué estás enfadada conmigo? —le preguntó Jenna con voz queda, mirándole preocupada.

Isaac se llevó las manos a la parte de atrás de la cabeza y resopló.

—No estoy enfadado contigo, pequeña.

Ella le miró poniéndolo en duda.

—Vale, entonces, ¿por qué estás enfadado?

Isaac le dirigió una mirada incrédula, cerró los ojos y sacudió la cabeza mientras rezaba para no perder el control. Estaba temblando de furia, literalmente. Le enfurecía que Jenna tuviera tan baja opinión de sí misma. Y el haber fallado a la hora de protegerla. Le enfurecía la impotencia, y también la inseguridad que sentía porque no sabía si sería capaz de mantenerla a salvo hasta que el último de aquellos infames que consideraban a Jenna una propiedad, su propiedad, o bien fuera víctima de una emboscada cuando volvieran a por ella, porque estaba seguro de que volverían a por ella, o fuera dado caza como el animal que era. Entonces tendrían la oportunidad de dispensar una saludable dosis de justicia poética sobre sus lamentables traseros. La última era la opción preferida de Isaac, pero no podía dejar a Jenna. No iba a dejarla ni un instante porque había dos poderosas entidades tras ella y ambas parecían tener ojos y oídos en todas partes.

—¿Se puede saber en qué demonios estabas pensando, Jenna? Has ido directa a sus malditas manos y no he podido hacer nada para evitarlo. Ni siquiera he sabido que estabas en peligro, asustada y siendo maltratada hasta que ya era demasiado tarde para actuar. No tienes idea de lo que se siente, pequeña. Ni puñetera idea. Porque, si la tuvieras, ni siquiera serías capaz de respirar, como yo. No podrías mantenerte en pie, ni sentarte, ni hacer nada sin notar tal debilidad en las rodillas que te sentirías como si estuvieras a punto de derrumbarte y las manos te temblarían de tal manera que no podrías acertar un objetivo con un lanzagranadas ni a cien metros de distancia. ¡No me he sentido más impotente en toda mi vida!

Mientras liberaba por fin todo el miedo pasado, tenía la piel empapada en sudor. Se sentía tan debilitado por el alivio que incluso en aquel momento estaba haciendo un enorme esfuerzo para mantenerse en pie y no derrumbarse.

—¡Dios mío! No puedes ni llegar a comprender todo lo que he imaginado que podría llegar a pasarte sin que pudiera hacer nada para evitarlo. Me sentía impotente, Jenna. Madre de Dios, te juro que no quiero volver a sentir un miedo como ese nunca más. Hasta puedo saborearlo. Y no creo que vaya a ser capaz de olvidar ese sabor durante el resto de mis días. Seis horas, pequeña. Te he perdido durante seis horas y no sabía si iba a volver a encontrarte ni en qué estado estarías en el caso de que lo hiciera. Me temía lo peor y, cuando digo lo peor, me refiero a lo peor. No puedes comprender las cosas tan terribles que he imaginado ni el efecto que eso ha tenido en mí.

Se estremeció violentamente. Volvía a sentir náuseas revolviéndole el estómago.

—No olvidaré esas seis horas mientras viva.

Se acercó a ella, intentando contener sus alborotados sentimientos, pero no tardó en perder la batalla.

—Mientras viva, Jenna. Jamás lo olvidaré. Recordaré siempre el momento en el que me he despertado, he descubierto que te habías ido y las entrañas me decían que estaba ocurriendo algo malo.

Jenna expresaba una cierta perplejidad en la mirada y tenía los labios torcidos en un gesto de tristeza.

—Ya te he explicado por qué lo he hecho —se justificó con voz queda, bajando la mirada hacia sus manos, que retorcía nerviosa—. Lo he hecho para manteneros a todos a salvo. Ni siquiera te estoy pagando, Isaac, y tú me dijiste que este es tu trabajo. Quiero decir que... que es así como te ganas la vida. Protegiendo a la gente. DSS es una empresa y las empresas tienen que ganar dinero. Es posible que no sepa gran cosa sobre el mundo real ni sobre cómo funciona, pero eso sí lo sé —su tono traslucía cierta amargura—. No solo estaba suponiendo un gasto de personal y de recursos, sino que os estaba poniendo a todos en peligro de muerte cuando todos sabemos que a mí no van a matarme. Por lo menos hasta que consigan lo que quieren. E, incluso entonces, ¿por qué iban a deshacerse de mí cuando saben que puedo serles útil en cualquier momento? De vosotros pueden prescindir. Mataros no significa nada para ellos, al revés, les permite acercarse más a su objetivo. A mí.

Inclinó la cabeza y le dirigió una mirada de pura confusión mezclada con un profundo e implacable desconsuelo. Parecía tan abatida que a Isaac le entraron ganas de ponerse a gritar. Tenía la sensación de que no conseguía hacerla entender nada de lo que decía, de que no era capaz de hacerla feliz, de hacerla siquiera sonreír, y Jenna era una mujer hecha para la alegría y para la risa.

—Yo creo que deberíais alegraros de perderme de vista. ¿Crees que Caleb, Beau, Zack o Wade quieren perder a sus esposas? ¿O que los Devereaux quieren perder a su hermana? ¿Crees que tus compañeros quieren morir por una mujer a la que ni siquiera conocen y que no les está dando nada que pueda incentivarles a protegerla? No podéis dejarlo todo y concentrar todos los recursos de la empresa en mí.

—¡Y un infierno que no! —rugió Isaac, haciéndola sobresaltarse. La miró estupefacto, incapaz de creer todo lo que acababa de decir—. Dios mío, Jenna, no lo comprendes.

Echó la cabeza hacia atrás y miró hacia el techo. Se frotó la nuca con fuerza mientras se pasaba la otra mano por los ojos con un gesto de cansancio.

—Dios mío —musitó, sacudiendo la cabeza.

Por un momento se quedó sin habla. No sabía qué demonios decir en respuesta a todas las tonterías que acababa de exponer Jenna. Y lo peor era que ella se creía cada palabra. Aquella era la batalla más importante que Isaac había librado en su vida y no le hacía ninguna gracia estar perdiéndola de forma tan aplastante.

Jenna se le quedó mirando con una perplejidad absoluta.

—¿Qué pasa? ¿Qué es lo que no entiendo, Isaac? Es lógico que no entienda nada de esto. No conozco las normas y no sé cómo funciona el mundo real. ¡Estoy esforzándome todo lo posible, pero no sé lo que se supone que tengo que hacer, pensar o sentir!

Isaac acortó los pocos pasos que les separaban, la abrazó y deslizó después las manos por su cuerpo hasta enmarcar su rostro para obligarla a mirarle y no darle la posibilidad de volverse. Volcó hasta lo último que sentía en sus palabras para que ella las asimilara, para que comprendiera y aceptara lo que tenía que decirle.

Sus gestos eran fieros y también su expresión, pero vertió hasta la última gota del amor que sentía por aquella mujer en cada una de sus palabras, en cada uno de sus rasgos, en su mirada, esperando que por fin pudiera ver su corazón, porque solo Dios sabía que se estaba presentando ante ella todo lo desnudo y vulnerable que podía llegar a estar un hombre. Estaba peligrosamente cerca de caer de rodillas y suplicar.

Lo soltó todo. No hizo ningún esfuerzo por atemperar su tono, sus sentimientos, por fingir siquiera que era capaz de mantener una conversación racional y serena. Quería gritarle al mundo que la amaba de tal manera que su amor desafiaba toda acción o pensamiento lógico. Le importaba un comino que la planta entera oyera su apasionada declaración siempre y cuando la única persona que realmente importa la oyera. Que la escuchara de verdad. Quería hacérselo sentir.

—Lo que no entiendes es que te quiero, Jenna. Te quiero tanto que me está matando. Me duele hasta pensar en separarme de ti. Pensar que no soy capaz de protegerte, que te he fallado, me destroza.

Los ojos de Jenna eran como dos espejos gemelos que reflejaban su conmoción mientras ella permanecía completamente quieta entre sus brazos.

—Estoy tan hundido en ese sentimiento que jamás podré salir de ahí. Y es así como quiero estar. Tan dentro de ti que no puedas liberarte nunca de mí. Quiero hacer el amor contigo con esa desesperación que me está devorando vivo y que consume todos mis pensamientos. Quiero tenerte desnuda sin que se interponga nada entre nosotros salvo nuestra propia piel, quiero que estemos tan unidos como pueden llegar a estarlo dos personas. Quiero darte un hijo, mi hijo. De esa manera estaremos unidos para siempre y no tendrás manera de escapar de mi lado. Me encanta imaginar tu vientre henchido llevando dentro un hijo mío y a mí queriéndote durante toda mi vida. Construyendo una familia contigo. Quiero que estés siempre embarazada para que no pienses nunca en marcharte porque estarás para siempre unida a mí y a los hijos que voy a darte.

Le acarició las mejillas y continuó, suplicándole con su expresión que comprendiera y aceptara lo que le estaba ofreciendo.

—Nadie podrá amarte nunca como yo. No hay nada que no esté dispuesto a hacer para hacerte feliz y mantenerte a salvo todos y cada uno de los días del resto de nuestras vidas. Si me la pides, te daré hasta la luna. Te daré cuanto quieras, cuanto sueñes, excepto...

Dejó caer la mano de su rostro y se la pasó por el pelo. La vergüenza intentaba filtrarse en sus pensamientos, pero hacía mucho tiempo que había perdido cualquier sentimiento de vergüenza u orgullo en lo que a Jenna se refería.

—Excepto dejarte marchar —terminó con la voz entrecortada por la emoción y la preocupación mientras esperaba que Jenna le condenara con una mirada.

Temía ver el miedo y la desilusión reflejados en sus hermosos ojos azules y aquellas finas facciones infantiles.

Se endureció, preparándose para el rechazo, pero siguió hablando, decidido a que Jenna lo supiera todo. A que supiera toda la verdad mientras desnudaba su alma ante ella.

—Eso no puedo dártelo, pequeña. Eso es lo único que siempre te negaré, porque, que Dios me ayude, soy un canalla egoísta y me mataría verte lejos de mí.

Tomó aire y permitió que viera exactamente la clase de hombre que era. Un hombre egoísta. Decidido. Y condenadamente enamorado de aquella mujer que llenaba todos los vacíos que él había ocultado, que se había negado a reconocer y hasta entonces había aceptado como una parte permanente y dolorosa de él.

—Si me veo obligado a ello, me veré obligado a atarte a mi cama cada noche para no tener que preocuparme de que vuelvas a dejarme. Haré cualquier cosa para retenerte. No me importa lo que pueda tardar o hasta dónde tenga que ir. Te daré el mundo, cumpliré todos tus deseos y rezaré para que nunca quieras liberarte de mí, porque eso será lo único que no podré concederte. La libertad. No puedo, Jenna. Me gustaría ser un hombre mejor, pero, maldita sea, no puedo. Si ser un hombre mejor significa que vas a alejarte de mí, entonces no quiero ser ese hombre. Dios mío, soy un mezquino por pensar así y mucho más por expresarlo en voz alta cuando has vivido prisionera durante casi toda tu vida. Por pensar en volver a encerrarte y por negarme a liberarte. Pero, cariño, será la más dulce de las prisiones. Te juro por mi vida que te contemplaré hasta el ridículo, te cuidaré y te amaré de tal manera que jamás te parecerá una prisión, que lo verás siempre como tu hogar. Te amaré más que a mi propia vida.

Se puso muy serio y fijó su intensa mirada en sus ojos. Sabía que aquello lo era todo. Que no había nada más importante. Ningún trabajo, ninguna misión sería nunca tan necesaria para su supervivencia.

—Te protegeré con mi vida. Te protegeré a ti y a nuestros hijos. Ningún malvado volverá a hacerte daño otra vez. Me dejaré la piel cada día que pasemos juntos para darte todo lo que puedas desear y la única recompensa que querré o necesitaré será tu sonrisa y tu felicidad. Todo lo que haga de ahora en adelante será por ti, pequeña. Solo y siempre por ti.

Jenna parecía abrumada por la emoción. Lágrimas ardientes corrían por su rostro como ríos, caían en sus manos y brotaban a demasiada velocidad como para que él pudiera secarlas.

—Lo siento —susurró Jenna con voz ronca—. No pretendía hacerte daño. No sabía... No era consciente de...

¡Diablos, no! Se estaba disculpando. La silenció con un beso, moldeando sus labios con pasión, lamiendo su boca cerrada hasta que la abrió para él. Se hundió en su interior, saboreando, acariciando, paladeando y absorbiendo hasta su última esencia. La abrazó de manera que no quedara espacio alguno entre ellos, posando la mano en su cabeza y sosteniéndola para poder saquear su boca en un beso interminable.

Nada de lo que había saboreado le había sabido nunca tan dulce. No había sentido nada tan… tan perfecto como tenerla entre sus brazos, como tener aquel cuerpo pequeño y suave derritiéndose contra el suyo. Quería disfrutar de momentos como aquel durante toda su vida, abrazarla cuanto fuera posible y regodearse en aquella intimidad. «Dios mío, por favor, concédeme esto», rezó. Sabía que había jurado que jamás pediría nada más que encontrarla a salvo, ilesa, poder verla de nuevo a su lado. Pero no pudo dejar de hacer una última súplica: que Jenna pudiera ser suya para siempre.

—No lo sientas —respondió él con fiereza mientras la apartaba.

Le acarició las mejillas con los pulgares, empapándose de cada milímetro de sus delicadas facciones, de aquella belleza que resplandecía con tal intensidad desde el interior que resultaba cegadora.

—No mires atrás. No vuelvas a mirar atrás. Tienes que mirar hacia el futuro. Dame la oportunidad de hacerte feliz, de enseñarte a amarme. Esperaré toda la vida si hace falta, porque si al final consigo oír esas palabras saliendo de tus labios, por mucho tiempo que tarden en llegar, la espera habrá merecido la pena.

—Yo ya te quiero —consiguió decir ella por encima de la emoción que le atenazaba la garganta—. Te amo desde el momento en el que puse las manos en ti. Muéstrame tu amor, Isaac. Demuéstrame cómo es. Me lo has dicho con palabras. Ahora demuéstramelo con hechos.

CAPÍTULO 18

Isaac se quedó helado. Le temblaban las manos, con las que continuaba enmarcando su hermoso rostro, mientras asimilaba las palabras más bellas que había oído en su vida. No podía respirar. El nudo que tenía en la garganta era tan grande, le atragantaba de tal manera, que le impedía tomar aire. Tenía el corazón acelerado, palpitando en el interior de su pecho como un martillo hidráulico, y los ojos le ardían como si estuvieran en llamas.

—¿Estás segura, mi dulce ángel? —consiguió decir con voz ronca. Las palabras salieron como un tartamudeo de sus labios entumecidos—. Porque saber que me amas es suficiente. Siempre lo será. Si no estás preparada para que hagamos el amor, esperaremos. Esperaremos todo lo que haga falta hasta que estés segura de que esto… de que yo soy lo que quieres. Tenemos toda la vida por delante.

Jenna posó sus manos sobre la suya, la giró y le besó la palma que había estado acunando su mejilla. Cerró los ojos, plantó un beso diminuto en su mano enorme y continuó después, sosteniendo las manos de Isaac contra su rostro.

—Eres lo único de lo que estoy segura, la única cosa sólida de mi vida. Eres lo único que me ha dado alguna seguridad después de haber pasado tantos años de miedo, incertidumbre y desaliento. Es posible que no haya sido nunca testigo de lo que es el amor, pero sí sé lo que no es. Y también sé que nunca me he sentido con nadie como me he sentido contigo. De modo que sí, Isaac. Estoy preparada. He estado esperándote durante toda mi vida, así que no me hagas esperar más —le suplicó mientras le hociqueaba de nuevo la palma de la mano, cubriéndola de diminutos besos allí donde sus labios la tocaban.

Isaac estaba tan sobrecogido que tardó varios segundos en recuperar la compostura y reprimir la oleada de emoción que le debilitaba. Parpadeó para contener las lágrimas que le nublaban la visión y después, enmarcándole todavía el rostro con las manos, bajó su boca hasta la suya y la besó con una ternura de la que ni siquiera se creía capaz.

—Iré despacio y tendré mucho cuidado, pequeña —susurró—. Lo último que quiero es hacerte daño, pero…

Le atormentaba la posibilidad de hacerle daño por lento y tierno que fuera con ella. Jenna no había estado con ningún hombre, era virgen. Y, por si eso no fuera bastante, era una mujer pequeña y delicada mientras que él era un hombre alto y musculoso que podría aplastarla sin darse cuenta siquiera.

Sintió el miembro erecto, hinchiéndose dolorosamente contra los confines de la ropa, y gimió. Todo su cuerpo era enorme. ¿Cómo demonios iba a poder hacer el amor? Y para colmo estaba a punto de correrse en ese mismo instante y ni siquiera había empezado a hundirse en ella. Dudaba de que pudiera llegar a hundir mucho más que la cabeza de su erección antes de derramarse sobre ella. ¿Cómo se suponía que iba a disfrutar así Jenna? Lo último que quería que ocurriera en la introducción de Jenna en el mundo de las artes amatorias era terminar en dos segundos y dejarla preguntándose si aquello era todo.

Dios, tenía que controlarse. Y, de momento, continuaría con aquellos malditos pantalones puestos. Tenía que conseguir que aquello fuera algo especial para ella. Quería que disfrutara, que terminara gritando su nombre de placer.

Se apartó, deslizó las manos por su rostro y por su cuerpo hasta llegar al borde de la camiseta. Deslizó después los dedos por debajo, pero se detuvo de pronto y fijó la mirada en sus ojos.

—Voy a desnudarte, Jenna. No quiero que te asustes ni que pases vergüenza. Eres la mujer más hermosa que he visto en mi vida y quiero demostrarte lo bella que eres. Pero, si ves que voy demasiado rápido, o que hago algo que te asusta, házmelo saber, me detendré al instante y después volveremos a intentarlo hasta que te sientas lo suficientemente cómoda como para seguir avanzando, ¿de acuerdo?

—De acuerdo —susurró ella, humedeciéndose los labios nerviosa.

Él la miró muy serio, asegurándose de que le mirara a los ojos.

—Prométemelo, ángel mío. Tenemos todo el tiempo del mundo. Prométeme que, si tienes miedo, que si te hago daño o, sencillamente, quieres que me detenga o tomarte un descanso, me lo dirás.

Jenna le sonrió y fue como si de pronto la habitación entera se llenara de la luz del sol. Isaac sintió el calor en los huesos, lo sintió filtrarse en su torrente sanguíneo y viajar a toda velocidad por su cuerpo.

—Te lo prometo —le dijo.

Él empezó entonces a levantarle la camiseta, centímetro a centímetro, sin abandonar en ningún momento sus ojos para así poder estar seguro de que no asomaba el pánico a su expresión. Cuando tuvo la camiseta al borde de sus senos, se detuvo de nuevo.

—Levanta los brazos —le pidió con voz ronca.

Jenna fue levantándolos poco a poco hasta colocarlos por encima de su cabeza. Isaac tiró de la prenda, la subió por sus brazos y su cabeza hasta liberar su cuerpo. Tiró la camiseta al suelo, le rodeó a Jenna la cintura con las manos y la atrajo hacia él. Pero ella se echó hacia atrás, cayendo sobre la cama, con el pelo extendido en una cascada de rizos. Con dedos torpes, Isaac consiguió desabrocharle el botón de los vaqueros y le bajó la cremallera. Cuando comenzó a bajarle los vaqueros por las caderas, se inclinó sobre ella y presionó los labios en su suave vientre.

Jenna se retrajo y de su garganta escapó algo parecido a un gemido. Isaac le hociqueó el vientre y rio para sí cuando ella se estremeció y comenzó a erizársele la piel. Sin dejar de besar, lamer y mordisquear su vientre, continuó bajándole los pantalones. Y solo dejó de besarla durante el tiempo suficiente como para terminar de quitarle los pantalones enredados en los pies con un gesto de impaciencia.

Le separó después las piernas y fijó la mirada en las bragas que cubrían aquella parte de su cuerpo que se moría por saborear. Quería que se corriera en su boca. Quería demostrarle el placer que podía hacerla sentir hasta dejarla agotada y saciada antes incluso de hundirse en ella.

Trepó por encima de sus rodillas para llegar hasta allí. Presionó entonces un dedo sobre su ropa interior, justo entre los henchidos labios de su sexo. Gimió.

—Estás húmeda para mí, pequeña. Toda es dulzura está esperando que la disfrute.

Jenna se puso roja como la grana, pero sus ojos resplandecían por la pasión. Con los labios hinchados, el pelo revuelto y los ojos vidriosos parecía estar borracha. Le sostuvo la mirada y le sorprendió diciendo:

—Sí, Isaac. Todo es para ti. Solo para ti.

¡Ay, diablos! Su sexo se irguió con tal brusquedad que le dolió. Sentía la humedad que empapaba sus calzoncillos mientras libraba una batalla épica para no correrse allí mismo. Se llevó la mano a los genitales, apretó con fuerza y tomó aire varias veces.

Jenna inclinó la cabeza hacia un lado, evidentemente perpleja.

—¿Por qué te duele? —le preguntó con el ceño fruncido.

Él dejó escapar una carcajada muy poco convincente.

—No tienes ni idea, pequeña. Te deseo tanto que me basta mirarte, oírte decir esas palabras y saber que por fin voy a poder saborearte para estar a punto de correrme. Y eso que ni siquiera me he quitado la ropa todavía.

—Entonces quítatela —susurró ella con los ojos resplandecientes de curiosidad y deseo.

—No, todavía no, cariño —gruñó—. No voy a correrme encima de ti antes de tener la oportunidad de hacerte disfrutar. Solo terminaré cuando esté dentro de ti.

Jenna volvió a sonrojarse, pero sonrió y su rostro entero se iluminó mientras continuaba observándole.

Él se inclinó hacia delante, presionó la nariz y la boca contra sus bragas húmedas e inhaló su seductora y femenina esencia. Era la más intensa y dulce ambrosía. Cerró los ojos, sintiéndose inseguro y embriagado mientras aspiraba cuanto de ella le era posible.

—Isaac, por favor —le dijo con voz tensa mientras se movía nerviosa debajo de él.

Isaac alzó la mirada por su cuerpo para mirarla a los ojos.

—Dime qué necesitas, pequeña. Ya sabes que estoy dispuesta a darte todo lo que quieras.

—Necesito… Quiero… Por favor, acaríciame —le dijo desesperada—. Me está pasando algo, no sé lo que es, pero sí sé que necesito que me acaricies para sentirme mejor.

Isaac no bromeó al respecto, ni quiso prolongar su agonía. Le desgarró las bragas, lanzó a un lado lo que quedaba de ellas, se inclinó y utilizó los hombros para invitarla a separar las piernas y quedar completamente abierta a él.

—Aguanta, pequeña, porque pienso devorarte —gruñó.

Deslizó la lengua entre sus pliegues y lamió hacia arriba hasta alcanzar el clítoris. Una vez allí, rodeó con movimientos circulares el tenso botón. El cuerpo entero de Jenna se quedó rígido y ella gritó, pero no le pidió en ningún momento que se detuviera.

Isaac descendió de nuevo y dibujó las líneas de su pequeña apertura antes de deslizar la lengua en su interior y hacer exactamente lo que querría estar haciendo su miembro.

—¡Dios mío, Isaac! ¿Qué me estás haciendo? ¿Qué me está pasando? —le preguntó desconcertada.

—Shh, cariño —la tranquilizó—. No luches contra ello. Lo

único que tienes que hacer es dejarte llevar y confiar en mí. Siempre estaré cerca para sostenerte.

—¡Pero tengo la sensación de que me voy a partir en mil pedazos! —protestó.

—Solo voy a hacerte disfrutar —le aseguró.

Volvió de nuevo hacia su dulce sexo, lamiendo y succionando con glotonería. No estaba dispuesto a perder ni una sola gota de las que le entregaba su cuerpo. Quería que alcanzara el clímax en su rostro, que tuviera su primer orgasmo en su boca. El segundo lo disfrutaría alrededor de su miembro.

Hundió la lengua en ella y los gemidos de Jenna se hicieron más intensos. Le temblaban las piernas y comenzó a retorcerse como si le resultara casi imposible de soportar. Él deslizó un dedo por los suaves rizos que se extendían desde sus esponjosos labios hasta su clítoris y comenzó a acariciarlo mientras continuaba bañando la lengua en su miel.

—¡Isaac! —gritó Jenna, con el pánico reflejado en su voz.

—Adelante, Jenna. Confía en mí. Jamás haré nada que pueda hacerte daño —la tranquilizó—. Déjate llevar, dame lo que quiero.

Jenna permaneció muy rígida mientras él aumentaba el ritmo y la presión, consciente de que se aproximaba al orgasmo. Cuando el temblor de Jenna se incrementó hasta hacerse frenético y sintió más líquido corriendo por su lengua, cerró la boca sobre su apertura para no perderse ni una sola gota de aquel néctar cuando se corriera.

Jenna inclinó la cabeza, levantándola del colchón, en el instante en el que su grito resonó en la habitación. Gritó el nombre de Isaac y este la sintió fluir en su boca con el sabor más dulce que había probado en toda su vida. Jenna se retorcía nerviosa bajo él mientras Isaac la hacía retornar poco a poco del orgasmo, lamiendo y succionando su carne trémula, pero con mucha más delicadeza que antes.

Una vez hubo lamido hasta la última gota, se alzó y se deslizó sobre su cuerpo, besando su vientre y ascendiendo hasta sus senos. Jenna parecía deslumbrada, tenía los ojos resplandecientes de satisfacción mientras observaba con indolencia a Isaac venerando sus senos. Cuando este cerró la boca alrededor de uno de los pezones erguidos y lo succionó con fuerza entre sus dientes, le miró boquiabierta y sus ojos perdieron la somnolienta y perezosa satisfacción de unos segundos antes.

—Voy a llevarte de nuevo hasta el límite, pequeña —le advirtió Isaac con voz ronca—. Quiero tenerte allí otra vez, a punto de correrte antes de que me hunda en ti. La primera vez has alcanzado el orgasmo en mi boca. Esta vez lo harás alrededor de mi miembro.

Jenna se humedeció los labios y el hambre brilló en sus ojos. En el momento en el que Isaac se inclinó para volver a prestar atención a sus senos, le clavó las uñas en los hombros, dejándole las marcas. Él cerró los ojos y gimió.

—Sí, pequeña. Márcame. Reclámame como tuyo igual que yo te reclamo como mía.

Giró entonces su atención hacia el otro seno, lamiendo el pezón y dejando sobre él un rastro húmedo. Aquella deliciosa punta rosada señalaba hacia arriba, rígida y tensa, como si estuviera suplicando la presencia de su boca. Isaac lo mordisqueó ligeramente, aumentando su rigidez, y después lo acarició con los dientes desde la base hasta la punta antes de succionar el pezón entero hacia el interior de su boca.

Succionó con fuerza, hasta encontrar el ritmo y después le infligió al otro pezón el mismo tratamiento. Jenna se retorcía bajo él y recorría con las manos todo su cuerpo, dejando en su piel marcas que hacían desear a Isaac golpearse el pecho y rugir como un hombre de Neanderthal.

Isaac besó y succionó su tierna piel trazando un camino desde sus senos hasta la sensible piel de su cuello. Ascendió después hasta la oreja para lamer el lóbulo mientras ella se estremecía bajo su cuerpo, mucho más grande, de forma incontrolable. Isaac la cubría por completo. No había un solo centímetro de ella que no estuviera presionado contra su piel. Jenna era parte de él, una parte esencial. Lo mejor que tenía. Le convertía en un hombre mejor. Le hacía desear serlo. Por ella. Y por los hijos que tendrían. El futuro nunca le había parecido mejor y todo gracias a la caricia de un ángel. Le acarició la mandíbula con los labios y capturó de nuevo su boca. deslizó la lengua en su interior, compartiendo con ella el sabor de su néctar. Su miembro parecía gritar, ordenándole que la tomara, que se deslizara dentro de ella para que no pudiera liberarse nunca de él. Estaba henchido, rígido y tan erguido que descansaba contra su vientre.

Cuando se apartó unos centímetros de ella, Jenna bajó la mirada hacia su sexo y abrió los ojos con una mezcla de miedo y aprensión.

Después, volvió a mirarle y se mordió el labio con un gesto de nerviosismo.

—Isaac, esto no va a funcionar. ¿Cómo se supone que vas a caber? Es tan... grande —graznó.

Antes de que sufriera un completo ataque de pánico, Isaac la silenció con otro profundo y lánguido beso. Cuando volvieron a quedarse sin respiración, abandonó sus labios y la miró a los ojos con un inmenso amor.

—Estás hecha para mí, Jenna, mi dulce ángel. Claro que cabré. Encajaremos perfectamente. Siempre encajaremos. Tú eres la otra mitad de mi alma, la mitad que había perdido. Ya no soy capaz de distinguir qué parte eres tú o qué parte soy yo, porque nos acoplamos sin ninguna clase de fisuras. No tengas miedo, mi amor. No me tengas miedo nunca. Jamás te haré daño de forma intencionada. Es posible que te resulte incómodo al principio, pero será solo durante unos segundos, después se pasará y volaremos los dos al paraíso. ¿Confías en mí?

Jenna asintió, pero Isaac continuaba viendo la ansiedad en su mirada.

Se inclinó hacia ella y la besó mientras deslizaba la mano entre sus piernas, entre sus sedosos pliegues. Estaba empapada por el deseo a pesar de que Isaac había lamido hasta la última gota de humedad unos minutos antes. Deslizó un dedo en su interior mientras regresaba con la boca hasta sus senos.

Ella se tensó cuando la penetró con el dedo, pero también

se cerró a su alrededor. Una nueva oleada de humedad empapaba a Isaac cada vez que succionaba el pezón hacia el interior de su boca.

—Cuando me coloque entre tus piernas, quiero que me rodees la cintura con ellas y te agarres a mis hombros, ¿de acuerdo? ¿Podrás hacer eso por mí? —le preguntó con ternura.

Jenna asintió con los ojos abiertos como platos.

—Estás lista para mí, cariño. Tu cuerpo ya está preparado. Estás húmeda y caliente, muy suave y sedosa —murmuró.

Al oír aquellas palabras tranquilizadoras Jenna se relajó contra la cama.

Isaac guio su erección entre sus piernas y frotó con la punta aquella satinada piel hasta quedar empapado de su humedad. Presionó después hacia la pequeña apertura, empujando apenas lo suficiente como para situar en ella la punta y poder liberar la mano para otros menesteres.

Descendió hacia ella, cubriéndola por completo y apoyándose en el antebrazo para no aplastarla. Deslizó la otra mano entre sus cuerpos y comenzó a acariciarle el clítoris, presionándolo y moviéndolo en círculos.

Jenna le rodeó la cintura con las piernas, tal y como él le había pedido que hiciera, y las apretaba contra él cada vez que le acariciaba el clítoris. Con la cabeza hacia atrás y elevando sus senos, era la imagen más bella y erótica que Isaac había visto en su vida.

—Aguanta, pequeña —susurró—. Intentaré que la primera parte pase rápido.

Jenna abrió los ojos, sorprendida por sus palabras.

—Te quiero —le dijo él—. Siempre te querré.

Empujó entonces hacia delante, con fuerza, rasgando la frágil barrera que proclamaba su inexperiencia. Jenna gritó y las lágrimas brillaron en sus ojos mientras se aferraba a sus hombros. A Isaac estuvo a punto de partírsele el corazón cuando vio una lágrima deslizándose por el lateral de su rostro y desapareciendo después en su melena.

—Lo siento, pequeña —se disculpó de corazón mientras

descendía para besarla en los labios—. Siento mucho hacerte daño. No quería hacerte sufrir por nada del mundo. No te muevas. Yo tampoco me moveré hasta que desaparezca el dolor y después volveré a hacerte sentir bien, te lo juro. Por favor, perdóname —le suplicó.

Jenna le acarició el rostro con la mano y le dirigió una trémula sonrisa.

—Sé que no querías hacerme daño. Es solo que me ha pillado de sorpresa, pero no pasa nada. ¿Será siempre así? Me refiero a cuando entres dentro de mí.

Se movió con evidente incomodidad, avergonzada al hacerle una pregunta tan íntima e Isaac no pudo menos que besarla.

—No, pequeña, te lo prometo. No volveré a hacerte daño nunca más. Eras virgen y la primera vez que una mujer se acuesta con un hombre suele resultar dolorosa porque hay que desgarrar el himen. Pero ahora que ha desaparecido, ya solo sentirás placer.

Al tiempo que la tranquilizaba, mantenía los dedos sobre el clítoris, acariciando y presionando. Podía sentir el cuerpo de Jenna contrayéndose y tensándose a su alrededor, bañando su miembro con el fluido de su excitación.

Ella presionó vacilante a su alrededor. Las paredes de su vagina le atrapaban con fuerza. Isaac gimió, cerró los ojos y apretó los dientes.

—Ten piedad de mí —le dijo con voz dolorida—. Si sigues haciendo eso voy a correrme demasiado pronto y esto se acabará.

Jenna sonrió y se arqueó hacia arriba, haciéndole hundirse todavía más en ella.

Isaac soltó una maldición e intentó retirarse, pero ella apretó las piernas alrededor de su cintura, evitando que lo hiciera.

—No me duele tanto —dijo con timidez—. Siento... un hormigueo. Necesito que te muevas. Quiero que te muevas.

Con una capacidad de control muy superior a la que se habría atribuido a sí mismo, se hundió en ella hasta dejar solo unos tres centímetros de su miembro fuera de la vagina. Después retrocedió gimiendo al sentirla contrayéndose y palpitando con fuerza alrededor de su erección. Cuando estaba ya casi fuera, quedando solamente la punta dentro de ella, empujó con más fuerza, hundiéndose hasta el fondo.

Jenna abrió los ojos ante el impacto de aquella sensación. Las piernas le temblaron alrededor de Isaac y le clavó los talones en la espalda.

—Por favor —le suplicó—. Necesito... No sé lo que necesito —dijo frustrada.

—Yo sé lo que necesitas —respondió él con cariño—. Apriétame con fuerza.

En cuanto Jenna cerró los brazos y las piernas alrededor de su cuerpo, él comenzó a embestir cada vez más fuerte y a mayor velocidad, hundiéndose profundamente antes de retirarse para repetir el movimiento. Ya no aguantaba más, no era capaz de controlar sus embestidas. Aceleró el ritmo mientras alcanzaba la profundidad máxima, bañando cada centímetro de su sexo en su calor.

El sudor empapaba la frente de Isaac y la tensión se hacía evidente en su expresión.

—Necesito que te corras para mí —pidió entre dientes—. Déjate llevar, Jenna. Deja que llegue el orgasmo.

Presionó el pulgar con más firmeza contra el clítoris mientras seguía moviéndose más rápido, con más fuerza. Bajó la cabeza para apoderarse del pezón, utilizando los dientes para añadir una ligera chispa de dolor.

Jenna no necesitó nada más. Le miró a los ojos y abrió la boca con un grito silencioso. Su cuerpo se tensó de tal manera que pareció dolerle. Justo en el momento en el que Isaac supo que no podría aguantar una embestida más, fue rodeado por una repentina ola de ardiente y sedosa liberación.

Rugió gritando el nombre de Jenna y enterró el rostro en su cuello mientras se hundía dentro de ella cuanto le resultó posible. El orgasmo estalló doloroso, fluyendo desde su miembro a aquel cálido y acogedor refugio. Jamás había sentido un orgasmo como aquel. Podía sentirse derramándose dentro de ella, humedeciendo el interior de los muslos de Jenna y la parte exterior de los suyos.

No se había sentido tan condenadamente satisfecho, tan completo, en toda su vida. Había encontrado un hogar. Jenna era su hogar. No un lugar, no un edificio. Solo ella. Su ángel. Dondequiera que estuviera, siempre que estuviera con ella, estaría en casa.

CAPÍTULO 19

Jenna se despertó tumbada sobre Isaac y alzó la mirada somnolienta para comprobar si estaba despierto. Para su sorpresa, estaba observándola atentamente y deslizando la mano por su espalda en una íntima caricia.

—Tenemos que levantarnos para que comas algo —le dijo, con el calor resplandeciendo todavía en su mirada.

Jenna bostezó lentamente y le rodeó la cintura con el brazo para acercarle más a ella.

—No tengo hambre. ¿No podemos quedarnos en la cama? —preguntó en tono mimoso.

Isaac se echó a reír y le dio un beso en la cabeza.

—Cariño, hace tres días que no salimos de esta habitación. Tienes que estar muerta de hambre.

Jenna alzó la cabeza y se le quedó mirando horrorizada.

—¿Tres días?

Isaac ensanchó su sonrisa, adoptando un gesto un tanto arrogante.

—No me sorprende que hayas perdido la noción del tiempo. Al fin y al cabo, te he tenido bastante ocupada. He sido muy duro contigo.

Su sonrisa se desvaneció y asomó a sus ojos la preocupación.

Ella se sonrojó con timidez, pero le dirigió una sonrisa deslumbrante.

—Yo no creo que hayas sido muy duro conmigo. Además, me parece que yo te he cansado tanto como tú a mí.

Isaac soltó una carcajada y le pellizcó la nariz con un gesto cariñoso.

—Te aseguro que no me voy a quejar, preciosa. Pero ahora tienes que ducharte y después comer algo, y yo tengo que ir a ver a los demás antes de que alguien decida entrar para comprobar si seguimos vivos.

Presa del pánico, Jenna se levantó a gatas de la cama y comenzó a buscar desesperada la ropa. Se moriría de vergüenza si entrara alguien y la descubriera desnuda en la cama. Pero Isaac le agarró la mano, tiró de ella hacia él y le dio un largo y duro beso, haciéndola olvidarse de cualquier otra cosa.

—Estoy de broma, pequeña. Tienen muy claro que si intentaran entrar acabarían castrados. No quiero que nadie vea algo que es mío. A partir de ahora, nadie tiene derecho a ver algo que me pertenece.

Sus palabras la hicieron resplandecer. Sintió en el pecho la presión de la satisfacción y de un amor intenso. Ni siquiera era capaz de procesar el bombardeo de emociones que Isaac la hacía sentir.

—Lo dices en serio, ¿verdad?

Isaac la miró con el ceño fruncido, buscando con la mirada su expresión.

—Es evidente que no he hecho un trabajo lo bastante bueno como para convencerte. A lo mejor necesito pasar otros tres días en la cama contigo para que veas la luz y comprendas que eres mía, Jenna. Me perteneces y yo te pertenezco. No bromeo con una cosa así. Jamás he estado con una mujer a la que haya estado siquiera a punto de decir esas palabras. Solo tú. Y no habrá nunca otra.

—¡Voy, voy! —dijo ella riéndose. Después, su tono se tornó pesaroso—. No sé si voy a ser capaz de ir hasta la ducha.

Isaac le dirigió una mirada que sugería que estaba loca por contemplar siquiera la posibilidad de ir andando, la levantó en brazos y la llevó hasta allí.

—¿Quién ha dicho que tenías que ir andando? Después del susto que me diste, no pienso perderte de vista ni un momento. Diablos, voy a tenerte siempre a una distancia en la que pueda tocarte, porque pienso tocarte mucho. En lo que a ti se refiere, no soy capaz de controlarme —musitó.

—Lo dices como si eso fuera malo —bromeó ella.

Disfrutó después de una lenta y perezosa ducha, tan excitante que terminó deseando arrastrar a Isaac de nuevo a la cama para satisfacer el deseo que él había convertido en fuego. Pero Isaac la sacó de la ducha y la secó a conciencia con la toalla. Hasta le cepilló el pelo enmarañado como resultado de su maratón amorosa antes de darle una palmada en el trasero y enviarla a vestirse.

Cuando por fin salieron de la habitación, se dirigieron a la cocina, donde Isaac la dejó en uno de los taburetes de la isleta con instrucciones de no moverse mientras él preparaba el desayuno. Jenna estaba un poco cohibida, sabiendo que en la habitación de al lado estaban el resto de sus compañeros y que todos estaban al corriente de lo que habían estado haciendo Isaac y ella durante aquellos tres días.

Con la cabeza gacha y retorciéndose las manos, miró varias veces de reojo hacia el cuarto de estar.

Isaac le puso delante un plato con tal cantidad de comida que Jenna no tenía ninguna esperanza de acabárselo, pero poder comer algo más que la verdura con la que durante tanto tiempo se había alimentado era un lujo que todavía saboreaba.

—Relájate, Jenna —le dijo Isaac—. Nadie va a decir nada y jamás harán nada que pueda hacerte sentir avergonzada.

Jenna asintió, sintiéndose estúpida por estar tan preocupada. Los compañeros de Isaac habían sido muy solícitos con ella y en ningún momento había tenido la impresión de que pudieran hacer algo que pudiera incomodarla.

Examinó entonces la comida del plato con embelesado deleite. No le habían ofrecido tal cantidad de comida en su vida, y menos aún con un olor y un aspecto tan delicioso. Se dio cuenta de que estaba sonriendo como una estúpida cuando comenzaron a dolerle las mejillas, pero era incapaz de reprimir la alegría ante aquella nueva experiencia, frente a la libertad de comer, o no comer, todo lo que quisiera.

Una vez hubo examinado a conciencia los diferentes alimentos que contenía el plato, agarró el tenedor y se detuvo un momento, contemplando con el ceño fruncido aquel banquete que Isaac se había limitado a llamar comida. ¿Por dónde empezar? No había nada que tuviera un aspecto o un olor desagradable, aunque no tenía la menor idea de qué era nada de aquello. La inundó la vergüenza y comenzó a sentir un intenso calor subiéndole por el cuello y las mejillas. Seguro que hasta un niño podía identificar los diferentes platos que Isaac había preparado. De pronto, perdió el entusiasmo que la había embargado segundos antes.

Sintiendo los ojos de Isaac sobre ella, alzó la mirada sin levantar la cabeza. Miró a Isaac por debajo de las pestañas y le vio observándola con tanta tristeza que la vergüenza hizo que se le revolviera ligeramente el estómago y se esfumaron repentinamente las ganas de comer.

Negándose a alzar la mirada, empujó el plato hacia delante y clavó la mirada en el tenedor que todavía tenía en la mano, deseando que se la tragara la tierra.

—Come, pequeña —le pidió Isaac en un tono tan amable que resultaba casi doloroso.

Parecía estar sufriendo por ella.

Jenna cerró los ojos. Un segundo después, sintió que Isaac se sentaba a su lado en un taburete y notó el abrazo de su calor.

—Cariño, no tienes por qué avergonzarte de nada.

La firmeza de su tono transmitía sinceridad y cuando Jenna tuvo el valor de alzar la cabeza para mirarle, reconoció esa misma sinceridad en cada línea de su rostro.

—Quería que tuvieras la oportunidad de probar diferentes cosas nuevas —le explicó él—. Por eso he preparado tanta variedad de comida. Así podrás aprender lo que te gusta y lo que no te gusta, esa es una información importante. Necesito saberlo para no servirte algo que después no te guste.

Jenna le miró asombrada y confundida al mismo tiempo.

—¿No te importa que no me coma algo que has cocinado para mí? Pero sería de muy mala educación por mi parte no apreciar algo en lo que has puesto tanto esfuerzo.

Miró de nuevo nerviosa hacia el plato. La posibilidad de que no le gustara algo que Isaac había cocinado para ella cuando se había tomado tantas molestias para complacerla le provocaba terror.

Isaac suspiró, posó la mano en su rodilla y la hizo girar en el taburete. Le alzó la barbilla con la mano para que le mirara a los ojos.

—Cariño, todo el mundo tiene comidas favoritas y otras que no comería en ninguna circunstancia. En eso consiste ser humano, en eso consiste la individualidad. No hay dos personas con los mismos gustos. Quiero que disfrutes de la comida cada vez que nos sentemos a la mesa y, para que eso ocurra, tendremos que experimentar con diferentes alimentos hasta que sepas lo que te gusta, lo que no te gusta, la comida que te encanta o cuál es tu comida preferida. Y tú aprenderás que hay comidas que me repugnan.

—¿De verdad? —preguntó esperanzada—. ¿No te enfadarás conmigo si no me gusta algo de lo que has cocinado para mí?

—Jamás, y escucha bien lo que te estoy diciendo, jamás me enfadaré porque seas sincera conmigo. Lo que me enfadaría sería que comieras algo que te repugna por miedo a decirme que no te gusta.

Sonrió y le pellizcó la nariz.

—Y ya sé que no tengo que ponerte demasiada verdura si no quiero terminar durmiendo en el sofá.

Jenna parpadeó sorprendida, hasta que se dio cuenta de que estaba bromeando. Entonces se echó a reír, sintiendo que el alivio acompañaba su diversión.

—Y ahora, ¿te comerás lo que te gusta y dejarás lo que no te gusta?

Sintiéndose un poco tonta después de su explicación, Jenna

asintió, agarró el plato con entusiasmo y lo colocó frente a ella. Fue probando un poco de cada cosa, tomando un bocado con el tenedor, deteniéndose a saborear gustos y texturas y decidiendo qué era lo que más y lo que menos le apetecía.

Después, fue señalando por turnos las comidas que había probado y dándole la calificación a Isaac. Su comida favorita fueron unos esponjosos bizcochos de mantequilla. Los huevos revueltos no le hicieron ni fu ni fa, pero el beicon le pareció algo maravilloso y se comió hasta el último pedazo. Frunció el ceño mientras comía las gachas de maíz y, mientras iba paladeando aquella textura granulosa, decidió que no tenía ningún interés en volver a comerlas. El jamón a la plancha estaba delicioso y devoró la fruta fresca, lamiéndose después el jugo que había quedado entre sus dedos para aprovechar hasta la última gota.

Cuando estuvo llena, apartó el plato con un suspiro de satisfacción.

—Estoy hasta arriba —gimió—. Y necesito hacer otro viaje al cuarto de baño.

Isaac agarró su plato y le plantó un beso en sus sonrientes labios.

—Pero vuelve rápido.

Jenna le dirigió una sonrisa, salió de la cocina y se dirigió al cuarto de baño del dormitorio que habían ocupado Isaac y ella.

Isaac estaba enjuagando los platos cuando Sombra le llamó desde el marco de la puerta que separaba la cocina del cuarto de estar.

—Tienes que venir a ver esto, colega —le dijo en voz baja.

Desvió la mirada en la dirección en la que Jenna había desaparecido, indicándole en silencio que se trataba de algo que era preferible que no viera ella.

Pero Jenna entró justo en el momento en el que Sombra estaba hablando y le descubrió mirando en su dirección. Sombra apretó los labios y fue obvio que estaba maldiciendo para sí. Le dirigió a Isaac una mirada de disculpa.

—¿Qué pasa? —preguntó Jenna.

Un miedo intenso acababa de sustituir su burbujeante alegría.

Isaac maldijo aquel repentino cambio.

—No puedes escondérmelo todo —le dijo Jenna a Sombra con suavidad.

—¡Y un infierno que no! —gritó Isaac.

En los ojos de Jenna brilló una chispa de desafío.

—Sea lo que sea, no puede hacerme daño. Nosotros estamos aquí y ellos no. Ver algo en una televisión no hace daño a nadie. Solo la gente puede hacer daño a la gente, y para eso es necesario que te tengan en sus manos. Sé que soy una estúpida, una ignorante e irremediablemente ingenua, ¿pero cómo voy a aprender lo que necesito saber si estáis todos decididos a aislarme para que no pueda ver nada que me afecte? Necesito saber lo que está pasando. Lo que de verdad me da miedo es no saber lo que ocurre —dijo en tono suplicante.

—No eres ninguna tonta ignorante, y tampoco eres una ingenua. Y no estoy dispuesto a soportar que te rebajes continuamente ni que intentes convencerte de que vales menos que los demás, que no eres nadie y que no le importas a nadie —replicó Isaac con fiereza—. ¡Maldita sea, Jenna! Has estado aislada del mundo desde los cuatro años. Nadie espera que lo aprendas todo en solo unos días, y esa es la razón por la que estamos protegiéndote y ayudándote a adquirir el conocimiento que necesitas. Pero tienes que estar dispuesta a dejarnos hacer nuestro trabajo y hacernos caso cuando te decimos lo que tienes que hacer para protegerte.

—Tenemos unos minutos —terció Sombra con calma—. Ahora mismo han hecho una pausa para la publicidad, pero, cuando empiece de nuevo el informativo, abordarán la noticia principal —le sostuvo a Jenna la mirada y alzó la barbilla—. Tú decides, pero hazlo rápido.

Aunque sabía que Sombra tenía razón y que no podía seguir tratándola como si fuera a romperse ante la menor adversidad, a Isaac continuaba disgustándole no ser capaz de protegerla del dolor y de la angustia y sabía que tanto su expresión como su tenso lenguaje corporal así lo evidenciaban.

Jenna frunció el ceño con expresión de preocupación. Los labios le temblaron y fue obvio que estaba luchando contra las lágrimas. Mierda. Él no pretendía molestarla ni herir sus sentimientos, pero no tenía la menor idea de cómo convencerla de lo mucho que valía. De que era importante, de que lo era todo para él. Ella era la razón por la que respiraba, por la que se levantaba por las mañanas. Desde que Jenna le había robado el corazón y lo había hecho suyo para siempre, no se limitaba a dejarse llevar por la inercia del día. En cambio, saboreaba cada segundo que pasaba a su lado permitiéndose algo que jamás habría soñado: tener esperanza. Emoción por el futuro. Deseaba pasar el resto de su vida dejándose la piel para hacerla sonreír y ser feliz. Se había dejado consumir por las sombras y la oscuridad durante demasiado tiempo, ocultando partes de sí mismo que no se había atrevido a sondear por miedo a desatar recuerdos dolorosos y desvelar todos los errores que había cometido. Porque, si lo hubiera hecho, no habría habido vuelta atrás. Habría tenido que alejarse de todo lo que conocía, de todas las personas a las que había abrazado como a una familia, porque no habría sido capaz de mirarles a los ojos y fingir que todo iba bien, que todo era perfecto. Que un día era tan bueno como cualquier otro.

Había tardado meses en renunciar al alcohol y recobrar la sobriedad y otro año entero en recuperar la forma física y comenzar a comer productos saludables o, por lo menos, comenzar a comer. Aquello le había capacitado para realizar aquel trabajo. Se había convertido en un adicto al distanciamiento y a la frialdad, en un experto en ocultar sus sentimientos y alejar de su rostro cualquier información que pudiera resultar reveladora. Pero, por mucho que hubiera conseguido engañarse y engañar a los demás en el trabajo, las noches eran un asunto muy diferente.

Era entonces, cuando estaba desprevenido, en los momentos de vulnerabilidad, cuando las pesadillas entraban sigilosas, buscando la más ligera grieta en los muros de su mente para poder penetrar insidiosas, arrogantes y siempre victoriosas en sus sueños, haciéndole sentirse como un despojo humano. Un fraude, porque se pasaba los días fingiendo y las noches reviviendo acontecimientos que le habían destrozado de tal manera que le había llevado mucho tiempo recuperarse. Y todavía no había conseguido recomponerse por completo. Lo sabía porque continuaba teniendo pesadillas que le despertaban bruscamente en la noche, empapado en sudor de la cabeza a los pies y con el corazón latiéndole de forma tan violenta que a veces temía estar sufriendo un infarto. Pero ya no eran tan frecuentes como antes.

Y, con una sola caricia, Jenna no solo le había cerrado el boquete del pecho que le habría matado en cuestión de minutos, de segundos quizá, sino que había conseguido lo imposible llenando su alma y su corazón con tanta luz, tanto calor y tanta dulzura que, por un instante, había llegado a creer que había muerto y estaba en el cielo. A pesar de todos los pecados del pasado.

Pero, sobre todo, le había liberado de los muchos años de constante inquietud bajo el peso insoportable de la tristeza y de una culpa que jamás sería olvidada o perdonada. No se había permitido liberarse, no había intentado siquiera olvidar o perdonar porque era la penitencia que merecía. Y, frente al dolor y los remordimientos con los que había vivido durante tanto tiempo, Jenna le había entregado lo más precioso que le habían ofrecido nunca, seguido solo por su amor, su confianza e inocencia: la absolución. La libertad después de haber pasado toda una vida condenándose y odiándose a sí mismo.

De alguna manera, había eliminado hasta el último oscuro y terrible vacío que había enterrado en lo más profundo de su ser en su esfuerzo por ocultarlo y ocultárselo incluso a sí mismo para fingir que no estaba allí hasta que no asomaba a la superficie rugiendo su venganza. Jenna había llenado aquel vacío con una luz angelical y tan deslumbrante que jamás podría ser tapada o apagada. Era, simplemente, una parte tan grande de ella misma que la desbordaba, envolviendo e inundando todo aquello en lo que ella concentraba su don. Algo natural y efervescente, como la luz de sus ojos chispeantes y la larga melena rubia que caía por su espalda en una cascada de rizos rebeldes. Jenna había conseguido lo imposible, sellar las heridas de su interior para que no volvieran a quedar dolorosamente expuestas en los momentos de debilidad o vulnerabilidad.

Jenna le había concedido un milagro que él no se había atrevido a pedir, por el que no se había atrevido a rezar por culpa de su propia vergüenza. Pero era algo que ansiaba de manera desesperada, aunque fuera solo por un momento, aun sabiendo que no lo merecía.

Le había dado paz.

La clase de paz que no podría desaparecer en un momento de culpa, cuando el pasado volviera a perseguirle. Ya era una parte permanente de él, de la misma forma que Jenna había llegado a convertirse en parte, la mejor parte, de lo que él era. Incluso entonces le dolía pensar en la belleza de aquel momento. Desde que le había tocado ya no había sido posible separarse. Sus corazones y sus almas se habían reconocido y, en el breve instante en el que el tiempo parecía haberse detenido, habían conectado como Isaac no había conectado nunca con ningún ser humano. En alma, corazón y mente. Estaban más cerca de lo que podían estarlo dos personas. No creía ni por un momento que hubiera otras dos personas en el mundo capaces de compartir algo tan inexplicable como el vínculo instantáneo e irrevocable que se había forjado entre Jenna y él.

Y como Jenna había curado mucho más que sus heridas físicas y había llevado la luz a un mundo que había estado a oscuras durante tanto tiempo, Isaac no había vuelto a tener una sola pesadilla desde que la había encontrado. Desde que la había llevado con él sabiendo, y admitiéndolo plenamente ante sí mismo, que a ninguna otra mujer podría entregarle un solo pedazo de su corazón y su alma como se los había entregado a ella, como siempre lo haría. Y en el caso de que la perdiera, ¡y cómo le dolía pensar siquiera en ello!, jamás volvería a mirar a otra mujer. Era suya. Cada centímetro de su cuerpo era suyo y, aunque ella pudiera pensar que lo decía de broma, hablaba completamente en serio: si de verdad creyera que tenía intención de abandonarle, la ataría a la cama.

Sombra se aclaró la garganta de manera no muy sutil y le dirigió a Isaac una significativa mirada.

—Ya soñarás despierto más adelante, cuando no necesitemos toda tu atención en este asunto tan serio que nos traemos entre manos.

Isaac miró a Jenna y reconoció la inquietud que reflejaban sus ojos, pero era todavía más acusada la determinación de su barbilla, su manera de apretar los labios y la decisión con la que le sostuvo la mirada sin pestañear.

—¡Mierda! —musitó él—. Esto no me gusta, pequeña. Juré por mi vida amarte y protegerte siempre, no dejar que ningún canalla te pusiera la mano encima y dejarme la piel para conseguir que no hubiera un solo día en el que no fueras feliz. Sea lo que sea lo que va a salir ahora en las noticias, tirará por los suelos esas promesas, porque, si no fuera algo malo, si no fuera a afectarte, Sombra no habría dicho que no deberías verlo.

Jenna frunció el ceño en respuesta.

—Ya veremos. Y te aseguro que no dejar que decida por mí misma si quiero ver o no un programa de televisión no va a hacerme feliz. El hecho de estar aquí, rodeada de hombres a cuyo lado un luchador profesional parecería un pelele, cubre más que de sobra mi necesidad de seguridad y protección. Y, a no ser que estés pensando en decirme que no me quieres porque no me porto como una niña buena y me meto obediente en la otra habitación, no entiendo por qué crees estar poniendo en riesgo tu promesa.

—Ahora sí que me estás enfadando —replicó Isaac, casi gritando—. ¡Claro que te quiero, maldita sea! Y por supuesto que aquí estás a salvo.

Jenna arqueó la cena y esperó a que abordara lo primero que le había planteado.

Dane entró a grandes zancadas en la cocina.

—Nos estamos quedando sin tiempo, así que haced lo que queráis, pero rápido —les advirtió.

Jenna pasó por delante de Isaac con los ojos entrecerrados, como si le estuviera desafiando a detenerla. Y estuvo tentado. De hecho, estuvo a punto de hacer realidad su amenaza de atarla a la cama. De esa forma le resultaría mucho más fácil mantener el resto de sus promesas. Curvó los labios como si estuviera a punto de gruñir, dejando ver los dientes, cuando vio que Jenna seguía a Sombra al cuarto de estar y se sentaba a su lado en el suelo, los dos con las piernas cruzadas delante de la televisión.

—¿Qué crees que van a contar? —le preguntó a Sombra nerviosa—. ¿Qué es lo que han dicho antes de la pausa? —pensó un momento, apretando los labios con un gesto de concentración, claramente perpleja—. ¿La pausa publicitaria? Es así como la has llamado, ¿verdad? ¿Qué es eso?

¡Diablos, no! Si necesitaba información, o que la tranquilizaran, o que alguien la abrazara en el caso de que la noticia le asustara o le afectara de alguna manera, no iba a permitir que fuera Sombra el que lo hiciera. Isaac se colocó intencionadamente entre los dos, acoplando su enorme cuerpo en aquel pequeño espacio y golpeando a Sombra en el proceso sin la más mínima consideración, hasta que Sombra le dirigió una mirada de disgusto y se apartó unos cuantos centímetros.

—Ahora vamos a ver lo que cuentan las noticias —dijo Sombra en tono tranquilizador—. Ya te explicaré más tarde lo que es una pausa publicitaria.

Dane alzó la mano pidiendo silencio cuando la presentadora del informativo se sentó tras el escritorio. Una pantalla situada a la derecha de su hombro mostraba imágenes de luces parpadeantes, docenas de ambulancias, coches de policía y camiones de bomberos.

En cuanto comenzaron a aparecer las imágenes, Jenna se tensó. Su cuerpo se quedó tan rígido que la tensión se reflejó en su rostro y en sus ojos. Unos ojos que se tornaron de pronto tan temerosos que a Isaac le entraron ganas de darle un puñetazo al maldito televisor para que se apagara. Los demás le dirigían a Jenna miradas cargadas de preocupación y Sombra se inclinó hacia delante y le dirigió una intensa mirada evitando a Isaac.

Este tuvo que hacer un enorme esfuerzo para concentrarse en lo que la periodista estaba explicando cuando lo único que realmente quería era proteger a Jenna de una mayor tristeza, pero aquellas imágenes significaban algo para ella y necesitaban toda la información que aquella noticia les pudiera proporcionar.

—Tenemos una nueva información sobre la noticia que les estábamos contando. Lo que en un primer momento se consideró un suicidio en masa en un complejo situado en la zona norte de Houston llevado a cabo por una hermética secta, hasta ahora desconocida, ha resultado ser un terrible homicidio —dijo la presentadora del informativo.

Isaac soltó una larga y sonora maldición, y no fue el único. La tensión se disparó en la habitación. Todos tenían los ojos pegados a la pantalla, donde estaban exponiendo los detalles más macabros con la misma serenidad con la que podrían estar dando el pronóstico del tiempo.

Jenna volvió el rostro y se cubrió la cara con las manos. Comenzó a mecerse hacia delante y hacia atrás mientras de sus labios escapaban gemidos de una aguda tristeza, a pesar de que se había tapado la boca intentando evitar que escapara de ella cualquier sonido. Temblaba de una forma incontrolable e Isaac comprendió que estaba a punto de derrumbarse.

Intercambió con Sombra una mirada de impotencia y miró después a Dane, que miraba a Jenna con compasión, pero también furioso por todo lo que había sufrido. Todos sabían lo que aquello significaba. Lo que no tenían tan claro era si Jenna había atado cabos o si solo estaba reaccionando al recuerdo del horror en el que había consistido su vida durante dos décadas.

—Dejadme quedarme un momento con Jenna —pidió Isaac en voz baja—. Voy a llevármela al dormitorio y a intentar que descanse —le dirigió a Dane una significativa mirada—. Mientras yo me encargo de ella, haz lo que tengas que hacer.

—Hay tranquilizantes en el armario de la cocina —le ofreció Dane—. Tenemos todas las casas de seguridad provistas de cualquier cosa que puedan llegar a necesitar las mujeres en el caso de que tengan que esconderse. Los tranquilizantes son de Tori. Sigue teniendo ataques de ansiedad y rara vez duerme bien por miedo a soñar.

Se frotó la cara. Sus ojos eran un tumulto de pura rabia.

—Tiene pesadillas sobre el pasado, sueña con todo lo que le hizo ese bastardo y tiene también sueños sobre el futuro, sobre lo que va pasar. Tanto unos como otros tienen un fuerte efecto en ella y a veces tomar un tranquilizante es lo único que le permite dormir.

Isaac asintió.

—Gracias —contestó con voz queda. Miró después a Sombra—. ¿Puedes ir a por una pastilla mientras llevo a Jenna al dormitorio? Trae también algo de beber para ayudarla a tragarla.

Sombra se levantó sin vacilar e Isaac se volvió hacia Jenna, que parecía ajena a todo lo que ocurría a su alrededor mientras luchaba contra los demonios que la perseguían. Con toda la ternura de la que fue capaz, levantó a Jenna, que seguía hecha un ovillo, y la estrechó contra su pecho. La abrazó para hacerle saber que estaba a salvo, que él estaba con ella y jamás la dejaría. Después, le besó el pelo con delicadeza, hundiendo la nariz en sus sedosos rizos mientras la llevaba lentamente al dormitorio.

La dejó en la cama, se tumbó a su lado y volvió a abrazarla. Ella enterró el rostro en su cuello, temblando de pies a cabeza. Su pulso era una frenética sucesión de latidos. La humedad de las lágrimas comenzó a cubrir el cuello de Isaac y fue deslizándose hasta desaparecer por el cuello de su camisa.

—No llores, pequeña. No llores por ellos. No se merecen tus lágrimas. No quiero que vuelvas a tener ningún motivo para llorar.

Ella le agarró con fuerza, presionando el rostro y los labios con firmeza contra su cuello antes de soltarle y alzar lentamente la cabeza para poder mirarle.

Estaba a punto de hablar cuando una queda llamada a la puerta se lo impidió. Isaac le indicó a Sombra que entrara. Sombra llevaba un vaso de agua en una mano y cerraba la otra alrededor de algo.

Le tendió el vaso a Isaac y abrió después la mano para mostrar una pastilla de color melocotón.

—Tienes que tomarte esto, cariño —le dijo a Jenna—. ¿Querrás hacerme ese favor?

—¿Qué es? —preguntó ella con recelo.

Isaac le acarició la mejilla con la mano libre.

—Es solo algo que puede ayudarte a relajarte y a eliminar el pánico y la ansiedad. Y, lo más importante, te ayudará a dormir. Necesitas descansar. Te he tenido tres días despierta y estoy seguro de que estás agotada.

Jenna se sonrojó. Estaba tan adorable que a Isaac le entraron ganas de cubrir de besos y lamer cada centímetro de aquella adorable y rosada piel.

Pero su expresión se tornó entonces preocupada y alzó sus ojos cargados de tristeza hacia Isaac y Sombra.

—¿Pero qué ha pasado? ¿Qué significa todo eso? ¿Quién puede haber hecho algo tan horrible?

—Hablaremos de todo cuando duermas un rato —le dijo Isaac en tono tranquilizador, pasándole la mano por el pelo—. Ahora mismo necesitas descansar. ¿Quieres hacer eso por mí? No te ocultaré ninguna información, te lo prometo.

Jenna miró la pastilla que Sombra sostenía en aquel momento justo delante de sus labios, esperando a que abriera la boca, y vaciló.

—Jamás haría nada que pudiera hacerte daño —le prometió Sombra, transmitiendo sinceridad en cada una de sus palabras—. Te doy mi palabra, Jenna. Te protegeré de cualquier cosa que pueda hacerte daño. Yo no soy tu enemigo.

Jenna esbozó una mueca. Parecía avergonzada.

—Lo siento, Sombra. No pretendía que pensaras que dudo de ti. Es solo que siento que no tengo ningún control sobre ningún aspecto de mi vida y tengo miedo de que esa pastilla pueda hacerme sentir más impotente todavía.

Sombra sonrió.

—Es difícil sentirse impotente cuando se está dormido. Y ahora abre la boca para que Isaac pueda darte algo con lo que tragar la pastilla.

Jenna tomó la pastilla e inmediatamente esbozó una mueca y se lanzó hacia el vaso que Isaac tenía en la mano. Tragó saliva y se estremeció. Después le dirigió a Sombra una mirada acusadora.

—¡Estabas intentando matarme! ¡Sabe fatal!

Sombra soltó una carcajada, miró a Isaac alzando la barbilla y le revolvió el pelo a Jenna con cariño. Sin decir una palabra más, salió de la habitación e Isaac abrazó a Jenna una vez más, decidido a quedarse con ella hasta que la pastilla hiciera efecto y la sumiera en un profundo sueño, y esperaba que sin pesadillas.

—No me ha afectado el que hayan matado a los ancianos —confesó Jenna de pronto, interrumpiendo el silencio que se había hecho en la habitación—. Sé que está mal, pero son unos auténticos demonios y se merecen lo que les ha pasado.

—¿Entonces qué es lo que te ha afectado?

Las lágrimas brillaron en sus ojos.

—Han matado a todo el mundo. Incluso a los niños. Y a las mujeres. La mayor parte de los miembros del culto no eran malos. Solo eran personas confundidas a las que les habían lavado el cerebro. Creían estar cumpliendo con la voluntad divina. No se merecían morir por haber creído en personas que no debían.

Isaac asintió y le hizo acercar la cabeza a su pecho para poder apoyar en ella la barbilla.

—Sé que ahora no te parece posible, cariño, pero esto pronto acabará y, en cuanto acabe, nos uniremos legalmente y me esforzaré en hacerte tan feliz que, algún día, mirarás atrás y todo lo que ha pasado no será nada más que un borroso recuerdo en tu memoria.

Jenna bostezó y se acurrucó contra él, rodeándole las piernas con las suyas.

—No sabes cuánto lo deseo, Isaac. Pero tengo miedo de soñar. Tengo miedo de esperar. Antes no tenía nada que desear, nada con lo que soñar o que me hiciera tener esperanzas, así que la verdad es que no me importaba lo que pudiera pasar. Pero ahora es mucho lo que deseo y no podría soportar que me lo arrebataran después de haber tenido la oportunidad de experimentarlo, aunque haya sido durante tan poco tiempo.

—El amor es capaz de cualquier milagro y tú ya eres un milagro, así que sé que estoy seguro de que vamos a conseguirlo. No lo descartes antes de que hayamos empezado nuestro viaje en común. Te juro que, si me confías tu corazón y tu felicidad, disfrutarás cada minuto de este viaje.

CAPÍTULO 20

Isaac se obligó a abandonar la cama tras haber esperado a que Jenna sucumbiera a los efectos del tranquilizante. Se inclinó después para darle un beso en la frente. Cerró los ojos con el corazón dolorido al pensar en lo que tenía por delante. Jenna había soportado toda una vida de sufrimiento y tristeza y le frustraba no poder alejarla de todo aquello de manera instantánea. Antes de que todo aquello acabara, le tocaría sufrir más reveses emocionales, pero él estaba dispuesto a dar la vida para evitar que tuviera que soportar más sufrimiento físico. Rezó con fervor para que la violencia no volviera a tocarla, aunque sabía que era algo que no podía garantizar. La única promesa que podía hacer era que la protegería con la misma fiereza con la que siempre había protegido a todo el mundo, y sabía que sus hombres harían lo mismo. Su determinación no era menor que la suya, lo había visto en sus ojos y en su actitud.

Se dirigió sigiloso hacia la puerta, la cerró tras él con mucho cuidado y fue a grandes zancadas hacia el cuarto de estar, pensando ya en el siguiente obstáculo que debía eliminar para mantener a Jenna a su lado durante el resto de sus vidas.

—Informadme de lo que ha pasado —dijo Isaac.

No quería perder ni un segundo en llegar al corazón del asunto.

Dane se volvió hacia él con expresión seria, la mandíbula en tensión y los ojos resplandecientes de furia y preocupación.

Aquello inquietó mucho más a Isaac, porque no era fácil que algo inquietara a Dane. Solo perdía su habitual e inquebrantable calma cuando surgía algo relacionado con las personas más cercanas a él o con los hombres que trabajaban bajo sus órdenes.

Le había resultado casi doloroso mirarle cuando habían perdido el contacto con Lizzie y se habían enterado de que se había marchado decidida a impartir justicia para salvar las vidas de las únicas personas que de verdad le importaban: Dane, los hombres que trabajaban con ella en DSS y las mujeres vinculadas al grupo, Tori, Ramie, Ari y Gracie.

Y la primera vez que le había visto en aquel estado emocional, batallando contra las lágrimas y la tristeza había sido cuando se había arrodillado al lado de Lizzie mientras Sterling la sostenía casi sin vida entre sus brazos, con una herida espantosa en el pecho sangrando como un río; los médicos que habían llegado habían anunciado que estaba rozando la muerte.

Estar a punto de perder a Lizzie le había cambiado a un nivel fundamental. Aunque continuaba siendo un hombre frío y rara vez le temblaba el pulso en ninguna situación, se mostraba más protector con todas las personas que tenía bajo su mando, y doblemente con aquellas mujeres que tenían unos vínculos tan estrechos con los hombres que trabajaban para DSS.

Así, si bien antes daba mucha más libertad y adoptaba una actitud discreta en las misiones que no lideraba, desde entonces no perdía detalle de una sola de las misiones de DSS. Acudía a todas las reuniones, aunque no estuviera trabajando en aquella misión en particular, y comprobaba regularmente cómo iba la misión con quienquiera que la estuviera dirigiendo, asegurándose siempre de que sus hombres contaran con todos los medios disponibles.

Y, en el caso de que considerara que cualquiera de sus equipos pudiera estar en peligro, no vacilaba a la hora de incorporarse a él y trabajar codo con codo con sus agentes, sin intentar quedar al mando o asumir el liderazgo. Dane, sencillamente, no tenía un gran ego y aquella era una de las cosas que Isaac más apreciaba a la hora de trabajar con él. Su única prioridad era conseguir que el trabajo se hiciera de forma rápida y eficaz y que ningún agente de DSS muriera o resultara herido.

—Antes he llamado a Caleb, a Beau y a Zack —dijo Dane secamente—. Les he explicado lo que ha pasado y que hay un noventa y nueve por ciento de probabilidades de que haya sido un ataque planificado antes incluso de la fuga de Jenna. Es muy posible que, tras el preacuerdo al que llegaron, el canalla que la compró ordenara que todas y cada una de las personas que sabían de su existencia fueran exterminadas. Tiene sentido. Jenna ha vivido durante casi toda su vida en esa secta y nadie ajeno a ese culto tendría manera de saber nada de ella, de modo que así no quedaría nadie que pudiera cuestionar su desaparición. El narcotraficante tendría lo que tan desesperadamente quería poseer sin miedo a que nadie pudiera provocar ningún escándalo por su desaparición. Sencillamente, no existiría, de la misma manera que no ha existido durante estas dos últimas décadas.

—Pero nuestra intervención lo fastidió todo, les arruinó su maldito plan —gruñó Caballero—. Sobre todo cuando nos llevamos a Jenna, robándosela delante de sus narices. Ahora tiene que enfrentarse a nosotros y sabe que, incluso en el caso de que consiguiera recuperar a Jenna, iríamos sin tregua a por él. Y no puede permitirse el lujo de añadir otro enemigo a la larga lista de personas a las que les gustaría hacerle pedacitos y convertirle en alimento para peces.

—Exacto —contestó Dane—. Y eso significa que vendrá a por nosotros empleando todos sus recursos, y que se moverá rápido, porque no puede correr el riesgo de que nadie, más allá de nuestra organización, sepa de la existencia de Jenna.

—¡Mierda! —exclamó Isaac. La rabia corría en remolinos por sus venas—. Maldita sea, ¡Jenna ya ha sufrido bastante! ¿Cuánto más va a tener que soportar? ¿Cuánto tiempo tendrá que seguir viviendo con un miedo constante? En cuanto sepa que somos el próximo objetivo de ese maldito camello querrá marcharse. Tendré que convencerla de que, a estas alturas, no serviría de nada. Tanto si se va como si no, intentarán acabar con cada uno de nosotros por todo lo que sabemos.

—Caleb, Beau y Zack tendrán controladas a las mujeres y se dispersarán para que no representen un solo objetivo. Tori se quedará con Caleb y Ramie. Yo voy a pedir algunos favores porque no quiero dejarles solos, pero necesitamos que hasta el último agente de DSS esté pendiente de Jenna, así que voy a buscar protección para ellos.

—¿Y Lizzie? —preguntó Isaac preocupado.

—Le he dado a Sterling un informe detallado de la situación y, aunque a Lizzie no le va a hacer ninguna gracia tener que estar encerrada, van a trasladarse a un lugar secreto. Sterling cuenta con suficientes hombres como para conseguir una protección adecuada.

Isaac suspiró aliviado. Sabía que Lizzie se enfadaría porque era una buena agente. En cualquier otra circunstancia, Isaac se habría alegrado de poder contar con su apoyo, pero todavía no estaba recuperada en un cien por cien de su encuentro con la muerte. Lizzie había tenido que superar su propio infierno y lo último que necesitaba era volver tan pronto a la primera línea de fuego. En cualquier caso, tampoco Sterling se lo permitiría. El marido de Lizzie era uno de los pocos hombres que no reculaban ante ella y no tenía ningún problema en plantarse en todo lo relativo a su seguridad. Si había algún riesgo de por medio, Lizzie no iba a ganar nunca una discusión con Sterling. Aquel hombre era tan intransigente, tan cabezota y tan inflexible como su esposa, sobre todo si había alguna posibilidad de que Lizzie sufriera cualquier tipo de daño. Sterling era capaz de atarla a su muñeca, o a una silla, o a la cama, algo que ya había hecho en alguna ocasión sin mostrar el menor signo de arrepentimiento.

—¿Y qué vamos a hacer hasta entonces? —preguntó Isaac.

Era consciente de que todos y cada uno de sus compañeros estaban concentrados y pendientes de Dane. Era obvio que tenían tanto interés como él en disponer de toda la información. Y que odiaban estar allí sentados sin hacer nada, esperando a que el enemigo fuera a por ellos.

Aquello no era propio de su manera de ser, ni de lo que eran. No era su forma de operar. Jamás. Ellos se enfrentaban abiertamente a sus oponentes. Eran ellos los que definían el curso de la acción. Los que decidían cuándo, cómo y dónde. Ellos siempre optaban por el elemento sorpresa. Y, desde luego, les había sido muy útil en el pasado.

—Mantendremos a Jenna a salvo. Nos guardaremos las espaldas en todo momento. No quiero a nadie solo en ninguna parte. No quiero blancos fáciles. Si nos quieren, tendrán que venir a por todos —dijo Dane.

—Así que vamos a seguir aquí sentados, jugando a las casitas, fingiendo que no hay nadie que viene a por nosotros y que esos canallas no van a intentar ponerle a Jenna las manos encima —se lamentó Isaac con amargura.

Los demás no parecían más contentos que él con las órdenes de Dane. Este se llevó la mano a la nuca y se la frotó con evidente irritación.

—Si creéis que esto me gusta más que a vosotros, estáis completamente equivocados —les recriminó—. Nuestro primer objetivo es apartar a una mujer inocente de las manos de un maldito monstruo, de un hombre que ha ordenado masacrar a decenas de personas, incluyendo niños, bebés incluso. En este momento, lo mejor que podemos hacer es permanecer aquí hasta que tengamos más información sobre ellos de la que ellos tienen sobre nosotros. Si nos mostráramos en público, revelaríamos la presencia de Jenna, cuando hemos jurado hacer todo lo que esté en nuestras manos para asegurarnos de que nunca vuelva a ser sujeto de tanta brutalidad. ¿Que apesta? Pues sí. Me revuelve el estómago tener que estar escondido como un cobarde y hacerles pensar que les tenemos miedo.

Dane estaba cada vez más furioso; su semblante iba enrojeciendo por la rabia.

—No tenemos miedo de unos ineptos que disfrutan haciendo sufrir a una mujer inocente. Lo que estamos haciendo es lo más inteligente. Mientras ellos se pasean a plena luz del día y aparecen en público, nosotros mantenemos un perfil bajo. Estaremos esperando a que cometan algún error y será entonces cuando podamos ponerlos contra la pared. ¿Y sabéis qué? Dejaremos que piensen que les tenemos miedo. De esa manera conseguiremos que se confíen y se muestren más atrevidos. Y, como son estúpidos, terminarán fastidiándola. Lo único que tenemos que hacer es ser pacientes y no ser nosotros los primeros en cometer algún fallo.

—Entendido, jefe, Una lógica muy retorcida, pero acertada.

Zeke asintió y, uno por uno, los demás fueron haciendo lo mismo. Solo Sombra e Isaac permanecían en silencio.

—Tienes razón, apesta —replicó Isaac—. Pero no voy a arriesgar a Jenna por nada del mundo y, si eso significa que tengo que quedarme aquí encerrado hasta que ellos metan la pata, eso es lo que haré.

Sombra apenas asintió. Permanecía en silencio, aunque sus ojos ardían de enfado y de frustración.

—¿Quién va a proteger a las mujeres? —preguntó Brent, interviniendo por primera vez—. Ya han soportado suficiente miedo y dolor. Esto no tendría por qué afectarlas.

Le brillaban los ojos al recordar a todas aquellas mujeres que tanto habían llegado a significar para todos los miembros de DSS, no solo para sus maridos. Unas mujeres que habían logrado sobrevivir al sufrimiento. Estaba enfadado, pero, aun así, la preocupación se reflejaba nítidamente en su expresión.

—Son mujeres fuertes, sin lugar a dudas —continuó—, pero incluso la persona más fuerte puede quebrarse al revivir un trauma. No me gusta que Caleb tenga que ocuparse solo de Ramie y de Tori. No puede dividir su atención y ninguna de esas mujeres merece ser descuidada. Tori no… —tomó aire con fuerza—. No creo que pudiera sobrevivir a otra situación traumática —dijo con voz queda.

El rostro de Dane era una máscara de fría furia. Tenía el cuerpo en tensión y la mandíbula abultada por la fuerza con la que apretaba los dientes.

—Yo me encargaré de proteger a Tori. No tengo esposa, si sucede lo peor, yo estaré a su lado. Isaac llevará las riendas aquí.

Los demás le respaldaréis y, sobre todo, os encargaréis de proteger a Jenna. Cuando he dicho que Tori estaba con Caleb y Ramie era cierto, pero es algo temporal, hasta que consiga toda la protección posible para Ramie, Ari y Gracie. Después, Tori se quedará conmigo y Sterling tiene hombres de sobra como para sumarlos a la protección que quiero proporcionarle. Nadie sabe a dónde la voy a llevar. Es uno de las pocas cosas que mantengo en secreto a Caleb y a Beau, y no vamos a ir a ninguna de las casa de seguridad que hemos utilizado hasta ahora. Teniendo en cuenta que nadie, ni un solo miembro de DSS, conoce la localización, es una elección obvia. Los hombres de Sterling se adelantarán para que el lugar esté más protegido y después tomarán posiciones para rodear toda la propiedad de tal manera que nadie pueda traspasar sus posiciones. En el interior tengo una habitación impenetrable en la que guardo un arsenal meticulosamente preparado a mi disposición. Mientras esté conmigo, nadie podrá alcanzar a Tori.

Isaac frunció el ceño.

—Si tan difícil es acceder a ese lugar y está tan protegido, ¿por qué no te llevas allí a Jenna?

Sombra habló antes que Dane.

—Porque para eso habría que mover a Jenna y Jaysus o alguno de los miembros de su ejército podrían reconocerla. Además, eso es justo lo que esperan que hagamos. Llevarla a alguna maldita casa de seguridad y que todos la acompañemos. Eso es exactamente lo que quieren porque así tendrán la oportunidad de cargarse a la mayor parte de los miembros de DSS y de agarrar a Jenna al mismo tiempo. Lo último que necesitamos ahora mismo es ser predecibles. Tenemos que ser capaces de imaginar lo que esperan y hacer lo contrario.

A Isaac le fastidiaba no ser capaz de pensar con claridad por culpa de su estado emocional, y también que Sombra tuviera que explicarle algo que él sabía de sobra. No era ningún novato inexperto intentando agarrarse a un clavo ardiendo, pero aquella no era una misión como otra cualquiera. No estaba protegiendo a alguien porque le hubieran contratado para ello, lo que facilitaba el ser capaz de distanciarse y analizar con objetividad cualquier peligro potencial. Estaba aterrorizado ante la posibilidad de perder a Jenna. O de que un narcotraficante sádico le pusiera las manos encima y la sometiera a torturas que ni siquiera era capaz de imaginar sin perder el escaso control que tenía sobre su cordura.

Dane asintió.

—Ese es precisamente nuestro objetivo. Aquí tenemos comida y suministros para seis meses. Si esto se prolonga durante demasiado tiempo, Jenna terminará poniéndose nerviosa y reclamando su libertad. Después de haber pasado toda una vida encerrada, no la culparía por ello, pero vais a tener que arreglároslas como sea para mantenerla ocupada y distraída porque no podemos permitirnos el lujo de cometer ni un solo error. No tenemos que perderla de vista en ningún momento, no vaya a ser que se le vuelva a ocurrir sacrificarse por todos nosotros —gruñó, con obvio disgusto por lo que había hecho Jenna la vez anterior.

—¿Cómo vas a salir de aquí sin revelar nuestra localización? —le preguntó Caballero a Dane.

Dane curvó los labios en una leve sonrisa.

—Jamás utilizo una casa de seguridad que no tenga más de una salida. No me verán y estoy condenadamente seguro de que no me pillarán saliendo del edificio. Vosotros ocupaos de vuestro trabajo y dejad que yo me ocupe de la protección de Tori.

Isaac se plantó delante de Dane y se le quedó mirando a los ojos sin intentar siquiera ocultar la inquietud que, estaba seguro, reflejaba su mirada.

—Es mi vida, Dane. Jamás podré agradecerte esto lo suficiente. Jenna hizo mucho más que sanar la herida de mi pecho. Me cambió. Me devolvió a la luz cuando estaba ahogándome en la oscuridad, la desolación y la culpa por errores que cometí hace, lo que ahora me parece, una vida.

—Entonces soy yo el que tiene que dar las gracias —dijo Dane con gravedad—. No tienes nada que agradecerme.

Soy yo el que tiene que agradecerle que te haya devuelto a la luz.

—¿Tori sabe lo que está pasando? —preguntó Capshaw con voz queda.

Los últimos cuatro miembros de DSS miraban a los miembros más veteranos con evidente intriga y confusión en la mirada. Cuando Tori había sido secuestrada y torturada ellos todavía no trabajaban para DSS. Ninguno de ellos. De hecho, la empresa se había creado a raíz de aquel secuestro. Había sido fruto de la promesa de Caleb de no volver a dejar a su familia sin protección nunca más. Pero aquellos que habían sido contratados desde el principio, o justo después de que Caleb estuviera a punto de perder a Ramie y se prometiera ampliar la plantilla solo con los mejores, estaban al corriente de la dura experiencia que Tori había soportado. También sabían lo que Caleb había obligado a soportar a Ramie cuando no le había dado otra posibilidad que la de utilizar sus habilidades psíquicas para encontrar a Tori antes de que fuera demasiado tarde. A raíz de aquello, todos ellos compartían un fiero sentimiento de protección hacia la más pequeña y la única hermana de los hermanos Devereaux.

Isaac dirigió una rápida mirada a los cuatro hombres a los que había contratado justo antes de que Lizzie pidiera una excedencia con la que les indicó que ya se lo explicaría más adelante. Tenían que estar al corriente de lo que le había pasado a Tori porque tenían que cuidarla con extremo cuidado y no hacer nada que pudiera provocarle un ataque de pánico.

Dane endureció su expresión.

—Tori solo sabrá lo que necesita saber. No hay ninguna razón para provocarle un trauma mayor. Las pesadillas la devoran noche tras noche y ahora mismo está viviendo casi sin fuerzas, tirando de pura fuerza de voluntad. Pienso lograr que descanse aunque para ello tenga que sedarla. Caleb la mima demasiado y la cree cuando ella le dice que está bien porque es lo que él quiere creer. Pero yo sé que está casi sin energía, al borde del colapso, y no pienso permitir que vaya muriendo lentamente.

Hablaba con enfado, pero en su voz se percibía un ligero temblor que Isaac solo recordaba haber oído en otra ocasión. Había sido cuando Gracie había irrumpido en las oficinas de DSS con una carta de Lizzie. Se suponía que esta última estaba de vacaciones, pero la misiva era una carta de despedida en la que admitía que había emprendido ella sola una misión suicida. El impacto que había sufrido Dane había sido tal que, después de leerla, no había sido capaz de mantenerse en pie y se había derrumbado en la silla. También en aquel momento parecía conmovido, pero su expresión era de lúgubre determinación.

—Quiero volver con Jenna —dijo Isaac—. No quiero que se despierte sola. Estaba muy afectada por la noticia y en algún momento tendré que contarle por qué vamos a quedarnos aquí y por qué todo el mundo se ha dispersado.

Se pasó la mano por el pelo, agotado de pronto por el peso de la preocupación y el miedo que estaba pasando por su ángel.

—Vamos a preparar algo para cenar —propuso Zeke en tono sereno—. Haremos todo lo posible para animarla y para que disfrute. A lo mejor conseguimos distraerla un rato de todo lo que le está cayendo encima.

—Te lo agradezco —dijo Isaac con sinceridad—. Volveré después, en cuanto esté seguro de que Jenna está preparada para enfrentarse a una habitación llena de gente.

CAPÍTULO 21

Isaac entró en el dormitorio y miró hacia la cama en la que Jenna estaba tumbada mientras cerraba la puerta tras él. Estaba de espaldas a él, hecha un ovillo, con las rodillas pegadas al pecho. Todavía no iba a despertarla. Jenna necesitaba descansar y lo único que él necesitaba era estar cerca de ella, tocarla, abrazarla y poder sumergirse en su belleza y en su luz para que todas las preocupaciones, el miedo y el estrés desaparecieran, aunque solo fuera durante un rato.

Aquella misión no se parecía a nada de lo que se había enfrentado hasta entonces y no solo porque estuviera en juego algo tan personal. Anteriormente, y al margen de cuáles hubieran sido las circunstancias, incluso en los momentos más complicados, cuando alguna de las mujeres había estado en extremo peligro y las probabilidades estaban en su contra, Isaac se había enfrentado a los planes, a la resolución y al rescate con confianza y con calma, seguro de su éxito. No había dudado ni por un instante de que encontrarían a Ari y que el grupo de fanáticos que la había secuestrado sería eliminado coordinada y metódicamente.

Cuando Lizzie había desaparecido mientras estaba protegiendo a Gracie y Zack se había marchado para emprender la que después se revelaría como una misión para vengar lo que le habían hecho a la mujer a la que había amado durante la mitad de su vida, Gracie había dado un paso adelante y había reclutado la ayuda de Ramie y de Ari. Y, aunque al ver aparecer a las dos mujeres en la casa de seguridad en la que Gracie estaba retenida, Isaac había estado a punto de perder la cabeza, había tenido la certeza de que, al igual que habían rescatado a Ari, encontrarían a Lizzie a tiempo de salvarla.

¿Pero en aquel momento? Aquello era lo más serio a lo que se había enfrentado desde que estaba en DSS. Para su alivio, la amenaza de la secta había desaparecido, pero Jaysus tenía un verdadero ejército a su disposición y aliados que le debían más favores de los que estaban en condiciones de pagar. Así era como funcionaba aquel narcotraficante. Hacía favores y, cuando él los pedía, aquellos que se los debían no se atrevían a negarse a hacer nada de lo que les exigía. Era un hombre despiadado y la única vida a la que concedía algún valor era la suya. Estaba dispuesto a prescindir de cualquiera de sus hombres. Ellos le entregaban su absoluta lealtad y, a cambio, no les daba absolutamente nada, salvo la esperanza de que no decidiera acabar con ellos con la única intención de divertirse o de demostrar algo que solo él comprendía.

Los hombres de DSS eran los mejores en lo que hacían. Isaac trabajaría junto a cualquiera de sus compañeros sin pensárselo dos veces. Confiaba en sus colegas y estaba dispuesto a dar la vida por ellos. Pero en aquella ocasión les superaban sobradamente en armamento y en número de efectivos. Los recursos de Jaysus eran ilimitados y, aunque Dane era un hombre rico, un zorro que se había asegurado de que DSS estuviera mejor equipada que cualquier agencia de seguridad del país, se estaban enfrentando por primera vez a alguien con más poder, influencia, capacidad para la intimidación, armas y dinero que ellos.

Justo cuando más lo necesitaba, cuando para su supervivencia era necesario el éxito de la misión más importante de su vida, no era capaz de conjurar la confianza ciega que había sentido en todas las misiones en las que había participado hasta entonces.

Permaneció al borde de la cama con la mirada fija en aquella masa de rizos enredados extendida sobre los almohadones y sintió removerse algo que le horrorizó y le hizo cuestionarse todo sobre el hombre que pensaba que era. Pánico.

Alzó las manos y las miró incrédulo al verlas temblar violentamente. Tenía un nudo en el estómago y la garganta atenazada hasta tal punto que estaba deseando vomitar para aliviar la penosa ansiedad que le paralizaba.

Un pequeño movimiento le llamó la atención, desviándola de aquel salvaje asalto de emociones que le estaban despedazando y convirtiéndole en un inútil. Frunció el ceño y se inclinó hacia la cama, preguntándose si habría imaginado el ligero temblor de los hombros de Jenna.

Mierda. No se había imaginado ni una maldita cosa. Durante el tiempo que había estado sufriendo aquel épico colapso, la había creído dormida, cuando, en realidad, estaba acurrucada en una postura de autoprotección, lo más alejada posible de la puerta y llorando, algo que, evidentemente, había intentado ocultar.

Isaac corrió a sentarse a la cama, le pasó el brazo por la cintura y la hizo volverse para que le mirara. Tenía la nariz y los ojos rojos e hinchados y los labios destrozados porque se los había estado mordiendo por culpa de los nervios. Unas oscuras ojeras conferían a sus ojos un aspecto vacío y había en ellos tanta desesperación que el nudo que Isaac tenía en la garganta amenazó con impedirle tomar aire.

—Cariño, ¿por qué lloras? —le preguntó desesperado—. ¿Qué te pasa? ¿Te duele algo? Cuéntame lo que te pasa para que pueda solucionarlo, por favor —le suplicó—. No soporto verte triste. Me estás rompiendo el corazón. Tienes que saber que haría cualquier cosa por verte sonreír. Por verte iluminarte para mí y hacerte feliz. Por favor, cuéntame lo que te pasa para que lo comprenda.

No le importaba parecer el más desesperado de los hombres. Sentía que Jenna se le escapaba y aquella era la sensación de impotencia, dolor y tristeza más intensa del mundo. Jamás había experimentado aquella clase de agonía. El pánico que había sentido segundos antes, el miedo a no ser capaz de protegerla, no era nada comparado con el terror de perderla por algo contra lo que no sabía cómo luchar.

Jenna se estrechó contra su cuerpo todo lo posible y le rodeó la cintura con el brazo, abrazándose a él con fuerza. La misma angustia que corría por las venas de Isaac se reflejaba en los gestos de Jenna. Todo su cuerpo temblaba y su respiración era errática mientras parecía intentar dominarse. Deslizó ambas manos entre ellos y se aferró a la camisa de Isaac con los puños, como si quisiera asegurarse de que no iba a abandonarla.

—Me estás asustando, pequeña —confesó Isaac.

Parecía completamente desquiciado, y las apariencias no estaban muy lejos de la realidad, porque el pánico estaba creciendo a tal velocidad que estaba destrozando el escaso control que tenía sobre su compostura.

—Estoy asustada —reconoció Jenna con la voz atragantada—. Dios mío, Isaac, ¿qué he hecho? Sé la razón por la que han matado a todos los miembros del culto y no puedo soportarlo. Estoy muy asustada, me siento indefensa y egoísta por haberos metido a todos de tal manera en esta situación que ya no hay salida. No sé qué hacer.

Isaac tomó aire, consciente de que Jenna estaba a punto de derrumbarse y de que tenía que ser fuerte por ella. No podía permitir que se diera cuenta de que él también estaba a punto de hundirse porque eso terminaría de destrozarla.

La envolvió de tal manera que no hubiera una sola parte de su cuerpo que no tocara. Le acarició la espalda y le cubrió de besos diminutos la cabeza, la frente, los párpados, la nariz, las mejillas, la barbillas y, al final, los labios, inhalando su aliento como si estuviera falto de oxígeno. Se obligó a sí mismo a utilizar aquellos recursos que tantas veces le habían servido en el pasado y se concentró en aminorar el ritmo de los latidos de su corazón y detener el temblor que se había extendido de tal manera por todo su cuerpo que, en el caso de que hubiera querido hacerlo, habría estado demasiado débil para levantarse.

Durante largos segundos, se concentró en verter todo el amor que sentía por ella en cada roce, en cada caricia, en cada tierno beso, mientras obligaba a su cuerpo a permanecer sereno, firme, inquebrantable, convertido en una roca en la que ella pudiera apoyarse y le diera la seguridad de que todo iba bien.

Cuando por fin ganó la batalla a sus amotinadas emociones, se apartó lo suficiente como para poder agarrarla por la barbilla, alzarle el rostro y hacer que sus ojos se encontraran. Isaac estuvo a punto de retroceder ante el puro dolor y la vulnerabilidad de su mirada, pero se obligó a no reaccionar.

Le frotó la mejilla lentamente y repitió aquel movimiento no solo para calmarla, sino porque también él necesitaba aquel contacto. Necesitaba tocarla porque, por mucho que hubiera jurado ser su roca, su ancla, ella era su fuente de seguridad y calma.

—¿Qué es lo que te asusta, cariño? Cuéntamelo. Dímelo para que podamos enfrentarnos a ello, para que no tengas que volver a hundirte en ello. Sabes que haré todo lo que esté en mi mano para evitar que te encuentres en una situación en la que no quieras estar. A partir de ahora, estarás a cargo de tu propio destino y tomarás las decisiones por ti misma. No lo hará ni ningún maldito culto, ni ningún narcotraficante con complejo de Dios, ni tampoco yo.

Los ojos volvieron a llenársele de lágrimas que comenzaron a rodar por sus mejillas hasta chocar con el pulgar de Isaac.

—Cariño, háblame —le suplicó—. Me está devorando vivo el verte tan triste. Sé que hasta ahora todo el mundo te ha decepcionado, pero te juro que yo jamás seré como toda esa gente. Eres la persona más importante de mi vida. Mi primera y única prioridad. No hay nada que no puedas contarme.

—¡Isaac! ¿No es evidente el motivo por el que han acabado con todos los hombres, mujeres y niños del culto?

Ahogó un sollozo y alzó la mano para posarla sobre la que Isaac apoyaba en su mejilla, como si necesitara su contacto tanto como él necesitaba el suyo.

—Se están deshaciendo sistemáticamente de todos los que me han conocido o han sabido de mi existencia.

Los ojos se le llenaron de un miedo como ninguno que Isaac hubiera conocido. Incluso el dolor del que había sido testigo en personas gravemente heridas, como sus propios compañeros de equipo, palidecía al lado de lo que veía al mirar a Jenna. Se le encogieron las entrañas. Aquello estaba matándole. No soportaba verla sufrir tal agonía sin poder hacer una maldita cosa al respecto, salvo escuchar lo que ella tenía que decirle. Y tenía un mal presentimiento sobre la conclusión a la que Jenna había llegado. El miedo le inundó el corazón porque sabía que aquella era, exactamente, la misma conclusión a la que habían llegado sus compañeros de equipo.

—Ahora vendrá a por ti, a por todos vosotros —continuó Jenna sollozante—. Está loco. Se considera invencible y está convencido de que si me tiene a su lado será inmortal, que nada le detendrá. La muerte no significa nada para él. Dios mío, Isaac, les hizo unas heridas terribles a sus propios hombres y me obligó a mirar. Yo estaba a solo unos metros de distancia mientras ellos agonizaban suplicándome que les salvara. Y no podía hacer nada, salvo mirarles, porque él no me habría permitido ayudarles.

Isaac cerró los ojos al comprender que Sombra y él habían acertado de pleno al imaginar la clase de tortura a la que aquel sádico había sometido a Jenna durante las largas horas de su cautiverio.

—No se detendrá ante nada —dijo ella en un doliente susurro—. No se detendrá hasta que no consiga lo que quiere. No le importa la gente a la que tenga que matar para conseguir su objetivo, ni siquiera el tiempo que le lleve. Siempre estará allí, acechando, y cuando menos nos lo esperemos, atacará. Aunque tenga que hacerlo muchas veces, aunque tenga que esperar durante años, matará a todos los que trabajaban para DSS y a todos sus familiares. Tú y yo no podremos disfrutar nunca de una vida normal porque en todo momento estaremos temiendo, esperando el golpe, y yo no puedo perderte,

Isaac. No puedo. Eres la única persona que me ha querido, la única persona que se ha preocupado de verdad por mí, la única a la que no le importa nada mi capacidad para curar ni intenta aprovecharse de ella. Cuando estoy contigo, no me siento como un bicho raro que se ha pasado la vida encerrada entre cuatro paredes sin saber ni entender nada del mundo de fuera. Solo estando contigo me siento normal. Como una persona y no como un producto que puede ser utilizado, mercadeado o vendido, como un objeto inanimado sin sentimientos, sin corazón, sin alma, sin inteligencia. No quiero que me dejes nunca. ¡No quiero morir! —lloró, hundiéndose en su abrazo y presionando su rostro con tanta fuerza contra su cuello que Isaac dudaba de que pudiera siquiera respirar.

Estaba sobrecogido por la pasión de sus palabras. Tenía el pecho tenso, pero no ya por el pánico, sino por un sentimiento que fue inflamándose hasta hacerle sentir en los ojos el escozor de las lágrimas. Parpadeó con fuerza y respiró hondo, luchando por controlar aquel intenso amor que amenazaba por desbordarle por completo.

—Jamás te dejaré, pequeña —le prometió con la garganta tan cerrada que apenas era capaz de hablar.

Le besó la sien y deslizó la mano por su pelo enredado, deseando que Jenna no se limitara a oír sus palabras de amor y su promesa de no dejarla jamás. Quería que también las sintiera. Quería que sintiera lo maravillado e inestable que se sentía ante la potencia de aquella declaración y de lo mucho que significaba para él. Lo mucho que Jenna significaba para él.

Ella alzó su rostro desnudo incapaz de esconder lo que pensaba y sentía. Se frotó las lágrimas, como si le resultara irritante haberse permitido aquel momento de debilidad. Pero a Isaac le asombraba que hubiera sido capaz de mantener la compostura durante tanto tiempo. Estaba maravillado por todo lo que Jenna era y por la fuerza inquebrantable que la había mantenido en pie incluso después de veinte años de sometimiento diario.

—Sé que no tú no quieres abandonarme nunca —le dijo—.

De lo que tengo miedo es de que el hecho de querer estar juntos suponga que terminen matándote por mi culpa. No sería capaz de seguir viviendo sabiendo que has sacrificado tu vida por mí. No me quedaría ningún motivo para vivir.

—No hables así —respondió él con fiereza. La sinceridad de Jenna había estado a punto de romperle el corazón—. No vuelvas a decir eso. Pase lo que pase, quiero que me prometas que jamás dejarás de luchar, que jamás renunciarás, y que continuarás adelante, libre y capaz de tomar tus propias decisiones sobre tu vida, capaz de hacer todo aquello con lo que has soñado. Tienes que prometérmelo, si no, no seré capaz de seguir adelante. No podré pensar en otra cosa que en el miedo abrumador a que renuncies a luchar si algo me ocurriera.

La agarró por los hombros y fundió sus labios con los suyos, tomando su boca con un ansia voraz. La desesperación le golpeaba con una fuerza implacable y constante.

Las lágrimas brillaban en los ojos de Jenna, pero esta asintió lentamente y, con voz titubeante y ronca por todas las emociones contenidas, contestó:

—Te lo prometo, Isaac. Pero solo si tú me prometes lo mismo.

Isaac entrecerró los ojos con una rabia que le consumía entero. De ninguna manera. Jenna no faltaría en ningún escenario posible de su vida. Pero él la había forzado a pronunciar aquella promesa, viendo incluso el sufrimiento que le causaba, de modo que no podía menos que hacerlo también él, aunque no creyera ni una sola de sus propias palabras. Era impensable una vida sin Jenna. Sería una mera sombra de sí mismo, un cascarón vacío moviéndose como un robot programado para llevar a cabo determinadas funciones, pero su corazón, y su alma, estarían para siempre allí donde ella estuviera.

Asintió, incapaz de dar voz a aquella frase que Jenna apenas había conseguido pronunciar.

—¿Qué vamos a hacer? —preguntó Jenna, suplicándole una solución milagrosa con la mirada.

Y, Dios, cuánto deseaba Isaac poder ofrecérsela. Quería

darle todo aquello que su corazón se merecía, pero en aquel momento estaba fuera de su alcance y no había milagros, salvo aquellos que Dios elegía otorgar a aquellos que eran dignos de recibirlos, e Isaac había demostrado no serlo mucho antes de que Jenna hubiera irrumpido en su vida y le hubiera devuelto la fe que él había abandonado.

—En cuanto hemos visto la noticia todos hemos sido conscientes de los motivos por los que han sido eliminados los miembros de la secta y, con toda sinceridad, pensamos que el golpe fue planificado antes de tu fuga. La masacre ha tenido lugar pocos días después de cuando se suponía que debería de haber tenido lugar el intercambio. La secta quería seguir teniendo acceso a ti después de venderte a ese narco, pero Jaysus no estaba dispuesto a permitir que nadie utilizara su preciada posesión. En el caso de que se hubiera producido el intercambio y ahora estuvieras en sus manos, también se habría producido la masacre. Él no quería correr el riesgo de dejar con vida a nadie que supiera de tu existencia o de tu capacidad para sanar. Sin nadie que supiera de tu existencia, nadie se habría cuestionado nunca tu desaparición y Jaysus no habría tenido de preocuparse de que alguien, salvo él, tuviera conocimiento de tu don.

Aumentó el miedo en la expresión de Jenna cuando se dio cuenta de lo cerca que había estado de terminar en un agujero del que nunca habría podido escapar y de no tener a nadie que se preocupara por ella.

—Tenemos un plan que ya hemos puesto en acción —la tranquilizó Isaac—. Caleb, Beau y Zack se llevarán a sus esposas a una casa de seguridad y las tendrán bajo vigilancia continua. Tori está con Dane y él tiene dinero y contactos, por no mencionar armamento capaz de competir con el de Jaysus. Wade Sterling se ha llevado a Eliza a un lugar desconocido incluso para nosotros y, al igual que Dane, no solo tiene mucho dinero, sino también mucho poder y todo un equipo de seguridad formado por profesionales muy bien preparados.

—¿Y nosotros? —preguntó Jenna con ansiedad—. ¿Y el resto de los hombres?

—Nos quedaremos aquí. Este lugar está muy protegido y tenemos provisiones para seis meses, por no hablar del arsenal del que disponemos, cortesía de Dane. Estamos escondidos a plena vista y no creo que a Jaysus se le ocurra venir a buscarnos a un edificio situado en el centro de la ciudad. Además, incluso en el caso de que lo hiciera, tenemos una habitación de seguridad a la que solo podría acceder con armamento militar y hay múltiples vías de escape si en algún momento necesitamos salir de aquí a toda velocidad.

—¿Entonces vamos a quedarnos aquí? —preguntó Jenna vacilante, mordiéndose el labio.

—Sí, eso es lo que vamos a hacer —respondió él, intentando imprimir confianza a sus palabras.

—Pero no podemos pasarnos la vida escondidos —respondió ella dubitativa.

—No. Esperaremos a que venga a por nosotros. Está desesperado y los hombres desesperados terminan cometiendo errores. Siempre. A la larga, terminará cansándose de esperar a que aparezcamos, estará furioso por haber visto frustradas sus intenciones y vendrá a buscarnos. Nosotros estaremos vigilándole, esperándole, y en cuanto asome su desagradable cabeza le agarraremos.

La respiración de Jenna se transformó en un suspiro de alivio. Se acurrucó contra Isaac y apoyó la mejilla en su pecho.

—Siempre y cuando pueda estar contigo, no me importa dónde estemos —le dijo con una sinceridad que se reflejaba en cada una de sus palabras.

—Siempre me tendrás, pequeña. No voy a ir a ninguna parte, y tampoco tú. Te necesito, Jenna. No me avergüenza admitir que te necesito para respirar, para no perder esos rincones de mi alma que has sanado con tu amor y tu luz. Antes de que aparecieras, vivía entre las sombras, sin ver jamás el sol. Pero, el día que me tocaste, me llenaste de la paz más hermosa que he conocido.

—Cuando me dices esas cosas, no sé qué decir ni qué hacer —contestó ella desconcertada y en un tono cargado de emoción.

—Lo único que tienes que decir es que tú también me quieres y me necesitas tanto como yo a ti.

Era consciente de la gravedad de su expresión, de sus ojos y de su postura. Y de su sinceridad. Aquello era todo lo que necesitaba de Jenna. Lo único que necesitaría siempre. Solo su amor. Ni siquiera tenía que quererle tanto como él a ella, porque el amor de Isaac era suficiente para los dos.

—Y prometerme que nunca renunciarás a mí —añadió con ansiedad al darse cuenta de que no lo había incluido en su anterior declaración—. Que jamás renunciarás a nosotros. Sé que ahora mismo la situación no es fácil y que a veces tampoco será fácil convivir conmigo. Soy consciente del desequilibrio entre lo que tú me ofreces, de todo lo que me ofreces y puedes darme, comparado con lo que puedo ofrecerte yo a cambio. Siempre estaré intentando compensarte y, aunque sé que es imposible que lo consiga nunca, puedo entregarte mi corazón y mi alma, mi vida entera. Soy tuyo y siempre lo seré. Estoy bajo tus órdenes. Removeré cielo y tierra para hacer realidad cualquiera de tus deseos. No me abandones nunca, pequeña. Por favor. Ni siquiera soy capaz de imaginar una vida sin ti porque me vuelve loco. Me duele.

Se sentía como si acabara de arrancarse el corazón y estuviera dejando aquel órgano todavía latiendo delante de ella como prueba de lo loca, absoluta y profundamente enamorado que estaba. Se había desprendido de toda protección, de todos los escudos que se habían convertido con el tiempo en un elemento permanente. Jamás había permitido que nadie pudiera ver más allá de aquellas barreras y, sin embargo, en aquel momento se estaba presentando en toda su vulnerabilidad ante ella. Le estaba suplicando con el corazón, con la expresión, con la tensión de su cuerpo, que no le rechazara y confiara lo suficiente como para entregarse siempre a él, incluso en los momentos más difíciles.

La mirada de Jenna se suavizó, su rostro resplandeció de pronto y su sonrisa alejó todas las dudas, los miedos y las preocupaciones. Le acarició la mandíbula, reposó en ella su mano, la misma mano que había sostenido contra su corazón, y le miró con tanto amor que Isaac sintió un auténtico dolor en el pecho.

—Isaac, ¿es que no has oído nada de lo que te he dicho? —bromeó. Deslizó un dedo por sus labios y volvió a posarlo después en su barbilla—. Me he puesto enferma de preocupación al pensar en la posibilidad de perderte, de que pudieras morir por mi culpa.

Se le humedeció la mirada y tragó varias veces como si estuviera intentando controlarse.

—No tienes por qué pedir que prometa que no voy a renunciar a ti, a nosotros, ni preocuparte de que al menor signo de adversidad decida que no eres lo que quiero o lo que necesito y me vaya. Eres todo mi mundo, lo mejor que tengo —susurró con delicadeza—. Creo con todo mi corazón que Dios te ha enviado a mí para salvarme, para protegerme. Para amarte. Para ser el hombre que me dé todas las cosas con las que soñaba, pero nunca había creído posibles. Jamás pensé que llegaría a ser libre y, mucho menos, que al encontrar la libertad encontraría también a un hombre que es todo cuanto imaginaba, cuando lo único que tenía era la esperanza y la fantasía de una vida fuera de las paredes de mi prisión. Soy yo la que debería estar de rodillas suplicando que no me abandones o decidas que no merece la pena soportar tantos problemas y tanta angustia por mí. No puede decirse que te esté tocando la mejor parte.

Y continuó:

—Desconozco muchas cosas que los demás dan por sabidas. El mundo, lo que hasta ahora he visto de él, continúa desconcertándome y, a veces, me siento tan perdida que creo que nunca voy a encajar en él. No sé qué está bien y qué no lo está. La ciudad me abruma, en ella tengo la sensación de que va a tragarme y de que nunca encontraré la forma de salir. La gente me intimida y soy terriblemente tímida. Ni siquiera entiendo por qué puedes querer a alguien como yo, pero no voy a cuestionar al destino ni tampoco el que me quieras y yo te quiera a ti. Jamás renunciaré a ti, pero, por favor, no me dejes nunca. Necesito tu paciencia, tu compresión y tu ayuda para encontrar el camino en este mundo tan grande y tan incomprensible al que me he visto empujada de pronto.

Isaac la silenció con un beso, devorando sus labios. No soportaba oírla despreciarse o dudar de sí misma. Le dio un beso largo y profundo, fiero al principio, infundiendo toda la pasión, el amor y el deseo por una mujer a la que pertenecía con cada parte de su ser.

Suavizó después la intensidad de sus movimientos, que se hicieron más delicados, más tiernos, para absorber su dulzura y la sensación de tenerla entre sus brazos. Al final, al cabo de un largo rato, se apartó para llenar de oxígeno sus hambrientos pulmones. Jenna tenía el rostro sonrojado y resplandeciente, en sus ojos brillaba el asombro y tenía los labios henchidos y de un rosa intenso. Tenía el aspecto de una mujer que había sido besada a conciencia. A Isaac le encantó aquella imagen, saber que era él el responsable, el que la hacía resplandecer y el culpable de aquella mirada de ligero aturdimiento que acompañaba al amor y la felicidad de sus ojos.

—¿De verdad estaremos bien aquí, Isaac? —le preguntó, posando la mano en su pecho, justo encima de su corazón.

Isaac deslizó la mano sobre la suya para retenerla allí y hacerla sentir el palpitar de aquel corazón que latía solo para ella.

—Estamos a salvo, cariño. Solo tenemos que ser pacientes y esperar a que Jaysus se impaciente y comience a cometer errores. Y lo hará. Los hombres obsesionados como él siempre terminan equivocándose y arriesgándose de forma estúpida. Y será entonces cuando le pondremos contra la pared.

CAPÍTULO 22

Jenna estaba sentada en la esquina de un sofá con forma de ele, en medio de un montón de cojines, apuntando con el mando a distancia hacia la televisión, cambiando de canal en canal. Estaba a punto de sacar de sus casillas a los hombres que, media hora atrás, le habían cedido el mando a distancia cuando, tímidamente, les había preguntado que si podía intentarlo.

Pero no tenía la menor idea de por qué algunos estaban exasperados hasta tal punto que habían abandonado la habitación gruñendo. Todos sabían que no había visto un aparato de televisión hasta el día que había reaccionado horrorizada cuando uno de ellos había encendido la televisión en la primera casa de seguridad, en la que había conocido a Eliza y a Wade.

Se había sentido estúpida por haber reaccionado de esa manera y, al ser consciente de que continuaba evitando la televisión, puesto que en su siguiente encuentro con ella había sido testigo de la terrible masacre que había acabado con todos los miembros del culto, se había propuesto dejar de pasar tanto tiempo en el dormitorio y en la cocina y enterarse de verdad de en qué consistía aquel aparato.

Aunque las visitas a la cocina había llegado a convertirse en una de las mejores cosas de aquel confinamiento forzoso. Los hombres no solo la estaban mimando de una forma exagerada, turnándose para prepararle sus autoproclamadas especialidades con intención de deleitar sus papilas gustativas, sino que también se turnaban para enseñarle a cocinar los platos más sencillos. Tenían una paciencia infinita y jamás parecían irritados cuando les bombardeaba con docenas de preguntas.

En general, parecían incluso divertirse con su entusiasmo infantil. Incluso los hombres a los que no les tocaba dar clases de cocina un determinado día, se reunían en la cocina para observar y sonreían con indulgencia al verla resplandeciente tras un exitoso intento.

Sin embargo, hasta Isaac, que jamás se apartaba de su lado, había abandonado el cuarto de estar tras haber sido obsequiado con aquel cambio ininterrumpido de canales. ¿Pero cómo decidirse por uno sabiendo que podía ver otro también? ¿Y si se quedaba viendo un programa y resultaba que tenía otro más instructivo e interesante a solo unos clics de distancia?

Tenía que admitir que la televisión todavía la confundía, sobre todo la cantidad de canales y programas que había. ¿Qué ocurría cuando ponían al mismo tiempo dos programas que le gustaban mucho a alguien? Pero le había encontrado una utilizad muy práctica.

Lo que había descubierto era que la televisión era una fuerte de conocimiento e información sobre el mundo moderno. Algunos programas eran fascinantes mientras que otros le parecían terroríficos. Una noche, los chicos habían intentando hacerle ver un programa al que se habían referido como de telerrealidad y le habían explicado en qué se diferenciaba de otros programas de televisión. A los pocos minutos de estar viendo aquello que, supuestamente, estaba ocurriendo en la vida real y no era un programa de ficción creado para entretenimiento de los telespectadores, Jenna había salido disparada del cuarto de estar, tan impactada que no se había atrevido a acercarse a la televisión durante los tres días siguientes.

Pero en aquel momento se había hecho con el control del mando a distancia. Y le proporcionaba cierta satisfacción ser capaz de presionar el botón para cambiar de canal tantas veces como quisiera. Comprendía por fin por qué los hombres se peleaban por el mando a distancia todas las noches.

Se recostó contra los cojines que tenía más cerca y suspiró pensando en lo agradable que era poder hacer lo que quisiera, o no hacer nada en absoluto. Jamás había disfrutado de la libertad que otros daban por sentada. Durante los primeros años en la secta, creía que su vida era una vida normal y no le había molestado. Pero, alrededor de los nueve o diez años, la voz de la conciencia había comenzado a aguijonearla. Había empezado a mirar a su alrededor, a observar con más atención a los otros miembros de aquello a lo que ellos siempre se habían referido como una organización religiosa.

Jenna no había conocido nada mejor. Era lo único que le habían enseñado, el lugar al que pertenecía. Pero cuando había comenzado a prestar más atención a lo que estaba pasando se había dado cuenta de que no la trataban igual que a los demás.

Aunque, por supuesto, no podía decir que al resto de las mujeres del culto se las tratara bien, podía asegurar que a las demás las trataban mucho mejor que a ella.

Frunció el ceño y volvió a concentrarse en la televisión, que había dejado conectada a un canal mientras volaban sus pensamientos. Enfadada consigo misma por haber regresado a aquella vida en la que había sido prisionera, apartó aquellos recuerdos humillantes y tormentosos de su mente y se regañó por regodearse en acontecimientos que era preferible dejar en el pasado.

Estaba a punto de cambiar de nuevo de canal cuando se detuvo al darse cuenta de que aquel era el mismo informativo que había transmitido la noticia del asesinato en masa de los miembros del culto. Las noticias iban cambiando día a día. Sería interesante conectar con aquel canal a diario para poder seguir el curso de los acontecimientos. Quizá, de aquella manera, se sintiera menos perdida en aquel mundo al que tanto temía.

Pero, cuando comenzó la presentación de la siguiente noticia, se quedó paralizada por la impresión y con los ojos pegados a la pantalla. Subió frenética el volumen para no perderse una sola palabra, porque, seguramente, tenía que haber entendido mal a la periodista.

—Esta noche queremos transmitir la súplica de una madre que pide cualquier información que pueda conducirla hasta a su hija, que fue secuestrada hace veinte años. Asistimos en directo a la rueda de prensa en la que Suzanne Wilder ha decidido hablar después de tener noticia del trágico asesinato de los que parecen ser todos miembros de una misteriosa secta ubicada en una zona rural del norte de Houston, donde, al parecer, la secta estuvo instalada allí durante veinticinco años.

Apareció entonces en la pantalla de la televisión una mujer visiblemente consternada rodeada de periodistas, todos ellos sosteniendo sus respectivos micrófonos para no perderse una sola palabra. Jenna saltó del sofá y se colocó delante de la pantalla, incapaz de creer lo que estaba viendo y oyendo.

Se quedó boquiabierta. Intentó llamar a Isaac, pero de su garganta atenazada no salió ni una sola palabra. Respiraba por la nariz apresuradamente y tenía la sensación de que la habitación giraba a su alrededor, excepto la pantalla de televisión, que permanecía fija. Quería cerrar los ojos y dejar de mirar. Quería taparse los oídos para no oír. Pero fue incapaz de hacer ninguna de las dos cosas. Estaba entumecida, paralizada, con una mezcla de esperanza y miedo revolviéndole el estómago, intensificando la sensación de mareo provocaba por el movimiento de las paredes.

La mujer se llevó con delicadeza un pañuelo a la nariz, que tenía roja e hinchada por haber estado llorando. Fijó después la mirada en las cámaras con expresión desesperada y suplicante.

—Me llamo Suzanne Wilder y hace veinte años me arrebataron a mi hija, Jenna Wilder, de forma violenta. Su padre intentó salvarla desesperadamente, pero los secuestradores le dispararon y le mataron. Después se fueron corriendo hacia una furgoneta negra. Uno de los secuestradores llevaba a Jenna en brazos. Ella lloraba y me llamaba a gritos antes de que cerraran la puerta y se llevaran a mi única hija —continuó contando la mujer.

Un sollozo le quebró la voz y se llevó la mano a la boca, batallando para controlar sus emociones.

—He seguido buscando a mi hija durante estos veinte años, jamás he renunciado a la esperanza de recuperarla. A pesar de todos los detectives que he contratado y de las investigaciones que yo misma he emprendido, hasta ahora nunca había sabido dónde estaba la... la secta que se la llevó. No sabía dónde vivían ni cómo podía localizarles —dijo, trabándose con las palabras como si no estuviera segura de cómo denominar al lugar en el que Jenna había estado prisionera durante casi toda una vida—. Hasta que no vi la noticia de la última semana que informaba del asesinato masivo de, al parecer, todos los miembros de una secta situada en un complejo en el norte de Houston, no comprendí que era allí donde habían llevado a mi hija, que era allí donde habían crecido. Me pregunté entonces si se acordaría de mí, si me conocería siquiera —dijo llorosa.

Y continuó contando:

—En cuanto vi a dos de los hombres que habían identificado y cuyas fotografías aparecieron en la televisión me di cuenta de que eran los que habían matado a mi marido y habían secuestrado a mi preciosa hija.

Inclinó la cabeza durante largo rato, demasiado emocionada como para seguir hablando.

Jenna la miraba en un estupefacto silencio, incapaz de comprender aquello de lo que estaba siendo testigo. Notó el calor de una lágrima rodando por su mejilla, pero no alzó la mano para secarla. Su respiración se aceleró todavía más. Aquello no tenía sentido. ¿De qué tenía miedo? ¿De la verdad?

—He visto todos los cadáveres, esperando encontrar una respuesta, algo que me dijera si mi Jenna todavía está viva o qué podía haberle sucedido. No estaba entre los cadáveres encontrados, pero he encontrado una fotografía de ella. ¡Era mi hija! No hay ninguna duda. Le suplico a cualquiera que tenga alguna información sobre su paradero que por favor se presente ante la policía. Y, Jenna, si me estás viendo, quiero que sepas que jamás he renunciado a la esperanza de volver a reunirme contigo.

Jenna continuaba mirando perpleja la pantalla cuando, de pronto, su mente se trasladó hasta un acontecimiento ocurrido mucho tiempo atrás. La tarta de cumpleaños y las velas. El orgullo de su padre, su rostro sonriente y desbordante de amor. Jenna intentó retroceder en el tiempo, cerró los ojos mientras intentaba evocar más recuerdos. Vio una mujer con una caja envuelta en papel de regalo y una extraña sonrisa en el rostro mientras miraba al padre de Jenna. Este le revolvía el pelo a su hija y sonreía a carcajadas.

—¿Mamá? —dijo Jenna con una voz aguda, muy parecida a la de la niña que giraba en círculo en su mente.

Sentía fuego en el pecho y la rápidas inhalaciones parecían haberse detenido por alguna razón. ¿Por qué no estaba respirando? Veía la habitación borrosa, acercándose, saliendo y entrando de su foco de visión. Y, aunque en la sala de prensa continuaban hablando y hablando, sus oídos solo registraban un zumbido agudo e insistente.

CAPÍTULO 23

—¿No deberíamos a recuperar el mando a distancia antes de que se agoten las pilas y se lo cargue porque no sabe que funciona con pilas? —le preguntó Sombra a Isaac divertido.

Isaac se echó a reír.

—He estado pegado a ella veinticuatro horas al día desde... vaya, básicamente, desde que la saqué del todoterreno que estaba intentando robarme y decidí quedarme a su lado. No podía ni imaginar que pudiera haber alguna situación en la que no quisiera estar lo más cerca posible de ella, pero está como una niña con un juguete nuevo e insoportablemente ruidoso e irritante.

Sombra soltó una risotada mientras Caballero y Dex, que habían entrado en la cocina justo en el momento en el que Sombra estaba sugiriendo montar una operación de rescate para recuperar el mando a distancia, reían disimuladamente. Pero Dex se detuvo de pronto, se volvió, inclinando la oreja hacia el cuarto de estar y permaneció un momento en silencio.

—No lo sé, es posible que ahora podamos regresar. Lleva cerca de un minuto sin cambiar de canal. Ese es el mismo informativo que he oído cuando venía hacia la cocina —dijo en tono esperanzado.

—Lo creeré cuando lo vea —gruñó Sombra mientras se dirigía sin prisa alguna hacia la puerta del cuarto de estar.

Se detuvo de pronto y su postura puso a Isaac en instantánea alerta. Estaba a punto de preguntarle que qué demonios estaba viendo cuando el propio Sombra dijo sin volverse:

—Isaac, tienes que venir rápidamente.

Al oír su tono de voz, a Isaac se le cayó el alma a los pies. Empujó a Dex y a Caballero para abrirse paso y salió corriendo. Empujó también a Sombra para que se apartara y entonces comprendió lo que Sombra quería decir.

Jenna permanecía rígida y pálida como una estatua delante de la televisión, que no dejaba de sonar. Incluso a aquella distancia, Isaac advirtió que estaba hiperventilando. Cuando comenzó a avanzar hacia ella, la oyó hablar con una voz muy aguda, infantil, una voz que era la de Jenna, pero no era exactamente la suya, y la única palabra que resonaba queda en la habitación era «¿mamá?».

¡Oh, mierda! Un sonido sordo comenzó a zumbar en los oídos de Isaac al ver que Jenna había dejado de hiperventilar. De hecho, estaba tan quieta que no parecía estar respirando en absoluto. Se tambaleaba precariamente sobre los talones, como si estuviera borracha. Isaac corrió hacia ella al tiempo que gritaba pidiendo ayuda a todos los demás.

La agarró justo en el momento en el que le habían flaqueado las piernas e iba cayendo hacia el suelo. La abrazó con el miedo atenazándole la garganta. ¿Qué demonios podía haberla traumatizado hasta tal punto?

La llevó al sofá, la sentó allí y la sujetó cuando ella comenzó a inclinarse hacia delante como si estuviera a punto de caerse del sofá. La agarró por los hombros para hacerla volverse hacia él y la sacudió ligeramente, intentando recuperar su atención.

—¡Respira, maldita sea! ¡Respira, Jenna, maldita sea!

Ella parpadeó y, por un instante, se lo quedó mirando confundida, como si no le reconociera.

—Dios mío —susurró él.

Sombra apareció al lado de Jenna y le puso un trapo frío en la nuca mientras Caballero deslizaba los dedos por su muñeca para tomarle el pulso. Dex se concentró en el ya inexistente ritmo de su respiración mientras Isaac volvía a intentar hacerla salir de aquel estado de shock.

—¿Mamá? —repitió Jenna con voz temblorosa.

—Dios mío, cariño —dijo Isaac, con el corazón destrozado.

No le daba buena espina aquello que podía haberle causado a Jenna un ataque de pánico. En absoluto. Se volvió hacia Zeke, que entraba corriendo al cuarto de estar tras oír los gritos, y rápidamente dio una orden:

—Dad marcha atrás al programa que está en la televisión por lo menos treinta minutos. No sé lo que ha visto Jenna, pero es evidente que le ha causado una fuerte impresión.

—¿Puedo ayudar en algo? —preguntó Brent con voz queda mientras se colocaba junto a Zeke, seguido por Eric y por Capshaw.

—Necesito saber qué diablos ha visto en las noticias para hacerle perder el sentido y dejarla en ese estado —gritó Isaac sin dirigirse a nadie en particular—. Pero no vuelvas a ponerlo hasta que no la haya llevado al dormitorio.

Volvió a fijar su atención en Jenna, que emitía en aquel momento sonidos que recordaban a los de un pez intentando tomar aire fuera del agua. Tenía las pupilas dilatadas, los ojos abiertos como platos y el rostro sin vida ni color alguno. Tenía el aspecto de alguien que acabara de perder todo aquello que más había querido, todo lo bueno de su vida, el aspecto de alguien que se había quedado sin nada. Aquellos ojos sin alma que le devolvían la mirada le estaban destrozando. Tenía que hacerla regresar como fuera del infierno en el que se encontraba. Se negaba a permitir que permaneciera allí ni un segundo más. Comenzaba a mostrar signos de colapso y aquello, combinado con los otros factores en juego, le daba pavor.

Tomó sus manos heladas y se las frotó para infundir calor a sus dedos, todo ello mientras hablaba con calma, con voz relajante sobre nada en particular. Al cabo de un momento, abandonó aquella conversación sin sentido y se inclinó de tal manera que su nariz quedó a solo unos milímetros de la de Jenna.

—Cariño, vuelve conmigo —le suplicó, enmarcando su rostro con las manos y colocándole los mechones que ocultaban sus mejillas tras las orejas—. Estoy aquí, contigo. Sea lo que sea lo que te ha asustado, no estás sola. Necesito que respires hondo, con fuerza. Y por la nariz, no por la boca. Así.

Se aseguró de contar con su atención y le hizo una demostración, espirando e inhalando, tomándose su tiempo, reduciendo la velocidad de su respiración. Poco a poco, Jenna comenzó a dar señales de estar recuperando la conciencia. Le miró a los ojos e Isaac supo el instante preciso en el que superaba lo peor de aquel shock porque vio el reconocimiento en su rostro. Pero lo que le sacudió hasta la médula fue el inmenso alivio que asomó a sus ojos justo antes de que se arrojara a sus brazos. Isaac la estrechó contra él con todas sus fuerzas mientras Jenna le rodeaba el cuello con los brazos.

—Estás conmigo, pequeña —la tranquilizó, meciéndola hacia delante y hacia atrás mientras Jenna se aferraba a él como si le fuera en ello la vida—. Jamás te dejaré, cariño. Lo único que tienes que hacer es respirar e intentar relajarte. Concéntrate en lo más maravilloso en lo que puedas pensar. En el sueño más hermoso que hayas tenido nunca. Piensa solo en ello, olvídate de todo lo demás, y deja que sea yo el que te cuide. No te dejaré caer jamás. Siempre estaré cerca para sostenerte.

Sabía que estaba farfullando, pero también él estaba peligrosamente cerca de sufrir un ataque del pánico. Cuando la respiración de Jenna se hizo más regular, ella se dejó caer sin fuerzas contra él, como si se hubiera quedado sin energía. Isaac la levantó en brazos y la acunó en su regazo antes de levantarse del sofá, colocándola con firmeza contra su pecho.

Desvió la mirada hacia Sombra.

—Ve a buscar otro tranquilizante. Por muchas ganas que tenga de saber qué demonios ha pasado y qué es lo que ha visto para perder la noción de la realidad, Jenna no está en condiciones de revivirlo en este momento. Necesita descansar y relajarse. Si se despierta con fuerzas suficientes, lo veremos entonces.

Sombra asintió y corrió a la cocina mientras Isaac llevaba su preciada carga al dormitorio. La dejó en la cama, le quitó los zapatos y los pantalones y a continuación el resto de la ropa. Después agarró una de sus camisetas y se la puso por encima de la cabeza, envolviendo su mucho más pequeña envergadura.

Aunque Jenna era consciente de lo que la rodeaba y no seguía perdida en el infierno al que había descendido brevemente, permanecía muy quieta, siguiendo con la mirada cada uno de sus movimientos. Cuando Sombra entró con el tranquilizante y un vaso de agua, ni siquiera protestó. Dejó que Sombra le pusiera la pastilla en la lengua e Isaac le sostuviera el vaso para que la tragara antes de que el sabor amargo se extendiera por su boca.

Se recostó entonces contra la almohada, con los ojos llenos de lágrimas, mientras fijaba la mirada en el techo, evitando las miradas de ambos, de Isaac y de Sombra. Este miró a Isaac preocupado. Isaac le devolvió la mirada desolado, sin saber qué hacer o qué decir. No podía solucionar un problema que desconocía, no podía luchar contra un enemigo desconocido.

—Os dejaré solos —musitó Sombra, desviando la mirada hacia Jenna. Su rostro reflejaba una preocupación cada vez mayor—. Voy a ver qué puedo averiguar.

—Gracias —contestó Isaac con voz ronca.

Jenna ya estaba sucumbiendo a los efectos del tranquilizante. Sentía que le pesaban los párpados y pestañeó varias veces, como si estuviera intentando luchar contra el sueño. Al final cerró los ojos y continuó con ellos cerrados. Isaac pensó que se había dormido, pero, cuando estaba a punto de volver al cuarto de estar, Jenna los abrió lentamente y recorrió con ellos la habitación hasta encontrarle.

Una lágrima rodó por su mejilla y su palidez y se hizo más intensa todavía que antes.

—Me querían —susurró—. Mi padre me quería.

Isaac frunció el ceño confundido.

—¿A qué te refieres, cariño? ¿Te has acordado de algo?

Pero después de aquella críptica declaración, Jenna volvió a cerrar los ojos, suspiró y ya no volvió a abrirlos. Pronto, el ritmo de su respiración y la suave caída y elevación de su pecho evidenciaron que estaba durmiendo plácidamente.

Isaac se sentó en el borde de la cama y enterró el rostro entre las manos durante un largo rato. ¿Qué demonios le habría pasado? ¿Por qué diablos la habría dejado sola? No se había separado de ella hasta entonces. Y Jenna había tenido que pagar un duro precio por su negligencia. Había dejado que se enfrentara sola a cualquiera que fuera el fantasma del pasado que la estuviera persiguiendo.

CAPÍTULO 24

Cuando Isaac regresó al cuarto de estar, toda su actitud exigía respuestas, aunque no dijo una sola palabra. Brent alzó la mirada hacia él y a Isaac no le gustó lo que vio en sus ojos.

—Es comprensible que se haya derrumbado y haya entrado en estado de shock —dijo Brent sombrío—. Estaba cambiando de canales y disfrutando con todo lo que estaba descubriendo, sin sospechar en absoluto que una apisonadora salida de la nada estaba a punto de arrollarla.

—¿Qué se supone que significa eso? —exigió saber Isaac,

—Lo más rápido y lo más fácil será que lo veas —dijo Brent—. Ni siquiera estoy seguro de que pueda explicar todo este follón. Lo peor de toda esta historia es que ahora mismo no sé si es algo bueno o malo. Podría ser cualquiera de las dos cosas.

—O podría ser una maldita trampa —gruñó Zeke.

—¡Por Dios! Dejaos de especulaciones y ponedme esa maldita cosa. Mientras estamos aquí discutiendo, hay una mujer en el dormitorio con tanto dolor y confusión en la mirada que se me pone un nudo en el estómago al verla y no puedo hacer nada hasta que no sepa qué demonios ha visto que le ha resultado tan traumático.

—No es muy largo —murmuró Brent—. No tardarás en descubrir que su reacción está bastante justificada.

Ni siquiera habiendo sido testigo del ataque de nervios de

Jenna y después de haber oído las reacciones de los hombres que habían estado viendo la noticia mientras él se ocupaba de Jenna estaba preparado para la escena que desveló el aparato de televisión que tenía frente a él. Jamás habría imaginado que podía suceder algo así y no tenía la menor idea de qué pensar o cómo sentirse al ser testigo de las súplicas de aquella mujer.

Recordó entonces a Jenna diciendo «mamá» con la voz de una niña, como si hubiera reconocido a aquella mujer o tuviera un vago recuerdo de ella. Durante las breves conversaciones que habían mantenido respecto a su pasado no había hablado apenas de su madre. Tenía algunos recuerdos concretos de su padre, pero, cuando intentaba conjurar alguna imagen o algún recuerdo de su madre, parecía costarle.

¡Dios santo! No le extrañaba que se hubiera sentido tan perdida, tan confundía y perpleja. El cómo había llegado hasta aquella secta era una pregunta que había perseguido a Jenna desde que había tenido edad suficiente para planteársela. ¿La habrían querido alguna vez? ¿Sus padres la querían? ¿La habrían secuestrado o la habrían entregado sus padres voluntariamente al cuidado de aquella secta y todavía estaban vivos?

Había conservado recuerdos felices de su padre hasta entonces y de pronto descubría que le habían matado cuando estaba intentando evitar su secuestro. No era extraño que estuviera desolada, pero, aun así, el saber que la habían querido debería proporcionarle algún consuelo. Sus últimas palabras antes de dejarse arrastrar por el sueño habían sido que la habían querido.

A Isaac le entraban ganas de llorar por ella y, al mismo tiempo, quería respuestas. ¿Cómo encajaba su madre en aquella ecuación? La parte más recelosa de su personalidad consideraba que era demasiada coincidencia que hubiera aparecido en aquel momento suplicando información sobre su hija, justo cuando un poderoso narcotraficante estaba desesperado por convertirla en su más preciada posesión.

Pero también era cierto que la aparición de su madre y la

consiguiente súplica podían estar vinculadas al hecho de que la secta hubiera ocupado los titulares de la prensa en todo el país ya que se había informado de aquella tragedia en todos los medios, locales y nacionales, por igual. Al menos superficialmente, la historia parecía bastante verosímil, pero... ¡mierda! ¿Qué se suponía que tenía que hacer? ¿Prohibir que Jenna se reuniera con su madre porque el momento en el que había aparecido era sospechoso y su maldito trabajo consistía en sospechar de cualquiera que intentara acercarse a ella?

Diablos. Ni siquiera sabía lo que sentía Jenna al respecto. Había recibido un impacto que no habría esperado ni en un millón de años y había llegado justo después de haber soportado otros acontecimientos extremadamente estresantes en muy poco tiempo. ¿Hasta cuándo podría aguantar sin derrumbarse bajo el peso de aquellas tragedias que iban cayendo constantemente sobre ella?

La frustración se agitaba y bullía en su interior, amenazando con explotar. Odiaba aquel sentimiento de indefensión. De no saber qué hacer para ofrecerle a Jenna lo mejor. Para darle la clase de vida que se merecía, una familia que la amara.

—Esto es muy fuerte —susurró Sombra—. ¿Qué demonios piensas hacer?

Isaac suspiró y se pasó la mano por la cara.

—Eso depende de lo que decida hacer Jenna con la bomba que acaba de caerle. Nuestro trabajo consiste en asegurarnos de tenerlo todo bajo control y protegerla a toda costa. Antes de dejar que Jenna albergue alguna esperanza, o de frustrársela, creo que sería una buena idea que lleváramos a cabo una investigación discreta sobre su madre y nos aseguráramos de que todo está en orden. Tenemos que ser extremadamente cuidadosos hasta que hayamos acabado con Jaysus para siempre. No podemos presentar a Jenna en público para que se reúna con su madre. Eso podría terminar en un baño de sangre.

—Ahora mismo nos pondremos a ello —le aseguró Sombra—. Tú ocúpate de Jenna, de averiguar cómo está llevando la noticia y qué pretende hacer con esa información.

Isaac asintió con el pánico serpenteando en su estómago. Aquello no le hacía ninguna gracia y, menos aún, el momento en el que había sucedido, aunque pudiera ser razonable, teniendo en cuenta la cobertura que se le había dado a nivel nacional a aquella masacre.

Volvió al dormitorio a grandes zancadas y, cuando vio a Jenna hecha un ovillo, el corazón se le encogió en el pecho. Estaba acurrucada en la cama, con los ojos cerrados, pero incluso dormida la perseguían las preocupaciones y las pesadillas.

Sin vacilar, Isaac se deslizó a su lado, la abrazó y la acercó a su pecho para envolverla con su fuerza y su calor. Ella pareció relajarse un poco, como si le reconociera en sueños, exhaló un leve suspiro y se relajó de nuevo cuando volvió a reclamarla el sueño.

Isaac no supo cuánto tiempo permaneció allí, abrazándola, pero él fue incapaz de dormir. Permaneció despierto, en guardia, para proteger a su precioso ángel. No cerraría los ojos ni sucumbiría al sueño por muy cansado que estuviera porque no podía arriesgarse a que Jenna se despertara y él no se enterara.

Al cabo de lo que le pareció una eternidad, Jenna comenzó a moverse otra vez. Dejó escapar un suave murmullo contra su cuello, un murmullo que sonó como un «papá». El corazón se le partió en dos. ¿Cuántas pérdidas más podría soportar cuando ya le habían arrebatado todo lo que tenía en el mundo en una ocasión?

Jenna alzó la cabeza y se apartó para poder mirarle a los ojos.

—¿Isaac?

—Sí, pequeña —respondió él, consolándola con una caricia en la mejilla.

—¿Es verdad? ¿Lo que he visto es verdad?

Isaac resopló, deseando poder darle una respuesta definitiva.

—Todavía no lo sé. Ahora mismo estamos comprobándolo y en cuanto averigüemos algo tú serás la primera en saberlo.

—No me acuerdo mucho de ella —dijo Jenna preocupada—. ¿Se enfadará?

—No, cariño —se precipitó a contestar—. Solo eras una niña y desde entonces has sufrido mucho. Nadie puede esperar que recuerdes con claridad la vida que perdiste veinte años atrás.

Jenna bajó la mirada un momento y jugueteó con su camisa.

—¿Qué te pasa, pequeña?

Jenna volvió a mirarle con una capa de humedad cubriéndole los ojos. Después, se humedeció los labios. Su inseguridad se evidenciaba en cada uno de sus gestos.

—¿Deberíamos ponernos en contacto con ella? —preguntó vacilante—. ¿Debería ponerme en contacto con ella?

—Esa es una decisión que solo puedes tomar tú, cariño.

—¿Es una estupidez que me dé miedo conocer a mi propia madre?

—Claro que no. Cariño, estaría más preocupado si no estuvieras nerviosa ante la perspectiva de conocerla. Pero escúchame, ¿de acuerdo? No tienes por qué tomar hoy una decisión. Ni mañana. Tómate todo el tiempo que quieras y, cuando creas que estás preparada, organizaremos algo, pero tiene que ser algo que para ti sea seguro, porque si no, no lo haremos.

Jenna asintió y tragó saliva de forma visible.

—Quiero verla. Tengo que verla. Tengo algún vago recuerdo de una mujer que se parecía mucho a ella. Pero la mayoría de los recuerdos son de mi padre.

Los ojos se le llenaron de lágrimas que se deslizaron en un llanto silencioso por sus mejillas.

—Y ahora él está muerto —dijo con voz atragantada—. Durante muchos años, me aferré a la frágil esperanza de que, quizá, algún día, llegaría a verle otra vez. Imaginaba que se acordaba de mí, que me echaba de menos y quería que regresara a casa. Pero le mataron. Dios mío, ¡les he salvado la vida a esos monstruos una y otra vez! Me alegro de que estén muertos —siseó, apretando la mandíbula con fuerza—. Ojalá hubieran sufrido más.

Isaac volvió a abrazarla y le frotó la espalda sin decir nada, haciendo lo único que podía hacer en un momento en el que ella estaba tan profundamente herida.

—Si quieres tener un encuentro con tu madre, podemos organizarlo, Jenna. Pero solo si es eso lo que quieres y después de que hayamos hecho algunas averiguaciones para asegurarnos de que es quien dice ser.

Jenna asintió.

—Lo comprendo. Creo que es algo que tengo que hacer, aunque solo sea para tener por fin la certeza de que había personas fuera del culto que me querían. La certeza de que tenía una familia, personas que lloraron mi ausencia después de que me encerraran. Siempre me he sentido muy sola en el mundo, como si no tuviera a nadie.

—Me tienes a mí —le aseguró Isaac con fiereza—. Siempre me tendrás a mí. Jamás volverás a estar sola. Jamás, Jenna. ¿Comprendes lo que te estoy diciendo?

Jenna le dirigió una sonrisa trémula, pero asintió y se inclinó después para rozar sus labios con los suyos.

—Lo sé —susurró—. Y gracias. Eso significa para mí mucho más de lo que llegarás a saber nunca.

—¿Sigues estando segura de que esto es lo que quieres? —le preguntó el.

Ella asintió lentamente.

—Tanto si quiero como si no, es lo que necesito hacer. Si de verdad quiero llegar a ser libre alguna vez, tengo que reconciliarme con esa parte de mi vida.

Isaac la besó, fue un beso cálido, delicado y leve para no abrumarla en un momento en el que era tan vulnerable. Solo quería que recordara que estaba a su lado, que siempre lo estaría y que la amaba con todo su ser.

—Entonces iré a decírselo a los demás —le dijo después de separarse de ella—. Una vez hayamos hecho todas las comprobaciones, organizaremos el encuentro en cuanto seamos capaces de idear un plan que no sea peligroso para ti.

—¿Vendrás conmigo? —le preguntó vacilante—. No quiero encontrarme con ella a solas.

Isaac posó la mano en su mejilla y la miró a los ojos.

—Cariño, escúchame bien. Iré a donde tú vayas, siempre. Y eso es un hecho. No habrá un solo momento en el que no esté a tu lado, vayas a donde vayas. Si puedo evitarlo, jamás te perderé de vista.

Jenna se relajó de manera visible y al menos parte de su desasosiego, de su inquietud, abandonó su rostro.

—Gracias —susurró—. Tengo miedo de encontrarme con ella y no sé por qué. Estoy tan nerviosa que tengo ganas de vomitar. Pero el corazón me dice que es algo que tengo que hacer y si tú estás a mi lado soy capaz de hacer cualquier cosa.

CAPÍTULO 25

Tori Devereaux se despertó con un grito ahogado y las lágrimas empapando sus mejillas por el horror de un sueño que parecía haber sucedido en tiempo real, como si hubiera estado de verdad presente, a solo unos metros de la desgracia que estaba teniendo lugar.

Unos brazos familiares la rodearon y se descubrió a sí misma contra el pecho de Dane mientras este le acariciaba el pelo para tranquilizarla. Parpadeó confundida mientras las lágrimas continuaban brotando de sus ojos.

Dane la apartó con cuidado mientras alargaba la mano hacia la lámpara de la mesilla. La luz iluminó al instante las líneas implacables de su rostro y, por un momento, Tori pensó que estaba enfadado con ella. Pero después su mirada se suavizó y sus ojos se llenaron de preocupación. ¿Por ella?

Habían tenido discusiones fuertes en el pasado, pero Dane estaba a su lado cuando había soñado con Caleb con todo el cuerpo cubierto de sangre y estaba convencida de haber visto su muerte, y también la había consolado entonces. Parecía tener sentimientos encontrados hacia ella aunque, durante la mayor parte del tiempo, la trataba con indiferencia y guardando las distancias. Por eso la había sorprendido tanto que hubiera asumido su protección en un momento en el que todas las mujeres debían de estar a resguardo a causa de una posible amenaza contra toda la organización.

Su confusión debió de reflejarse en su expresión porque Dane le secó las lágrimas y le dijo en tono tranquilizador, como si estuviera intentando calmar a un animal salvaje:
—Has gritado mientras dormías.
Ante aquel recordatorio del sueño que todavía continuaba vivo en su recuerdo, el rostro de Tori se transformó en una máscara de tristeza.
—¿Era una pesadilla? —le preguntó él con voz queda.
«Pesadilla» era el nombre que utilizaban para hablar del persistente horror que había sufrido durante el tiempo que había estado en manos de un hombre que la había torturado y vejado y que podría haberla matado si Ramie no hubiera sido capaz de proporcionar a Caleb información sobre el lugar en el que había estado retenida. Gracias a ello habían podido rescatarla, pero no antes de que un monstruo le hubiera destrozado el alma.
Tori bajó la cabeza, la sacudió y cerró los ojos con fuerza.
—He visto un asesinato a sangre fría.
—¿De quién? —preguntó Dane con urgencia.
—No era de ninguno de nosotros —susurro ella—. No sé quién era.
Golpeó el colchón con la mano, el enfado combinado con la impotencia aumentaba su furia y su frustración.
—¡No he visto a esa mujer en mi vida! ¿Por qué tengo que soñar con una pobre mujer que pronto morirá si no puedo hacer nada para impedirlo? —se preguntó con voz aguda—. Lo odio, Dane. Odio esta estúpida capacidad. ¡No sirve para ayudar a nadie y a mí me tortura porque sé lo que va a pasar y no puedo hacer nada para evitarlo!
Dane volvió a atraerla de nuevo hacia sus brazos y le frotó la espalda mientras ella le golpeaba el hombro con el puño con frustración y tristeza.
—Lo sé, Tori, lo sé. Y no sabes cuánto lamento que tengas que soportar esto además de todo lo demás —le susurró al oído—. Me gustaría poder hacer algo para evitarlo. Pero quiero que sepas una cosa, aunque no entiendas nada más: lo que

te pasó no volverá a pasarte nunca. Yo... nosotros te protegeremos. Siempre.

Tori suspiró.

—Lo sé, Dane. Te creo. Sé que mis hermanos se culpan a sí mismos y me duele verles cargar con esa culpa. No fue culpa suya, nunca les he hecho responsables de lo que pasó. Me gustaría que pudieran darse cuenta. Continúan mirándome con culpa y sufrimiento en la mirada. Se han vuelto extremadamente protectores y están encima de mí en todo momento. Me siento fatal, como si fuera una persona sin corazón, una desagradecida por querer preguntarles cómo creen que voy a olvidar todo lo que pasó cuando ellos no son capaces de hacerlo.

—Entonces deberías decirles exactamente eso —dijo Dane contra su pelo—. Esto no es cosa de ellos. Tienes que decir y hacer lo que te haga sentirte bien, lo que te ayude a sanar. No eres responsable de su sensación de culpa. Ellos te quieren y se preocupan por ti. Todos lo hacemos. Pero deberías ser sincera con tus hermanos. Todos estáis sufriendo, pero nadie habla de ello y yo creo que evitar el tema no es la respuesta.

Tori volvió a suspirar.

—¿Por qué eres tan sabio, Dane?

Dane se puso rígido por la sorpresa, pero soltó después una carcajada, aunque no había diversión alguna en su voz.

—Estoy muy lejos de ser un sabio, pequeña. De hecho, he hecho muchas estupideces a lo largo de mi vida.

Ella sabía que era mejor no preguntar. Dane era una de las personas más reservadas que había conocido nunca y, de hecho, le sorprendía que estuviera abriéndose tanto. No iba a decir nada que le empujara a distanciarse. Ni admitiría tampoco nunca sus verdaderos sentimientos hacia él. Humillarse no entraba dentro de su lista de prioridades y pensaba que Dane la veía como a una niña rica, mimada y desagradecida. Probablemente le daría una palmadita en la cabeza, divertido por lo que consideraría un enamoramiento infantil.

—Voy a buscar una de tus pastillas para ayudarte a dormir

—dijo Dane, alejándose de ella—. Es solo la una de la madrugada y necesitas descansar, Tori. Estás tirando hacia delante casi sin fuerzas y, si no comienzas a cuidarte mejor, terminarás derrumbándote.

Tori abrió la boca para decirle que no, que no quería ni una pastilla más, pero él alzó la mano y la silenció con una mirada. Después, agarró el frasco que había en la mesilla de noche, se puso una pastilla en la mano y se la ofreció junto a un vaso de agua.

Tori resopló frustrada, pero no protestó. ¿De qué iba a servirle? Dane no lo comprendía. Nunca lo comprendería. Odiaba dormir porque cuando dormía se sentía terriblemente vulnerable. Era entonces cuando la perseguían las pesadillas sobre hechos muy reales del pasado o sobre acontecimientos que todavía no habían sucedido, pero que no podía hacer nada para evitar.

Para su sorpresa, fue como si hubiera expresado sus pensamientos en voz alta porque Dane la agarró por la barbilla mientras ella tragaba la pastilla y la miró a los ojos.

—Si tomaras la medicación como se supone que tienes que tomarla, los sueños no serían tan frecuentes y no estarías siempre tan cansada.

Antes de que Dane se volviera para marcharse, Tori creyó distinguir en su mirada más preocupación de la habitual, pero tanto como la preocupación como él desaparecieron antes de que tuviera oportunidad de descifrar lo que había visto en sus ojos.

Una vez en el marco de la puerta, Dane se detuvo y dijo con voz ronca sin mirar atrás:

—Volveré de vez en cuando para ver cómo estás. No quiero que te preocupes, Tori. Mientras estés a mi cuidado no te pasará nada. No lo permitiré.

CAPÍTULO 26

—Zack y Gracie acaban de entrar —le informó Sombra a Isaac a través del auricular que llevaba oculto—. Caleb, Ramie, Beau y Ari están en su posición. Los demás están en el bar tomándose algo y haciendo lo que se supone que hace cualquier tipo en un bar, viendo un partido en la televisión y comportándose como un grupo de amigos, sin llamar demasiado la atención. La mesa en la que Jenna, su madre y tú os encontraréis está rodeada y tenemos vigiladas todas las entradas y salidas. Espera dos minutos, entra con Jenna y siéntala en la mesa que acordamos. Yo estaré delante, vigilando, y te avisaré cuando vea llegar a su madre.

—Entendido —contestó Isaac con voz queda.

Miró a Jenna de soslayo. Estaba sentada en el asiento de pasajeros en evidente estado de nerviosismo. Alargó la mano para tomar la de Jenna y se la estrechó para tranquilizarla.

—¿Estás preparada para entrar?

El miedo y la inseguridad se agolpaban en sus ojos azules. Se mordió el labio con un gesto de nerviosismo.

—Tengo miedo —admitió—. No sé qué le voy a decir, ni siquiera qué voy a preguntarle.

—Entonces deja que sea ella la que hable —le aconsejó—. Cuando llegue el momento, sabrás qué decir o cómo manejar la situación. Y si en algún momento quieres poner fin al encuentro, nos levantaremos y nos iremos, ¿de acuerdo?

Jenna asintió, después alargó la mano y le acarició a Isaac la mandíbula.

—Te quiero, Isaac. Significa mucho para mí que hayas organizado este encuentro.

—Haría cualquier cosa por ti, ángel. Cualquier cosa. Y yo también te quiero. Con locura.

Jenna sonrió. Pareció relajarse y la ansiedad abandonó su mirada. Después, tomó aire:

—Estoy preparada.

—Vamos a entrar —le indicó Isaac a Sombra.

Salió del coche, lo rodeó para acercarse a la puerta de Jenna y escrutó rápidamente la zona con la mirada, pendiente en extremo de cualquier peligro potencial. Abrió la puerta, la ayudó a salir del vehículo y la estrechó contra él, rodeándole los hombros con el brazo.

Segundos después, estaban sentados a la mesa que habían acordado y, tal y como Isaac le había indicado, Jenna no dio ninguna muestra de reconocer a las otras parejas.

Jenna hojeó la carta sin deleitarse en la emoción de su primera comida en la calle en un verdadero restaurante, ni en la posibilidad de elegir cualquiera de aquellos platos que parecían deliciosos. Se sentía como si hubiera miles de mariposas revoloteando en su estómago.

Cada vez que entraba alguien, desviaba la mirada hacia la puerta y el pulso se le aceleraba mientras se preguntaba cuándo llegaría su madre, o si de verdad lo haría. Su llamada de teléfono había sido muy breve. La emoción las había superado a las dos y Jenna no había sido capaz de dejar de llorar durante tiempo suficiente como para ahondar en los detalles de su propia tragedia. Su madre solo repetía una y otra vez que había rezado para poder volver a reunirse con ella todos y cada uno de los días desde que se la habían llevado.

Y, cuando por fin había llegado el día, no tenía la menor idea de lo que iba a decir. El hecho de tener familia, de que hubiera alguien que la quisiera y que había llorado su ausencia durante tanto tiempo, debería alentarla. Pero estaba…

asustada. No, no solo asustada, estaba totalmente aterrorizada.

Isaac la miraba sin cesar. Sus facciones reflejaban su preocupación por ella. De pronto, se irguió en el asiento y alargó la mano para tomar la de Jenna. La retuvo con fuerza entre la suya.

—Está entrando —musitó.

Jenna sentía el pulso latiéndole en las sienes como un martillo y el corazón le palpitaba a tal velocidad que comenzó a marearse.

—Estaré aquí en todo momento, pequeña —le prometió Isaac, tirando de la mano de Jenna hacia su regazo.

Jenna fijó la mirada en la puerta en el momento en el que una mujer rubia, la misma que Jenna había visto en el informativo, entraba y miraba ansiosa a los clientes del restaurante. La camarera le sonrió y después de intercambiar con ella unas cuantas palabras, señaló la mesa en la que estaban sentados Isaac y Jenna y la acompañó hacia el asiento que estaba justo enfrente de su hija.

Su madre se detuvo y clavó la mirada en Jenna, que parecía estar en estado de shock. Por supuesto, debería saludar a su madre. ¿Debería abrazarla? ¿Debería limitarse a decir «hola»?

Se levantó con piernas temblorosas, se encontró con su madre a medio camino de la mesa e, inmediatamente, se sintió envuelta en un fuerte abrazo.

—Mi chiquitina, mi niña —susurró su madre con la voz atragantada por las lágrimas—. No sabes cuánto he rezado para que llegara este día. Nunca he renunciado a la esperanza de encontrarte. Te he echado mucho de menos.

—Mamá —musitó Jenna, cerrando los ojos y aferrándose a la otra mujer.

Cuando por fin se separaron, uno de los botones del abrigo de la madre de Jenna se enganchó en la muñeca de Jenna, rasgándole la piel.

—¡Ay, lo siento! —se disculpó nerviosa, sollozando al ver el arañazo—. Ese botón se engancha siempre con todo. Debería arreglarlo.

—No pasa nada —le aseguró Jenna con suavidad—. No pasa nada, de verdad.

—Por favor, Jenna, será mejor que os sentéis mientras voy a pedir algo de comer —sugirió Isaac—. Jenna estaba tan nerviosa ante la perspectiva de volver a verla que no he conseguido hacerla desayunar —le explicó a su madre.

—Tú debes de ser Isaac —dijo la madre de Jenna.

—¡Oh, estoy siendo muy maleducada! —dijo Jenna, con el rubor cubriendo su rostro—. Sí, este es Isaac. Él es...

Desvió la mirada hacia Isaac y, al verle con aquella actitud protectora a su lado, la envolvió una oleada de amor. Era tal la fuerza de sus sentimientos hacia él que le dolía el corazón.

—Es el hombre del que estás enamorada —dijo su madre con una risa—. ¡Ay, cariño, es evidente! Y también es evidente que él está enamorado de ti.

—Lo estoy, señora, y para mí es un placer conocerla —dijo Isaac, inclinándose para darle un beso en la mejilla.

Las lágrimas iluminaron los ojos de la madre de Jenna mientras se sentaba enfrente de Isaac y de su hija.

—No sabes cuánto me alegro de que te tenga a ti, de que haya tenido a alguien a su lado cuando no he podido estarlo yo —le dijo a Isaac—. La miras como me miraba el padre de Jenna. El día que les perdí a él y a mi hijita me quedé destrozada. Les he echado de menos todos y cada uno de los días de mi vida.

Jenna se tensó e Isaac le frotó la pierna con un gesto tranquilizador mientras le pedía a la camarera con voz queda lo que iban a tomar.

—Sí, me acuerdo de él —dijo Jenna llorosa.

Su madre la miró fijamente.

—¿Sí? ¿Y qué es lo que recuerdas?

Jenna sonrió con tristeza.

—Una fiesta de cumpleaños. Cumplía cuatro años, creo. Es el último recuerdo que tengo de él. Me hacía girar y había una tarta con montones de flores rosas y con azúcar glaseada.

La expresión de su madre cambió. Pareció enfadada de pronto.

—Sí, era tu cuarto cumpleaños. Al día siguiente le mataron y te alejaron de mi lado.

Jenna agachó la cabeza y clavó la mirada en su mano entrelazada con la de Isaac. Tenía un nudo en el estómago. La asaltaron de pronto las náuseas y tuvo que dominar las ganas de vomitar.

—¿Estás bien? —le preguntó Isaac, inclinando la cabeza para poder mirarla a los ojos.

Jenna asintió. No quería preocuparle todavía más.

—Necesito comer algo —le dijo—. Tengo hambre. Al final no ha sido muy buena idea lo de saltarme el desayuno.

—No me gusta que te saltes ninguna comida —respondió Isaac con un gruñido—. No me gusta que algo te afecte o te preocupe tanto como para quitarte el hambre.

Relajó la expresión aliviado al ver que el camarero llegaba con la comida. Jenna nunca había comido camarones y, tanto en los anuncios que había visto de varios restaurantes como en la carta que había leído distraída, le habían parecido deliciosos. Después de que Isaac hubiera contestado pacientemente a los cientos de preguntas que le había planteado sobre las comidas que había visto en televisión, estaba deseando probar el marisco en cuanto tuviera oportunidad. Y frente a ella tenía un plato de pasta salteada con camarones con mantequilla y condimento cajún.

Isaac y su madre habían optado por sendos filetes de aspecto suculento. Isaac cortó un pedazo y se lo ofreció a Jenna para que se lo probara. Mientras comían, Jenna sentía que tenía el estómago cada vez más revuelto, pero intentó distraerse escuchando y respondiendo a la conversación emocionada de su madre.

Isaac y los demás habían planteado la necesidad de que Jenna no contara nada de lo que había ocurrido después de que escapara de la secta y, por supuesto, no debía mencionar la existencia de una peligrosa amenaza. Lo único que podía revelar era que había conseguido escapar días antes de que el resto de los miembros del culto fueran asesinados y que Isaac la había encontrado, había decidido protegerla y se habían enamorado en el proceso.

La madre de Jenna pareció encontrar la historia apasionadamente romántica, aunque endureció su expresión ante la mención del culto. Lo único que comentó al respecto fue que aquellos canallas se merecían todo lo que les había pasado.

—Pero ahora ya no hay nada que pueda ponerla en peligro —le dijo después a Isaac, haciéndole ponerse en tensión.

—Pretendo proteger a Jenna de cualquiera que pretenda hacerle daño o explotarla en cualquier sentido.

—En ese caso, me alegro de que pueda contar contigo —respondió su madre.

Después, desvió la mirada hacia Jenna y la observó atentamente al tiempo que adoptaba una expresión preocupada.

—¿Te ocurre algo, cariño?

Isaac se volvió al instante y Jenna deseó que su madre no se hubiera fijado en ella. Pero la verdad era que tenía el estómago muy revuelto a pesar del esfuerzo que estaba haciendo para comer sin organizar un escándalo.

—¿Qué te pasa, cariño? Estás pálida y apenas has comido nada.

—Tengo el estómago revuelto —admitió—. Y no estoy segura de que me guste el marisco.

—Te acompañaré al baño —le ofreció su madre, levantándose rápidamente de la silla.

—No va a ir ninguna parte sin mí —repuso Isaac con voz dura.

Su madre sonrió.

—Por supuesto que no. Pero no puedes entrar con ella al cuarto de baño de señoras, así que iré yo y me aseguraré de que está bien. Tú puedes quedarte en la puerta y asegurarte de que no entre nadie.

Jenna sabía que Isaac estaba a punto de replicar que pensaba entrar en el cuarto de baño con ella y que nadie iba a impedírselo, así que posó la mano en su brazo y le dirigió una mirada suplicante.

—Por favor, espéranos en la puerta. Yo estaré al otro lado. Creo que voy a vomitar.

Mientras lo decía, el sudor perlaba su frente y el estómago le daba vueltas. Le sudaban las manos y el restaurante comenzaba a desdibujarse a su alrededor.

Oyó que Isaac soltaba una maldición y la agarraba por la cintura antes de guiarla hacia el cuarto de baño. Una vez allí, abrió la puerta y escrutó rápidamente el interior para asegurarse de que no había nadie dentro. Era un baño de un solo cubículo, algo que alivió parte de la preocupación de Isaac, que les hizo un rápido gesto a Jenna y a su madre para que entraran.

—Llámeme si me necesita —le pidió Isaac a la madre de Jenna secamente.

—Por supuesto —respondió ella en tono tranquilizador.

Jenna agradeció poder entrar en el cuarto de baño y desaparecer de la vista del resto de clientes del restaurante. Estaba mareada, pero, sobre todo, sentía que todo lo que tenía en el estómago intentaba abrirse camino hacia su garganta.

Corrió hasta el inodoro y vomitó violentamente. Se agarró con una mano al asiento del váter y se rodeó la cintura con el otro brazo, intentando calmar su revolucionado estómago.

Continuó vomitando hasta que no le quedó nada que echar. Estaba tan débil que sabía que sería incapaz de levantarse sin la ayuda de Isaac. Y en aquel momento le necesitaba. Quería sentir su fuerte brazo sosteniéndola, porque sabía que jamás la dejaría caer.

Intentó levantarse, pero le faltaban las fuerzas. Los brazos de su madre la sostuvieron mientras la ayudaba a levantarse. Después, Jenna susurró, asombrada ella misma de su propia debilidad y arrastrando las palabras:

—Por favor, pídele a Isaac que entre.

Para su más absoluta conmoción, vio aparecer una pistola en la malo de su madre y al instante sintió el frío metal del cañón presionándole con fuerza el costado.

—No vas a ver a Isaac, querida Jenna —respondió su madre

con voz fría—. Detrás de esa ventana hay alguien que tiene muchas ganas de verte.

Jenna miró a su madre con estupor, incapaz de comprender lo que estaba pasando.

—No puedes enfrentarte a mí —le advirtió su madre sin el menor apasionamiento—. ¿Te acuerdas del botón con el que te he arañado? Te he drogado. Ahora estás débil como un gatito y, si no te mueves rápido, no solo te dispararé, sino que también le pegaré a un tiro a tu querido Isaac. Así que, si no quieres que muera, tendrás que salir conmigo por esa ventana. Y más te vale hacerlo rápido, antes de que empiece a preocuparse y entre a buscarte. ¿Porque sabes lo que pasará entonces, Jenna? Le mataré. Así que empieza a moverte.

Empujó a Jenna hacia una ventana cubierta por unas persianas mientras gritaba para que Isaac la oyera:

—Está bien, Isaac. Ahora se está lavando. Saldremos dentro de un momento. Solo necesita lavarse la casa y recuperarse.

—¿Estás bien, Jenna? —preguntó Isaac con evidente preocupación.

—Contéstale —siseó la madre de Jenna—. Y más te vale ser convincente.

El miedo le impedía hablar. Tenía la mente abarrotada con millones de cosas, recuerdos, breves retazos y fragmentos de sucesos ocurridos mucho tiempo atrás, todos ellos encajando en su lugar.

—Estoy bien, Isaac. Ahora mismo salgo.

Su madre se las arregló para apartar las persianas y abrir la ventana a toda velocidad. Después, le dio a Jenna un empujón y salió tras ella. Jenna se tambaleó cuando sus pies entraron en contacto con el suelo. La droga la hacía sentirse mareada e inestable.

—Le mataste tú —susurró. Alzó la mirada para mirar a los ojos de aquella mujer malvada—. Mataste a mi padre y fuiste tú la que me vendió a la secta —dijo histérica.

CAPÍTULO 27

Dane estaba delante de la televisión con una taza de café en la mano mientras volvía a ver la entrevista de la madre de Jenna suplicando información sobre su hija, que llevaba años desaparecida. No sabía por qué le resultaba tan inquietante. Habían investigado a aquella mujer y no habían encontrado ningún secreto en su pasado. Con lo único con lo que se habían encontrado era con una mujer que lo había perdido todo poco después de que su hija cumpliera cuatro años.

No era nada personal. Nunca lo era. Las sospechas lo eran hasta que dejaban de serlo. A la gente se la investigaba y se encontraba alguna información sobre ella o no. Pero entonces, ¿por qué se le había atravesado aquella mujer? ¿Qué tenían sus ojos que le desagradaba tanto?

Estuvo a punto de apagar el televisor al oír que Tori entraba en la habitación. Pero una mirada a su rostro, convertido en una máscara de terror, y el hecho de que hubiera palidecido hasta perder del todo el color le dejaron momentáneamente paralizado.

—¿Quién es? —preguntó Tori histérica—. ¿Quién es esa mujer que aparece en la televisión?

Corrió hacia Dane y se enfrentó a él con patadas y golpes para que le entregara el mando a distancia. Dane jamás la había visto reaccionar de aquella manera. Decidió ceder y darle lo que con tanta desesperación quería y esperó mientras ella subía el volumen de la televisión. Pero se colocó entonces tras ella y la rodeó con los brazos, temiendo que se pusiera más violenta y terminara haciéndose daño ella misma.

—Tori, soy yo, Dane. Háblame. Dime algo, cuéntame lo que te pasa. ¿Quién es esa mujer para ti? No entiendes lo importante que es esto. Si sabes algo, tienes que decírmelo ahora mismo.

Ella giró bruscamente con un miedo tan salvaje en la mirada que Dane sufría por ella.

—¿Quién es? —gritó Tori.

—¿Qué es esa mujer para ti? —preguntó Dane, sosteniéndola por los hombros para que no hiciera ninguna locura, como escapar de la casa de seguridad en la que la mantenía completamente escondida de la mirada pública, o privada.

—Es la mujer que aparecía en mi sueño —contestó ella con voz ronca—. No lo entiendes, Dane. Es la mujer a la que disparaban en mi sueño, pero no iba vestida de esa manea. ¡Dios mío, si pudiera averiguar quién es podríamos salvarla!

Dane sintió que la sangre abandonaba su rostro mientras la miraba horrorizado.

—¿Lo dices en serio? No tienes idea de lo importante que es esto. Esa mujer es la madre de Jenna o, por lo menos, dice serlo. Isaac ha llevado hoy a Jenna a conocerla. Las imágenes que estás viendo salieron hace varios días en televisión, cuando apareció en público pidiendo que la ayudaran a encontrar a su hija y Jenna la vio.

Tori se quedó boquiabierta.

—¡Dios mío, Dane! Tienes que decirle lo que he visto. ¡Tienes que decírselo ya!

Dane sacó el teléfono y, mientras se aseguraba de presionar las teclas de la línea de seguridad que le indicaría a Isaac que debía contestar fuera cual fuera la situación en la que se encontrara, alzó la mirada hacia Tori.

—¿Qué ropa llevaba cuando le disparaban? Dices que no era la misma con la que aparecía en la televisión. Piensa, Tori. Necesito esa información.

—Unos pantalones vaqueros de diseño, botas altas de tacón y un jersey blanco de cuello alto. Por eso se distinguía tan bien la sangre en el sueño —susurró—. Todo era rojo y blanco. Había mucha sangre.

Dane la rodeó con el brazo, la colocó a su lado y le hizo enterrar la cabeza contra él, sabiéndola abrumada por tener que describir un acontecimiento que se estaba repitiendo una y otra vez en su cabeza. Odiaba obligarla a revivirlo, pero era consciente del impacto que aquello podría tener en… en todo.

—Tori, esta vez sí vas a poder hacer algo con esas imágenes. Y yo también. Y esperemos que no sea demasiado tarde.

Tori le miró con sus enormes ojos asustados.

—No he visto ni a Jenna ni a Isaac. No he visto a nadie de DSS. ¿Por qué solo he visto a su madre? ¿Qué puede haberle pasado a ella? Quiero decir, ¿qué le va a pasar si no le ha pasado ya?

—No tengo respuesta para eso, cariño. Pero tengo que avisarles antes de que sea demasiado tarde.

CAPÍTULO 28

Jenna se vio obligada a mantenerse en pie mientras iba arrastrándose poco a poco. La pistola no abandonaba en ningún momento algún órgano vital de su cuerpo. Estaba violentamente estremecida por los recuerdos repentinamente recobrados y la maldad revelada por su madre. Le repugnaba algo tan perverso, no entendía cómo se las había arreglado aquella mujer para actuar con tal aparente sinceridad. Había engañado a todo el mundo, pero, sobre todo, a ella.

—No todos los días se tiene la oportunidad de vender a una niña mimada a cambio de una fortuna y yo, no solo he podido hacerlo una vez en mi vida, sino que lo he hecho dos —se regodeó su madre con desprecio—. Cuando Eduardo aniquiló la secta, me localizó y me pidió que le ayudara a encontrarte. A cambio de dinero, claro —añadió, riendo para sí—. ¡Ah, ahí está! —señaló.

La empujó entonces hacia un grupo de hombres que había aparecido desde detrás de unos árboles que separaban la zona comercial de un área residencial,

Eduardo era el hombre al que Jenna conocía como Jesus, o Jaysus, como le llamaban los miembros de DSS para desinflar el ego de aquel hombre que se comparaba con el hijo de Dios.

Antes de que pudiera hacer o decir nada más, Jaysus sacó una pistola y le pegó dos tiros a su madre, dándole primero en el pecho y después justo en la cabeza. Ella cayó al suelo, con el jersey blanco tiñéndose de rojo por la sangre que brotaba de una herida enorme en el pecho. Jenna cayó de rodillas, se tapó las orejas y cerró los ojos mientras un grito silencioso retumbaba una y otra vez en su mente. Ella no era una sanadora que había sido dotada con el hermoso y milagroso don de salvar vidas. Era una mujer sucia, mancillada, portadora de muerte y de sangre, un hecho disimulado por una habilidad que, en principio, parecía ser algo bueno. Jamás debería haber huido del culto. Todas las personas inocentes que habían cometido el error de protegerla y habían sido bondadosas con ella habían terminado marcadas por la muerte. Ella no era más que una sentencia de muerte y la única culpable de todo lo que ocurría. Aquella era su penitencia por haber soñado con una vida mejor y haber deseado tantas cosas que le habían sido negadas.

—Levántate —ordenó Jaysus, agarrándola del brazo y tirando de ella para levantarla—. Me has costado demasiado tiempo, vamos ya con mucho retraso. Lo único que has conseguido ha sido acabar con todas y cada una de las personas a las que has intentado ayudar.

—¡Manos arriba, Jesus! Apártate de esa mujer o tú y todos tus hombres moriréis.

Jenna oyó la voz de Isaac, pero estaba demasiado afectada como para calcular la distancia a la que se encontraba. En lo único en lo que podía pensar era en que su propia madre la había traicionado no una, sino dos veces. Su madre había matado a su padre, la única persona que la había querido cuando era niña. Y ahora iba a hacer que ella perdiera al único hombre que amaba a la mujer en la que se había convertido. Iba a perderlo todo y estaba sentenciada a vivir de nuevo en el infierno.

Jenna se descubrió de pronto siendo arrastrada contra el musculoso cuerpo de Jesus, un cuerpo que apestaba a muerte. Para su horror, parecía estar buscando a alguien entre los agentes de DSS que andaban en su busca. Después, vio el brillo triunfal de su mirada mientras alzaba la pistola y comenzó a gritar y darle patadas, resistiéndose con todas sus fuerzas.

Jesus se limitó a apartarla de un golpe y a pedir a sus hombres que la sujetaran mientras él apuntaba y disparaba.

Un grito de horror se elevó en la distancia y de la garganta de Beau escapó un rugido de tristeza y rabia.

¡No! ¡No! Jenna giró, revolviéndose contra sus captores, y vio la barrera que se estaba formando alrededor de Ari. Pero ya era demasiado tarde. Estaba tumbada en el suelo sobre un charco de sangre.

Beau buscó a Jenna a través de aquel caótico tumulto, suplicándole con la mirada.

—Está embarazada —le dijo con la voz rota—. Acabamos de enterarnos. Por favor, ayúdala. Tienes que salvar a nuestro hijo.

Jenna luchó contra el efecto de aquellas drogas que parecían haber paralizado el tiempo y el mundo que la rodeaba. Todo aquello parecía salido de una pesadilla y, por un momento, cerró los ojos y rezó para despertarse en los brazos de Isaac, para oírle tranquilizarla y decirle que todo era un sueño. Que estaba a salvo. Pero, cuando volvió a abrirlos, comprendió que era real. Y que tenía que actuar rápido si quería salvar a Ari.

Isaac hizo un gesto desesperado a sus hombres para que buscaran la mejor posición para enfrentarse a Jesus y a los suyos en cuanto vieran clara la posibilidad de disparar. Veía a Jenna resistiéndose a los efectos de cualquiera que fuera la droga que aquella hija de perra le había dado en el restaurante. Pero él era el único culpable. Aquello no le había olido bien desde el primer momento, pero lo peor era que había perdido a Jenna de vista, creyendo que, si él estaba fuera, era imposible que le ocurriera algo en los limitados confines del cuarto del baño. Se maldecía por no haber sido más observador. Por no haber insistido en cuidar él mismo de Jenna. Había decepcionado a Jenna y a sus compañeros de equipo y jamás se lo perdonaría.

Aquel delincuente había hecho bien sus deberes sobre DSS y, en cuanto había tenido oportunidad, había abatido a la que representaba su mayor amenaza: Ari.

Isaac observaba mientras sus hombres le informaban furiosos de que no había posibilidad de disparar y no podían empezar a cargarse a los hombres de Jesus porque Jenna moriría.

Jenna se enderezó en brazos de su captor y le dirigió a este una mirada de puro odio. Fue una mirada que le indicó a Isaac que estaba a punto de actuar. Rezó en silencio para que no le siguiera provocando. Solo necesitaban tiempo. Un desliz y acabarían con aquel hijo de perra y eliminarían al resto de sus hombres.

—Déjame curarla —dijo Jenna con frialdad.

Jesus soltó una carcajada.

—No estás en condiciones de pedir nada. Estoy dispuesto a acabar con todos ellos.

—Entonces perderás lo que más quieres: a mí —replicó ella, encogiéndose de hombros con indiferencia, como si no le importara.

Jesus tuvo un momento de confusión, pero terminó soltando una carcajada, aunque parecía nervioso y ya no tan confiado.

—Yo no pierdo, Jenna. Nunca —replicó. La agarró del brazo y la sacudió como si fuera una muñeca de trapo—. Sobre todo cuando me ha costado tanto conseguir lo que quiero.

Zeke y Dex tuvieron que agarrar a Isaac al verle a punto de perder el control y salir a por Jenna.

—Te matarán —siseó Dex—. Intenta contenerte hasta que estemos en condiciones de actuar.

Isaac odiaba saber que tenían razón, pero más todavía tener que ver a ese canalla agarrando a Jenna.

Esta clavó su fría mirada en Jesus hasta hacerle terminar cerrando los ojos con expresión interrogante. En un tono quedo, pero cargado de advertencias, Jenna dijo en voz suficientemente clara y alta como para que todo el mundo pudiera oírla:

—Nada de lo que puedas hacerme me obligará a trabajar para ti. Dejaré morir a todas y cada una de las personas que me traigas para salvarlas de la muerte, y eso te incluye a ti.

—Eso dices ahora, pero para cuando haya acabado contigo estarás diciendo algo muy diferente —replicó él en tono amenazador.

Pero ella no reaccionó a su amenaza y continuó mirándole sin dejarse amedrantar, manteniendo la voz y la postura serenas.

—Los golpes, la tortura, los lavados de cerebro… todo lo que me hicieron mientras estaba prisionera funcionó porque no conocía el mundo de fuera y sabía que tenía que aguantar y seguirles el juego hasta que tuviera la oportunidad de escapar. Si mueren Ari y su hijo, Isaac y todos los demás, no tendré ningún motivo para seguir viviendo. Te habrás llevado lo que más me importa, lo único que de verdad aprecio de este asqueroso mundo, así que me da igual lo que puedas hacerme. Jamás cederé —le prometió con una voz tan fría y desafiante que el narcotraficante pareció ponerse realmente nervioso.

Y dejó a Isaac helado hasta la médula, porque sabía que estaba dispuesta a cumplir todas y cada una de sus amenazas. Sabía que desafiaría a Jesus hasta su último aliento. Jamás en su vida había estado tan asustado. Jamás se había sentido tan inseguro, tan impotente e incapaz de salvar a una mujer a la que adoraba por encima de toda medida.

—¿Entonces qué me propones? —preguntó Jesus, arqueando una ceja.

—Un intercambio —contestó—. Tú me dejas sanar a Ari y permites que se vaya todo el mundo sin que haya mayores incidentes. A cambio, me iré contigo y haré todo lo que quieras. Siempre tendrás poder sobre mí porque estoy dispuesta a hacer cualquier cosa para mantenerlos a todos vivos, para mantener a Isaac vivo.

—¡Maldita sea, Jenna! ¡No! —gritó Isaac con voz ronca—. ¡No vas a ir a ninguna parte con ese hijo de perra!

Ella buscó a Isaac en la distancia y sus ojos se llenaron al instante de amor, de un inmenso amor.

—Soy yo la que tiene que tomar una decisión y he decidido salvar a Ari, a su hijo y a todos los demás. Sois lo mejor de mi vida. Lo único que necesito y necesitaré es saber que estáis vivos. Podré sobrevivir a cualquier cosa siempre y cuando sepa que estáis a salvo.

Desvió después la mirada hacia el narcotraficante y entrecerró los ojos en señal de advertencia.

—No se te ocurra intentar engañarme, porque, si en algún momento pienso que has incumplido tu palabra, dejaré que muráis tú y todos los demás sin ningún tipo de arrepentimiento, aunque ello implique mi propia muerte.

Apareció una sombra de respeto en la mirada de Jesus, pero también cierta suficiencia, como si pensara que seguía teniendo la sartén por el mango. Era un estúpido. Jenna estaba siendo absolutamente sincera respecto a lo que sentía: no tenía nada que perder si le arrebataban lo que más quería. Isaac lo sabía porque si la perdía no habría fuerza alguna sobre la tierra capaz de impedirle vengarla, aunque ello le costara la vida.

Porque sin ella no tenía vida. No tendría ninguna razón para vivir. Ninguna de las razones por las que había trabajado y se había entregado con pasión a su labor en DSS le sostendría si perdía a la persona que más le importaba en el mundo. Al igual que Beau, que estaba roto, arrodillado sobre Ari, y nunca sobreviviría si perdía a su esposa y a su hijo. Por mucho que odiara que Jenna hubiera pactado con aquel asesino que le permitiera salvar a Ari y darles a ella y a su hijo una oportunidad, sabía que si estuviera en el lugar de Beau él también suplicaría y daría cualquier cosa, prometería lo que hiciera falta al diablo en persona para asegurar la supervivencia y de su esposa y de su hijo.

Al final Jesus asintió.

—Muy bien. Llegaremos a un acuerdo. Puedes curar a esa mujer, pero no del todo —le dijo en tono de advertencia—. No quiero que se recupere hasta el punto de poder utilizar sus poderes contra mí, y soy muy consciente de su capacidad, así que no intentes engañarme minimizando su poder.

Isaac miró a Caleb, dirigiéndole una mirada de advertencia. Era evidente que Jesus había estudiado a fondo DSS y sabía de los poderes de Ari, pero ni siquiera había mirado a Ramie ni había pronunciado su nombre. Cuando sus miradas se encontraron, Caleb asintió, haciéndole ver que le entendía, apartó a Ramie para que Jesus no pudiera verla y fue retirándose mientras la atención seguía centrada en Jenna y en Ari.

Sí, probablemente, Ari fuera el arma más poderosa de su arsenal, pero solo en lo relativo a la fuerza bruta. Ramie era igualmente poderosa y valiosa y si, Dios no lo quisiera, aquello terminaba saliendo tal y como Jenna pretendía y no podían impedir que Jesus escapara y se la llevara, necesitarían a Ramie para localizarla.

Jenna miró hacia Gracie, situada detrás de Zack, que hacía de barrera entre ella y el peligro, arriesgando su cuerpo por ella.

—Gracie —gritó Jenna en voz suficientemente alta como para silenciar a los demás, que la miraron con renovada curiosidad.

Algunos de los hombres de Jesus sacudieron la cabeza y musitaron que Jenna estaba chiflada. Que era una aliada del demonio y terminaría llevándoles a la muerte. Aquello enfureció a Jesus, que gritó para obligarles a cerrar la boca.

Pero los hombres de Jesus tenían razón, aunque no sería Jenna la que les llevara la muerte y desatara un infierno sobre sus cabezas. Serían Isaac y sus hombres los encargados de aquella misión que se convertiría en la más satisfactoria de toda su vida.

—¿Está diciendo la verdad? —le preguntó Jenna a Gracie en tono solemne.

Gracie miró detenidamente por encima del hombro de Zack y, pese a sus protestas, dio un paso a un lado con el que estuvo a punto de hacerle perder el control. Pero Gracie había decidido que, si Jenna estaba dispuesta a arriesgar tanto para salvar a Ari, no sería ella la única que lo hiciera.

Gracie asintió reluctante y fijó la mirada en el narcotraficante con una mezcla de miedo y repugnancia.

—Está diciendo la verdad.

Jesus estaba visiblemente confundido mientras miraba alternativamente a las dos mujeres. Después frunció el ceño, arrugando la frente, y clavó la mirada en Gracie como si por fin estuviera siendo consciente de su capacidad.

—Si estás pensando en cambiar el trato en algún sentido, te aconsejo que no lo hagas —dijo Jenna con voz glacial—. Si no cumples con tu palabra, tampoco lo haré yo.

—¿Y cómo puedo saber que me estás diciendo la verdad? —le preguntó él en tono burlón.

Jenna señaló con la cabeza hacia Gracie.

—Pregúntaselo a ella —respondió desafiante.

Jesus soltó un bufido burlón.

—¡Ah! Y supongo que tengo que creerme que sabe leer el pensamiento.

Gracie adoptó una expresión de repugnancia y comenzó a recitar con gran detalle y precisión lo que Jesus estaba pensando en aquel momento. Y lo que Jesus estaba pensando era que cómo habían permitido salirse con la suya hasta ese punto a un puñado de mujeres arrogantes que ni siquiera sabían lo que era un hombre de verdad, sobre todo en lo que se refería a su insolencia con los hombres que tenían poder sobre ellas, y que un auténtico hombre como él debería ponerlas en su lugar. Gracie pareció a punto de vomitar cuando añadió que no había nada que deseara más que darles tal repaso que, para cuando hubiera acabado, tuvieran bien claro quién era su dueño y señor.

Jesus abrió los ojos como platos, pero pareció divertido y en absoluto arrepentido de que se hubieran hecho públicos sus pensamientos. Esbozó una sonrisa de suficiencia, como si quisiera decirle a Gracie que, por supuesto, también ella estaba incluida en su lasciva fantasía. Alzó entonces la mano.

—¡Vale, vale! Entonces dime, ¿Jenna está diciendo la verdad? ¿Si cumplo con mi parte del trato, le permito curar a esa mujer y os dejo libres y sin daños a todos los demás, se vendrá conmigo sin oponer ningún tipo de resistencia y hará todo lo que le pida?

A Gracie se le llenaron los ojos de lágrimas, lo que debería haber sido suficiente respuesta, pero volvió a asentir y dijo con la voz atragantada:

—Sí, jamás incumplirá su palabra siempre y cuando no le des motivos para hacerlo rompiendo la tuya.

—Muy bien —dijo Jesus con ufana satisfacción.

Empujó a Jenna hacia Ari. Tanto sus hombres como él apuntaron en su dirección y la tensión se disparó en el ambiente.

—Hazlo rápido —le gritó.

Jenna pasó tambaleante por delante del cadáver de su madre con el semblante blanco. Cerró los ojos, cuadró los hombros y continuó avanzando a pesar del dolor que ardía en su mirada. El dolor y los efectos de una traición que repugnaba a Isaac. Una traición en la que él también había participado porque no había sido capaz de cumplir la promesa que le había hecho a Jenna.

—Que todo el mundo se aleje de la mujer excepto Jenna —ordenó Jesus—. En cuanto alguien haga un movimiento que no me guste abriré fuego y mataré hasta el último de vuestros hombres.

Jenna buscó a Isaac en la distancia y le miró a los ojos.

—Te amo —le dijo moviendo los labios.

Antes de que él pudiera responder, se volvió y vio a Beau, que estaba siendo obligado por sus propios hombres a apartarse del lado de Ari y estaba resistiéndose con todas sus fuerzas.

—Beau —le llamó Jenna con suavidad.

Beau se detuvo al instante y se volvió hacia ella con los ojos brillantes por las lágrimas y el rostro convertido en la viva imagen de la devastación.

—Les salvaré a ella y a vuestro hijo. Por favor, confía en mí. Haré lo suficiente como para que cuando les lleves al hospital los dos consigan salvarse, te lo juro por mi vida.

—Confío en ti con todo lo que soy, todo lo que tengo y lo que tendré a lo largo de mi vida —respondió Beau con la voz rota por el dolor—. Por favor, sálvala, Jenna. Nunca sabrás lo que significa para mí tu sacrificio. Jamás. Estoy contrayendo una deuda que jamás podré saldar. Pero te aseguro que haré todo lo posible para intentarlo.

Jenna se arrodilló al lado de Ari, le tomó las manos y le habló con suavidad para determinar si estaba o no consciente. Ari abrió los párpados con un débil movimiento y miró hacia Jenna con los ojos llenos de dolor y de lágrimas.

—Tienes que salvar a mi bebé —susurró Ari—. Me ha disparado en el vientre. Tengo miedo de haber perdido a mi hijo.

—No renuncies a la esperanza —le pidió Jenna—. Necesito que permanezcas quieta e intentes creer, conservar la fe y no renunciar, Ari. No puedes rendirte. Necesito que me ayudes a hacerlo.

Sin retrasarlo ni un segundo más, Jenna posó las manos sobre su vientre. La sangre cubrió los dedos y las palmas de sus manos y cerró los ojos, invocando aquel don que en otras ocasiones le había parecido una maldición. Pero en aquel momento lo abrazó como lo que era. Un milagro. Una dulce gracia divina. Sintió la luz que irradiaba en el vientre destrozado de Ari y acunó con delicadeza la pequeña vida que albergaba, recubriéndola de la luz más radiante, cálida y resplandeciente que jamás había conjurado.

Isaac y los demás observaban atónitos mientras la luz iluminaba a Jenna, dándole el aspecto del ángel que el propio Isaac había decidido que era la primera vez que había utilizado su resplandeciente bondad y su luz para salvarle. Incluso Jesus observaba la curación con asombro, como si en el fondo no hubiera estado convencido de que Jenna fuera todo lo que de ella se decía.

El cuerpo entero de Ari apareció envuelto en aquella luz dorada, se elevó y permaneció flotando a unos quince centímetros del suelo en el que estaba tumbada hasta solo unos segundos antes.

Jenna comenzó a cantar una delicada nana y fue obvio que estaba reteniendo a aquella diminuta forma de vida, negándose a dejarla marchar. Las conmovedoras notas de la nana se elevaron en el aire y fluyeron en la distancia hasta que no hubo ni una sola persona de las allí presentes a la que no afectara el extraordinario acontecimiento que estaba teniendo lugar ante sus ojos.

—Sé fuerte, bebé —arrulló Jenna al futuro bebé—. Dios está contigo. Eres su hijo y él siempre te ofrecerá su misericordia y su gracia. Tienes que luchar como está luchando tu madre y aferrarte a la luz de su vientre. No te apartes de la luz hasta que llegue el momento en el que seas invitado a abandonarla. Tú eres su elegido —susurró, y continuó cantando aquella dulce nana.

Cerró después los ojos y se inclinó sobre Ari que, poco a poco, descendió de nuevo hasta al suelo. Era obvio que había terminado, pero estaba tan cansada por aquella sesión que continuó tumbada sobre Ari como si la estuviera protegiendo y estuviera todavía demasiado exhausta como para moverse.

Beau corrió hacia allí justo en el momento en el que Ari estaba abriendo los ojos.

—¿Ari? —le preguntó vacilante.

Ari tenía los ojos llenos de lágrimas.

—No sé lo que ha hecho, pero nos ha salvado a los dos y he sentido la presencia de nuestro hijo. Ha sido algo muy intenso. Lo más hermoso que he sentido en toda mi vida. En ese momento he sabido que todo iba a salir bien. Por favor, Beau tienes que encontrar la manera de protegerla. No puedes permitir que este monstruo se la lleve. No podría soportar que se la llevaran a cambio de mi vida y la de mi hijo.

Jenna se incorporó lo suficiente como para alzar la cabeza, aunque era obvio que apenas le quedaban fuerzas.

—Tienes que llevarla al hospital para que la pongan bajo control —dijo Jenna con voz débil—. He hecho todo lo que he podido para satisfacer las demandas de Jesus. Vuestro hijo está bien y pronto lo estará también Ari. Te lo juro por mi vida.

—Gracias —musitó Beau con voz atragantada.

Jenna alzó la mirada hacia los demás con las lágrimas deslizándose por sus mejillas.

—Lo siento —susurró.

Después, su mirada se cruzó con la de Isaac y este estuvo a punto de caer de rodillas, porque la expresión de Jenna era la de una adiós.

—Siempre te querré —le dijo en voz baja—. Eres la razón por la que puedo soportarlo todo. Por la que podré continuar viviendo.

Entonces apareció Jesus a su lado e Isaac deseó acabar con él y con todos los subalternos que conformaban su maléfico ejército, pero no estaban en condiciones de ganarles y lo sabía. El único as que tenían en la manga era Ramie y, si hacían cualquiera cosa por mostrarlo en aquel momento, Jenna moriría, morirían todos y no habría servido de nada.

—Conmovedor. Creo que hasta a mí me han entrado ganas de llorar —se mofó Jesus—. Ahora, largaos —ordenó, blandiendo su pistola mientras sus hombres se reagrupaban para reforzar la amenaza.

A Isaac y a los demás no les quedó más remedio que retroceder mientras Beau levantaba a Ari en brazos y corría hacia la ambulancia que ya les estaba esperando.

—Creo que he mantenido mi compromiso hasta el final —se burló Jesus mirando a Jenna.

Esta asintió con cansancio.

—Sí, ahora me corresponde a mí cumplir con el mío.

Jesus se volvió, con sus hombres mirando todavía a Isaac y al resto de los miembros de DSS, se echó a Jenna al hombro y avanzó a grandes zancadas hacia un helicóptero que estaba esperando para llevárselos.

Isaac se volvió mientras los hombres de Jesus comenzaban a dispersarse y a escapar y miró a Ramie desesperado.

—¡Ramie! —gritó—. Dios mío, Ramie, tienes que hacer algo. ¿No puedes tocar algo de Jenna para que sepamos dónde podemos ir a buscarla? Tengo el jersey que llevaba en el restaurante y que dejó en la silla cuando fue al cuarto de baño.

Caleb ni siquiera protestó. Sabía que todos habían contraído con Jenna una deuda que jamás podrían saldar. Miró ansioso a su esposa, en busca de respuesta, pero esta tenía una expresión de absoluta desolación mientras las lágrimas se deslizaban por sus mejillas.

—Todavía no puedo utilizar mis poderes —le explicó con urgencia, como si estuviera intentando hacérselo comprender—. Lo único que podría saber es lo que está pasando aquí y ahora y todos sabemos dónde están. Están en un helicóptero. No puedo predecir el futuro y si intento utilizar ahora mis poderes, estaría demasiado exhausta para poder utilizarlos más adelante, cuando de verdad puedan servirnos de algo y pueda averiguar dónde la tiene.

Isaac perdió por completo el control. Sus hombres intentaron sujetarle, calmarle, pero estaba enloquecido, sin nada a lo que aferrarse y sin manera alguna de encontrar a una mujer que para él significaba más que su propia vida. Tener que esperar solo Dios sabía cuánto tiempo mientras Jenna sufría un infierno hasta que pudieran localizarla y organizar la operación rescate cuando quizá ya fuera demasiado tarde era más de lo que podía soportar.

CAPÍTULO 29

Todos los agentes de DSS, además de Tori, Ramie y Gracie, se reunieron en la impenetrable fortaleza de Dane. Beau y Ari estaban fuertemente protegidos por el padre de Ari, Gavin Rochester, un hombre rico y muy poderoso con un oscuro pasado y numerosos contactos. Había ofrecido sus servicios a Beau para la misión de rescate que organizarían en cuanto Ramie fuera capaz de localizar a Jenna.

Dane estaba al teléfono, llamando a todos los contactos que había ido reuniendo meticulosamente durante los largos años que llevaba trabajando en el mundo de la seguridad. Contaba con tal número de gente que Isaac estaba estupefacto.

Estaba, además, Wade Sterling, el marido de Eliza, que antes de casarse con ella estaba tan metido en prácticas turbias y cuestionables del mundo de los negocios como el propio Rochester. Wade ofreció sus ilimitados recursos sin el menor arrepentimiento, sin preocuparle que DSS supiera de ellos o de su origen. No le había ocultado nada a su esposa y, aunque a Eliza no le hacía ninguna gracia tener que airear los trapos sucios de su marido delante de sus compañeros, no iba a interferir estando en juego la vida de Jenna.

No, después de que esta hubiera dado tanto para salvar a todas y cada una de las personas que Eliza más quería y por las que también ella había estado dispuesta a sacrificarse en una ocasión. Reconocía un espíritu similar en Jenna y recordaba bien la terrible decisión que se había visto obligada a tomar cuando había creído que las vidas de sus compañeros, su familia, estaban en peligro.

Los sentimientos y la irascibilidad estaban a flor de piel y había estallado una discusión en cuanto Eliza había dejado bien claro a Dane y a Wade que no iba a permitir que la dejaran fuera del operativo para salvar a Jenna. Sobre todo porque Wade iba a ir con un contingente de sus mejores hombres. Eliza pateó el suelo con un gesto de cabezonería y, aunque en condiciones normales Isaac se habría puesto del lado de Dane y de Wade en lo que a la seguridad de Eliza se refería, puesto que todavía no se había reincorporado del todo a sus obligaciones en DSS, en aquel momento agradeció su apoyo. No podía imaginar una ayuda mejor que la de aquella mujer tan tenaz y extremadamente leal.

Se sentía desbordado y agradecido ante aquella efusión de ayuda incondicional procedente de tantas fuentes cuando muchos otros no estarían tan dispuestos a exhibir sus contactos o las zonas más oscuras de su pasado. Pero no había nadie que no estuviera dispuesto a comerse el orgullo por Jenna, que no estuviera dispuesto a abrir sus vidas al escrutinio y el conocimiento de los otros.

Aquellos ofrecimientos implicaban una gran dosis de confianza e Isaac sabía que no podía haber pedido mejores hombres y mujeres para ayudarle a recuperar a la mujer a la que amaba con cada pedazo de su corazón y de su alma.

Miró el reloj y maldijo frustrado. Aunque tenía la sensación de que había pasado toda una vida desde que Jesus se había llevado su vida entera en aquel maldito helicóptero, la verdad era que solo habían sido unas horas. Todos los agentes de DSS y las personas relacionadas con ellos habían reunido sus recursos en una cantidad de tiempo récord. Dane estaba todavía al teléfono organizando la que parecía una operación militar a gran escala con algún grupo altamente secreto de operaciones especiales, aunque la rama del ejército a la que pertenecían continuaba siendo un misterio para Isaac. Eso, en el caso de que fuera un grupo con existencia oficial.

Desde proporcionar prototipos de aeroplanos clasificados como de alto secreto en el pasado hasta organizar y coordinar equipos especiales para operaciones militares, Dane siempre conseguía lograr lo imposible y solucionar cualquier problema con sus propios medios. Un día de aquellos, Isaac iba a preguntarle quién demonios era exactamente y a qué se dedicaba antes de haber aceptado liderar DSS y trabajar para los Devereaux, porque todo aquello indicaba que no era un ciudadano como otro cualquiera dedicado a organizar operaciones civiles con un servicio de seguridad especializado en proteger a otras personas y en patear traseros.

Dane guardaba más secretos que todos los miembros de DSS juntos, y eso era mucho decir teniendo cuenta que había reclutado a los mejores hombres, y mujeres, de entre los mejores para trabajar bajo su mando en una agencia que ni siquiera le pertenecía. Y aquello planteaba otra pregunta. ¿Por qué trabajaba Dane para otros cuando era evidente que no necesitaba ni el aval, ni el respaldo ni la cobertura del negocio de Caleb y Beau para operar?

Todo el mundo conocía el secreto que no era tal, que la palabra de Dane era ley en todo lo relativo a DSS y que Caleb y Beau eran meros testaferros que le dejaban tomar la decisión final en cualquier situación. Sin embargo, Dane jamás presumía de aquella clase de poder o influencia. Sí, quería estar informado de las idas y venidas de todos sus hombres, pero jamás con alardes de jefe, y tampoco insistía en estar a cargo y participar en todas las misiones. Solo lo hacía en aquellas en las que tenía algo personal en juego. Como cuando Eliza había emprendido una misión sin el resto del equipo y, lo más importante, sin su compañero y la persona a la que más unida estaba en DSS: Dane.

En aquella ocasión, para frustración de Dane, no había podido llevar el mando y había tenido que cedérselo a Wade Sterling, al que el propio Dane había invitado a participar, sabiendo que Lizzie no estaba siendo completamente sincera con él. Porque sabía que era lo mejor para ella, había permitido que Wade organizara el plan de acción y Dane y el resto de DSS actuaran como apoyo, algo que, probablemente, continuaba carcomiéndole por dentro.

Isaac esperaba con impaciencia. Con cada minuto que pasaba, iba muriendo un poco más, imaginando lo que su ángel estaba soportando. ¿Qué estaría haciéndole aquel miserable y arrogante canalla como castigo por haber tenido la audacia de enfrentarse a él y no haber cedido ante sus amenazas? Diablos, le había arrojado sus amenazas a la cara como si le importara muy poco lo que pudiera hacerle y aquello era, precisamente, lo que le hacía sudar frío y provocaba que el pánico le devorara las entrañas. Porque sabía la clase de hombre que era Jesus, y también que le haría pagar a Jenna todos y cada uno de aquellos insultos.

Miró impotente a Ramie, que estaba pálida y parecía a punto de vomitar. Caleb estaba en todo momento encima de ella, abrazándola, besándola, haciendo lo imposible para consolarla. Como si hubiera sentido la mirada de Isaac, Ramie alzó la suya e Isaac pudo ver un desgarrador arrepentimiento en sus ojos. Le suplicó en silencio, consciente de que se estaba desnudando delante de todos cuantos estaban reunidos en la habitación de una manera que un mes atrás le habría hecho morirse de vergüenza. Jamás había permitido que nadie viera nada de él, salvo el pétreo estoicismo que infundía siempre a su trabajo. Pero aquello había sido antes de Jenna. Y en lo que a ella se refería no le quedaba orgullo. No había nada que no estuviera dispuesto a hacer para que volviera a sus brazos, segura y amada. Había prometido no volver a pedir nada a Dios, ¿pero aquella no era, en realidad, la continuación de una misma súplica? Lo único que había pedido era poder tenerla de nuevo entre sus brazos para así poder pasar el resto de su vida amándola de tal manera que ningún negro nubarrón volviera a ensombrecerla.

Caleb miró a Isaac con la compasión brillando en su mirada.

—No soy yo el que la está reteniendo. Ni siquiera Ramie. Está dispuesta a hacerlo en cuanto pueda, pero no tiene ningún sentido que Ramie proporcione información si no podemos hacer nada. Tenemos que reunir todos los hombres y las armas que podamos y estar listos para salir en el instante en el que Ramie nos dé la información que necesitamos. Si esperamos, por poco que sea, después de que haya localizado a Jenna, podría terminar dando una información errónea. Ese canalla podría trasladarla otra vez antes de que nos hubiéramos puesto en movimiento y, entonces, no solo habríamos cometido un error, sino que también revelaríamos nuestras intenciones y perderíamos la posibilidad de contar con el elemento sorpresa.

Isaac tragó el nudo que amenazaba con ahogarle. Quería gritar que ya lo sabía. Maldita fuera, claro que lo sabía. Pero el hecho de saber cuál era la mejor manera de manejar aquella misión, cualquier misión, no hacía que le resultara más fácil estar allí sentado cuando la única razón que tenía para seguir viviendo estaba lejos, asustada y herida, preguntándose si volvería a estar a salvo alguna vez.

Todo el mundo alzó la mirada cuando la puerta se abrió y entraron Ari y un Beau con aspecto ojeroso junto a los padres de Ari, Gavin y Ginger Rochester. Gracias a Dios, Ari no mostraba señal alguna de haber sido víctima de un disparo y sonrió ante la bienvenida y los abrazos de alivio con los que la recibieron.

Sin embargo, la mirada afilada de Gavin localizó inmediatamente a Isaac entre los numerosos agentes de DSS. Se acercó a grandes zancadas al lugar en el que estaba apoyado contra la pared, con el corazón enfermo y con cada nervio, músculo e instinto preparado para la acción. Cualquier cosa era preferible a aquella tortuosa espera en la que cada minuto que pasaba era otro minuto que Jenna permanecía en manos de un maniaco retorcido que no tendría ningún escrúpulo a la hora de convertir su vida en un infierno.

—Señor Washington, no sé si se acuerda de mí, pero soy el padre de Ari.

—Claro que me acuerdo de usted, señor —respondió Isaac con educación.

—Hasta ahora no había tenido la oportunidad de darle personalmente las gracias por haber participado en la misión de rescate de mi preciosa hija y salvarla de los monstruos que mataron a sus padres biológicos.

—Solo hice mi trabajo —respondió Isaac entre dientes.

—Y no podré agradecerle nunca lo suficiente a su mujer, Jenna, el sacrificio que ha hecho hoy para salvar a mi hija y a mi nieto. Hijo, solo hay una persona en este mundo que signifique para mí más que mi propia hija y el nieto que lleva en su vientre, y es mi esposa. Mi mujer y yo estaríamos ahora lamentando la muerte de Ari si no hubiera sido porque su mujer ha llevado a cabo el mayor acto de valentía del que he tenido nunca noticia. No solo la ha salvado a ella, que quizá habría sobrevivido a la herida del abdomen, sino que ha rescatado a mi nieto de las fauces de la muerte. Ha luchado lo indecible para salvar a un niño inocente y ha conseguido derrotar a la muerte. Yo no he podido presenciar el milagro, pero me han contado lo que ha pasado con todo lujo de detalles. Mi hija me ha dicho que jamás había vivido nada tan hermoso como la luz sanadora de Jenna y su forma de convencer a su hijo de que no renunciara y se aferrara a la luz que ella misma le estaba proporcionando hasta que llegara el momento de salir al mundo.

Aquel hombre tan imponente tenía el aspecto de alguien que hubiera visto tambalearse todo su mundo. La emoción brillaba en su mirada. Sus palabras se quebraban bajo el peso del amor que sentía por su hija y el alivio de saberles a salvo tanto a ella como a su nieto.

—Voy a dedicar todo lo que tengo, todo lo que soy, a recuperar a esa mujer, pero mi deuda no acaba allí. Jamás podré pagar lo que ha hecho la mujer a la que ama, pero, le juro por mi vida y por las vidas de mi hija y mi nieto, que si puedo hacer cualquier cosa por usted y por Jenna Wilder solo tiene que decírmelo. Ni siquiera tiene que pedirlo. Bastará con que lo diga y haré todo lo que esté al alcance de mi considerable poder y mi influencia para conseguirlo.

Isaac reprimió las lágrimas que amenazaban con desarmarle por completo y quebrar el férreo control que mantenía sobre su compostura.

—Lo único que quiero y lo que siempre querré es que vuelva —contestó con voz ronca—. La quiero más que a nada en el mundo y no hay nada que no esté dispuesto a hacer para conseguir que vuelva al lugar al que pertenece. Y juro por Dios que, mientras viva, no volveré a dejarla sola otra vez.

Gavin posó la mano en el hombro de Isaac y se lo apretó con un gesto de consuelo.

—Pronto la recuperaremos, hijo. Sé por lo que estás pasando —le tuteó—. Yo creí haber perdido a mi mujer y a mi hija sin poder hacer nada para impedirlo. Pero tú y tus hombres conseguisteis evitarlo. Me devolvisteis a mi familia. Y pongo a Dios por testigo de que conseguiré que recuperes ese pedazo de tu alma al igual que a mí me fue devuelto ese pedazo de alma cuando lo perdí. Con los recursos que tenemos lo conseguiremos. Mira a tu alrededor, hijo. Nadie tiene una sola oportunidad contra la fuerza de nuestros contactos y, lo más importante, contra la férrea voluntad de cada uno de los agentes de DSS que está en esta habitación. No estás solo en esto. Aquí no hay una sola persona que no esté dispuesta a morir para recuperar a esa joven después de todo lo que ha hecho por sus seres más queridos.

—Gracias, señor. Se lo agradezco más de lo que nunca sabrá.

—Vete pensando en tu boda y en dónde quieres ir después —le ordenó Gavin con un repentino cambio de tema que dejó a Isaac imaginando el día en el que Jenna se convertiría en su esposa ante los ojos de Dios y de la ley—. Si te parece a mí, querrás casarte con ella en cuanto sea humanamente posible. Y después querrás disfrutar de una larga y solitaria luna de miel en la que tu única preocupación sea asegurarte de atender las necesidades de tu esposa.

Isaac asintió en silencio. Era incapaz de hablar por miedo a derrumbarse.

—Yo puedo conseguírtelo. Basta con que digas una sola palabra. La seguridad se hará cargo de todo. Nadie podrá acercarse a dos kilómetros de distancia de Jenna y de ti y serán atendidas todas vuestras necesidades.

—Gracias por el ofrecimiento —consiguió decir Isaac por fin—. Es posible que lo acepte, pero ahora lo único que quiero es que vuelva.

—Escuchad —les pidió Dane desde el otro extremo de la habitación,

Isaac corrió hacia él. Gracias a Dios, su jefe por fin había colgado el maldito teléfono. Dane hizo contacto visual con Isaac mientras este se abría paso entre los allí reunidos para llegar hasta él. Dane le hizo un gesto con la cabeza con expresión tensa y los ojos concentrados en él.

—Vamos a conseguir que vuelva, Isaac —le aseguró con voz queda—. Y ese canalla de Jaysus nunca sabrá de dónde le viene el golpe.

Buscó después a Caleb con la mirada y asintió.

—Ya es la hora —dijo con voz solemne.

A Isaac se le aceleró el pulso y tuvo que dominar las ganas de vomitar cuando le asaltaron los nervios.

—En cuanto Ramie pueda darnos la información que necesitamos para localizar el lugar en el que está retenida, nos pondremos en movimiento —anunció Dane—. Ya no nos superan en número. Tenemos no uno, sino dos grupos de operaciones encubiertas que se han puesto en funcionamiento en cuanto les he ofrecido a Jaysus en bandeja de plata y les he dicho que lo único que tenían que hacer era acompañarnos y patear algún que otro maldito trasero.

Se levantó en la habitación tal coro de vítores y gritos de alegría que a Isaac terminaron pitándole los oídos. Pero aquello no había terminado ni mucho menos. Todavía no tenían la menor idea de dónde estaba Jenna. ¿Y si Ramie no era capaz de averiguarlo? Su don no era infalible. Pero era su única oportunidad. Porque lo de menos era el armamento del que dispusieran, o los hombres que tuvieran tras ellos, o el hecho de que todos y cada uno de los hombres involucrados en aquella misión hubieran prometido recuperar a Jenna a toda costa. Si no la encontraban, toda su potencia y su voluntad serían inútiles.

CAPÍTULO 30

Con media docena de grupos de hombres, entre ellos dos grupos de militares expertos en operaciones encubiertas, esperando a moverse en cuanto confirmaran la ubicación de Jenna, el buen humor se había transformado en silencio y tensión y toda la atención estaba fija en Ramie.

Consciente de lo demoledor que era aquel proceso para ella y de lo vulnerable que era tanto durante el proceso como después, Caleb había expresado su deseo de que solo Isaac, Dane y él estuvieran presentes mientras Ramie soportaba aquella dura prueba.

—Lo comprendo, Caleb —le dijo Dane—, y sabes que, normalmente, estaría de acuerdo en reducir al mínimo el número de personas que pueden quedarse con Ramie. Pero, en este caso, creo que deberíamos incluir a Gavin y a Wade Sterling, puesto que ambos están familiarizados con el inframundo en el que Jesus opera y es posible que entiendan lo que Ramie pueda decir mejor que nosotros. También creo que Eliza debería estar presente para apoyar a Ramie —concluyó con voz queda.

Caleb asintió, cerrando los ojos.

—Lo comprendo. Lo odio, pero lo comprendo. Y Ramie también lo comprenderá. ¡Diablos! A ella no le importaría que estuviera todo el mundo presente. Soy yo el que quiere protegerla e intenta evitar que se convierta en blanco de tal escrutinio en un momento en el que es tan vulnerable.

—Vamos a ello —propuso Dane—. No podemos perder el tiempo si queremos localizar a Jenna cuanto antes.

Todo el mundo, excepto aquellas personas a las que Dane había mencionado, abandonó la habitación dispuesto a prepararse para salir en cualquier momento. La tensión se palpaba en el ambiente: todos los agentes estaban armados hasta los dientes y tenían la determinación grabada en sus facciones. Aquella noche solo Caleb y Beau se quedarían en la fortaleza de Dane para cuidar de Ari, Tori, Gracie y Ramie. Las mujeres habían protestado con vehemencia para que les permitieran ir, pero las habían acallado con tal rotundidad que no les había quedado más remedio que renunciar a seguir protestando.

Pero después de la confrontación entre Eliza y Wade, nadie se había atrevido a sugerir que Eliza se quedara también. Habría castrado a cualquiera que se hubiera atrevido a insinuarlo. Al final, había sido Gracie la que había conseguido que Eliza se quedara con ellas, diciéndole, con absoluta sinceridad, que se sentiría mucho más segura si estaba allí para ayudar a Beau y a Caleb en el caso de que alguien irrumpiera en la casa de seguridad.

Wade le había dirigido a Gracie una mirada cargada de gratitud y alivio, pero teniendo mucho cuidado de que su esposa no fuera testigo de su silencioso agradecimiento.

Ramie se sentó en uno de los sofás vacíos y miró a Isaac a los ojos.

—No pararé hasta que la encuentre, te lo juro —se volvió después hacia su marido, cuyo rostro era una máscara de sufrimiento—. Prométeme que no me detendrás, que no me harás volver hasta que tengamos lo que necesitamos. Júralo, Caleb.

Su expresión era tan torturada como la de su esposo y su miedo a no ser capaz de proporcionar la información que con tanta desesperación necesitaban era tangible.

Caleb se limitó a asentir secamente y se colocó después al lado de su esposa. Isaac se sentó al otro lado mientras el resto de los presentes dejaban el espacio que necesitaba, pero permanecían lo bastante cerca como para oír y ser testigos de cualquier cosa que dijera o experimentara.

Una vez apartados los demás, quedaron solo Isaac, Ramie y la muda promesa que leyó él en su sus ojos mientras le tendía vacilante el jersey que Jenna se había puesto ese mismo día. Ramie respiró hondo y clavó en él la mirada un momento antes de agarrarlo y envolverse las manos en la lana.

Isaac retrocedió al instante para dejarle espacio mientras Caleb se acercaba a ella, cerniéndose ansioso sobre su esposa. Los ojos de Ramie brillaron con fuerza durante un segundo antes de que los cerrara y cayera hacia delante. Caleb la sujetó y la ayudó a descender hasta el suelo, donde permaneció en posición fetal.

Isaac clavaba en ella la mirada, incapaz de desviarla, estudiando hasta el mínimo matiz de su postura, buscando cualquier señal que pudiera conectarle con Jenna. Entonces Ramie se encogió, gimiendo de dolor y rodeándose el estómago con las manos. Las lágrimas ardieron en los ojos de Isaac mientras una furia impotente comenzaba a devorarle el alma.

—Crees que puedes dejarme en ridículo con toda tranquilidad delante de mis hombres y de todas esas personas que dices que son tan importantes para ti.

Era una voz áspera y tan parecida a la de Jaysus que resultaba escalofriante. Desconcertaba oírla salir de la boca de Ramie, y era más extraño todavía que no reflejara su tono delicado y femenino. Era como si estuviera sintonizando con el demonio en aquel momento.

Echó la cabeza hacia atrás y apareció la huella de una mano en su rostro.

—¿Qué demonios? —gritó Isaac.

Intentó lanzarse a por Ramie, buscando protegerlas a ella y a Jenna, que estaba a kilómetros de distancia, de la agresión que estaban sufriendo. Fue necesaria la fuerza combinada de Dane, Sterling y Gavin para apartarle y sujetarle, pero no desvió en ningún momento su mirada del horror que desde el suelo le interpelaba.

—Has sido una estúpida al pensar que mantendría mi promesa, sobre todo si no haces lo que te digo en cada momento

—continuó Jaysus, burlándose de Jenna y hablando a través de Ramie.

—El idiota eres tú —replicó Jenna con un dolor evidente en la voz.

«¡Dios santo!», pensó Isaac sobrecogido, incapaz de pronunciar las palabras que quería gritar. «No le hagas enfadar. No le des una razón para continuar haciéndote daño, pequeña. Iré a buscarte. Te lo juro por Dios. No renunciaré hasta que vuelvas. Por favor, sigue viva y a salvo por mí».

—¿De verdad has llegado a pensar en tu exagerada arrogancia que podrías volver y matar a toda esta gente? —le preguntó Jenna en un tono frío, carente de toda emoción—. Has tenido suerte y has conseguido manipular a una mujer que me despreciaba para que hiciera por ti el trabajo sucio. Si no hubiera sido por eso, no podrías haberte acercado ni a un kilómetro. Jamás podrás encontrarles y mucho menos matar a ninguno de ellos. Así que a lo mejor deberías empezar a preguntarte si quieres que mantenga mi promesa, imbécil, porque seguir maltratándome no es la mejor manera de conseguirlo.

—¡Qué mujer! —susurró Dane.

La expresión de Eliza fue de fiero orgullo al oír la declaración de aquella mujer, un orgullo que reflejaron también los rostros de su marido y de Gavin Rochester.

—Tienes una mujer increíble —le susurró Gavin a Isaac, sujetándole todavía con fuerza para evitar que perdiera el control.

Isaac se limitó a cerrar los ojos mientras se le escapaban las lágrimas.

—Si eso te hace sentirte más hombre, haz lo que quieras —le dijo Jenna con una voz exhausta y rebosante de dolor—. Pero cuando alguien te meta un tiro y vengas arrastrándote hasta mí para que te cure, acuérdate de lo que te estoy diciendo. Es posible que te mande a paseo y te deje morir en una larga, lenta y dolorosa agonía.

Isaac abrió los ojos como platos por el impacto. Jamás había oído a Jenna hablar de aquella manera. Pero la verdad era que tampoco la había visto nunca enfadada. Desde luego, nunca la había visto tan furiosa como en aquel momento. La había visto confundida por el mundo que la rodeaba e intentando, desesperadamente, encontrarle sentido. Siempre la había considerado una mujer débil y necesitada de constante protección, pero estaba conociendo una faceta de Jenna que le hacía sentirse condenadamente orgulloso de que fuera su pareja, aunque al mismo tiempo le asustara que tuviera que terminar pagando por todas y cada una de sus burlas.

Ramie se desasió de Caleb y avanzó arrastrándose por el suelo, separándose varios metros de él. Isaac gruñó y blandió los puños como si pretendiera golpear algo, cualquier cosa.

—No me matarás, Jesus. Eres demasiado cobarde —se mofó de nuevo ella en un tono de voz mucho más débil que aterrorizó a Isaac. ¿Cuánto podría llegar a soportar Jenna?—. Me necesitas, porque si hay algo a lo que temes por encima de todo lo demás es la muerte. Tu muerte. Por eso emprendiste la búsqueda desesperada de la inmortalidad. Pero cuando te diste cuenta de que sí, de que efectivamente estabas tan chiflado como todo el mundo decía, decidiste conformarte con lo único que podías conseguir. Una pobre chica ingenua y fácilmente manipulable que había sido secuestrada por una secta y había pasado los últimos veinte años convertida en su prisionera. Una mujer que poseía la capacidad de sanar. ¿Pensabas que te estaría agradecida por alejarme de allí? —le aguijoneó en tono burlón—. ¿Imaginabas que caería rendida a tus pies, te daría las gracias una y otra vez y te prometería obediencia ciega y gratitud eterna? Porque a mí me parece que lo que has conseguido al final es llegar a un acuerdo bastante malo.

—¡Cierra la boca! —gritó Jaysus con una voz aguda que provocó escalofríos en todas las personas allí reunidas—. Es posible que no te mate, pero te juro por Dios que para cuando termine contigo desearás que lo haya hecho.

—Por el amor de Dios, Caleb —suplicó Isaac—. ¿La tenemos localizada? ¿No podemos acabar con todo esto?

Caleb, que no estaba mejor que él, sacudió la cabeza.

—¡Maldita sea! Ramie no ha dicho nada que pueda ayudarnos a identificar su paradero. ¡No hemos conseguido nada en absoluto! Solo contamos con lo que está contando de Jenna y de ese hijo de perra que está maltratándolas a las dos.

Ramie se encogió, pero no pareció que Jesus la hubiera golpeado o, mejor dicho, hubiera golpeado a Jenna, otra vez. En cambio, fue arrastrada por el suelo por una mano invisible que la sentó y la dejó apoyada contra la pared.

—¿Por qué le has disparado? —preguntó Jenna histérica—. ¿Es que estás loco? ¿Por qué has disparado a uno de tus hombres? ¿Crees que van a seguir obedeciéndote a ciegas viendo cuál es la recompensa? ¡Por el amor de Dios! ¡Déjame curarle antes de que sea demasiado tarde!

—No le vas a tocar —replicó Jesus con frialdad—. Eres tú la que le has hecho eso. Le has matado, zorra estúpida. Y ahora te vas a quedar ahí sentada, viéndole agonizar cuando podrías haberle salvado.

—¡Estás completamente loco! —exclamó Jenna, elevando la voz. Su enfado vibraba en todo el cuerpo de Ramie—. Yo no he matado a ese hombre. ¡Le has disparado tú! Y al no permitir que haga aquello que con tanta desesperación buscabas cuando me secuestrarte, serán tus manos las que quedarán manchadas de sangre, no las mías —le espetó—. ¿O pretendes reservarte mi capacidad de curar solo para ti? Creo que les has vendido una mentira a tus hombres haciéndoles pensar que eran invencibles porque tenías a una persona capaz de obrar milagros. Les has dicho que, pase lo que pase, soy capaz de salvarlos, pero en realidad te importan muy poco tanto ellos como su muerte. Lo único que buscas es una lealtad inquebrantable, incondicional y que se crean invencibles para que cumplan siempre tus órdenes, sin importarles que estas sean tan absurdas como tú.

Ramie volvió a encogerse, se tapó los oídos y comenzó a mecerse hacia delante y hacia atrás, con la mirada fija y sin pestañear.

—¡Joder! —exclamó Dane, frotándose la cara con un nerviosismo extremo— Acaba de disparar a alguien y está torturándola obligándola a verle morir cuando sabe condenadamente bien que podría curarle y que forma parte de su naturaleza el querer curar a alguien, incluso aunque esa persona no se lo merezca. Ella no discrimina.

—Cree que no tiene derecho a hacerlo —le explicó Isaac con una tristeza inmensa—. Cree que Dios le ha entregado ese don, a pesar de que los líderes de la secta trataron de negarlo. Intentaron lavarle el cerebro y convencerla de que era un instrumento de Satán porque solo Dios podía decidir entre la vida y la muerte. La acusaban de ser un demonio, le decían que su don era un don del diablo. Incluso la pegaban hasta hacerla repetir lo que querían oír. Pero nunca consiguieron quebrarla ni evitar que siguiera creyendo que ese don le había sido concedido por un Dios bueno y misericordioso. Por eso no cree que sea ella la que tiene que decidir si utilizarlo o no, y tampoco se considera cualificada para juzgar si alguien es o no merecedor de ser salvado.

—Esto no está bien —musitó Wade—. No está bien en absoluto. La está torturando física y psicológicamente, por el amor de Dios. ¡Necesitamos localizarla cuanto antes!

—Espero que alguien te pegue pronto un tiro —dijo Jenna con una absoluta desolación—. Porque te juro por mi vida que no voy a mover un dedo para salvarte. Mátame, tortúrame si quieres. No me importa. Yo ya tengo lo que quería. ¿Y tú? Tú eres un monstruo que al final no tiene nada más que la seguridad de que va a morir pronto.

—¡Oh, no! ¡No, Jenna, no! —gritó Isaac—. ¡Dios mío, pequeña! ¡No le des ningún motivo para creer que no le curarás, maldita sea!

Una vez más, Ramie salió disparada por el suelo. Mientras repetía las palabras de Jaysus, salían espumarajos de su boca

—¡Retira eso! —gritó—. ¡Retira eso o te juro que haré que termines suplicando tu muerte hasta con tu último aliento!

—¡Ya está bien! —rugió Isaac—. ¡Necesitamos una condenada ubicación y la necesitamos ya!

Caleb, incapaz de seguir siendo testigo del horror al que estaba siendo sometida su esposa, se inclinó e inició el proceso para hacerla volver mientras Isaac rezaba con cada átomo de su ser para que Ramie hubiera tenido suficiente. Para que el tiempo que había pasado en la mente de Jaysus bastara para poder decir dónde podían encontrar a Jenna.

—Ramie, por favor, vuelve conmigo —le suplicó Caleb, mientras la acunaba y la sacudía alternativamente, en su esfuerzo por hacerla regresar de aquel oscuro lugar en el que parecía estar ahogándose.

Al cabo de cinco largos minutos, Ramie jadeó y se irguió con la mirada clara. Ya no parecía perdida en otra dimensión del espacio y el tiempo. Giró la cabeza, mirando confundida a su alrededor, y después fijó la mirada en Isaac y comenzó a suplicarle frenética que se diera prisa.

Isaac se arrodilló al lado de Ramie, tomó sus manos y se las apretó para consolarla en la medida que podía hacerlo en un momento en el que le estaban devorando la tristeza y el temor por la vida de Jenna.

—¿Que nos demos prisa en ir a dónde, Ramie? Dinos a dónde tenemos que ir. ¿Sabes dónde está?

Ramie asintió mientras los ojos se le llenaban de lágrimas.

—Tenéis que daros prisa o no habrá ninguna esperanza. Se la ha llevado a un lugar que está a solo unas horas de aquí porque tenía el orgullo herido y ha sido un tanto descuidado, gracias a Dios. Quiere tener oportunidad de castigarla y meterla en vereda para doblegarla a su voluntad antes de desaparecer en el corazón del distrito que su cártel tiene controlado en México. Una vez allí, jamás podréis encontrarla, y mucho menos conseguir que vuelva.

—¿Entonces dónde está ahora, Ramie? —preguntó Dane apremiándola—. ¿Cuánto tiempo nos queda antes de que se la lleve?

—Tenéis cuatro horas y el lugar en el que la tiene retenida está a tres horas de distancia —contestó Ramie en tono de derrota.

—¡Mierda! —exclamó Dane, con la furia estallando en cada milímetro de su cuerpo.

Temblaba de rabia y abría y cerraba los puños en tal estado de agitación que parecía a punto de perder el control sobre sí mismo.

Isaac corrió a su lado.

—Llegaremos allí en dos horas, ni un minuto más —prometió Dane— ¡Lo juro por mi maldita vida! ¡Y hora vayámonos de aquí! ¡Vamos, vamos!

CAPÍTULO 31

Los dos grupos de operaciones encubiertas se reunieron con Dane y los agentes de DSS mientras los hombres de Wade y Gavin tomaban posiciones en las otras dos únicas entradas. Estaban esperando a que Sombra terminara su sigiloso reconocimiento para averiguar en qué lugar se encontraba Jenna de aquel edificio y saber a qué se enfrentaban exactamente. A los pocos minutos de haber desaparecido, Sombra regresó para comunicar los resultados de su exploración.

—Dios, esto va a ser como quitarle un caramelo a un niño —se burló Zeke mientras escuchaba el poco impresionante relato sobre las medidas de seguridad que Sombra había analizado—. Ese sinvergüenza tiene un ego mucho mayor que su ejército y su fuerza. Deberíamos poder entrar y salir en veinte minutos como mucho.

Furioso, Isaac agarró Zeke por el chaleco antibalas y le empujó contra un árbol que tenía tras él.

—Cierra esa maldita boca —rugió—. Cuando todo tu mundo dependa de un torturador y un maltratador que está completamente desquiciado, avísame para que vea cómo fanfarroneas diciendo que es más fácil que quitarle un caramelo a un niño. Hasta que no llegue ese día, cierra el pico, mantenlo cerrado y limítate a cumplir órdenes. Cuando necesite o quiera algún comentario, yo mismo lo pediré.

Ni un solo hombre intentó calmar a Isaac o se interpuso

entre Zeke y él. Todos sabían que el comentario de Zeke había estado fuera de lugar y no parecía haberles hecho más gracia que a Isaac.

Zeke cerró los ojos.

—Lo siento, tío. Ha sido una estupidez. Lo único que puedo decir en mi defensa es que para mí esta tiene que ser una misión como otra cualquiera o perderé la perspectiva y no haré bien mi trabajo porque se convertirá en algo demasiado personal. Mi comentario ha sido desafortunado y ha estado fuera de tono, pero es lo que diría en cualquier otra situación en la que un descerebrado se hubiera dejado a sí mismo prácticamente indefenso. ¡Pero si hasta ha acabado con parte de sus hombres solo para obligar a Jenna a verles morir! Y, por lo que Sombra está diciendo, el resto de los que parecían sus tan leales seguidores está comenzando a pensárselo. Ahora mismo incluso hay algunos que están escapando y abandonando el barco antes de que los convierta en su próxima víctima.

Isaac soltó a Zeke y resopló.

—Lo entiendo, de verdad. Pero, en lo que a Jenna respecta, no sé ver las cosas con distancia. Y, mientras esté ahí dentro y no en mis brazos, donde sepa que por fin está a salvo, no pienso tener ninguna maldita perspectiva.

—Yo tampoco pretendo que la tengas, hermano —susurró Sombra, dirigiéndole a Zeke una mirada sombría.

Dane estuvo haciéndoles unas consultas a los dos jefes de los grupos de operaciones encubiertas y se volvió después hacia sus hombres.

—Los grupos de operaciones encubiertas van a entrar para abrir un camino de la forma más sigilosa y desapercibida posible. En eso son los mejores. Nosotros tenemos que esperar y dejar que vayan haciendo su trabajo. Cuando me den la señal, todo el mundo comenzará a entrar al mismo tiempo. Isaac, por los informes de Sombra, sabemos que Jenna todavía está en el ala este con Jaysus. Nuestro objetivo es despejar cualquier otro posible obstáculo o amenaza hasta que lleguemos al lugar en el que la están reteniendo. Tú irás con el primer grupo de operaciones mientras el segundo retrocede para darnos y apoyo y asegurarse de que no aparezca alguien de repente y nos sorprenda por la espalda. Sombra y yo te protegeremos a ti y todos los demás permanecerán detrás, en posición de protección y defensa.

Isaac asintió. La impaciencia le estaba haciendo un agujero en las entrañas. Por lo menos Dane no le había dejado fuera del operativo, algo que podría haber hecho después de su elocuente discurso. En cualquier otro momento, le habría dejado en el banquillo antes de que hubiera podido pestañear siquiera, pero, probablemente, todos sabían las consecuencias de que lo intentara siquiera. Isaac se enfrentaría en solitario a su enemigo, le destrozaría con sus propias manos, al igual que a destruiría cualquier obstáculo que se interpusiera entre él y su intento de liberar a Jenna y ponerla a salvo.

—Preparados —dijo Dane mientras el primer grupo se ponía en funcionamiento, seguido por el segundo.

—¡Mierda! Odio tener que esperar —gruñó Isaac.

—Todos lo odiamos —le espetó Dane en un tono hostil al que Isaac no estaba acostumbrado—. Me fastidia profundamente tener que pedir que me devuelvan hasta el último favor que he hecho porque no somos capaces de hacer este maldito trabajo solos. Pero la situación va a cambiar. Si no tenemos suficientes efectivos para proteger a nuestras mujeres, es que estamos haciendo algo mal. Y me importa un comino lo que cueste, pero vamos a ampliar nuestros operativos y a añadir nuevos miembros, y eso significa que vamos a contratar siempre a los mejores de entre los mejores. Y, si tengo que robarle al ejército alguno de sus mejores tipos, lo haré, y si tengo que pagarles yo de mi bolsillo, también. Es intolerable que nuestras mujeres tengan que sufrir porque nos han pillado con los pantalones bajados y nos superan en número.

—Tú no tendrás que pagar nada —gruñó Beau, sorprendiendo a todo el mundo con su llegada—. Caleb y yo estaremos más que encantados de correr con los gastos. Nuestro padre tiene más dinero del que te puedas imaginar y, probablemente, ha sido más sinvergüenza que el propio Jaysus, así que es de justicia que se utilice su dinero para algo bueno para variar.

—¿Qué demonios estás haciendo aquí, Beau? —preguntó Dane en un tono bajo y amenazador.

—Mira, esto no me hace más gracia que a ti, pero permanecer al margen mientras el resto de vosotros lo está arriesgando todo por la mujer que salvó lo más precioso de mi vida estaba siendo insoportable. Había que decidir entre Ari y yo, así que creo que podéis entender los motivos por los que estoy yo aquí y no ella. Las mujeres están enfadadas porque las estamos cuidando como si fueran niñas y hemos decidido mantenerlas al margen de la acción. Por el amor de Dios, qué mujer tan cabezota. Acaban de meterle un tiro, ha estado a punto de perder a nuestro hijo y yo he estado a punto de perderlos a los dos y está enfadada porque quería participar para vengarse personalmente de ese cretino que se ha atrevido a poner a su hijo en peligro.

—No sé qué puede tener eso de malo —admitió Zeke.

—Está más que justificado —fue la respuesta de Dex.

—Ari te envía un mensaje, Dane, porque sabía que te pondrías histérico cuando supieras que contabas con una persona menos para proteger a las mujeres. Caleb está allí, pero mi hermano no puede competir con los poderes de Ari, así que, si al final hace falta proteger a alguien, serán Ari y Eliza las que lo hagan. Créeme, está muy enfada. Solo he conseguido que se quedara amenazándola con decírselo a su padre, aunque, mientras nosotros hablamos, ya está buscando con su madre la manera de vengarse, así que, de una u otra forma, estoy fastidiado. Me ha pedido que te diga que las mujeres están bien, que muchas gracias, y que si pasaras tanto tiempo concentrándote en tu misión para rescatar a esa mujer como el que dedicas a preocuparte por ellas, Jenna estaría a salvo y en casa antes de que saliera el sol. Y yo solo añadiré que sería una maldita estupidez enfrentarse a Ari y a Eliza a la vez.

Se oyeron una serie de toses amortiguadas y risas deprimidas. Dane se limitó a resoplar y a sacudir la cabeza.

—Dios mío, Beau, ¿es que no eres capaz de controlar a tu mujer?

Beau le enseñó el dedo índice en respuesta.

—Tú espera a que sientes cabeza, don Perfecto. Entonces ya veremos quién controla a su mujer y quién no. Ni siquiera sé todavía quién va a ser, pero ya puedo apostar a que va ser ella la que te controle, eso es de cajón.

—Dios mío, me alegro de que Lizzie no haya estado aquí para oír ese comentario, Dane, o ahora mismo estarías castrado y cantando como una soprano. Has tenido suerte de que Gracie haya conseguido convencerla con su dulce labia para que se quede —le dijo Brent, mirando con recelo a su alrededor, como si temiera que Lizzie fuera a ser la próxima sorpresa y pudiera oírle.

Dane miró a Brent con el ceño fruncido, la lanzó a Beau un chaleco antibalas y le dio un puñetazo en el pecho.

—La próxima vez que quieras participar en un operativo como este será mejor que vayas preparado. Podrían haberte metido un tiro mientras venías hacia aquí y Jenna no habría podido llegar a tiempo para salvar tu triste trasero.

—Creo que alguien necesita que le recuerden quién es el que firma esos malditos cheques —farfulló Beau mientras comenzaba a ponerse el traje.

—Que os den a ti y a tus cheques —replicó Dane en tono desagradable.

—Exacto —se sumó Dex e Isaac se limitó a asentir mostrando su acuerdo.

Ya había tenido suficiente charla y estaba impacientándose por segundos. Sabía que apenas habían pasado unos pocos minutos desde que los grupos de operaciones encubiertas habían penetrado en el edificio, pero tenía la sensación de que había pasado una eternidad. Permanecía allí, muriéndose un poco más con cada respiración, tenso y esperando aterrado a que llegara el primer sonido de combate. Pero el silencio continuó alargándose hasta que tuvo la sensación de que su cordura iba esfumándose y desintegrándose pedazo a pedazo.

Cerró los ojos y se concentró en la sonrisa de Jenna. En la belleza de aquellos ojos tan especiales, en sus facciones angelicales, en su llamativa palidez y en aquel pelo rubio, casi blanco, que descendía por su espalda en una cascada de rizos ingobernable. Adoraba su pelo, el estado salvaje de aquella melena que jamás conseguía dominar y lo bien que le quedaba.

«Voy a por ti, pequeña. Por favor, te lo suplico. Aguanta por mí. No me dejes solo en este mundo sin ti. Jamás sobreviviré. No quiero sobrevivir sin despertarme a tu lado durante todos y cada uno de los días del resto de mi vida».

De pronto, Dane se llevó la mano al audífono y aguzó la mirada mientras se concentraba en el informe que estaba recibiendo. Una décima de segundo después, agarró su rifle de asalto, se colocó en una posición que indicaba que había llegado el momento de la verdad y dijo:

—Preparados para la acción. Han despejado el piso de abajo y están esperando a Isaac en las escaleras. Jenna no se ha movido del ala este, y tampoco Jaysus.

Se volvió mientras todo el mundo tomaba posiciones y les dio otra orden a Wade y a Gavin para que sus hombres se dirigieran al ala oeste, la aseguraran y se aseguraran también de que nadie podía escapar desde el interior.

Isaac tenía los músculos en tensión por los nervios y las ganas de acabar por fin con aquel hijo de perra que había dado caza a Jenna y se había apropiado de ella como si fuera un objeto precioso, una obsesión. Y sabía que seguía obsesionado con su posible inmortalidad. Jenna había dado en el clavo cuando se había burlado de su búsqueda de la inmortalidad como si fuera un completo idiota por creer que podía existir algo así y que, cuando tuviera poder sobre su don, le mantendría vivo por toda la eternidad. ¿Acaso no demostraba el punto débil de su razonamiento lo desequilibrado y lo estúpido que era? Al parecer, se le escapaba el hecho de que Jenna no fuera a vivir eternamente y, cuando ella faltara, también él, afortunadamente, desaparecería de la tierra.

No, Jenna no viviría una eternidad, pero iba a disfrutar de

una vida muy larga porque Isaac iba a convertir en su propia obsesión el mantenerla a salvo, protegida y feliz. Si para ello tenía que encerrarla en una burbuja a prueba de bombas, se encerraría con ella y permanecería allí durante el resto de su vida.

Intentó tragarse su repentina inseguridad, porque, ¡Dios santo!, estaba tan loco y tan obsesionado como el propio Jaysus. La única diferencia era que Isaac estaba obsesionado con hacerla reír, sonreír, con darle todo lo que su corazón deseara, por grande o pequeño que fuera, hasta el fin de los tiempos. Y después se limitaría a seguirla hacia la otra vida, donde continuaría incordiándola como, seguramente, la incordiaría durante toda su vida. Y no sentía ni el más mínimo remordimiento, ni tampoco se disculparía nunca por aquella obsesión.

Y le importaba un comino lo que pensaran los demás, o que hubiera gente que pensara que había perdido la cabeza en lo relativo a Jenna. Alguien podría incluso establecer comparaciones entre Jaysus y él, siendo la única diferencia la motivación de su fijación en la misma mujer. Lo único que le importaba era lo que Jenna pensaba y, también, que fuera feliz y le quisiera lo suficiente como para soportar su agobiante y sobreprotectora manera de demostrarle todo el amor que sentía por ella.

Aquellos pensamientos le acompañaron mientras entraba en el no muy bien fortificado ni defendido edificio y se acercaba hasta la escalera que conducía hacia el ala este, en la que permanecían los dos equipos de militares. El jefe del primer equipo inclinó la cabeza y se llevó la mano a la sien, haciendo un saludo militar. A continuación, hizo un gesto para que les siguiera mientras sus hombres comenzaban a subir las escaleras. Tal y como Dane había prometido, Sombra y él le cubrieron la espalda mientras los demás se abrían en abanico para asegurarse de que nadie pudiera subir tras ellos por las escaleras y dejarles encerrados entre las fuerzas de Jaysus que todavía le fueran fieles y quienquiera que pudiera ir tras ellos para acorralarlos.

Isaac tenía una confianza absoluta en sus propios compañeros de equipo, de los que sabía que darían la vida por otro sin vacilar, en los dos grupos de operaciones encubiertas que Dane había conseguido arrastrar a aquella misión y en los hombres que Wade y Gavin habían puesto sobre el tablero. Hacía tiempo que conocía a Wade y a Gavin y tenía un respeto total por el poder que ostentaban y por el hecho de que pusieran la protección de sus seres queridos por encima de todo lo demás. Y en aquel momento estaban extendiendo aquella protección a Jenna. Ellos decían que habían contraído una deuda que nunca podrían saldar, pero era Isaac el que estaría enterrado bajo una montaña de deudas contraídas con tantas personas que no podría liberarse de su peso.

Estaban salvando literalmente su vida, todo su mundo.

Cuando se acercaron a la puerta tras la que, según Sombra, Jenna estaba retenida por un desquiciado Jaysus, el jefe del primer equipo de operaciones alzó la mano para que los demás se detuvieran. Presionó un dispositivo contra la puerta y posó la oreja en ella para escuchar con atención. Frunció después el ceño.

Alzó la mano y les hizo a sus hombres una rápida señal.

—Está diciendo que todo está demasiado silencioso para su gusto —le tradujo a Isaac el hombre que estaba más cerca de él.

A Isaac estuvo a punto de explotarle el corazón. ¡Dios santo! ¿Qué significaba eso? ¿Habían llegado demasiado tarde? ¿La habían matado?

El hombre que estaba junto a la puerta movió los labios indicando que comenzaba la cuenta atrás, pegó un explosivo a la puerta e hizo un gesto a todo el mundo para que retrocediera.

—Sin piedad —musitó—. Entrad rápido y acabad con cualquiera que no sea Jenna Wilder. Después de haber llegado hasta aquí no vamos a darle la oportunidad de matarla, ¿entendido?

Dios, claro que lo entendía, pensó Isaac. Tenía las manos empapadas en sudor y el corazón estaba a punto de explotarle en el pecho por la fuerza de sus latidos.

Después, el cabecilla de la misión hizo algo inesperado. Arqueó una ceja y curvó los labios con un gesto de diversión. ¿Qué demonios estaba pasando?

—Tiendo a olvidar que no todo el mundo cierra las puertas con cerrojo —musitó—. No es necesario utilizar explosivos para abrirnos paso y arriesgarnos a que Jenna muera si podemos limitarnos a abrir y optar por un ataque más sigiloso. Ese idiota está demostrando no tener muchas luces.

Hizo un gesto para que todo el mundo tomara posiciones, dando indicaciones a cada uno de los hombres y ordenándoles que se distribuyeran por la habitación de tal manera que pudieran cubrirla de forma simultánea. Después, alzó la mano y contó con los dedos hasta tres antes de abrir la puerta sin hacer ningún ruido, de manera casi imperceptible.

Estaban todos paralizados mientras la puerta iba abriéndose poco a poco, esperando el momento de entrar corriendo en la habitación, cuando algo rompió el silencio.

—En realidad no quieres hacer eso.

Isaac frunció el ceño mientras intercambiaba una mirada de perplejidad con Dane y con Sombra. Era Jaysus, un muy nervioso y tan asustado Jaysus que se diría que estaba a puto de orinarse encima. ¿Qué demonios estaba pasando?

Volvieron a detenerse todos cuando estaban a punto de cruzar la puerta, pero aquella vez fue al oír la voz alta y clara de Jenna, una voz tan carente de emoción que Isaac sintió un miedo atroz.

—En eso es en lo que te equivocas —dijo ella con una voz que Isaac ni siquiera reconoció—. No tienes idea de lo que quiero, pedazo de escoria.

—¿Qué quieres, entonces? —le preguntó tartamudeando. Parecía extremadamente nervioso. Después comenzó a suplicar y fue entonces cuando Isaac supo que de verdad estaba pasando algo.

—Por favor, te daré lo que quieras. Cualquier cosa. Dinero, poder. Dime lo que quieres y será tuyo.

—¡Santo Dios, ese tipo está llorando! —dijo el jefe del grupo.

Se oyó entonces el sonido de una pistola siendo amartillada. ¡No, no! El pánico de Isaac se disparó. ¡Tenían que entrar inmediatamente!

—Lo que quiero es que te mueras —respondió Jenna con voz débil y temblorosa, pero cargada de convicción.

No hubo un solo hombre fuera de aquella habitación que no la creyera.

—¡Vamos, vamos! —susurró precipitadamente el jefe de equipo.

Irrumpieron en la habitación. Jaysus se volvió entonces y pareció incluso aliviado. ¿Pensaría aquel idiota que habían ido a salvarle?

Y entonces Isaac localizó a Jenna con la mirada y el estómago se le cayó a los pies. Estaba amoratada, herida y cubierta de sangre. Había media docena de cuerpos a su alrededor y la sangre cubría el suelo en un macabro escenario. Ella estaba de pie, rígida, recostada contra la pared en busca de apoyo, sosteniendo una pistola con la que apuntaba directamente a la cabeza de Jaysus.

Isaac corrió hacia ella, dejando que se ocuparan los demás de cualquier posible amenaza.

—¡No, Jenna, cariño! Soy yo, Isaac. Estoy aquí, pequeña. No hagas eso. Por favor, no es eso lo que quiero de ti —le dijo con voz delicada—. No tienes por qué matarle. Deja que nos ocupemos nosotros de él, pero, sobre todo, deja que yo me encargue de ti. Voy a sacarte de aquí. No tendrás que volver a preocuparte por este hijo de perra nunca más —le prometió Isaac.

Jenna tenía los ojos arrasados por la tristeza y las lágrimas comenzaron a desbordar sus párpados mientras se volvía ligeramente para mirar a Isaac.

—No sabes lo que ha hecho —siseó—. Tiene que morir. Se merece morir.

—Lo sé, pequeña. Estaba aquí mientras tú has pasado por todo eso y no hay una sola persona en esta habitación que niegue que merece la muerte —le aseguró Isaac con tristeza—.

Siento mucho haberte decepcionado. Pero, por favor, cariño, baja la pistola, ven conmigo y déjame apartarte de todo esto para siempre. No tienes por qué ser tú la que imparta justicia.

—Soy yo la que tiene que hacerlo —susurró ella.

Jaysus, comprendiendo que estaba perdido, procedió a hacer lo más estúpido que podía haber hecho. Sacó la pistola que escondía en una pistolera colocada en el interior del muslo en un momento en el que Jenna se distrajo y apuntó con ella a Isaac con la clara intención de disparar. O a lo mejor solo fue un intento de negociar con Jenna. En cualquier caso, no podía haber hecho nada peor cuando la mujer a la que había estado atormentando durante horas estaba decidida a hacer justicia por su cuenta.

Antes de que ninguno de los hombres tuviera oportunidad de abatir a Jaysus con una de las muchas armas con las que le estaban apuntando, Jenna apretó el gatillo y le disparó en la sien. Jaysus cayó como una pieza de dominó y Jenna torció los labios en una mueca de odio y repugnancia mientras le dirigía una mirada cargada de desprecio antes de ir deslizándose contra la pared. Las piernas ya no eran capaces de sostenerla. Con mucho cuidado, dejó la pistola a un lado y enterró el rostro entre las manos mientras sacudían su cuerpo unos sollozos desgarradores.

Isaac se sentó a su lado, la abrazó, la sentó en su regazo y la estrechó contra su pecho mientras la mecía sintiendo las lágrimas arder tras sus párpados y Jenna lloraba como si tuviera roto el corazón.

—Pequeña, tienes que dejar de llorar —le pidió Isaac con la voz atragantada—. No puedo soportarlo. No soporto verte llorar. Me vuelve loco. Tienes que saber que me siento completamente indefenso contra tus lágrimas. Haré todo lo posible para que dejes de llorar, pequeña. Dios mío, te quiero. No sabes el miedo que he pasado desde que desapareciste del cuarto de baño. Dejó de latirme el corazón, cariño. Y no ha vuelto a latir como es debido hasta… hasta ahora. Ahora que te tengo entre mis brazos por fin puedo respirar otra vez. Puedo volver a vivir. Por favor, mírame, pequeña. Dime que estás bien. Dime qué puedo hacer por ti.

Estaba suplicando y le importaba muy poco que los demás lo vieran. Ignoró a todos los demás, que estaban supervisando la carnicería que había perpetrado Jaysus con toda su rabia.

Jenna abrió por fin los ojos mostrando tanta tristeza y desolación que a Isaac le entraron ganas de morir allí mismo.

—Les… les ha matado —sollozó Jenna, señalando los cadáveres todavía recientes. Aún no había comenzado el rigor mortis—. Y no me dejaba sanarlos. Quería que les viera morir y lo único que deseaba yo era verle morir a él —susurró como si estuviera confesando un gran pecado.

Isaac la acunó con delicadeza y después, tembloroso, se puso en pie, decidido a sacarla de aquel cuarto de los horrores. El hedor de la sangre y de los numerosos muertos se le pegaba a la nariz y no había nada que deseara más que el que pudieran liberarse los dos de aquella experiencia.

Sombra esperó a que estuvieran fuera. Una vez allí, detuvo a Isaac y posó la mano en la mejilla de Jenna.

—Mírame, cara de ángel —le pidió con delicadeza.

Cuando ella alzó la mirada renuente hacia la suya, Sombra se inclinó y le dio un beso en la frente.

—No hay una sola persona que te culpe por desear verle muerto o por haberle matado. Había sacado la pistola y podría haber disparado contra Isaac. Le has salvado la vida a Isaac y has salvado la tuya. No sé cómo demonios has conseguido adelantarte. ¡Ni siquiera nos has necesitado! Pero te aseguro que, en cuanto estés preparada para hacerlo, me gustaría oírte contar cómo lo has hecho.

Jenna le ofreció una temblorosa sonrisa.

—Quizá algún día. Ahora mismo solo quiero ir a casa —alzó la mirada hacia Isaac con expresión suplicante—. ¿No puedes llevarme a casa ahora? A nuestra casa…

Si no la hubiera tenido en sus brazos en aquel momento, Isaac habría permitido que le cedieran las rodillas y habría terminado besando el suelo en señal de alivio. A pesar de que le había fallado una y otra vez, lo único que Jenna le pedía era que la llevara a casa: a su casa.

—Pequeña, si hay algo que yo pueda darte, ni siquiera tendrás que pedírmelo —le prometió—. No hay nada que desee más que llevarte a casa para que puedas descansar en mis brazos durante todo el tiempo que necesites. Siempre tendrás cuanto necesites. Te daré todo lo que tengo para hacerte feliz, ángel mío.

CAPÍTULO 32

Isaac llevó a Jenna hasta el dormitorio, a su casa, maravillado al poder llevarla por fin a su verdadero hogar en vez de tener que estar trasladándola de casa de seguridad en casa de seguridad por culpa de la constante serie de amenazas bajo la que se había visto obligada a vivir.

Estaba dormida en sus brazos tras haber sucumbido al agotamiento a mitad del trayecto. Isaac la dejó sobre la cama con delicadeza y le quitó la ropa, todavía ensangrentada. El enfado volvió a bullir en interior al examinar los moratones que los repetidos golpes de Jaysus habían dejado en su cuerpo.

Tenía hinchado un lado de la cara y un oscuro cardenal le cubría una mejilla. Se inclinó para darle un beso, incapaz de controlarse. Al día siguiente, la metería en la bañera y borraría hasta el último recuerdo de aquella noche y del canalla que la había aterrorizado, y le ofrecería todo tipo de cuidados hasta que la viera completamente recuperada y pudiera darse por satisfecho.

Retrocedió, se desprendió de su propia ropa y, tras vacilar por temor a dejarla siquiera durante un breve instante, se metió en el cuarto de baño para darse una ducha rapidísima porque no quería manchar ni su lecho ni a Jenna con la sangre que teñía su ropa y su piel.

Regresó después al dormitorio mientras se secaba, dejó caer la toalla y corrió hasta la cama. Estaba empezando a deslizarse entre las sábanas para abrazarla cuando oyó los gemidos de dolor que escapaban de entre sus labios en sueños.

La abrazó con fuerza, le acarició la espalda y cubrió de besos su pelo y su rostro susurrándole su amor por ella, diciéndole que siempre la amaría y que la protegería hasta con su último aliento.

Al cabo de un momento, Jenna se aplacó, se relajó y se acurrucó de tal manera contra él que no quedaba una sola parte de su cuerpo que no estuviera rodeada por Isaac. Este apenas había comenzado a dejarse arrastrar al paraíso de aquel cuerpo cuando las pesadillas comenzaron de nuevo. En aquella ocasión, Jenna empezó a sollozar dormida.

Con el corazón roto, Isaac fue secando cada lágrima a medida que iba brotando de sus ojos. Después habló con ella, repitiéndole una y otra vez que la amaba y que jamás permitiría que le hicieran daño.

Cada vez que la acariciaba, Jenna se serenaba, pero la calma solo duraba hasta que volvía a perderse en la agonía de otra pesadilla y sentía que estaba todavía en el infierno. Llamaba a Isaac una y otra vez y él sufría porque nada de lo que hacía parecía arrancarla de aquellas cosas tan terribles que estaban ocurriéndole en sueños. Al final, terminó rompiéndose el propio Isaac y llorando con ella, porque le partía el corazón verla llamándole con tanta desesperación, saber que pensaba que no estaba allí y que no iría a buscarla.

—Por favor, pequeña, vuelve a mí. Despiértate y mírame. Jamás volveré a dejarte. Te amo más de lo que he amado nunca a una mujer. No permitiré que nada ni nadie vuelva a hacerte daño. Te envolveré en el más fino algodón y jamás permitiré que te rompas siquiera una uña del pie sin volverme loco. Además, imagínate, ángel mío, es posible que lleves en tu vientre un hijo nuestro —susurró—. Voy a quereros durante toda mi vida de tal manera que pasaré el resto de mis días cuidándoos a los dos para asegurarme de que nunca os falte de nada.

Una vez más, Jenna se tranquilizó y se aferró a él en medio de su sueño como si nunca fuera a dejarle marchar. Y él tampoco permitiría que Jenna se alejara de él, le prometió con tal intensidad que se estremeció.

No durmió durante el resto de la noche, que pasó cuidando el sueño de su ángel, tranquilizándola en cuanto comenzaba a gemir y a agitarse, atrapada por los malos sueños. Continuó jurándole amor y prometiéndole todo cuanto había bajo el sol hasta quedarse casi ronco por aquel permanente intento de sosegarla.

Cuando los primeros rayos del sol se filtraron por la ventana, iluminando y envolviendo a los amantes estrechamente abrazados en la cama, Jenna se movió y, al principio, Isaac asumió que estaba de nuevo en garras de las pesadillas que habían estado persiguiéndola durante toda la noche. Estaba tan inmerso en la necesidad de silenciar a aquellos demonios que la atacaban que no se dio cuenta de que había abierto los ojos somnolienta hasta que la vio mirándole fijamente con una expresión tan rebosante de amor que le quitó la respiración.

—Isaac, no necesito que me prometas el sol, la luna y las estrellas —le dijo, curvando los labios en una suave y tentadora sonrisa—. Lo único que necesito es tenerte a ti. Nunca te voy a pedir nada más.

—En primer lugar, nunca vas a tener que pedirme algo que ya es tuyo, que siempre será tuyo y que ha sido tuyo desde el día que luchaste contra la muerte por mí y me curaste algo más que una herida —contestó Isaac con voz muy seria—. Y, en segundo lugar, pienso mimarte hasta el ridículo, porque tengo derecho a ello y no hay nada que puedas decir o hacer para hacerme cambiar de opinión. Así que, si no piensas pedirme lo que quieres o necesitas, seré yo el que tendré la obligación de proveerte de todo aquello que considere oportuno.

La risa deliciosa de Jenna se filtró en su interior, fundiendo el hielo y alejando la oscuridad que habían vuelto a materializarse durante el tiempo que había estado separada de él.

—Vamos a casarnos lo antes posible —le dijo con absoluta gravedad, mirándola a los ojos para que Jenna no pudiera malinterpretar su intención.

Jenna arqueó la ceja y le miró con expresión desafiante.

—Es posible que pueda desconocer cómo funcionan las cosas en un mundo que me han ocultado durante la mayor parte de mi vida, pero estoy casi segura de que se supone que tienes que pedirme que me case contigo.

Apretó los labios como si estuviera pensando seriamente en ello e intentando sopesar la cuestión.

—Y también creo que hay algo sobre poner una rodilla en el suelo. Y, desde luego, sé que tiene que haber una sortija maravillosa de por medio.

Aspiró con fuerza y miró a su alrededor.

—Es curioso, pero no veo ninguna, ¿y tú?

Isaac entrecerró los ojos y gimió, consciente de que le había pillado.

—Has estado hablando con las otras mujeres —musitó.

Jenna sonrió mientras posaba la mano en su rostro con la más delicada de las caricias.

—¡Claro que he hablado con ellas! ¿Cómo si no iba a saber que no estás haciendo las cosas como es debido aprovechándote de mi falta de información? Todas me enseñaron sus sortijas, que eran increíbles. Después me contaron lo románticas que habían sido sus propuestas de matrimonio, y tengo que admitir que lloré de emoción al oír la historia de Gracie —sorbió por la nariz y los ojos le brillaron al recordarlo—. ¡Qué historia tan bonita! —añadió con un profundo suspiro.

Isaac suspiró también y se inclinó hacia delante para besarla, incapaz de resistirse a aquellos labios perfectos fruncidos en un puchero. Dios, aquella mujer era capaz de doblegarle por completo. Aquello no presagiaba nada bueno sobre su futuro, aunque en aquel momento le importaba muy poco. ¿Y qué pasaría si sus hijas se parecían a su madre? Estaría perdido. Necesitaba mantener una conversación con Dios. Una última conversación para pedirle hijos varones. Montones de niños. Bueno y muchas niñas también, pero antes necesitaba tener hijos que le ayudaran a proteger a sus preciosas hijas, por no hablar de la necesidad de enseñarles a sus hijos cuanto hiciera falta sobre adolescentes inmaduros para asegurarse de que protegieran a sus preciosas hermanas.

—Te demostraré lo romántico que puedo llegar a ser —musitó contra su boca.

—Estupendo, porque he decido que esa es la parte que más me gusta —respondió ella con expresión traviesa.

Isaac no pudo evitar emocionarse ante aquella felicidad. Le asombraba la rapidez con la que había conseguido recuperarse Jenna y dejar de lado todos los tormentos a los que había sido sometida el día anterior para concentrarse en el futuro. En un futuro a su lado.

Pero al comprender que era probable que estuviera intentando hacerle olvidar el miedo que había pasado, algo que sería muy propio de un alma tan generosa y buena, decidió que, si alguien tenía que distraer a alguien, iba a ser él el que lo hiciera: le ofrecería la propuesta de matrimonio más romántica y la sortija más espectacular que hubiera visto jamás.

De hecho, ya había estudiado las sortijas de las otras mujeres detenidamente para asegurarse de que su esposa tuviera derecho a presumir de sortija. Pero... un momento. ¿El objetivo era que estuvieran comprometidos? ¡Diablos, no! No estaba dispuesto a esperar. Le daría la sortija y la llevaría ante un sacerdote antes de que pudiera ser considerada siquiera como una sortija de compromiso.

Con un exagerado suspiro, se levantó de la cama, tomó las manos de Jenna entre las suyas, tiró de ella hasta hacerla sentarse y la colocó después al borde de la cama, asegurándose de que no se mareara ni sufriera ningún efecto negativo por culpa de las heridas.

Después, buscó debajo de la almohada la sortija que había dejado allí la noche anterior al acostarse para tenerla a mano cuando llegara el momento oportuno. Y, bueno, la verdad era que había pensado que ese momento llegaría antes de que se levantaran de la cama.

Posó una rodilla en el suelo, le tomó de nuevo las manos

después de dejar la cajita en el suelo, sin que ella la viera, y entrelazó las manos con las suyas.

—Jenna Wilder, me enamoré de ti en el instante en el que me tocaste y me llenaste de tanto amor, de tanto calor y tanta luz que fue absolutamente sobrecogedor. No solo curaste la herida física que acababa de sufrir, sino que sanaste las heridas del alma, unas heridas tan profundamente enterradas que no habían visto el sol desde hacía años. Eres el milagro de un hombre que dejó de creer en los milagros cuando era niño. Me has ayudado a volver a creer en una fuerza superior, pero lo que me ha hecho cambiar de forma irrevocable, lo que me ha permitido dejar de ser el hombre que era y me ha dado la esperanza de poder ser el hombre que quería ser ha sido... la paz. Me has dado paz, ángel mío —susurró—. Nadie ni nada ha sido capaz de darme lo que tú me diste con una sola caricia. En aquel preciso instante supe que mi vida había cambiado para siempre de la mejor manera posible. Supe que eras la única mujer a la que amaría durante toda mi vida, la única mujer a la que había amado. Y supe también que haría cualquier cosa para mantenerte junto a mí, fuera lo que fuera. Y agradeceré a Dios durante todos los días de mi vida el que tengas tantas ganas de vivir conmigo como yo de vivir a tu lado. Así que no voy a pedirte que te cases conmigo, voy a suplicarte que lo hagas y des sentido a mi vida, que pases el resto de tu vida junto a mí, permitiéndome hacerte feliz. Quiero darte tantos hijos que puedas vivir entregada a nuestra convivencia y al fruto de nuestro amor.

Sujetó las dos manos de Jenna con una, negándose a soltarla por completo porque las manos le temblaban de tal manera que solo el contacto con las de ella evitaba que se pusiera en ridículo. Buscó con movimientos torpes la cajita, consiguió abrirla a pesar del temblor y, tras dejarla caer una sola vez, al final abrió la tapa y la giró para que Jenna pudiera contemplar el enorme diamante que anidaba entre la tela de terciopelo.

Las lágrimas anegaron los ojos de Jenna, pero en aquella ocasión Isaac no sintió pánico ni le pidió que le dijera lo que tenía que hacer para que dejara de llorar porque tenía un aspecto tan exultante y bellamente feliz que resplandecía de la cabeza a los pies. Un auténtico fulgor emanaba de su cuerpo y la rodeaba como un halo dorado, irradiando como los rayos del sol, justo como cabía esperar de su ángel.

Por un momento, se le quedó mirando fijamente, con los ojos brillándole de tal manera que podrían haber competido con la más luminosa de las estrellas y el amor suavizando sus facciones. Después, alzó las manos hacia su rostro, ignorando la sortija, y le enmarcó con ellas la mandíbula. Tiró de él hacia ella hasta que sus labios se encontraron en una ardiente y dulce caricia. Deslizó la lengua de una forma deliciosa contra el sello de sus labios hasta hacerle suspirar y abrirse a ella tal y como Jenna se había abierto para él en tantas ocasiones. Jenna hundió la lengua en el interior de su boca, explorándola, saboreándola y extendiendo al mismo tiempo su dulce néctar sobre su lengua.

—Sí —susurró contra sus labios—. Sí, Isaac. Lo único que quiero es ser tuya. Siempre. Durante toda mi vida. Hasta el fin de los tiempos.

Isaac le hizo bajar una mano hasta su regazo sin dejar de besarla con fiereza, devorando su boca como un hombre hambriento. Apenas bajó la mirada un instante para asegurarse de que estaba deslizando la sortija en el dedo correcto antes de retomar aquel apasionado beso. Su primer beso con la sortija de compromiso en el dedo de Jenna y la promesa de que iba a casarse con él recién salida de sus labios.

Al final, Jenna bajó la mirada hacia su propia mano y la alzó para examinar la sortija con expresión cada vez más maravillada.

—¡Dios mío Isaac! No he visto una sortija más bonita en mi vida.

—¿Te gusta? —preguntó él con cierta brusquedad.

Jenna le rodeó el cuello con los brazos y le apretó hasta hacerle reír pidiendo clemencia.

—Me encanta —le prometió—. No me la quitaré jamás en mi vida.

—Por supuesto que no. Y ahora que ya hemos tenido una propuesta de matrimonio romántica y nos hemos ocupado de la sortija, voy a llevarte a comprar el vestido de novia de tus sueños, porque, cariño, no sé qué es lo que sabes sobre matrimonios y compromisos, pero lo que necesitas saber es que no soy un hombre al que le guste alargar durante mucho tiempo las esperas. De hecho, no pienso alargar esta nada en absoluto. Lo que significa que, en cuanto encuentres el vestido con el que te quieres casar, llamaremos a todos los miembros de DSS, que son como nuestra familia, y les pediremos que muevan sus traseros y se acerquen a la iglesia para ver a la novia más guapa que ha habido jamás y sean testigos de nuestra boda.

Jenna rio jubilosa, pero su expresión se tornó solemne cuando miró a Isaac a los ojos.

—Te amo y no quiero estar nunca sin ti. En el fondo de mi corazón, sé que ha sido Dios el que te ha enviado a mi lado, que eres tú la persona con la que quería que estuviera, y le estaré eternamente agradecida por ello.

Isaac se puso todavía más serio que ella.

—En eso te equivocas, ángel mío. Dios te trajo junto a mí y me has salvado. Soy yo el que estará siempre agradecido. No pasará un solo día sin que dé gracias a Dios por el don más precioso, el único, que he recibido en mi vida. Estuve perdido hasta que apareciste en mi vida. Jamás podré estarle más agradecido a alguien por haber intentado robarme mi coche. Si no hubiera sido por eso, todavía estaría perdido en un mundo tan lúgubre y falto de esperanza que nada ni nadie ha sido capaz de abrirse camino a través de tanta oscuridad y llenar de sol mi corazón y mi alma. Nadie excepto tú, mi ángel. Tú has sido capaz de traer la más bella y esperanzadora luz a mi corazón, capaz de borrar las sombras que pensaba se habían convertido en cicatrices imborrables en rincones de mi alma que jamás había permitido ver a nadie. Has vuelto a convertirme en un ser humano completo. Gracias a ti, puedo mirar al pasado y contemplarlo con una sensación de paz y perdón en vez de con un dolor y una tristeza que se habían arraigado con tal profundidad en mis recuerdos que pensaba que jamás podría hacerlos desaparecer y olvidarme de ellos.

La estrechó con fuerza entre sus brazos, sosteniéndole la mano izquierda en alto para que la sortija atrapara la luz y la proyectara en un millón de chispas deslumbrantes.

—Eres un ángel de verdad. Mi ángel. Y ya no queda una sola sombra de dolor o vergüenza en mi memoria que haya sobrevivido al resplandor dorado, a la pura luz que solo puede irradiar un ángel tan bello como tú.

EPÍLOGO

Jenna observaba divertida a Isaac mientras este sostenía con un cuidado extremo a la niña de tres meses con aquellas manos tan grandes que la empequeñecían a pesar del peso y el tamaño que había ganado en aquellos meses. La mecía sentado en la enorme mecedora que habían encargado a medida para que Isaac cupiera en ella. A Jenna no le pasó por alto que, mientras arrullaba a su pequeña con todo tipo de palabras sin sentido, Isaac ponía un cuidado exquisito en cada movimiento. Siempre le daba pavor hacerle algún daño a Evangeline, aplastándola con aquellas manos «torpes y gigantes», como él las describía. Jenna elevó los ojos al cielo y sacudió la cabeza, lo que le valió al instante un ofendido «¿Qué pasa?», por parte de su marido.

Aquel hombre trataba a su hija como si fuera del más frágil y delicado cristal que se hubiera fabricado nunca, pero, al mismo tiempo, la sostenía con manos firmes y seguras. Jenna le recordó entonces, como siempre hacía, que era más probable que la niña se le cayera a ella que a él. Por supuesto, a ojos de Isaac, su mujer era perfecta y le molestaba que pudiera incluso pensar algo así de sí misma.

Y tampoco era capaz de reservarse sus opiniones sobre su mujer y su hija para sí. Proclamaba con orgullo que Jenna era la mujer más perfecta que un marido podía pedir y que Evangeline, o Evie, que era como Jenna la había apodado —aunque muchas veces le ganaba Isaac, que insistía en que debería llamarla Angel, puesto que descendía de uno—, era la niña más bonita que había habido nunca sobre la faz de la tierra.

Afortunadamente, Ari y Beau habían sido bendecidos con un niño pues, si se hubiera tratado de una niña, las discusiones de los orgullosos padres habrían sido insoportables e incluso habrían terminado llegando a las manos. Dada la situación, ambos podían proclamar que tenían los hijos más inteligentes, listos y guapos de sus respectivos sexos. En cuanto a Ari y a Jenna, apenas toleraban las tonterías de sus maridos. Se limitaban a sacudir la cabeza y a abandonar la habitación para que los hombres pudieran enfrascarse en aquellas ridiculeces infantiles mientras ellas mantenían conversaciones de adultas.

Normalmente, a Jenna le gustaba ver a su marido contemplando a Evangeline durante horas, pero aquel día era su primer aniversario y tenía planes para Isaac que no pasaban por permitirle pasar toda una tarde hablando el idioma del «gugu-tata». Fiel a su palabra, Isaac había dejado a Jenna embarazada muy pronto y aquella era la razón por la que tenían que celebrar el primer aniversario de su vida en común junto a una niña de tres meses.

Un hecho del que estaba extraordinariamente orgulloso, algo que también le hacía saber de tanto en tanto con aire de suficiencia. Jenna se limitaba a esbozar una discreta sonrisa, como si estuviera haciendo un ejercicio de paciencia cuando, en realidad, estaba viviendo el sueño más maravilloso que podría haber imaginado.

—¿Está ya preparada para dormir la siesta? —preguntó Jenna susurrando mientras se acercaba a la mecedora tras advertir que Isaac permanecía en silencio.

Isaac asintió y susurró en voz muy baja:

—Tiene la barriguita llena y el pañal limpio y su papá la ha mecido hasta dejarla dormida. Yo diría que seguirá dormida durante un par de horas por lo menos.

—Me alegro, porque tengo planes para usted, señor —le dijo Jenna en tono amenazador.

Isaac arqueó una ceja, pero ella reconoció el brillo que asomó a sus ojos. Aquel brillo seductor que siempre la hacía estremecerse de la cabeza a los pies.

—Dependiendo de lo rápido que seas capaz de llevarla a la cuna y volver al dormitorio, es posible que me veas desnudarme. Por supuesto, si tardas demasiado, llegarás con los hechos consumados y tendrás que buscarme debajo de todas esas sábanas.

La expresión de Isaac no tuvo precio.

—¿De qué planes estás hablando exactamente? —preguntó con voz ronca.

Ella le miró con los ojos entrecerrados.

—De la clase de planes que una esposa tiende a organizar para el primer aniversario de su boda. Pero, si no estás interesado, estoy segura de que ya encontraré algo que hacer.

Isaac se levantó a toda la velocidad que le fue posible hacerlo sin sobresaltar y despertar a Evie. Por suerte para ambos, una vez conseguían dormirla, era una niña de sueño profundo.

—¡Claro que estoy interesado! —replicó.

Esbozó una mueca al darse cuenta de cómo había gritado y bajó la voz para decir:

—En treinta segundos estoy allí. Y no me gustaría que estuviera desnuda, señora Washington.

—En ese caso, le sugiero que se dé prisa, señor Washington —bromeó ella.

Isaac estuvo a punto de tropezar al salir corriendo hacia la habitación de al lado para dejar a Evie en la cuna. Jenna rio para sí y contó mentalmente hasta cinco antes de acercarse a uno de los lados de la cama y comenzar a desnudarse muy lentamente.

Al principio, Jenna se había sentido muy cohibida con los cambios que el embarazo producía en su cuerpo, cambios que no habían terminado de desaparecer después del parto. Su trasero se había ensanchado y redondeado, tenía el vientre menos tenso y sus senos, ¡Dios santo!, habían ganado dos tallas con el embarazo y todo apuntaba a que iban a continuar así.

Isaac se había quedado estupefacto cuando le había preguntado vacilante que si le molestaban los cambios, aparentemente permanentes, que estaba sufriendo su cuerpo. La había mirado como si hubiera perdido el juicio y después había procedido a demostrarle, no a decirle, lo que pensaba de cada una de sus deliciosas (eran palabras suyas) curvas. Había demostrado de manera especial hasta qué punto apreciaba el crecimiento de sus senos y después la había abrazado con ternura y le había dicho con absoluta sinceridad que no habría nada en el mundo que le hiciera dejar de amarla y adorar su cuerpo cada vez que tuviera oportunidad. Que era la mujer más hermosa del mundo, la única para él. Había sido tan sincero que le había provocado lágrimas de emoción. Isaac las había borrado con besos y había hecho el amor con ella una y otra vez, demostrándole así lo mucho que la admiraba.

Jenna apenas estaba empezando a deslizar su camisa o, mejor dicho, la camisa de Isaac, por sus hombros cuando este entró por la puerta del dormitorio y la localizó al instante con su mirada ardiente. A Jenna le encantaba ir por casa sin nada más encima que una de sus camisas, que la hacían parecer mucho más pequeña, y a Isaac le encantaba que se las pusiera. Cuando lo hacía, Isaac deslizaba la mano por su pierna al menos una docena de veces al día para comprobar si llevaba ropa interior.

¿Y los días que no la llevaba? Bueno, basta con decir que, estuvieran donde estuvieran cuando lo descubría, terminaba haciendo el amor con ella. Apenas tenía tiempo de bajarse la cremallera antes de penetrarla de tal manera que Jenna le sentía en lo más profundo de ella.

Isaac estaba en todo momento al acecho y con un brillo de deseo en la mirada que no había disminuido en intensidad durante aquel año. Si acaso, su pasión parecía más salvaje, más necesitada y desesperada a medida que iban pasando los días.

—Dios mío, dime que no llevas ropa interior debajo de la camisa —dijo con un gruñido.

—Es posible que sí —bromeó ella—, o que no. Creo te va a tocar a ti averiguarlo —respondió.

Sabía que si investigaba y la encontraba desnuda, que era como a él le gustaba, podría disfrutar de aquel amor salvaje que tanto disfrutaba cuando Isaac estaba intensa y desesperadamente excitado.

Isaac cerró los ojos y soltó una maldición. Aquello la sorprendió, porque no era la reacción típica de su marido en una situación como aquella. Después, presionó su boca contra la suya en un apasionado beso.

—Espera un momento. No te muevas —le pidió, y desapareció en el cuarto de baño.

Regresó sosteniendo algo en el puño y se detuvo ante ella con expresión repentinamente seria. Después, abrió la mano y le mostró lo que parecía ser un test de embarazo. Ella alzó la mirada hacia él con expresión de evidente perplejidad.

—Creo que deberías usarlo —le recomendó Isaac con delicadeza.

—¿Qué? —preguntó ella cada vez más confundida.

—Supongo que no creerías que estaba bromeando cuando te dije que te dejaría embarazada tantas veces como pudiera para que no tuvieras oportunidad de pensar siquiera en dejarme —le dijo, mirándola con una sonrisa de orgullo.

—Pero, Isaac, ¡si no estoy embarazada! Por el amor de Dios, ¡todavía estoy dando de mamar y Evie solo tiene tres meses! Sé que quieres tener montones de hijos, pero hasta tú tienes que dejar que la naturaleza siga su curso.

Isaac se inclinó y le mordisqueó el labio inferior.

—Pequeña, conozco tu cuerpo mejor que el mío y sé contar. Tuviste el período después de dar a luz a Evie y, aunque soy consciente de que hay mujeres que no tienen la regla hasta que dejan de dar de mamar y que la lactancia puede servir como anticonceptivo, como te he dicho, te conozco de manera muy, muy íntima —añadió, bajando la voz hasta convertirla en un susurro—. Hazte la prueba, aunque sea por mí. Necesito saber por qué tienes este aspecto. Desde que me has mirado de esa manera y diciéndome que tenías planes para mí, estoy duro como una piedra y, si estás embarazada, tendré que tener más cuidado contigo, sobre todo porque todavía no te has recuperado del todo después de haber tenido a Eve.

Jenna estaba boquiabierta mientras miraba en silencio a su marido.

—¿Es una broma? ¿Querías gastarme una broma porque es nuestro aniversario? ¿Y por qué ibas a saberlo tú y yo no? ¿No te das cuenta de que parece una locura que el marido lo sepa antes que su mujer?

—No cuando se trata de ti, ángel —susurró Isaac contra su boca mientras volvía a besarla—. Conozco cada centímetro de tu precioso cuerpo y presté una especial atención cuando te quedaste embarazada de nuestra pequeña Angel. Incluso hueles y sabes diferente. ¡Dios mío! —gimió—. ¿No te has fijado en que estas últimas semanas he estado devorando tu sexo como si fuera un hombre disfrutando de su última comida antes de ser ejecutado?

Jenna se sonrojó hasta la raíz del cabello. Sentía las mejillas tan calientes que estaba segura de que tenían que estar de un rojo violento. Isaac le palmeó el trasero con delicadeza y la instó a dirigirse al cuarto de baño.

—Hazlo para que me quede tranquilo antes de hacer el amor con tanta fuerza que vas a sentirme durante toda una semana —le suplicó—. Como si fuera mi regalo de aniversario. Y, según lo que salga, o bien haré el amor contigo salvajemente y durante todo el tiempo posible cada vez que tenga una oportunidad, y te aseguro que me aseguraré de tenerlas, o vas a volver a convertirme en el hombre más feliz de esta tierra diciéndome que vas a tener otro hijo mío.

Inclinó después la cabeza para susurrarle al oído:

—Ya sé que te dije que antes quería tener niños, pero ahora no cambiaría a nuestro angelito por nada del mundo y tengo que admitir que me encantaría tener otra niña como ella.

—¡Dios mío! ¡Estás hablando en serio! —exclamó Jenna estupefacta. Sacudió la cabeza mientras se dirigía al cuarto de baño—. Deberías alegrarte de que esté dispuesta a tener todos esos hijos que me prometiste y de que quiera tener tantos como tú puedas darme, porque, si no fuera así, ahora mismo tendrías problemas serios.

Isaac la abrazó cuando estuvieron dentro del baño. Abrió el test y lo colocó con un gesto de veneración en su mano.

—Quiero que sepas que, si alguna vez cambias de opinión y quieres que paremos, incluso en el caso de que sea después del primero, o, bueno, del segundo, si ya estás embarazada, no por ello os querré menos ni a ti ni a nuestros hijos. Lo único que quiero es que seas feliz, mi amor. Y pasaré el resto de mi vida dejándome la piel para que seas feliz todos los días de tu vida.

—Bueno, de momento veamos lo feliz que puedes hacerme hoy —respondió ella con un suave resplandor iluminando su rostro mientras miraba la prueba de embarazo que tenía en la mano.

Cinco minutos después, estaba frente al mostrador del cuarto de baño con Isaac rodeándola con los brazos y posando las manos en su vientre. Sus miradas se encontraron en el espejo.

—Ya es hora de mirar —susurró Isaac, casi como si temiera arruinar el momento.

—Vamos a verlo juntos —musitó ella en respuesta—. A la de tres.

Después de contar hasta tres, los dos miraron ansiosos la prueba. A Jenna se le llenaron los ojos de lágrimas al ver la clara e innegable evidencia de que volvía a estar embarazada.

Isaac la hizo volverse para poder mirarla y ella se quedó de piedra al reconocer en sus ojos el brillo de las lágrimas.

—No sabes lo feliz que me haces, ángel mío. Y lo mucho que voy a amarte durante el resto de nuestras vidas.

—Feliz aniversario, cariño —dijo Jenna—. Aunque la verdad es que este no es el regalo de aniversario que había planeado.

Isaac la miró entonces con expresión calculadora.

—¡Ah! Sé exactamente el regalo que pensabas ofrecerme y pienso reclamarlo ahora mismo.

Y sin más, la levantó en brazos y la llevó a la cama, donde la dejó antes de cubrirla con su cuerpo para empezar a hacer el amor con dulzura y delicadeza al más absoluto amor de su vida.

Made in the USA
Monee, IL
03 May 2026